Dietrich Weber (Hg.)

Gespenstergeschichten

Inhalt

Gespensterbuch … liber de spectris narrans.

GRIMM, *Deutsches Wörterbuch*

Die Freunde der Aufklärung dürften wohl erwarten, daß hinter dem Titel »Gespensterbuch« recht lebhafte Streiche gegen Glauben und Aberglauben geführt werden würden. Mit gleichem Rechte könnte der berühmte Kenner des Geisterreichs sich überreden, unser Buch wolle seiner schwankenden Theorie eine freundliche Handreichung tun. Andre gehen vielleicht noch weiter, und halten die Schrift für eine neue Ausgabe des bekannten Höllenzwanges.

Ob und in wiefern nun diese und ähnliche Erwartungen Bestätigung erhalten, darüber wird vermutlich das Buch selbst Auskunft geben, und die Nachrede vollends verraten, was die geneigten Leser, nach den Wünschen der Herausgeber, von dem Gespensterbuche hätten erwarten sollen.

APEL UND LAUN, *Gespensterbuch* (1810), Vorrede

Marie Luise Kaschnitz

Gespenster

Ob ich schon einmal eine Gespenstergeschichte erlebt habe? O ja, gewiß – ich habe sie auch noch gut im Gedächtnis und will sie Ihnen erzählen. Aber wenn ich damit zu Ende bin, dürfen Sie mich nichts fragen und keine Erklärung verlangen, denn ich weiß gerade nur so viel, wie ich Ihnen berichte und kein Wort mehr.

Das Erlebnis, das ich im Sinn habe, begann im Theater, und zwar im Old Vic Theater in London, bei einer Aufführung Richards II. von Shakespeare. Ich war damals zum erstenmal in London und mein Mann auch, und die Stadt machte einen gewaltigen Eindruck auf uns. Wir wohnten ja für gewöhnlich auf dem Lande, in Österreich, und natürlich kannten wir Wien und auch München und Rom, aber was eine Weltstadt war, wußten wir nicht. Ich erinnere mich, daß wir schon auf dem Weg ins Theater, auf den steilen Rolltreppen der Untergrundbahn hinab- und hinaufschwebend und im eisigen Schluchtenwind der Bahnsteige den Zügen nacheilend, in eine seltsame Stimmung von Erregung und Freude gerieten und daß wir dann vor dem noch geschlossenen Vorhang saßen, wie Kinder, die zum erstenmal ein Weihnachtsmärchen auf der Bühne sehen. Endlich ging der Vorhang auf, das Stück fing an, bald erschien der junge König, ein hübscher Bub, ein Playboy, von dem wir doch wußten, was das Schicksal mit ihm vorhatte, wie es ihn beugen würde und wie er schließlich untergehen sollte, machtlos aus eigenem Entschluß. Aber während ich an der Handlung sogleich den lebhaftesten Anteil nahm und, hingerissen von den glühenden Farben des Bildes und der Kostüme, keinen Blick mehr von der Bühne wandte, schien Anton abgelenkt und nicht recht bei der Sache, so als ob mit einem Male etwas anderes seine Aufmerksamkeit gefangen genommen hätte. Als ich mich einmal, sein Einverständnis suchend, zu ihm wandte, bemerkte ich, daß er gar nicht auf die Bühne schaute und kaum darauf hörte, was dort gesprochen wurde, daß er vielmehr eine Frau ins Auge faßte, die in der Reihe vor uns, ein wenig weiter rechts, saß und die sich auch einige Male halb nach ihm umdrehte, wobei auf ihrem verlorenen Profil so etwas wie ein schüchternes Lächeln erschien.

Anton und ich waren zu jener Zeit schon sechs Jahre verheiratet, und ich hatte meine Erfahrungen und wußte, daß er hübsche Frauen und junge Mädchen gern ansah, sich ihnen auch mit Vergnügen näherte, um die Anziehungskraft seiner schönen, südländisch geschnittenen Augen zu erproben. Ein Grund zu rechter Eifersucht war solches Verhalten für mich nie gewesen, und eifersüchtig war ich auch jetzt nicht, nur ein wenig ärgerlich, daß Anton über diesem stärkenden Zeitvertreib versäumte, was mir so besonders erlebenswert erschien. Ich nahm darum weiter keine Notiz von der Eroberung, die zu machen er sich anschickte; selbst als er einmal, im Verlauf des ersten Aktes, meinen Arm leicht berührte und mit einem Heben des Kinns und Senken der Augenlider zu der Schönen hinüberdeutete, nickte ich nur freundlich und wandte mich wieder der Bühne zu. In der Pause gab es dann freilich kein Ausweichen mehr. Anton schob sich nämlich, so rasch er konnte, aus der Reihe und zog mich mit sich zum Ausgang, und ich begriff, daß er dort warten wollte, bis die Unbekannte an uns vorüberging, vorausgesetzt, daß sie ihren Platz überhaupt verließ. Sie machte zunächst dazu freilich keine Anstalten, es zeigte sich nun auch, daß sie nicht allein war, sondern in Begleitung eines jungen Mannes, der, wie sie selbst, eine zarte, bleiche Gesichtsfarbe und rötlichblonde Haare hatte und einen müden, fast erloschenen Eindruck machte. Besonders hübsch ist sie nicht, dachte ich, und übermäßig elegant auch nicht, in Faltenrock und Pullover, wie zu einem Spaziergang über Land. Und dann schlug ich vor, draußen auf und ab zu gehen, und begann über das Stück zu sprechen, obwohl ich schon merkte, daß das ganz sinnlos war.

Denn Anton ging nicht mit mir hinaus, und er hörte mir auch gar nicht zu. Er starrte in fast unhöflicher Weise zu dem jungen Paar hinüber, das sich jetzt erhob und auf uns zukam, wenn auch merkwürdig langsam, fast wie im Schlaf. Er kann sie nicht ansprechen, dachte ich, das ist hier nicht üblich, das ist nirgends üblich, aber hier ist es ein unverzeihliches Vergehen. Indessen ging das Mädchen schon ganz nahe an uns vorbei, ohne uns anzusehen, das Programm fiel ihm aus der Hand und wehte auf den Teppich, wie früher einmal ein Spitzentüchlein, suivez-moi, Anknüpfungsmittel einer lange vergangenen Zeit. Anton bückte sich nach dem glänzenden Heftchen, aber statt es zurückzureichen, bat er, einen Blick hineinwerfen zu dürfen, tat das auch, murmelte in seinem kläglichen Englisch allerlei Ungereimtes über die Aufführung und die Schauspieler und stellte den Fremden endlich sich und mich vor, was den jungen Mann nicht wenig zu erstaunen schien. Ja, Erstaunen und Abwehr zeigten sich auch auf dem Gesicht des jungen Mädchens, obwohl es doch sein Programm augenscheinlich mit voller Absicht hatte fallen lassen und obwohl es jetzt meinem Mann ganz ungeniert in die Augen schaute, wenn auch mit trübem, gleichsam verhangenem Blick. Die Hand, die Anton nach kontinentaler Sitte arglos ausgestreckt hatte, übersah sie, nannte auch keinen Namen, sondern sagte nur, wir sind Bruder und Schwester, und der Klang ihrer Stimme, der überaus zart und süß und gar nicht zum Fürchten war, flößte mir einen merkwürdigen Schauder ein. Nach diesen Worten, bei denen Anton wie ein Knabe errötete, setzten wir uns in Bewegung, wir gingen im Wandelgang auf und ab und sprachen stockend belanglose Dinge, und wenn wir an den Spiegeln vorüberkamen, blieb das fremde Mädchen stehen und zupfte an seinen Haaren und lächelte Anton im Spiegel zu. Und dann läutete es, und wir gingen zurück auf unsere Plätze, und ich hörte zu und sah zu und vergaß die englischen Geschwister, aber Anton vergaß sie nicht. Er blickte nicht mehr so oft hinüber, aber ich merkte doch, daß er nur darauf wartete, daß das Stück zu Ende war, und daß er sich den entsetzlichen und einsamen Tod des gealterten Königs kein bißchen zu Herzen nahm. Als der Vorhang gefallen war, wartete er das Klatschen und das Wiedererscheinen der Schauspieler gar nicht ab, sondern drängte zu den Geschwistern hinüber und sprach auf sie ein, offenbar überredete er sie, ihm ihre Garderobemarken zu überlassen, denn mit einer ihm sonst ganz fremden, unangenehmen Behendigkeit schob und wand er sich gleich darauf durch die ruhig wartenden Zuschauer und kehrte bald mit Mänteln und Hüten beladen zurück; und ich ärgerte mich über seine Beflissenheit und war überzeugt davon, daß wir von unseren neuen Bekannten am Ende kühl entlassen werden würden und daß mir, nach der Erschütterung, die ich durch das Trauerspiel erfahren hatte, nichts anderes bevorstand, als mit einem enttäuschten und schlechtgelaunten Anton nach Hause zu gehen.

Es kam aber alles ganz anders, weil es, als wir angezogen vor die Tür traten, stark regnete, keine Taxis zu haben waren und wir uns in dem einzigen, das Anton mit viel Rennen und Winken schließlich auftreiben konnte, zu viert zusammenzwängten, was Heiterkeit und Gelächter hervorrief und auch mich meinen Unmut vergessen ließ. Wohin? fragte Anton, und das Mädchen sagte mit seiner hellen, süßen Stimme: Zu uns. Es nannte dem Chauffeur Straße und Hausnummer und lud uns, zu meinem großen Erstaunen, zu einer Tasse Tee ein. Ich heiße Vivian, sagte sie, und mein Bruder heißt Laurie, und wir wollen uns mit den Vornamen nennen. Ich sah das Mädchen von der Seite an und war überrascht, um wieviel lebhafter es geworden war, so als sei es vorher gelähmt gewesen und sei erst jetzt in unserer oder in Antons körperlicher Nähe imstande, seine Glieder zu rühren. Als wir ausstiegen, beeilte sich Anton, den Fahrer zu bezahlen, und ich stand da und sah mir die Häuser an, die aneinandergebaut und alle völlig gleich waren, schmal mit kleinen, tempelartigen Vorbauten und mit Vorgärten, in denen überall dieselben Pflanzen wuchsen, und ich dachte unwillkürlich, wie schwer es doch sein müsse, ein Haus hier wiederzuerkennen, und war fast froh, im Garten der Geschwister doch etwas Besonderes, nämlich eine sitzende steinerne Katze zu sehen. Währenddem hatte Laurie die Eingangstür geöffnet, und nun stiegen er und seine Schwester vor uns eine Treppe hinauf. Anton nahm die Gelegenheit wahr, um mir zuzuflüstern: Ich kenne sie, ich kenne sie gewiß, wenn ich nur wüßte, woher. Oben verschwand Vivian gleich, um das Teewasser aufzusetzen, und Anton fragte ihren Bruder aus, ob sie beide in letzter Zeit im Ausland gewesen seien und wo. Laurie antwortete zögernd, beinahe gequält, ich konnte nicht unterscheiden, ob ihn die persönliche Frage abstieß oder ob er sich nicht erinnern konnte, fast schien es so, denn er strich sich ein paarmal über die Stirn und sah unglücklich aus. Er ist nicht ganz richtig, dachte ich, alles ist nicht ganz richtig, ein sonderbares Haus, so still und dunkel und die Möbel von Staub bedeckt, so als seien die Räume seit langer Zeit unbewohnt. Sogar die Birnen der elektrischen Lampen waren ausgebrannt oder ausgeschraubt, man mußte Kerzen anzünden, von denen viele in hohen Silberleuchtern auf den alten Möbeln standen. Das sah nun freilich hübsch aus und verbreitete Gemütlichkeit. Die Tassen, welche Vivian auf einem gläsernen Tablett hereinbrachte, waren auch hübsch, zart und schön blau gemustert, ganze Traumlandschaften waren auf dem Porzellan zu erkennen. Der Tee war stark und schmeckte bitter, Zucker und Rahm gab es dazu nicht. Wovon sprecht ihr? fragte Vivian und sah Anton an, und mein Mann wiederholte seine Fragen mit beinahe unhöflicher Dringlichkeit. Ja, antwortete Vivian sofort, wir waren in Österreich, in – aber nun brachte auch sie den Namen des Ortes nicht heraus und starrte verwirrt auf den runden, von einer feinen Staubschicht bedeckten Tisch.

In diesem Augenblick zog Anton sein Zigarettenetui heraus, ein flaches goldenes Etui, das er von seinem Vater geerbt hatte und das er, entgegen der herrschenden Mode, Zigaretten in ihren Packungen anzubieten, noch immer benutzte. Er klappte es auf und bot uns allen an, und dann machte er es wieder zu und legte es auf den Tisch, woran ich mich am nächsten Morgen, als er es vermißte, noch gut erinnern konnte.

Wir tranken also Tee und rauchten, und dann stand Vivian plötzlich auf und drehte das Radio an, und über allerhand grelle Klang- und Stimmfetzen glitt der Lautsprecherton in eine sanft klirrende Tanzmusik. Wir wollen tanzen, sagte Vivian und sah meinen Mann an, und Anton erhob sich sofort und legte den Arm um sie. Ihr Bruder machte keine Anstalten, mich zum Tanzen aufzufordern, so blieben wir am Tisch sitzen und hörten der Musik zu und betrachteten das Paar, das sich im Hintergrund des großen Zimmers hin und her bewegte. So kühl sind die Engländerinnen also nicht, dachte ich und wußte schon, daß ich etwas anderes meinte, denn Kühle, eine holde, sanfte Kühle ging nach wie vor von dem fremden Mädchen aus, zugleich aber auch eine seltsame Gier, da sich ihre kleinen Hände wie Saugnäpfe einer Kletterpflanze an den Schultern meines Mannes festhielten und ihre Lippen sich lautlos bewegten, als formten sie Ausrufe der höchsten Bedrängnis und Not. Anton, der damals noch ein kräftiger junger Mann und ein guter Tänzer war, schien von dem ungewöhnlichen Verhalten seiner Partnerin nichts zu bemerken, er sah ruhig und liebevoll auf sie herunter und manchmal schaute er auf dieselbe Weise auch zu mir herüber, als wolle er sagen: Mach dir keine Gedanken, es geht vorüber, es ist nichts. Aber obwohl Vivian so leicht und dünn mit ihm hinschwebte, schien dieser Tanz, der, wie es bei Radiomusik üblich ist, kein Ende nahm und nur in Rhythmus und Melodie sich veränderte, ihn ungebührlich anzustrengen, seine Stirn war bald mit Schweißtropfen bedeckt, und wenn er einmal mit Vivian nahe bei mir vorüberkam, konnte ich seinen Atem fast wie ein Keuchen oder Stöhnen hören. Laurie, der ziemlich schläfrig an meiner Seite saß, fing plötzlich an, zu der Musik den Takt zu schlagen, wozu er geschickt bald seine Fingerknöchel, bald den Teelöffel verwendete, auch mit dem Zigarettenetui meines Mannes synkopisch auf den Tisch klopfte, was alles der Musik etwas atemlos Drängendes verlieh und mich in plötzliche Angst versetzte. Eine Falle, dachte ich, sie haben uns hier heraufgelockt, wir sollen ausgeraubt oder verschleppt werden, und gleich darauf, was für ein verrückter Gedanke, wer sind wir schon, unwichtige Fremde, Touristen, Theaterbesucher, die nichts bei sich haben als ein bißchen Geld, um notfalls nach der Vorstellung noch etwas essen zu gehen. Plötzlich wurde ich sehr schläfrig, ich gähnte ein paarmal verstohlen. War nicht der Tee, den wir getrunken hatten, außergewöhnlich bitter gewesen, und hatte Vivian die Tassen nicht schon eingeschenkt hereingebracht, so daß sehr wohl in den unseren ein Schlafmittel hätte aufgelöst sein können und in denen der englischen Geschwister nicht? Fort, dachte ich, heim ins Hotel, und suchte den Blick meines Mannes wieder, der aber nicht zu mir hersah, sondern jetzt die Augen geschlossen hielt, während das zarte Gesicht seiner Tänzerin ihm auf die Schulter gesunken war.

Wo ist das Telefon? fragte ich unhöflich, ich möchte ein Taxi bestellen. Laurie griff bereitwillig hinter sich, der Apparat stand auf einer Truhe, aber als Laurie den Hörer abnahm, war kein Summzeichen zu vernehmen.

Laurie zuckte nur bedauernd mit den Achseln, aber Anton war jetzt aufmerksam geworden, er blieb stehen und löste seine Arme von dem Mädchen, das verwundert zu ihm aufschaute und beängstigend schwankte, wie eine zarte Staude im Wind. Es ist spät, sagte mein Mann, ich fürchte, wir müssen jetzt gehen. Die Geschwister machten zu meiner Überraschung keinerlei Einwände, nur noch ein paar freundliche und höfliche Worte wurden gewechselt, Dank für den reizenden Abend und so weiter, und dann brachte der schweigsame Laurie uns die Treppe hinunter zur Haustür, und Vivian blieb auf dem Absatz oben stehen, lehnte sich über das Geländer und stieß kleine, vogelleichte Laute aus, die alles bedeuten konnten oder auch nichts.

Ein Taxistand war in der Nähe, aber Anton wollte ein Stück zu Fuß gehen, er war zuerst still und wie erschöpft und fing dann plötzlich lebhaft zu reden an. Gesehen habe er die Geschwister bestimmt schon irgendwo und vor nicht langer Zeit, wahrscheinlich in Kitzbühel im Frühjahr, das sei ja gewiß ein für Ausländer schwer zu behaltender Name, kein Wunder, daß Vivian nicht auf ihn gekommen sei. Er habe jetzt sogar etwas ganz Bestimmtes im Sinn, vorhin beim Tanzen sei es ihm eingefallen, eine Bergstraße, ein Hinüber- und Herübersehen von Wagen zu Wagen, in dem einen habe er gesessen, allein, und in dem andern, einem roten Sportwagen, die Geschwister, das Mädchen am Steuer, und nach einer kurzen Stockung im Verkehr, einem minutenlangen Nebeneinanderfahren, habe es ihn überholt und sei davongeschossen auf eine schon nicht mehr vernünftige Art. Ob sie nicht hübsch sei und etwas Besonderes, fragte Anton gleich darauf, und ich sagte, hübsch schon und etwas Besonderes schon, aber ein bißchen unheimlich, und ich erinnerte ihn an den modrigen Geruch in der Wohnung und an den Staub und das abgestellte Telefon. Anton hatte von dem allem nichts bemerkt und wollte auch jetzt nichts davon wissen, aber streitlustig waren wir beide nicht, sondern sehr müde, und darum hörten wir nach einer Weile auf zu sprechen und fuhren ganz friedlich nach Hause ins Hotel und gingen zu Bett.

Für den nächsten Vormittag hatten wir uns die Tate-Galerie vorgenommen, wir besaßen auch schon einen Katalog dieser berühmten Bildersammlung, und beim Frühstück blätterten wir darin und überlegten uns, welche Bilder wir anschauen wollten und welche nicht. Aber gleich nach dem Frühstück vermißte mein Mann sein Zigarettenetui, und als ich ihm sagte, daß ich es auf dem Tisch bei den englischen Geschwistern zuletzt gesehen hätte, schlug er vor, daß wir es noch vor dem Besuch des Museums dort abholen sollten. Ich dachte gleich, er hat es absichtlich liegenlassen, aber ich sagte nichts. Wir suchten die Straße auf dem Stadtplan, und dann fuhren wir mit einem Autobus bis zu einem Platz in der Nähe. Es regnete nicht mehr, ein zartgoldener Frühherbstnebel lag über den weiten Parkwiesen, und große Gebäude mit Säulen und Giebeln tauchten auf und verschwanden wieder geheimnisvoll im wehenden Dunst.

Anton war sehr guter Laune und ich auch. Ich hatte alle Beunruhigung des vergangenen Abends vergessen und war gespannt, wie sich unsere neuen Bekannten im Tageslicht ausnehmen und verhalten würden. Ohne Mühe fanden wir die Straße und auch das Haus und waren nur erstaunt, alle Läden heruntergelassen zu sehen, so als ob drinnen noch alles schliefe oder die Bewohner zu einer langen Reise aufgebrochen seien. Da sich auf mein erstes schüchternes Klingeln hin nichts rührte, schellten wir dringlicher, schließlich fast ungezogen lange und laut. Ein altmodischer Messingklopfer befand sich auch an der Tür, und auch diesen betätigten wir am Ende, ohne daß sich drinnen Schritte hören ließen oder Stimmen laut wurden. Schließlich gingen wir fort, aber nur ein paar Häuser weit die Straße hinunter, dann blieb Anton wieder stehen. Es sei nicht wegen des Etuis, sagte er, aber es könne den jungen Leuten etwas zugestoßen sein, eine Gasvergiftung zum Beispiel, Gaskamine habe man hier überall, und er habe auch einen im Wohnzimmer gesehen. An eine mögliche Abreise der Geschwister wollte er nicht glauben, auf jeden Fall müsse die Polizei gerufen werden, und er habe auch jetzt nicht die Ruhe, im Museum Bilder zu betrachten. Inzwischen hatte sich der Nebel gesenkt, ein schöner blauer Nachsommerhimmel stand über der wenig befahrenen Straße und über dem Haus Nr. 79, das, als wir nun zurückkehrten, noch ebenso still und tot dalag wie vorher.

Die Nachbarn, sagte ich, man muß die Nachbarn fragen, und schon öffnete sich ein Fenster im nächsten, zur Rechten gelegenen Haus, und eine dicke Frau schüttelte ihren Besen über den hübschen Herbstastern des Vorgärtchens aus. Wir riefen sie an und versuchten, uns ihr verständlich zu machen. Einen Familiennamen wußten wir nicht, nur Vivian und Laurie, aber die Frau schien sofort zu wissen, wen wir meinten. Sie zog ihren Besen zurück, legte ihre starke Brust in der geblümten Bluse auf die Fensterbank und sah uns erschrocken an. Wir waren hier im Haus, sagte Anton, noch gestern abend, wir haben etwas liegengelassen, das möchten wir jetzt abholen, und die Frau machte plötzlich ein mißtrauisches Gesicht. Das sei unmöglich, sagte sie mit ihrer schrillen Stimme, nur sie habe den Schlüssel, das Haus stünde leer. Seit wann? fragte ich unwillkürlich und glaubte schon, daß wir uns doch in der Hausnummer geirrt hätten, obwohl im Vorgarten, nun im hellen Sonnenlicht, die steinerne Katze lag.

Seit drei Monaten, sagte die Frau ganz entschieden, seit die jungen Herrschaften tot sind. Tot? fragten wir und fingen an durcheinanderzureden, lächerlich, wir waren gestern zusammen im Theater, wir haben bei ihnen Tee getrunken und Musik gemacht und getanzt.

Einen Augenblick, sagte die dicke Frau und schlug das Fenster zu, und ich dachte schon, sie würde jetzt telefonieren und uns fortbringen lassen, ins Irrenhaus oder auf die Polizei. Sie kam aber gleich darauf auf die Straße hinaus, mit neugierigem Gesicht, ein großes Schlüsselbund in der Hand. Ich bin nicht verrückt, sagte sie, ich weiß, was ich sage, die jungen Herrschaften sind tot und begraben, sie waren mit dem Wagen im Ausland und haben sich dort den Hals gebrochen, irgendwo in den Bergen, mit ihrem blödsinnig schnellen Fahren.

In Kitzbühel? fragte mein Mann entsetzt, und die Frau sagte, so könne der Ort geheißen haben, aber auch anders, diese ausländischen Namen könne niemand verstehen. Indessen ging sie uns schon voraus, die Stufen hinauf, und sperrte die Tür auf, wir sollten nur sehen, daß sie die Wahrheit spreche und daß das Haus leer sei, von ihr aus könnten wir auch in die Zimmer gehen, aber Licht könne sie nicht anmachen, sie habe die elektrischen Birnen für sich herausgeschraubt, der Herr Verwalter habe nichts dagegen gehabt.

Wir gingen hinter der Frau her, es roch dumpf und muffig, und ich faßte auf der Treppe meinen Mann bei der Hand und sagte, es war einfach eine ganz andere Straße, oder wir haben alles nur geträumt, zwei Menschen können genau denselben Traum haben in derselben Nacht, so etwas gibt es, und jetzt wollen wir gehen. Ja, sagte Anton ganz erleichtert, du hast recht, was haben wir hier zu suchen, und er blieb stehen und griff in die Tasche, um etwas Geld herauszuholen, das er der Nachbarsfrau für ihre Mühe geben wollte. Die war aber schon oben ins Zimmer getreten, und wir mußten ihr nachlaufen und auch in das Zimmer hineingehen, obwohl wir dazu schon gar keine Lust mehr hatten und ganz sicher waren, daß das Ganze eine Verwechslung oder eine Einbildung war. Kommen Sie nur, sagte die Frau und fing an, einen Laden heraufzuziehen, nicht völlig, nur ein Stückchen, nur so weit, daß man alle Möbel deutlich erkennen konnte, besonders einen runden Tisch mit Sesseln drum herum und mit einer feinen Staubschicht auf der Platte, einen Tisch, auf dem nur ein einziger Gegenstand, der jetzt, von einem Sonnenstrahl getroffen, aufleuchtete, ein flaches goldenes Zigarettenetui, lag.

Gespenst *n,* mhd. *gespanst, -spenst f., -spenste n.* ›Lokkung, teuflisches Trugbild, Gespenst‹, ahd. *(gi)spanst,* asächs. *gispensti* ›Verlockung‹: Verbalabstr. zum st. Ztw. ahd. *spanan* ›locken‹, s. a b s p e n s t i g.

Kluge – Götze – Mitzka,
Etymologisches Wörterbuch

Johann Wolfgang Goethe

Aus:

Unterhaltungen deutscher Ausgewanderten

Abends nach Tische, als die Baronesse zeitig in ihr Zimmer gegangen war, blieben die übrigen beisammen und sprachen über mancherlei Nachrichten, die eben einliefen, über Gerüchte, die sich verbreiteten. Man war dabei, wie es gewöhnlich in solchen Augenblicken zu geschehen pflegt, in Zweifel, was man glauben und was man verwerfen sollte.

Der alte Hausfreund sagte darauf: Ich finde am bequemsten, daß wir dasjenige glauben, was uns angenehm ist, ohne Umstände das verwerfen, was uns unangenehm wäre, und daß wir übrigens wahr sein lassen, was wahr sein kann.

Man machte die Bemerkung, daß der Mensch auch gewöhnlich so verfahre, und durch einige Wendung des Gesprächs kam man auf die entschiedene Neigung unsrer Natur, das Wunderbare zu glauben. Man redete vom Romanhaften, vom Geisterhaften, und als der Alte einige gute Geschichten dieser Art künftig zu erzählen versprach, versetzte Fräulein Luise: Sie wären recht artig und würden vielen Dank verdienen, wenn Sie uns gleich, da wir eben in der rechten Stimmung beisammen sind, eine solche Geschichte vortrügen; wir würden aufmerksam zuhören und Ihnen dankbar sein.

Ohne sich lange bitten zu lassen, fing der Geistliche darauf mit folgenden Worten an:

Als ich mich in Neapel aufhielt, begegnete daselbst eine Geschichte, die großes Aufsehen erregte und worüber die Urteile sehr verschieden waren. Die einen behaupteten, sie sei völlig ersonnen, die andern, sie sei wahr, aber es stecke ein Betrug dahinter. Diese Partei war wieder unter einander selbst uneinig; sie stritten, wer dabei betrogen haben könnte. Noch andere behaupteten, es sei keineswegs ausgemacht, daß geistige Naturen nicht sollten auf Elemente und Körper wirken können, und man müsse nicht jede wunderbare Begebenheit ausschließlich entweder für Lüge oder Trug erklären. Nun zur Geschichte selbst.

Eine Sängerin, Antonelli genannt, war zu meiner Zeit der Liebling des neapolitanischen Publikums. In der Blüte ihrer Jahre, ihrer Figur, ihrer Talente fehlte ihr nichts, wodurch ein Frauenzimmer die Menge reizt und lockt und eine kleine Anzahl Freunde entzückt und glücklich macht. Sie war nicht unempfindlich gegen Lob und Liebe; allein von Natur mäßig und verständig, wußte sie die Freuden zu genießen, die beide gewähren, ohne dabei aus der Fassung zu kommen, die ihr in ihrer Lage so nötig war. Alle jungen, vornehmen, reichen Leute drängten sich zu ihr; nur wenige nahm sie auf, und wenn sie bei der Wahl ihrer Liebhaber meist ihren Augen und ihrem Herzen folgte, so zeigte sie doch bei allen kleinen Abenteuern einen festen, sichern Charakter, der jeden genauen Beobachter für sie einnehmen mußte. Ich hatte Gelegenheit, sie einige Zeit zu sehen, indem ich mit einem ihrer Begünstigten in nahem Verhältnisse stand.

Verschiedne Jahre waren hingegangen, sie hatte Männer genug kennen gelernt und unter ihnen viele Gecken, schwache und unzuverlässige Menschen. Sie glaubte bemerkt zu haben, daß ein Liebhaber, der in einem gewissen Sinne dem Weibe alles ist, gerade da, wo sie eines Beistandes am nötigsten bedürfte, bei Vorfällen des Lebens, häuslichen Angelegenheiten, bei augenblicklichen Entschließungen meistenteils zu nichts wird, wenn er nicht gar seiner

Geliebten, indem er nur an sich selbst denkt, schadet und aus Eigenliebe ihr das Schlimmste zu raten und sie zu den gefährlichsten Schritten zu verleiten sich gedrungen fühlt.

Bei ihren bisherigen Verbindungen war ihr Geist meistenteils unbeschäftigt geblieben; auch dieser verlangte Nahrung. Sie wollte endlich einen *Freund* haben, und kaum hatte sie dieses Bedürfnis gefühlt, so fand sich unter denen, die sich ihr zu nähern suchten, ein junger Mann, auf den sie ihr Zutrauen warf und der es in jedem Sinne zu verdienen schien.

Es war ein Genueser, der sich um diese Zeit, einiger wichtigen Geschäfte seines Hauses wegen, in Neapel aufhielt. Bei einem sehr glücklichen Naturell hatte er die sorgfältigste Erziehung genossen. Seine Kenntnisse waren ausgebreitet, sein Geist wie sein Körper vollkommen ausgebildet; sein Betragen konnte für ein Muster gelten, wie einer, der sich keinen Augenblick vergißt, sich doch immer in andern zu vergessen scheint. Der Handelsgeist seiner Geburtsstadt ruhete auf ihm; er sah das, was zu tun war, im Großen an. Doch war seine Lage nicht die glücklichste: sein Haus hatte sich in einige höchst mißliche Spekulationen eingelassen und war in gefährliche Prozesse verwickelt. Die Angelegenheiten verwirrten sich mit der Zeit noch mehr, und die Sorge, die er darüber empfand, gab ihm einen Anstrich von Traurigkeit, der ihm sehr wohl anstand und unserm jungen Frauenzimmer noch mehr Mut machte, seine Freundschaft zu suchen, weil sie zu fühlen glaubte, daß er selbst einer Freundin bedürfe.

Er hatte sie bisher nur an öffentlichen Orten und bei Gelegenheit gesehen; sie vergönnte ihm nunmehr auf seine erste Anfrage den Zutritt in ihrem Hause, ja sie lud ihn recht dringend ein, und er verfehlte nicht, zu kommen.

Sie versäumte keine Zeit, ihm ihr Zutrauen und ihren Wunsch zu entdecken. Er war verwundert und erfreut über ihren Antrag. Sie bat ihn inständig, ihr Freund zu bleiben und keine Anforderungen eines Liebhabers zu machen. Sie eröffnete ihm eine Verlegenheit, in der sie sich eben befand und worüber er bei seinen mancherlei Verhältnissen den besten Rat geben und die schleunigste Einleitung zu ihrem Vorteil machen konnte. Er vertraute ihr dagegen seine Lage, und indem sie ihn zu erheitern und zu trösten wußte, indem sich in ihrer Gegenwart manches entwickelte, was sonst bei ihm nicht so früh erwacht wäre, schien sie auch seine Ratgeberin zu sein, und eine wechselseitige, auf die edelste Achtung, auf das schönste Bedürfnis gegründete Freundschaft hatte sich in kurzem zwischen ihnen befestigt.

Nur leider überlegt man bei Bedingungen, die man eingeht, nicht immer, ob sie möglich sind. Er hatte versprochen, nur Freund zu sein, keine Ansprüche auf die Stelle eines Liebhabers zu machen; und doch konnte er sich nicht leugnen, daß ihm die von ihr begünstigten Liebhaber überall im Wege, höchst zuwider, ja ganz und gar unerträglich waren. Besonders fiel es ihm höchst schmerzlich auf, wenn ihn seine Freundin von den guten und bösen Eigenschaften eines solchen Mannes oft launig unterhielt, alle Fehler des Begünstigten genau zu kennen schien und doch noch vielleicht selbigen Abend, gleichsam zum Spott des wertgeschätzten Freundes, in den Armen eines Unwürdigen ausruhte.

Glücklicher oder unglücklicher Weise geschah es bald, daß das Herz der Schönen frei wurde. Ihr Freund bemerkte es mit Vergnügen und suchte ihr vorzustellen, daß der erledigte Platz ihm vor allen andern gebühre. Nicht ohne Widerstand und Widerwillen gab sie seinen Wünschen Gehör; ich fürchte, sagte sie, daß ich über dieser Nachgiebigkeit das Schätzbarste auf der Welt, einen Freund verliere. Sie hatte richtig geweissagt; denn kaum hatte er eine Zeitlang in seiner doppelten Eigenschaft bei ihr gegolten, so fingen seine Launen an, beschwerlicher zu werden; als Freund forderte er ihre ganze Achtung, als Liebhaber ihre ganze Neigung und als ein verständiger und angenehmer Mann unausgesetzte Unterhaltung.

Dies aber war keinesweges nach dem Sinne des lebhaften Mädchens; sie konnte sich in keine Aufopferung finden und hatte nicht Lust, irgend jemand ausschließliche Rechte zuzugestehen. Sie suchte daher auf eine zarte Weise seine Besuche nach und nach zu verringern, ihn seltner zu sehen und ihn fühlen zu lassen, daß sie um keinen Preis der Welt ihre Freiheit weggebe.

Sobald er es merkte, fühlte er sich vom größten Unglück betroffen, und leider befiel ihn dieses Unheil nicht allein: seine häuslichen Angelegenheiten fingen an, äußerst schlimm zu werden. Er hatte sich dabei den Vorwurf zu machen, daß er von früher Jugend an sein Vermögen als eine unerschöpfliche Quelle angesehen, daß er seine Handelsangelegenheiten versäumt, um auf Reisen und in der großen Welt eine vornehmere und reichere Figur zu spielen, als ihm seine Geburt und sein Einkommen gestatteten. Die Prozesse, auf die er seine Hoffnung setzte, gingen langsam und waren kostspielig. Er mußte deshalb einigemal nach Palermo, und während seiner letzten Reise machte das kluge Mädchen verschiedene Einrichtungen, um ihrer Haushaltung eine andere Wendung zu geben und ihn nach und nach von sich zu entfernen. Er kam zurück und fand sie in einer andern Wohnung, entfernt von der seinigen, und sah den Marchese von S., der damals auf die öffentlichen Lustbarkeiten und Schauspiele großen Einfluß hatte, vertraulich bei ihr aus und ein gehen. Dies überwältigte ihn, und er fiel in eine schwere Krankheit. Als die Nachricht davon zu seiner Freundin gelangte, eilte sie zu ihm, sorgte für ihn, richtete seine Aufwartung ein, und als ihr nicht verborgen blieb, daß seine Kasse nicht zum besten bestellt war, ließ sie eine ansehnliche Summe zurück, die hinreichend war, ihn auf einige Zeit zu beruhigen.

Durch die Anmaßung, ihre Freiheit einzuschränken, hatte der Freund schon viel in ihren Augen verloren; wie ihre Neigung zu ihm abnahm, hatte ihre Aufmerksamkeit auf ihn zugenommen; endlich hatte die Entdeckung, daß er in seinen eigenen Angelegenheiten so unklug gehandelt habe, ihr nicht die günstigsten Begriffe von seinem Verstande und seinem Charakter gegeben. Indessen bemerkte er die große Veränderung nicht, die in ihr vorgegangen war; vielmehr schien ihre Sorgfalt für seine Genesung, die Treue, womit sie halbe Tage lang an seinem Lager aushielt, mehr ein Zeichen ihrer Freundschaft und Liebe als ihres Mitleids zu sein, und er hoffte, nach seiner Genesung in alle Rechte wieder eingesetzt zu werden.

Wie sehr irrte er sich! In der Maße, wie seine Gesundheit wiederkam und seine Kräfte sich erneuerten, verschwand bei ihr jede Art von Neigung und Zutrauen, ja er schien ihr so lästig, als er ihr sonst angenehm gewesen war. Auch war seine Laune, ohne daß er es selbst bemerkte, während dieser Begebenheiten höchst bitter und verdrießlich geworden: alle Schuld, die er an seinem Schicksal haben konnte, warf er auf andere und wußte sich in allem völlig zu rechtfertigen. Er sah in sich nur einen unschuldig verfolgten, gekränkten, betrübten Mann und hoffte völlige Entschädigung alles Übels und aller Leiden von einer vollkommenen Ergebenheit seiner Geliebten.

Mit diesen Anforderungen trat er gleich in den ersten Tagen hervor, als er wieder ausgehen und sie besuchen konnte. Er verlangte nichts weniger, als daß sie sich ihm ganz ergeben, ihre übrigen Freunde und Bekannten verabschieden, das Theater verlassen und ganz allein mit ihm und für ihn leben sollte. Sie zeigte ihm die Unmöglichkeit, seine Forderungen zu bewilligen, erst auf eine scherzhafte, dann auf eine ernsthafte Weise, und war leider endlich genötigt, ihm die traurige Wahrheit, daß ihr Verhältnis gänzlich vernichtet sei, zu gestehen. Er verließ sie und sah sie nicht wieder.

Er lebte noch einige Jahre in einem sehr eingeschränkten Kreise, oder vielmehr bloß in der Gesellschaft einer alten frommen Dame, die mit ihm in *einem* Hause wohnte und sich von wenigen Renten erhielt. In dieser Zeit gewann er den einen Prozeß und bald darauf den andern; allein seine Gesundheit war untergraben und das Glück seines Lebens verloren. Bei einem geringen Anlaß fiel er abermals in eine schwere Krankheit; der Arzt kündigte ihm den Tod an. Er vernahm sein Urteil ohne Widerwillen, nur wünschte er seine schöne Freundin noch einmal zu sehen. Er schickte seinen Bedienten zu ihr, der sonst in glücklichern Zeiten manche günstige Antwort gebracht hatte. Er ließ sie bitten; sie schlug es ab. Er schickte zum zweitenmal und ließ sie beschwören; sie beharrte auf ihrem Sinne. Endlich, es war schon tief in der Nacht, sendete er zum drittenmal; sie ward bewegt und vertraute mir ihre Verlegenheit, denn ich war eben mit dem Marchese und einigen andern Freunden bei ihr zum Abendessen. Ich riet ihr und bat sie, dem Freunde den letzten Liebesdienst zu erzeigen; sie schien unentschlossen, aber nach einigem Nachdenken nahm sie sich zusammen. Sie schickte den Bedienten mit einer abschläglichen Antwort weg, und er kam nicht wieder.

Wir saßen nach Tische in einem vertrauten Gespräch und waren alle heiter und guten Muts. Es war gegen Mitternacht, als sich auf einmal eine klägliche, durchdringende, ängstliche und lange nachtönende Stimme hören ließ. Wir fuhren zusammen, sahen einander an und sahen uns um, was aus diesem Abenteuer werden sollte. Die Stimme schien an den Wänden zu verklingen, wie sie aus der Mitte des Zimmers hervorgedrungen war. Der Marchese stand auf und sprang ans Fenster, und wir andern bemühten uns um die Schöne, welche ohnmächtig dalag. Sie kam erst langsam zu sich selbst. Der eifersüchtige und heftige Italiener sah kaum ihre wieder aufgeschlagenen Augen, als er ihr bittre Vorwürfe machte. Wenn Sie mit Ihren Freunden Zeichen verabreden, sagte er, so lassen Sie doch solche weniger auffallend und heftig sein. Sie antwortete ihm mit ihrer gewöhnlichen Gegenwart des Geistes, daß, da sie jedermann und zu jeder Zeit bei sich zu sehen das Recht habe, sie wohl schwerlich solche traurige und schreckliche Töne zur Vorbereitung angenehmer Stunden wählen würde.

Und gewiß, der Ton hatte etwas unglaublich Schreckhaftes. Seine lange nachdröhnenden Schwingungen waren uns allen in den Ohren, ja in den Gliedern geblieben. Sie war blaß, entstellt und immer der Ohnmacht nahe; wir mußten die halbe Nacht bei ihr bleiben. Es ließ sich nichts weiter hören. Die andre Nacht dieselbe Gesellschaft, nicht so heiter als Tags vorher, aber gefaßt genug, und – um dieselbige Zeit derselbe gewaltsame, fürchterliche Ton.

Wir hatten indessen über die Art des Schreies, und wo er herkommen möchte, unzählige Urteile gefällt und unsre Vermutungen erschöpft. Was soll ich weitläufig sein? So oft sie zu Hause aß, ließ er sich um dieselbige Zeit vernehmen und zwar, wie man bemerken wollte, manchmal stärker, manchmal schwächer. Ganz Neapel sprach von diesem Vorfall. Alle Leute des Hauses, alle Freunde und Bekannte nahmen den lebhaftesten Teil daran, ja die Polizei ward aufgerufen. Man stellte Spione und Beobachter aus. Denen auf der Gasse schien der Klang aus der freien Luft zu entspringen, und in dem Zimmer hörte man ihn gleichfalls ganz in unmittelbarer Nähe. So oft sie auswärts aß, vernahm man nichts; so oft sie zu Hause war, ließ sich der Ton hören.

Aber auch außer dem Hause blieb sie nicht ganz von diesem bösen Begleiter verschont. Ihre Anmut hatte ihr den Zutritt in die ersten Häuser geöffnet. Sie war als eine gute Gesellschafterin überall willkommen, und sie hatte sich, um dem bösen Gaste zu entgehen, angewöhnt, die Abende außer dem Hause zu sein.

Ein Mann, durch sein Alter und seine Stelle ehrwürdig, führte sie eines Abends in seinem Wagen nach Hause. Als sie vor ihrer Türe von ihm Abschied nimmt, entsteht der Klang zwischen ihnen beiden, und man hebt diesen Mann, der so gut wie tausend andere die Geschichte wußte, mehr tot als lebendig in seinen Wagen.

Ein andermal fährt ein junger Tenor, den sie wohl leiden konnte, mit ihr Abends durch die Stadt, eine Freundin zu besuchen. Er hatte von diesem seltsamen Phänomen reden hören und zweifelte, als ein muntrer Knabe, an einem solchen Wunder. Sie sprachen von der Begebenheit. Ich wünschte doch auch, sagte er, die Stimme Ihres unsichtbaren Begleiters zu hören; rufen Sie ihn doch auf, wir sind ja zu zweien und werden uns nicht fürchten. Leichtsinn oder Kühnheit, ich weiß nicht, was sie vermochte, genug, sie ruft dem Geiste, und in dem Augenblicke entsteht mitten im Wagen der schmetternde Ton, läßt sich dreimal schnell hinter einander gewaltsam hören und verschwindet mit einem bänglichen Nachklang. Vor dem Hause ihrer Freundin fand man beide ohnmächtig im Wagen, nur mit Mühe brachte man sie wieder zu sich und vernahm, was ihnen begegnet sei.

Die Schöne brauchte einige Zeit, sich zu erholen. Dieser immer erneuerte Schrecken griff ihre Gesundheit an, und das klingende Gespenst schien ihr einige Frist zu verstatten, ja sie hoffte sogar, weil es sich lange nicht wieder hören ließ, endlich völlig davon befreit zu sein. Allein diese Hoffnung war zu frühzeitig.

Nach geendigtem Karneval unternahm sie mit einer Freundin und einem Kammermädchen eine kleine Lustreise. Sie wollte einen Besuch auf dem Lande machen; es war Nacht, ehe sie ihren Weg vollenden konnten, und da noch am Fuhrwerke etwas zerbrach, mußten sie in einem schlechten Wirtshaus übernachten und sich so gut als möglich einrichten.

Schon hatte die Freundin sich niedergelegt, und das Kammermädchen, nachdem sie das Nachtlicht angezündet hatte, wollte eben zu ihrer Gebieterin ins andre Bette steigen, als diese scherzend zu ihr sagte: Wir sind hier am Ende der Welt, und das Wetter ist abscheulich; sollte er uns wohl hier finden können? Im Augenblick ließ er sich hören, stärker und fürchterlicher als jemals. Die Freundin glaubte nicht anders, als die Hölle sei im Zimmer, sprang aus dem Bette, lief, wie sie war, die Treppe hinunter und rief das ganze Haus zusammen. Niemand tat diese Nacht ein Auge zu. Allein es war auch das letztemal, daß sich der Ton hören ließ. Doch hatte leider der ungebetene Gast bald eine andere, lästigere Weise, seine Gegenwart anzuzeigen.

Einige Zeit hatte er Ruhe gehalten, als auf einmal Abends zur gewöhnlichen Stunde, da sie mit ihrer Gesellschaft zu Tische saß, ein Schuß, wie aus einer Flinte oder stark geladenen Pistole, zum Fenster herein fiel. Alle hörten den Knall, alle sahen das Feuer, aber bei näherer Untersuchung fand man die Scheibe ohne die mindeste Verletzung. Dessen ungeachtet nahm die Gesellschaft den Vorfall sehr ernsthaft, und alle glaubten, daß man der Schönen nach dem Leben stehe. Man eilt nach der Polizei, man untersucht die benachbarten Häuser, und da man nichts Verdächtiges findet, stellt man darin den andern Tag Schildwachen von oben bis unten; man durchsucht genau das Haus, worin sie wohnt, man verteilt Spione auf der Straße.

Alle diese Vorsicht war vergebens. Drei Monate hinter einander fiel in demselbigen Augenblicke der Schuß durch dieselbe Fensterscheibe, ohne das Glas zu verletzen, und, was merkwürdig war, immer genau eine Stunde vor Mitternacht, da doch gewöhnlich in Neapel nach der italienischen Uhr gezählt wird und Mitternacht daselbst eigentlich keine Epoche macht.

Man gewöhnte sich endlich an diese Erscheinung wie an die vorige und rechnete dem Geiste seine unschädliche Tücke nicht hoch an. Der Schuß fiel manchmal, ohne die Gesellschaft zu erschrecken oder sie in ihrem Gespräch zu unterbrechen.

Eines Abends, nach einem sehr warmen Tage, öffnete die Schöne, ohne an die Stunde zu denken, das bewußte Fenster und trat mit dem Marchese auf den Balkon. Kaum standen sie einige Minuten draußen, als der Schuß zwischen ihnen beiden durch fiel und sie mit Gewalt rückwärts in das Zimmer schleuderte, wo sie ohnmächtig auf den Boden taumelten. Als sie sich wieder erholt hatten, fühlte er auf der linken, sie aber auf der rechten Wange den Schmerz einer tüchtigen Ohrfeige, und da man sich weiter nicht verletzt fand, gab der Vorfall zu mancherlei scherzhaften Bemerkungen Anlaß.

Von der Zeit an ließ sich dieser Schall im Hause nicht wieder hören, und sie glaubte nun endlich ganz von ihrem unsichtbaren Verfolger befreit zu sein, als auf einem Wege, den sie Abends zu einer Freundin machte, ein unvermutetes Abenteuer sie nochmals auf das gewaltsamste erschreckte. Ihr Weg ging durch die Chiaja, wo ehemals der geliebte genuesische Freund gewohnt hatte. Es war heller Mondschein. Eine Dame, die bei ihr saß, fragte: Ist das nicht das Haus, in welchem der Herr* gestorben ist? – Es ist eins von diesen beiden, so viel ich weiß, sagte die Schöne, und in dem Augenblicke fiel aus einem dieser beiden Häuser der Schuß und drang durch den Wagen durch. Der Kutscher glaubte angegriffen zu sein und fuhr mit aller möglichen Geschwindigkeit fort. An dem Orte ihrer Bestimmung hob man die beiden Frauen für tot aus dem Wagen.

Aber dieser Schrecken war auch der letzte. Der unsichtbare Begleiter änderte seine Methode, und nach einigen Abenden erklang vor ihren Fenstern ein lautes Händeklatschen. Sie war als beliebte Sängerin und Schauspielerin diesen Schall schon mehr gewohnt; er hatte an sich nichts Schreckliches, und man konnte ihn eher einem ihrer Bewunderer zuschreiben. Sie gab wenig darauf Acht; ihre Freunde waren aufmerksamer und stellten, wie das vorigemal, Posten aus. Sie hörten den Schall, sahen aber vor wie nach niemand, und die meisten hofften nun bald auf ein völliges Ende dieser Erscheinungen.

Nach einiger Zeit verlor sich auch dieser Klang und verwandelte sich in angenehmere Töne. Sie waren zwar nicht eigentlich melodisch, aber unglaublich angenehm und lieblich. Sie schienen den genauesten Beobachtern von der Ecke einer Querstraße her zu kommen, im leeren Luftraume bis unter das Fenster hinzuschweben und dann dort auf das sanfteste zu verklingen. Es war, als wenn ein himmlischer Geist durch ein schönes Präludium aufmerksam auf eine Melodie machen wollte, die er eben vorzutragen im Begriff sei. Auch dieser Ton verschwand endlich und ließ sich nicht mehr hören, nachdem die ganze wunderbare Geschichte etwa anderthalb Jahre gedauert hatte.

Als der Erzähler einen Augenblick inne hielt, fing die Gesellschaft an, ihre Gedanken und Zweifel über diese Geschichte zu äußern, ob sie wahr sei, ob sie auch wahr sein könne?

Der Alte behauptete, sie müsse wahr sein, wenn sie interessant sein solle: denn für eine erfundene Geschichte habe sie wenig Verdienst. Jemand bemerkte darauf, es scheine sonderbar, daß man sich nicht nach dem abgeschiedenen Freunde und nach den Umständen seines Todes erkundigt, weil doch daraus vielleicht einiges zur Aufklärung der Geschichte hätte genommen werden können.

Auch dieses ist geschehen, versetzte der Alte; ich war selbst neugierig genug, sogleich nach der ersten Erscheinung in sein Haus zu gehen und unter einem Vorwand die Dame zu besuchen, welche zuletzt recht mütterlich für ihn gesorgt hatte. Sie erzählte mir, daß ihr Freund eine unglaubliche Leidenschaft für das Frauenzimmer gehegt habe, daß er die letzte Zeit seines Lebens fast allein von ihr gesprochen und sie bald als einen Engel, bald als einen Teufel vorgestellt habe. Als seine Krankheit überhand genommen, habe er nichts gewünscht, als sie vor seinem Ende noch einmal zu sehen, wahrscheinlich in der Hoffnung, nur noch eine zärtliche Äußerung, eine Reue oder sonst irgend ein Zeichen der Liebe und Freundschaft von ihr zu erzwingen. Desto schrecklicher sei ihm ihre anhaltende Weigerung gewesen, und sichtbar habe die letzte entscheidende abschlägliche Antwort sein Ende beschleunigt. Verzweifelnd habe er ausgerufen: Nein, es soll ihr nichts helfen! Sie vermeidet mich; aber auch nach meinem Tod soll sie keine Ruhe vor mir haben. Mit dieser Heftigkeit verschied er, und nur zu sehr mußten wir erfahren, daß man auch jenseits des Grabes Wort halten könne.

Die Gesellschaft fing aufs neue an, über die Geschichte zu meinen und zu urteilen. Zuletzt sagte der Bruder Fritz: Ich habe einen Verdacht, den ich aber nicht eher äußern will, als bis ich nochmals alle Umstände in mein Gedächtnis zurückgerufen und meine Kombinationen besser geprüft habe.

Als man lebhafter in ihn drang, suchte er einer Antwort dadurch auszuweichen, daß er sich erbot, gleichfalls eine Geschichte zu erzählen, die zwar der vorigen an Interesse nicht gleiche, aber doch auch von der Art sei, daß man sie niemals mit völliger Gewißheit habe erklären können.

Bei einem wackern Edelmann, meinem Freunde, der ein altes Schloß mit einer starken Familie bewohnte, war eine Waise erzogen worden, die, als sie herangewachsen und vierzehn Jahr alt war, meist um die Dame vom Hause sich beschäftigte und die nächsten Dienste ihrer Person verrichtete. Man war mit ihr wohl zufrieden, und sie schien nichts weiter zu wünschen, als durch Aufmerksamkeit und Treue ihren Wohltätern dankbar zu sein. Sie war wohlgebildet, und es fanden sich einige Freier um sie ein. Man glaubte nicht, daß eine dieser Verbindungen zu ihrem Glück gereichen würde, und sie zeigte auch nicht das mindeste Verlangen, ihren Zustand zu ändern.

Auf einmal begab sich's, daß man, wenn das Mädchen in dem Hause Geschäfte halber herumging, unter ihr, hier und da, pochen hörte. Anfangs schien es zufällig, aber da das Klopfen nicht aufhörte und beinahe jeden ihrer Schritte bezeichnete, ward sie ängstlich und traute sich kaum, aus dem Zimmer der gnädigen Frau herauszugehen, als in welchem sie allein Ruhe hatte.

Dieses Pochen ward von jedermann vernommen, der mit ihr ging oder nicht weit von ihr stand. Anfangs scherzte man darüber, endlich aber fing die Sache an, unangenehm zu werden. Der Herr vom Hause, der von einem lebhaften Geist war, untersuchte nun selbst die Umstände. Man hörte das Pochen nicht eher, als bis das Mädchen ging, und nicht sowohl, indem sie den Fuß aufsetzte, als indem sie ihn zum Weiterschreiten aufhob. Doch fielen die Schläge manchmal unregelmäßig, und besonders waren sie sehr stark, wenn sie quer über einen großen Saal den Weg nahm.

Der Hausvater hatte eines Tages Handwerksleute in der Nähe und ließ, da das Pochen am heftigsten war, gleich hinter ihr einige Dielen aufreißen. Es fand sich nichts, außer daß bei dieser Gelegenheit ein paar große Ratten zum Vorschein kamen, deren Jagd viel Lärm im Hause verursachte.

Entrüstet über diese Begebenheit und Verwirrung, griff der Hausherr zu einem strengen Mittel, nahm seine größte Hetzpeitsche von der Wand und schwur, daß er das Mädchen bis auf den Tod prügeln wolle, wenn sich noch ein einzigmal das Pochen hören ließe. Von der Zeit an ging sie ohne Anfechtung im ganzen Hause herum, und man vernahm von dem Pochen nichts weiter.

Woraus man denn deutlich sieht, fiel Luise ein, daß das schöne Kind sein eignes Gespenst war und aus irgend einer Ursache sich diesen Spaß gemacht und seine Herrschaft zum besten gehabt hatte.

Keinesweges, versetzte Fritz; denn diejenigen, welche diese Wirkung einem Geiste zuschrieben, glaubten, ein Schutzgeist wolle zwar das Mädchen aus dem Hause haben, aber ihr doch kein Leids zufügen lassen. Andere nahmen es näher und hielten dafür, daß einer ihrer Liebhaber die Wissenschaft oder das Geschick gehabt habe, diese Töne zu erregen, um das Mädchen aus dem Hause in seine Arme zu nötigen. Dem sei, wie ihm wolle, das gute Kind zehrte sich über diesen Vorfall beinah völlig ab und schien einem traurigen Geiste gleich, da sie vorher frisch, munter und die Heiterste im ganzen Hause gewesen. Aber auch eine solche körperliche Abnahme läßt sich auf mehr als eine Weise deuten.

Es ist schade, versetzte Karl, daß man solche Vorfälle nicht genau untersucht und daß man bei Beurteilung der Begebenheiten, die uns so sehr interessieren, immer zwischen verschiedenen Wahrscheinlichkeiten schwanken muß, weil die Umstände, unter welchen solche Wunder geschehen, nicht alle bemerkt sind.

Wenn es nur nicht überhaupt so schwer wäre, zu untersuchen, sagte der Alte, und in dem Augenblicke, wo etwas dergleichen begegnet, die Punkte und Momente alle gegenwärtig zu haben, worauf es eigentlich ankommt, damit man nichts entwischen lasse, worin Betrug und Irrtum sich verstecken könne. Vermag man denn einem Taschenspieler so leicht auf die Sprünge zu kommen, von dem wir doch wissen, daß er uns zum besten hat?

Kaum hatte er ausgeredet, als in der Ecke des Zimmers auf einmal ein sehr starker Knall sich hören ließ. Alle fuhren auf, und Karl sagte scherzend: Es wird sich doch kein sterbender Liebhaber hören lassen?

Er hätte gewünscht, seine Worte wieder zurückzunehmen; denn Luise ward bleich und gestand, daß sie für das Leben ihres Bräutigams zittere.

Fritz, um sie zu zerstreuen, nahm das Licht und ging nach dem Schreibtische, der in der Ecke stand. Die gewölbte Decke desselben war quer völlig durchgerissen; man hatte also die Ursache des Klanges: aber dessen ungeachtet fiel es ihnen auf, daß dieser Schreibtisch von Röntgens bester Arbeit, der schon mehrere Jahre an demselben Platze stand, in diesem Augenblicke zufällig gerissen sein sollte. Man hatte ihn oft als Muster einer vortrefflichen und dauerhaften Tischlerarbeit gerühmt und vorgezeigt, und nun sollte er auf einmal reißen, ohne daß in der Luft die mindeste Veränderung zu spüren war.

Geschwind, sagte Karl, laßt uns zuerst diesen Umstand berichtigen und nach dem Barometer sehen.

Das Quecksilber hatte seinen Stand vollkommen wie seit einigen Tagen; das Thermometer selbst war nicht mehr gefallen, als die Veränderung von Tag auf Nacht natürlich mit sich brachte.

Schade, daß wir nicht einen Hygrometer bei der Hand haben, rief er aus; gerade *das* Instrument wäre das nötigste!

Es scheint, sagte der Alte, daß uns immer die nötigsten Instrumente abgehen, wenn wir Versuche auf Geister anstellen wollen.

Sie wurden in ihren Betrachtungen durch einen Bedienten unterbrochen, der mit Hast hereinkam und meldete, daß man ein starkes Feuer am Himmel sehe, jedoch nicht wisse, ob es in der Stadt oder in der Gegend sei.

Da man durch das Vorhergehende schon empfänglicher für den Schrecken geworden war, so wurden alle mehr, als es vielleicht sonst geschehen sein würde, von der Nachricht betroffen. Fritz eilte auf das Belvedere des Hauses, wo auf einer großen horizontalen Scheibe die Karte des Landes ausführlich gezeichnet war, durch deren Hilfe man auch bei Nacht die verschiedenen Lagen der Orte ziemlich genau bestimmen konnte. Die andern blieben, nicht ohne Sorgen und Bewegung, bei einander.

Fritz kam zurück und sagte: Ich bringe keine gute Nachricht. Denn höchst wahrscheinlich ist der Brand nicht in der Stadt, sondern auf dem Gute unsrer Tante. Ich kenne die Richtung sehr genau und fürchte, mich nicht zu irren. Man bedauerte die schönen Gebäude und überrechnete den Verlust. Indessen, sagte Fritz, ist mir ein wunderlicher Gedanke eingekommen, der uns wenigstens über das sonderbare Anzeichen des Schreibtisches beruhigen kann. Vor allen Dingen wollen wir die Minute berichtigen, in der wir den Klang gehört haben.

Sie rechneten zurück, und es konnte etwa halb Zwölfe gewesen sein.

Nun, ihr mögt lachen oder nicht, fuhr Fritz fort, will ich euch meine Mutmaßung erzählen. Ihr wißt, daß unsre Mutter schon vor mehreren Jahren einen ähnlichen, ja man möchte sagen einen gleichen Schreibtisch an unsre Tante geschenkt hat. Beide waren zu *einer* Zeit aus *einem* Holze mit der größten Sorgfalt von *einem* Meister verfertigt, beide haben sich bisher trefflich gehalten, und ich wollte wetten, daß in diesem Augenblicke mit dem Lusthause unsrer Tante der zweite Schreibtisch verbrennt und daß sein Zwillingsbruder auch davon leidet. Ich will mich morgen selbst aufmachen und dieses seltsame Faktum so gut als möglich zu berichtigen suchen.

Ob Friedrich wirklich diese Meinung hegte, oder ob der Wunsch, seine Schwester zu beruhigen, ihm zu diesem Einfall geholfen, wollen wir nicht entscheiden; genug, sie ergriffen die Gelegenheit, über manche unleugbare Sympathien zu sprechen, und fanden am Ende eine Sympathie zwischen Hölzern, die auf *einem* Stamm erzeugt worden, zwischen Werken, die ein Künstler verfertigt, noch ziemlich wahrscheinlich. Ja sie wurden einig, dergleichen Phänomene ebenso gut für Naturphänomene gelten zu lassen als andere, welche sich öfter wiederholen, die wir mit Händen greifen und doch nicht erklären können.

Überhaupt, sagte Karl, scheint mir, daß jedes Phänomen, so wie jedes Faktum an sich eigentlich das Interessante sei. Wer es erklärt oder mit andern Begebenheiten zusammenhängt, macht sich gewöhnlich eigentlich nur einen Spaß und hat uns zum besten, wie zum Beispiel der Naturforscher und Historienschreiber. Aber eine einzelne Handlung oder Begebenheit ist interessant, nicht weil sie erklärbar oder wahrscheinlich, sondern weil sie wahr ist. Wenn gegen Mitternacht die Flamme den Schreibtisch der Tante verzehrt hat, so ist das sonderbare Reißen des unsern zu gleicher Zeit für uns eine wahre Begebenheit, sie mag übrigens erklärbar sein und zusammenhängen, mit was sie will.

Die Frage, ob es Gespenster gebe, bin ich geneigt zu bejahen. Doch mit der Bestimmung, daß diese Gespenster etwas Subjektives sind. Das ist aber die ganze reale Außenwelt gleichfalls.

Schopenhauer, aus dem Nachlaß

FRANZ HOHLER

Erzählung

Heute erzählte mir eine Bekannte in Bern beim Mittagessen von
einem Bekannten in Deutschland
welcher
    durch Zufall
mit einem Unbekannten ins Gespräch gekommen sei der ihm
nachdem sie vorerst über Dinge ohne Wichtigkeit geredet hätten
zu erzählen angefangen habe
wie er einmal
zwischen neun und zehn Uhr abends
    er sei Vertreter von Beruf
    und sei um diese Zeit noch öfters mit dem Wagen
    auf der Heimfahrt
wie er also
als er unterwegs gewesen sei
gesehen habe
daß
am Straßenrand
    auf freiem Feld
ein Mädchen
mit erhobner Hand gestanden sei
woraufhin er den Wagen angehalten habe
und es ihm auf seine Frage
wohin es wolle

entgegnet habe
es müsse in die Bäckerei des nächsten Dorfes
und er dann das Mädchen in den Wagen eingelassen habe
    es sei hinten eingestiegen
    und habe auf der Fahrt nicht mehr gesprochen
daß dann aber
als er im nächsten Dorf
die Bäckerei gefunden und davor gehalten habe
das Mädchen plötzlich nicht mehr dagewesen sei
was ihn bewogen habe
auszusteigen und zu läuten
um zu fragen
ob sie etwa schon im Haus sei
    was ihm allerdings auch seltsam vorgekommen wäre
    habe er doch nichts bemerkt
    das darauf hätte schließen lassen
daß
nach einer Weile
eine Frau
die Tür geöffnet habe
ihn
nach seiner Frage
gebeten habe
einzutreten
und ihm alsdann
    ihre schwarzen Kleider
    habe er erst jetzt bemerkt
eröffnet habe
das Mädchen
das er mitgenommen habe
müsse ihre Tochter sein
die vier Monate vorher

in einem Wagen
den sie angehalten habe
umgekommen sei
und er
er sei jetzt schon der dritte
der nach ihrem Tode komme
und erzähle
daß er   ein Mädchen mitge
das   hieher
      frage
ob sie   schon zu Hause

(Er sei dann ratlos weggefahren
und seit diesem Vorfall
fühle er sich sehr allein
und wisse nicht was machen
weil   )

Die Philosophie, deren Eigendünkel macht, daß sie sich selbst allen eitlen Fragen bloß stellt, sieht sich oft bei dem Anlasse gewisser Erzählungen in schlimmer Verlegenheit, wenn sie entweder an einigem in denselben ungestraft nicht zweifeln oder manches davon unausgelacht nicht glauben darf. Beide Beschwerlichkeiten finden sich in gewisser Maße bei den herumgehenden Geistergeschichten zusammen, die erste bei Anhörung desjenigen, der sie beteuret, und die zweite in Betracht derer, auf die man sie weiter bringt.

KANT, *Träume eines Geistersehers*

THEODOR STORM

Am Kamin

I

»Ich werde Gespenstergeschichten erzählen! – Ja, da klatschen die jungen Damen schon alle in die Hände.«

»Wie kommen Sie denn zu Gespenstergeschichten, alter Herr?«

»Ich? – das liegt in der Luft. Hören Sie nur, wie draußen der Oktoberwind in den Tannen fegt! Und dann hier drinnen dies helle Kienäpfelfeuerchen!«

»Aber ich dächte, die Spukgeschichten gehörten gänzlich zum Rüstzeug der Reaktion?«

»Nun, gnädige Frau, unter Ihrem Vorsitz wollen wir es immer darauf wagen.«

»Machen Sie nicht solche Augen, alter Herr!«

»Ich mache gar keine Augen. Aber wir wollen Stühle um den Kamin setzen. – So! die Chaiselongue kann stehenbleiben. – Nein, Klärchen, nicht die Lichter ausputzen! Da merkt man Absicht, und … et cetera.«

»So fang denn endlich einmal an!«

»In meiner Vaterstadt …«

»Wart noch; ich will mich vor dem Kamin auf den Teppich legen und Kienäpfel zuwerfen.«

»Tu das! – Also ein Arzt in meiner Vaterstadt hatte einen vierjährigen Knaben, welcher Peter hieß.«

»Das fängt sehr trocken an!«

»Klärchen, paß auf deine Kienäpfel! – Dem kleinen Peter träumte eines Nachts – –«

»Ach – – Träumen!«

»Was Träumen? Meine Damen, ich muß dringend bitten. Soll ich an einer zurückgetretenen Spukgeschichte ersticken?«

»Das ist keine Spukgeschichte; Träumen ist nicht Spuken.«

»Halt den Mund, liebes Klärchen! – Wo war ich denn?«

»Du warst noch nicht weit.«

»Sßt! – Der Vater erwachte eines Nachts – still, Klärchen! – von dem ängstlichen Geschrei des Jungen, welcher neben seinem Bette schlief. Er nahm ihn zu sich und suchte ihn zu ermuntern, aber das Kind war gar nicht zu beruhigen. – ›Was fehlt dir, Junge?‹ – ›Es war ein großer Wolf da, er war hinter mir, er wollte mich fressen.‹ – ›Du träumst ja, mein Kind!‹ – ›Nein, nein, Papa, es war ein wirklicher Wolf; seine rauhen Haare sind an mein Gesicht gekommen.‹ – Er begrub den Kopf an seines Vaters Brust und wollte nicht wieder in sein Korbbettchen zurück. So schlief er endlich ein. Draußen vom Turme hörte der Doktor nach einiger Zeit eins schlagen.

Im Hause des Arztes lebte eine ältliche Schwester desselben, welche den kleinen Peter ganz besonders in ihr Herz geschlossen hatte. – Er war eigentlich eine Range, der Junge; in einer Abendgesellschaft bei seinen Eltern hatte er uns einmal alle Sardellen von den Butterbroten weggefressen. Aber das tat der Liebe der Tante keinen Eintrag.

Am anderen Morgen, als der Doktor aus seinem Schlafzimmer trat, war sie die erste, die ihm begegnete. ›Denke dir, Karl, was mir geträumt hat!‹ – ›Nun?‹ – ›Ich hatte mich in einen Wolf verwandelt und wollte den kleinen Peter fressen; ich trabte auf allen vieren, während der Junge schreiend vor mir herlief.‹ – ›Hu! – Weißt du nicht, wieviel Uhr es gewesen ?‹ – ›Es muß nach Mitternacht gewesen sein; genauer kann ich es nicht bestimmen.‹«

*

»Nun, und weiter, alter Herr?«

»Nichts weiter; damit ist die Geschichte aus.«

»Pfui! Die Tante ist ein Werwolf gewesen!«

»Ich kann versichern, daß sie eine vortreffliche Dame war. Aber, Klärchen, leg einmal Kienäpfel auf!«

»Ja – aber Träumen ist doch nicht Spuken –«

»Ärgere den alten Herrn nicht! Siehst du, ich weiß besser mit ihm umzugehen. Da erscheint der Trank, bei dem der selige Hoffmann seine Serapionsgeschichten erzählte. – Setzen Sie die Bowle vor den Kamin, Martin! – Es ist auch eine halbe Flasche Maraschino dazu, alter Herr!«

»Ich küsse Ihnen die Hand, gnädige Frau.«

»Das verstehen Sie ja gar nicht!«

»Ich kann das eigentlich nicht bestreiten. In meiner Heimat tut man nicht dergleichen; indessen ich beginne wenigstens schon davon zu reden.«

»Trinken Sie lieber einmal! – Klärchen, damit du was zu tun hast, schenk einmal die Gläser voll!«

*

»Ich weiß nicht, meine Damen, ob Sie jemals durch die Marsch gefahren sind! Im Herbst und bei Regenwetter will ich es Ihnen nicht gewünscht haben; in trockner Sommerzeit aber kann es keinen besseren Weg geben, der feine graue Ton, aus welchem der Boden besteht, ist dann fest und eben, und der Wagen geht sanft und leicht darüber hin. Vor einigen Jahren führten mich Geschäfte nach der kleinen Stadt T. im nördlichen Schleswig, welche mitten in der nach ihr benannten Marsch liegt. Am Abend war ich in der Familie des dortigen Landschreibers. Nach dem Essen, als die Zigarren angezündet waren, gerieten wir unversehens in die Spukgeschichten, was dort eben nicht schwer ist; denn die alte Stadt ist ein wahres Gespensternest und noch voll von Heidenglauben. Nicht allein, daß allezeit ein Storch auf dem Kirchturm steht, wenn ein Ratsherr sterben soll; es geht auch nachts ein altes glasäugiges dreibeiniges Pferd durch die Straßen, und wo es stehenbleibt und in die Fenster guckt, wird bald ein Sarg herausgetragen. ›De Hel‹ nennen es die Leute, ohne zu ahnen, daß es das Roß ihrer alten Todesgöttin ist, welche selbst zugunsten des Klapperbeins seit lange den Dienst hat quittieren müssen. Von den mancherlei derartigen Gesprächen und Erzählungen jenes Abends ist mir indessen nur eine einfache Geschichte im Gedächtnis geblieben.

›Es war vor etwa zehn Jahren‹ – so erzählte unser Wirt –, ›als ich mit einem jungen Kaufmann und einigen anderen Bekannten eine Lustfahrt nach einem Hofe machte, welcher dem Vater des ersteren gehörte und durch einen sogenannten Hofmann verwaltet wurde. Es war das schönste Sommerwetter; das Gras auf den Fennen funkelte nur so in der Sonne, und die Stare mit ihrem lustigen Geschrei flogen in ganzen Scharen zwischen dem weidenden Vieh umher. Die Gesellschaft im Wagen, der sanft über den ebenen Marschweg dahinrollte, befand sich in der heitersten Laune; niemand mehr als unser junger kaufmännischer Freund. Plötzlich aber, als wir eben an einem blühenden Rapsfelde vorüberfuhren, verstummte er mitten im lebhaftesten Gespräch, und seine Augen nahmen einen so seltsamen glasigen Ausdruck an, wie ich ihn nie zuvor an einem lebenden Menschen gesehen hatte. Ich, der ich ihm gegenüber saß, ergriff seinen Arm und schüttelte ihn. ›Fritz, Fritz was fehlt dir?‹ fragte ich. Er atmete tief auf; dann sagte er, ohne mich anzusehen: ›Das war 'mal eine schlimme Stelle!‹ – ›Eine schlimme Stelle? Es geht ja wie auf der

Diele!‹ – ›Ja‹, entgegnete er, noch immer wie im Traum, ›es war doch nicht gut darüber wegzukommen.‹ – Allmählich ermunterte er sich, und sein Gesicht erhielt wieder Leben und Ausdruck; aber er wußte auf unsre Fragen keine andre Antwort zu geben. Dieses kleine Ereignis, was allerdings für den Augenblick die Stimmung etwas herabdrückte, war indessen, nachdem wir den Hof erreicht hatten, durch die Heiterkeit der Umgebung und unsre eigne Jugend bald vergessen. Wir ließen uns durch die alte Wirtschafterin den Kaffee in der Gartenlaube anrichten, wir gingen auf die Fennen, um die Ochsen zu besehen, und nachdem abends die mitgebrachten Flaschen in Gesellschaft des alten Hofmannes geleert waren, fuhren wir alle vergnügt, wie wir ausgefahren waren, wieder heim.

Acht Tage später war unser Freund des Nachmittags im Auftrage seines Vaters nach dem Hofe hinausgeritten. Am Abend kam sein Pferd allein zurück. Der alte Herr, der eben aus seinem L'hombre-Klub nach Hause gekommen war, machte sich sogleich mit allen seinen Leuten auf, um nach seinem einzigen Sohn zu suchen. Als sie mit ihren Handlaternen an jenes blühende Rapsfeld kamen, fanden sie ihn tot am Wege liegen. Was die Ursache seines Todes gewesen, vermag ich nicht mehr anzugeben.‹«

*

»Und geht es noch so rüstig
Hin über Stein und Steg,
Es ist eine Stelle im Wege,
Du kommst darüber nicht weg.«

»Aha! Unser poetischer Freund improvisiert.«

»Das nicht, Herr Assessor; der Vers ist schon gedruckt. Aber Klärchen scheint wieder mit meiner Geschichte nicht zufrieden zu sein; sie rührt mir gar zu ungeduldig in der Bowle.«

»Ich? – Da hast du ein Glas Punsch! – Ich sage schon gar nichts mehr.«

»Nun, so höre!

Mein Barbier – von dem hab ich diese Geschichte – ist der Sohn eines Tuchmachers. Als der Vater noch jung war, kam er eines Abends auf seiner Gesellenwanderung in eine kleine schlesische Stadt. Auf der Herberge erfuhr er, daß er bei einem der ältesten Meister in Arbeit treten könne. – ›Will nur hoffen, daß es mit dir Bestand haben wird‹, setzte der Herbergswirt hinzu. – ›Mit Gunst, Herr Vater, entgegnete der Gesell, ›traut Ihr mir nicht oder fehlt's da wo im Hause bei den Meistersleuten?‹ – Der Wirt schüttelte den Kopf. – ›Was denn aber, Herr Vater?‹ – ›Es ist nur‹, sagte der Alte, ›seit sie da drei Gesellen haben wollen, ist der dritte nach Monatsfrist allzeit wieder fremd geworden.‹

Unser Geselle ließ sich das nicht anfechten, sondern ging noch an demselben Abend zu seinem neuen Meister. Er fand ein paar alte Leute, die ihn freundlich ansprachen, und zur Stärkung nach der Wanderung ein solides bürgerliches Abendbrot. Als es Schlafenszeit war, führte der Meister ihn selbst durch einen langen Gang des Hintergebäudes in das obere Stockwerk und wies ihm dort seine Schlafkammer an. Der Gelaß für die beiden anderen Gesellen befinde sich unten; es sei aber darin nicht Platz für ein drittes Bett.

Als der Meister ihm gute Nacht gewünscht, stand der junge Mann noch einen Augenblick und horchte, wie sich die Schritte des Alten über die Treppe hinab entfernten und dann unten in dem langen Gange allmählich verloren. Hierauf besah er sich sein neues Quartier. – Es war eine lange, äußerst schmale Kammer mit kahlen weißen Wänden; unten, die ganze Breite der Querwand einnehmend, stand das Bett; daneben ein kleiner Tisch und ein kleiner Stuhl aus Föhrenholz; das war die ganze Ausstattung. Das einzige sehr hohe Fenster mit kleinen, in Blei gefaßten Scheiben schien, soviel er bei dem Mondschein draußen erkennen konnte, nach einem großen Garten hinaus zu liegen. – Aber er hatte das alles mit schon träumenden Augen angesehen, und nachdem er sich unter das derbe Deckbett gestreckt und das Licht ausgelöscht hatte, fiel er bald in einen tiefen Schlaf.

Wie lange derselbe gedauert, konnte er später nicht angeben; er wußte nur, daß er durch ein Geräusch, das mit ihm in der Kammer war, auf eine jähe Art erweckt worden sei. Und bald hörte er deutlich ein Kehren wie mit einem scharfen Reisbesen, das von der Richtung des Fensters her allmählich sich nach der Tiefe der Kammer zu bewegte. Er richtete sich auf und blickte mit aufgerissenen Augen vor sich hin; die Kammer war fast hell vom Mondschein; die eine Wand war ganz davon beleuchtet; aber er vermochte nichts zu sehen als den völlig leeren Raum.

Plötzlich, und ehe es noch ganz in seine Nähe gekommen, war alles wieder still. Er horchte noch eine Weile und suchte sich vergebens einen Vers darauf zu machen; endlich, ermüdet wie er war, fiel er aufs neue in einen festen Schlaf.

Am anderen Morgen, als zwischen ihm und dem Meister die Sache zur Sprache kam, erfuhr er von diesem, daß allerdings einzelne, welche vor ihm in der Kammer geschlafen, ein Ähnliches dort gehört haben wollten; es sei indes immer nur zur Zeit des Vollmondes gewesen und übrigens niemandem etwas dadurch zu nahe geschehen. – Der junge Tuchmacher ließ sich beruhigen; und in den Nächten, die nun folgten, wurde auch sein Schlaf durch nichts gestört. Dabei ging ihm im Hause alles nach Wunsch; Arbeit und Verdienst war regulär, und auch mit seinen beiden Nebengesellen hatte er sich auf guten Fuß gestellt.

So ging ein Tag nach dem andern hin, bis endlich wieder die Zeit des Vollmonds herangekommen war. Aber er hatte nicht darauf geachtet, denn es war schwere, bedeckte Luft, und kein Schein fiel in die Kammer, als er sich am Abend schlafen legte. – Da plötzlich erweckte ihn wieder jener schon halb vergessene Ton. Eifriger noch und schärfer, so dünkte es ihn, als das erstemal kehrte und fegte es bei ihm in der Kammer, und seltsamerweise, jetzt, wo es fast dunkel war, meinte er gegen das Fenster hin einen sich bewegenden Schatten zu sehen. Aber, wie zuerst, wurde auch jetzt nach einer Weile alles wieder still, ohne daß es sein Bett erreicht oder daß er etwas Genaueres zu erkennen vermocht hätte. Er konnte indessen diesmal den Schlaf so bald nicht wiederfinden und hörte vom Kirchturm eine Stunde nach der andern schlagen; endlich brach draußen der Mond durch die Wolken und schien in die Kammer, aber er beleuchtete nur die nackten Wände.

Der Gesell, so wenig angenehm ihm diese Dinge waren, beschloß bei sich, gegen jedermann zu schweigen, am wenigsten aber sich von jenem Unheimlichen vom Platze verdrängen zu lassen. – Wie gewöhnlich gingen auch die nun folgenden Nächte ohne Störung vorüber. – Nach Verlauf eines Monats kehrte er spät in der Nacht von einem benachbarten Orte zurück, wohin ihn sein Meister mit einem Geschäftsauftrage gesandt hatte. Er ging, als die Stadt erreicht war, nicht durch die Straßen, sondern an der Stadtmauer entlang, um durch den Garten in das Hinterhaus zu gelangen, wozu er den Schlüssel von seinem Meister erhalten hatte. Es war heller Mondschein. Schon in der Nähe des Hauses, während er zwischen den Rabatten auf dem geraden Stiege des Gartens entlangging, warf er zufällig einen Blick nach dem Fenster seiner Kammer hinauf. – Da saß oben ein Ding, ungestaltig und molkig, und guckte durch die Scheiben in den Garten hinab.

Der junge Mann verlor plötzlich die Lust, mit solcher Gesellschaft noch länger in Quartier zu liegen. Er kehrte um und suchte sich für diese Nacht ein Unterkommen in der Herberge. Am andern Morgen aber – so erzählte mir sein Sohn – nahm er seinen Abschied und verließ die Stadt, ohne jemals erfahren zu haben, womit er so lange in einer Kammer gehaust habe.«

*

»Kann ich mir auch nichts 'bei denken.«

»Geht mir ebenso, alter Herr.«

»Ich dächte doch, das wäre eine echte rechte Spukgeschichte; oder was fehlt denn noch daran?«

»Sie hat keine Pointe.«

»So? – – Aber ein Teil dieser Geschichten tritt eben mit dem Reiz des Rätsels an uns heran und drängt uns, den Dingen nachzuspüren, die, wenngleich selber längst vergangen, noch solche Schatten aus dem leeren Räume fallen lassen.«

»Nun, und Ihre Geschichte?«

»Will ich ganz dem Scharfsinn der Damen überlassen und Ihnen lieber etwas anderes erzählen, wo ein solcher Zusammenhang sich von selbst ergibt, indem der Reflex der Begebenheit mit dieser selbst scheinbar in einen Moment zusammenfällt.

Auf dem Gymnasium zu H. hatte ich einen Schulkameraden, einen fleißigen und geschickten Menschen, mit welchem ich, da er in meiner Nachbarschaft wohnte, in fast täglichem Verkehr lebte. Als er eben in Sekunda eingetreten war, starb der Vater, welcher ein kleines städtisches Amt bekleidet hatte, und hinterließ Sohn und Witwe in den bedrängtesten Umständen. – Mit Hilfe von Stipendien, deren es dort viele gab, hätte mein Freund dessenungeachtet wohl seinen Plan, die Rechte zu studieren, durchführen können; aber der lebhafte Wunsch, schon jetzt etwas zu verdienen und dadurch die letzten Jahre seiner alternden Mutter zu erleichtern, veranlaßte ihn, vom Gymnasium abzugehen und auf dem dortigen Amtshause als Lohnschreiber einzutreten. Unser Umgang wurde dadurch nicht unterbrochen; wir machten wie sonst des Mittags unsern gemeinschaftlichen Spaziergang, und abends, wenn er aus seiner Kanzlei nach Hause gekommen war, saßen wir in dem von ihm und seiner Mutter gemeinschaftlich bewohnten Zimmer und nahmen miteinander die Lektionen durch, welche am folgenden Tage in der Schule vorkommen sollten; denn er hatte seine Lebenspläne keineswegs gänzlich aufgegeben, und wo der Abend nicht reichte, nahm er unbedenklich die Nacht zu Hilfe. So habe ich manche Stunde dort verbracht in gemeinsamer Arbeit oder in gemütlichem Gespräch. Die Mutter pflegte mit ihrem Strickzeug neben uns vor der kleinen Lampe zu sitzen. Ich sehe noch das stille, etwas kränkliche Gesicht, wenn sie mitunter von der Arbeit aufblickte und mit einem Ausdruck der Sorge und der zärtlichsten Verehrung die Augen auf ihrem einzigen Kinde ruhen ließ. Er nahm dann wohl, wenn er es bemerkte, ihre blasse Hand und hielt sie fest in der seinigen, während er in dem vor ihm liegenden Buche weiterlas. Aber es ging dann nicht wie sonst, es war, als wenn die Zärtlichkeit für seine Mutter ihm die Gedanken zerstreute, und ich erinnere mich noch, wie ihm bei solchem Anlaß plötzlich die Tränen aus den Augen sprangen und er dann mit einem Lächeln und einem kurzen Blick auf sie ihre Hand sanft in ihren Schoß zurücklegte. Es war eine Luft des Friedens und der Stille in diesem Zimmer, wie ich sie nirgend sonst empfunden habe. An der einen Wand stand ein altes dürftiges Klavier; mitunter sangen wir daran; dann legte die alte Frau ihr Strickzeug in den Schoß, und war es zufällig eine Melodie aus ihrer Jugend, so stand sie auch wohl auf und ging mit unhörbaren Schritten und leise vor sich hinsummend im Zimmer auf und ab. Wenn es aber an der Wand auf der kleinen Schwarzwälder Uhr zehn geschlagen hatte, begann sie allmählich einen unruhigen Blick auf die große dunkle Gardinenbettstelle zu werfen, die im Hintergrunde des geräumigen Zimmers stand. Dann nahmen wir unsre Bücher, sagten ihr gute Nacht und gingen eine Treppe tiefer in die kleine Schlafkammer ihres Sohnes, wo wir noch einige Stunden unsre Studien fortzusetzen pflegten. Sie mochte dann schon ruhig in dem oberen Zimmer schlummern; denn es lag nach einem inneren Hofe, wo die nächtliche Ruhe durch nichts gestört wurde.

Aber dieses Leben mit seinem bescheidenen Glücke sollte nach einigen Jahren sein Ende erreichen. Kurz vor meinem Abgang zur Universität erkrankte die Mutter. Es war der Keim des Todes, der lange schon in ihr gelegen und nun zur Entfaltung kam; weder sie noch ihr Sohn verkannten das. Auf ihren Wunsch besuchte ich sie noch einmal, ehe ich abreiste. Das sonst so freundliche Zimmer war jetzt düster und öde, die Fenster tief verhangen, und aus den Kissen unter dem dunklen Betthimmel sah das leidende Gesicht der guten Frau. Während ihre magere Hand die meinige ergriff, sagte sie nur: ›So leben Sie denn recht wohl!‹ Aber wir fühlten beide, daß das ein Abschied für das Leben sei.

Was nun folgt, habe ich später aus dem Munde meines Freundes gehört; denn ich selbst verließ schon am Tage darauf die Stadt. – Er hatte sich, als die Schwache der Mutter plötzlich in ungewöhnlicher Art zugenommen, die Erlaubnis ausgewirkt, seine Arbeiten im Hause zu fertigen, und saß nun im Krankenzimmer an dem entlegensten Fenster, von dem er ein wenig die Gardine zurückgeschlagen, bald emsig schreibend, bald einen sorglichen Blick nach den dunklen Vorhängen des Bettes hinüberwerfend. Wenn die Mutter wachte, saß er in dem alten Lehnstuhl vor ihrem Bett und sprach leise zu ihr oder las ihr aus der Bibel vor; oder er war nur bei ihr, daß ihre Augen zärtlich auf ihm ruhen konnten. Dort blieb er auch des Nachts sitzen, und wenn die Kranke im Anschauen seines blassen, überwachten Antlitzes ihn bat: ›Georg, leg dich schlafen! Georg, du hältst es ja nicht aus!‹ oder wenn sie ihm versicherte: ›Geh nur; gewiß, es hat heut nacht noch nicht Gefahr, so faßte er nur um so fester die heiße Hand der Mutter, als müsse sie gerade jetzt, wenn er sich entfernen wollte, ihm entrissen werden.

Eines Nachts aber, da eine Linderung der Schmerzen eingetreten war, und da er sich kaum mehr aufrecht zu erhalten vermochte, hatte er sich dennoch überreden lassen. – Unten in seiner Kammer lag er unausgekleidet auf seinem Bette; traumlos, in tiefem, bleiernem Schlaf. Oben beim Schein der Nachtlampe in sanftem Schlummer hatte er die Mutter zurückgelassen. Währenddes verging die Nacht, und der Tag fing eben an zu grauen; da wurde er plötzlich wie mit sanfter Gewalt aus dem Schlaf emporgezogen. Als er aufblickte, sah er die Tür der Kammer geöffnet und eine Hand, die mit einem weißen Tuch zu ihm hereinwehte. Unwillkürlich sprang er vom Bett auf; aber er hatte sich geirrt, die Tür seiner Kammer war eingeklinkt, wie er in der Nacht sie aus der Hand gelassen. Fast ohne Gedanken ging er die Treppe zu dem Krankenzimmer hinauf. – Es war still drinnen, die Nachtlampe war herabgebrannt, und unter dem dunklen Betthimmel fand er beim trüben Schein der Dämmerung die Leiche seiner Mutter. Als er sich bückte, um die Hand der Toten an seinen Mund zu drücken, die über den Rand des Bettes herabhing, faßte er zugleich ihr weißes Schnupftuch, das sie zwischen den geschlossenen Fingern hielt.«

*

»Und Ihr Freund? – Wie ist es dem ergangen?«

»Es ist ihm gut ergangen; denn er hat nach mancher Not und schweren Arbeit seinen Lebensplan verwirklicht; und er lebt noch jetzt wie unter den Augen und in der Gegenwart seiner Mutter; ihre Liebe, die sie so ohne Rückfall ihm im Leben gab, ist ihm ein Kapital geworden, das auch in den schwersten Stunden ihn nicht hat darben lassen.

Aber Klärchen, was hältst du denn die Hände vor den Augen?«

»Oh – mir graut nicht.«

»Aber du weinst ja!«

»Ich? – – Warum erzählst du auch so dumme Geschichten!«

»Nun! So mag es denn die letzte sein; ich wüßte für heute auch nichts Besseres zu erzählen.«

2

»Aber es ist noch einmal wieder Sommer geworden, alter Herr! Wo bleiben da unsre Geschichten? Ein Kaminfeuer läßt sich doch bei sechzehn Grad Wärme nicht anzünden!«

»Gnädige Frau, wenn es auch wetterleuchtet draußen, wir sind immerhin schon dicht an den November. Der Teetisch tut es auch für heute; lassen Sie nur den Kessel sausen, ich meinerseits bin mit dem Akkompagnement zufrieden. Freilich –«

»Was denn freilich?«

»Wenn der Teekessel ein Vertreter des häuslichen Herdes sein soll, so muß er unbedingt auf einem Kohlenbecken kochen; und zwar auf Torfkohlen, gehörig durchgeglühten. Das hält auch besser Dauer als jene ungemütliche Maschinerie.«

»Nun, alter Herr, es soll mir auf ein Kännchen Sprit nicht ankommen!«

»Bleibt aber doch immerhin die Apothekerflamme der Berceliuslampe! – Indessen, da es hierorts weder einen Torf noch einen Teekomfort gibt – Sie kennen das Ding wohl nicht einmal? –, so akzeptiere ich das Kännchen Sprit.«

»Nun, so tun Sie ihre Mauskiste auf! Was haben Sie zu erzählen?«

»Ich habe heute, da ich an einem neueröffneten Putzladen vorbeiging, lebhaft einer alten Freundin in der Heimat gedenken müssen. Sie war die Tochter eines Handwerkers aus einem Nachbarstädtchen und wohnte längere Zeit in einem meinen Eltern gehörigen Häuschen, dessen Hof an den Garten unsres Wohnhauses grenzte. Sehr gegen ihre Neigung suchte sie ihren Unterhalt durch Putzarbeiten zu erwerben, die sie für die weibliche Bevölkerung der Umgegend verfertigte. Auch verhehlte sie sich keineswegs, daß ihr die Sache ziemlich übel von der Hand ging; und wenn sie nur irgend Feierabend machen konnte, schloß sie die verhaßte

Arbeit in die Kommodenschublade und nahm statt dessen eins ihrer geliebten Bücher zur Hand, oder sie griff auch wohl selbst zur Feder und brachte eine kleine Geschichte oder irgendeinen sinnigen Gedanken zu Papier. Die Beschränktheit ihrer Lebensverhältnisse, verbunden mit dem Drang, allerlei feingeistige Nahrung zu sich zu nehmen – denn Rahels Briefe waren ihre Lieblingskost –, hatten eine seltsame, aber nicht uninteressante Auffassung der Dinge bei ihr hervorgebracht; und wir haben über das Gartenstaket hinweg manch kurzweiliges Plauderstündchen miteinander abgehalten.«

»Hans!«

»Was denn, Frau?«

»Du verdunkelst da etwas. – Durch jenes Häuschen führte ein Richtweg nach der Hauptstraße; und neben dem Wege war das Stübchen der Putzmacherin. Gesteh es nur, Hans; dort hast du gesessen, zwischen Lilien und Rosen!«

»Aber, meine Damen, meine Freundin war keineswegs eine Sandsche Geneviève, sondern eine gesetzte, hagere Person von fünfundvierzig Jahren!«

»Aber sie hatte noch sehr blanke, braune Augen, Hans, und die lebhafte Röte ihres Angesichts zeugte von der Erregbarkeit ihres Herzens, und wenn sie mir damals auch in gewählten Worten ihre Freude über unsre Verlobung aussprach, weil der böse Leumund die Besuche des jungen Mannes nun nicht mehr mißdeuten könnte, so habe ich doch darin das verhüllte Bekenntnis gegenseitiger Neigung nicht verkennen können.«

»Ich will unsre beiderseitige Zuneigung keineswegs herabsetzen. Jene Äußerung meiner Freundin aber dürfte wohl nur von einer übermäßigen Jungfräulichkeit herrühren, wie sie durch ein zu langes Verweilen im ledigen Stande mitunter hervorgetrieben wird. Denn als sie später dennoch sich verheiratete und zum Erstaunen der Welt eines tüchtigen Knaben genas, hat sie sich anfänglich nicht überwinden können, den Jungen an die Brust zu legen, weil, wie sie sich ausdrückte, das Kind andern Geschlechts sei.«

»Hans! – – Du lügst ja; sie hat sich ja gar nicht verheiratet.«

»Nicht? – Nun, da verwechsle ich die Geschichte. Sei dem wie ihm wolle, diese meine Freundin, der ich ein treues Gedächtnis bewahre, war im Heimlichen wie im Unheimlichen sehr zu Hause. Von ihren mancherlei Geschichten ist mir indessen – verzeih, Klärchen! – nur ein Traum im Gedächtnis geblieben!

›Es existierte‹ – so erzählte sie mir – ›vorzeiten in unsrer Gegend eine reiche holländische Familie, welche allmählich fast alle großen Höfe in der Nähe meiner Vaterstadt in Besitz bekommen hatte – vorzeiten, sage ich; denn das Glück der van A... hatte nicht standgehalten. In meiner Kindheit lebte von der ganzen Familie nur noch eine alte Dame, die Witwe des längst verstorbenen Pfenningmeisters van A..., die übrigen Glieder der Familie waren gestorben, zum Teil auf seltsame und gewalttätige Weise ums Leben gekommen; und von den ungeheuren Besitzungen war nur noch ein altes Giebelhaus in der Stadt zurückgeblieben, in welchem die Letzte dieses Namens den Rest ihrer Tage in Einsamkeit verlebte. Ich habe sie damals oft gesehen, das schmale, scharf geschnittene Gesicht von dem dichten Haubenstriche eingefaßt; aber wir Kinder hatten Scheu vor ihr, es lag etwas in ihren Augen, das uns erschreckte. Auch ging allerlei unheimliches Gerede, nicht allein über den Erwerb des Vermögens in früherer Zeit, sondern auch über die Mittel, durch welche der verstorbene Pfenningmeister den Ruin desselben aufzuhalten versucht habe. Ob es ein Mißbrauch seines Amtes oder was es sonst gewesen sein sollte, erinnere ich mich nicht mehr; wohl aber, daß man die überlebende Witwe als die eigentliche Urheberin davon betrachtete. Gleichwohl war es immer eine Art Fest für mich, wenn ich, wie dies wohl bei einer Bestellung für meine Eltern geschah, einige Minuten in ihrem hohen, mit altmodischen Seltsamkeiten angefüllten Zimmer verweilen durfte. Ich sehe sie noch vor mir, wie sie neben dem Glasschrank strack und steif in ihrem Lehnstuhl saß, zwischen Schriften und Rechnungsbüchern umhertastend oder ein großes Strickzeug mit ihren hageren Fingern bewegend. Nur einmal habe ich einen anderen Menschen als ihre alte Magd bei ihr angetroffen; und die kurze Szene, von der ich damals Augenzeuge wurde, machte auf mich einen tiefen Eindruck, ohne daß ich mir über die Bedeutung derselben klarzuwerden vermocht hätte. Es war ein zerlumptes Weib aus der Stadt, das vor der alten Dame stand. Bei meinem Eintritt warf sie ihr einen harten Speziestaler vor die Füße und ging dann unter höhnenden, leidenschaftlichen Worten zur Tür hinaus. Die Frau van A..., die nichts darauf erwidert hatte, stand jetzt von ihrem Lehnstuhl auf und ging, ohne von mir Notiz zu nehmen, eine lange Weile im Zimmer auf und ab, indem sie die Hände umeinanderwand und halblaute klagende Worte hervorstieß. – Plötzlich eines Morgens hieß es, daß sie gestorben sei, und schon am Nachmittag wußte ich mich in das Sterbehaus zu schleichen und betrachtete durch das Fenster der Stubentür mit einem aus Grauen und Neugier gemischten Gefühl das wachsbleiche Gesicht, das aus dem weißen Kissen der Alkovenbettstelle hervorragte. Dann nach einigen Tagen kam die Begräbnisfeier; ich verspeiste mit großem Appetit die leckeren Butterkringel, die beim Leichenschmaus in der Nachbarschaft verteilt wurden, und sah von unsern Treppensteinen aus den mit schwarzem Tuch bezogenen Sarg aus dem alten Hause hinaus- und die lange Straße hinabtragen.

Einige Wochen später träumte mir, daß ich in der Dämmerung auf unserm langen Hausflur spielte. Bei der immer stärker hereinbrechenden Dunkelheit überfiel mich mit einem Male ein Gefühl von Einsamkeit, und ich wollte eben in die Stube zu meiner Mutter gehen, als ich die Haustürglocke schellen und die alte Frau van A... hereintreten sah. Ich war mir vollständig bewußt, daß sie tot sei, und schlüpfte, da sie näher kam, nur kaum an ihr vorbei in die Wohnstube, wo meine Mutter eben das Licht angezündet hatte. Während ich zu ihr lief und mich an ihrer Schürze festhielt, bemerkte ich, daß die Verstorbene in eine bunte Nachtjacke und einen weißen wollenen Unterrock gekleidet war, wie ich sie in frühen Morgenstunden wohl mitunter gesehen hatte. Sie ging auf den kleinen, in die Wand gemauerten Beilegeofen zu und streichelte mit zitternden Händen die daran befindlichen Messingknöpfe; dabei wandte sie den Kopf zu meiner Mutter und sagte mit einer traurigen Stimme: ›Ach, Frau Nachbarin, darf ich mich wohl ein bißchen wärmen? Mich friert so sehr!‹ Und als sie leise vor sich hinseufzend noch eine Weile stehenblieb, bemerkte ich, daß unten der Saum ihres wollenen Rockes an mehreren Stellen angebrannt war. – Wie der Traum ausgegangen, weiß ich nicht; ich dachte am andern Morgen nicht eben lange daran und sagte auch niemandem davon. Aber er erneuerte sich. – Einige Nächte darauf träumt mir, daß ich abends wie gewöhnlich mit meiner Näharbeit neben meiner Mutter in der Stube sitze, da schellte es draußen an der Haustür. ›Sieh zu, wer da ist!‹ sagte meine Mutter; und als ich die Tür öffne, um hinauszusehen, steht wieder die Frau van A… vor mir, in derselben Kleidung, wie ich sie das vorige Mal gesehen. Von dem entsetzlichsten Grauen befallen, springe ich zurück und krieche längs der Wand unter den großen Tisch, welcher in der Ecke am Fenster stand. Wie das erstemal ging die Frau, leise vor sich hinjammernd, an den Ofen. ›Mich friert, ach, wie mich friert!‹ sagte sie, und ich hörte deutlich, wie ihre Zähne aufeinanderschlugen. Bei dem Schein des auf dem Tische stehenden Lichtes bemerkte ich jetzt auch, daß sie bloße Füße hatte; aber seltsamerweise, es waren große Brandwunden an denselben, und auch der wollene Rock war heute weit mehr verbrannt als in der vorigen Nacht. Und dabei stand sie fortwährend und klammerte sich mit den Händen an den Ofen, nur mitunter einen Seufzer oder ein tiefes Stöhnen ausstoßend.

Der Traum wollte mich diesmal am Morgen nicht wieder verlassen. Während des Frühstücks duldete mein Vater nicht, daß irgend etwas Aufregendes oder Unangenehmes von uns vorgebracht wurde. Als aber später meine Mutter aufstand und in die Küche ging, folgte ich ihr und erzählte ihr dort genau, was mir in den beiden Nächten geträumt hatte. Ich sehe noch die Bestürzung, die sich während meiner Erzählung in ihrem Gesicht ausdrückte. Ich hatte kaum geendet, als sie die Hände über dem Kopf zusammenschlug und in ihrer plattdeutschen Mundart ausrief: ›Herr Gott im Himmel, ganz min egen Droom!‹ – Dann erzählte sie mir, wie sie in denselben Nächten im Traum genau dasselbe erlebt hatte wie ich. – – Später hat sich indessen der Traum bei uns nicht wiederholt.‹«

*

»Woher ist die tote Frau gekommen?«

»Ich kann Ihnen hierauf leider keine Antwort geben.

Aber zwei andere Fragen treten bei dieser Geschichte, an deren Wahrheit ich keinen Grund zu zweifeln habe, wenigstens an mich noch näher heran. War der eine Traum nur die Quelle des andern, wie das bei dem Wolfe so augenscheinlich der Fall zu sein scheint, oder gab es noch ein Drittes, worin dieselben ihren gemeinsamen Ursprung hatten? –

Lassen Sie mich Ihnen indessen sogleich noch einen andern Vorfall erzählen.

Vor einigen Jahren verlebte ich, wie Sie wissen, mit meiner Frau ein paar Wochen auf dem Gute meines Bruders. Wenn wir des Tags zwischen Wiesen und Kornfeldern umhergeschlendert oder auch wohl mit den Kindern in den nahen Wald gefahren waren, so stand abends im Hause ein sehr behaglicher Teetisch für uns bereit, an dem sich auch wohl der eine oder andre von den benachbarten

Hofbesitzern einzufinden pflegte. Bei solcher Veranlassung beklagte sich eines Abends mein Bruder gegen seinen nächsten Gutsnachbar, einen Mann, mit dem es sich sehr angenehm plauderte, daß ihm seit einiger Zeit fortwährend kleine Quantitäten Frucht von seinem Boden abhanden gekommen, ohne daß er den Dieb zu entdecken vermocht hätte. Nachdem alles durchgesprochen war, was etwa zur Aufklärung der Sache dienen mochte, sagte Herr B...r: ›Mir selbst ist es in einem ähnlichen Falle nach dem Sprichwort ergangen: Gott gibt's den Trägen im Schlaf.‹ – Auf näheres Befragen erzählte er dann folgendes:

›Wie Sie wissen, pflegte ich die zu meinem Haferboden führende Falltür jeden Abend mit einem Vorlegeschloß zu verschließen und den Schlüssel beim Zubettgehen mit in meine Schlafkammer zu nehmen. So habe ich es schon seit vielen Jahren gehalten. In dem Herbste, ehe Sie im Frühjahr darauf in unsre Nachbarschaft kamen, bemerkte ich mehrfach, wenn ich des Morgens auf den Boden kam, daß in der Nacht jemand, und zwar in scheinbarer Hast, über dem Hafer gewesen sei. Denn es war bald an dem einen, bald an dem andern Ende des Haufens darin gewühlt, und eine Menge Körner lagen unordentlich über die Dielen zerstreut, was ich an den Abenden vorher, wo ich zufällig auch dort gewesen war, nicht bemerkt hatte. Mein erster Gedanke war, daß mein Kutscher, dem ich seit einiger Zeit, zu seinem großen Ärger, die Rationen für die Pferde etwas beschränkt hatte, aus Liebe zu dem armen Viehzeug zum Spitzbuben geworden sei. Allein aus verschiedenen Gründen mußte ich den Verdacht aufgeben.

Da träumte mir eines Nachts, ich stehe im Mondschein auf dem Haferboden am Fenster. Wie ich dahin gelangt sein sollte, wußte ich nicht anzugeben; denn es war mir sehr wohl bewußt, daß die Falltür verschlossen sei. Plötzlich höre ich unter derselben einen Schlüssel in dem Vorlegeschloß umdrehen; gleich darauf hebt sich die Tür, und ich sehe bei der in dem Raume herrschenden Mondhelle das Gesicht eines Menschen von der Treppe her auftauchen, in dem ich deutlich einen alten Arbeiter erkannte, der schon seit vielen Jahren bei mir gearbeitet und den ich in keiner Weise in Verdacht gehabt hatte. Während er noch mit dem Arm die Tür zurückdrängt, scheint auch er mich gewahr zu werden, denn die Tür fällt wieder zu und ich sehe nichts mehr.

Aber ich erwache. Das Gesicht war so lebhaft gewesen, daß mir das Herz klopfte, und dabei schien der Mond so grell in die Kammer; gerade wie ich es im Traum gesehen. Ich wollte aufstehen und die Sache sogleich untersuchen, aber ich schalt mich einen Narren; auch war es kalt draußen, über den Hof zu gehen, und das Bett war so behaglich warm. Mit einem Wort, ich konnte mich nicht überwinden, und schlief endlich wieder ein.

Am andern Morgen, als ich beim Frühstück saß, trat der alte Martin zu mir in die Stube. Er sah verstört aus, drehte seine Mütze in den Händen und stand eine ganze Weile vor mir, ohne ein Wort hervorbringen zu können. ›Jagen Sie mich nicht fort, Herr‹, sagte er endlich, ›es ist aus großer Not geschehen.‹ – ›Wie meint Er das, Martin?‹ fragte ich. – Er sah mich an. ›Ich wollte auch schon sogleich auf den Boden zurück‹, sagte er dann, ›aber ich war so sehr erschrocken, als ich Sie da so am Fenster stehen sah.‹ – Während ich in diesem Augenblick vielleicht nicht weniger erschrak, erfuhr ich nach und nach die näheren Umstände des Diebstahls und die unglücklichen Verhältnisse, die den bisher ehrlichen Mann zum Verbrecher gemacht hatten.‹

*

Hier schwieg der Erzähler. Von meinem Bruder erfuhr ich später, daß er dem alten Martin damals gründlich geholfen und ihn auch bis zu dessen Tode auf dem Hofe behalten hat. – – Da hätten wir also eine Geschichte, wo der Wachende durch den Träumenden zum Visionär wird. – Aber der Tee dürfte indessen fertig sein; vielleicht ist Klärchen so gütig?«

»Aber was sehen Sie denn so in die Tasse, alter Herr? Er ist vorschriftsmäßig präpariert.«

»O der! Der prophezeit aus der Teetasse oder vielmehr aus der Tasse Tee wie die Hexe aus dem Kaffeesatz. Nämlich nicht etwa das Schicksal, sondern den Bildungsgrad der Familie, in der die Tasse präsentiert wird; und wenn wir hier nicht so ganz unzweifelhaft gebildete Leute wären, ich glaube, er wäre imstande, mitunter daran zu zweifeln.«

»Was ist das, alter Herr! Verteidigen Sie sich, oder – prophezeien Sie lieber einmal; Sie haben die Tasse ja in Händen.«

»Meine gnädigste Frau, Sie werden mir zugeben, daß, so wie das Bier der Feind, so der Tee der Freund der denkenden Menschen ist; und es dürfte daher die Art, wie dieser Freund in einem Hause be- respektive mißhandelt, wie er serviert und genossen wird, zu allerlei nicht gar zu fehltreffenden Schlußfolgerungen in der angedeuteten Beziehung berechtigen.«

»Das ist ja aber eine ganz unverschämte Theorie!«

»Ich will mich schlafen legen; denn jetzt folgt das ganze Rezept der Teebereitung.«

»Nein, Kläre, es folgt nicht, obgleich so etwas von einem Küstenmenschen zu hören euch hier nur ersprießlich sein könnte.«

»Seien Sie nicht so grob, alter Herr!«

»Ich bestrafe mich durch Schweigen. Aber Herr T. wird Ihnen die Geschichte erzählen, die ich ihm schon seit lange am Gesichte angesehen habe.«

»Sie haben nicht fehlgesehen; es ist mir allerdings etwas eingefallen, das sich dem vorhin Erzählten anschließt, nur daß es noch um einen Schritt darüber hinausgeht.«

»Wir sind bereit zu hören.«

»›Als ich vor einigen Jahren, es war um Ostern, in B. in Garnison stand‹ – so erzählte mir der Hauptmann von K. –, »wollten die dortigen Offiziere einer schönen Fremden einen Abschiedsball geben, mit der wir den Winter über viel und gern getanzt hatten. Eine unumgängliche Reparatur war Veranlassung, daß wir auf den Saal des Kasinos verzichteten und uns nach einem andern Lokal umtun mußten. Das hatte indessen in B., das an dergleichen Räumlichkeiten etwa nicht reich ist, seine Schwierigkeiten. Es wurde ein Komitee von vier Festordnern niedergesetzt, zu denen auch ich gehörte, und demselben das ganze Arrangement der Sache, vor allem aber die Aufspürung des Ballsaales, aufgetragen. Endlich nach vielen Bemühungen war er gefunden; in einem großen, ziemlich baufälligen Hause der Vorstadt, das in früheren Jahren, als B. noch Universitätsstadt war, zum öffentlichen Tanzlokale gedient hatte. Jetzt wurde es in seinen oberen Räumlichkeiten als Kornspeicher benutzt; der ungeheure Saal selbst stand gegenwärtig leer und ungebraucht. Aber mochte er schon in seinen besten Zeiten sich nur einer bescheidenen Ausrüstung erfreut haben, jetzt, mit den vor Feuchtigkeit triefenden Wänden, mit der dumpfen Luft hinter den geschlossenen Fensterläden dünkte er mich beim ersten Eintritt in der Tat wie eine große Gruft. Desto mehr gab es für uns zu tun; denn wodurch ließe sich ein tanzlustiges Offizierkorps wohl entmutigen. Es gab indessen ein neues Hindernis zu überwinden. Der Pächter des Hauses hatte eben eine Quantität Korn gekauft, welche in den nächsten Tagen auf dem Saal gelagert werden sollte, da die Böden so gut wie besetzt waren. Wir ließen uns auch das nicht anfechten; wir gingen zu dem Herrn Agenten, wir plauderten mit ihm, wir machten uns liebenswürdig und brachten es auch wirklich dahin, daß der nachgiebige Mann, augenscheinlich wider bessere Einsicht, das Korn in den oberen Räumen des Gebäudes unterbringen ließ. Dann wurden Maurer, Tischler, Tapezierer in Arbeit gesetzt; in dem alten Saale wurde gelüftet, gehämmert, drapiert und gestrichen; und täglich ging einer oder der andre von uns dahin, um die Arbeiten zu beaufsichtigen und anzuordnen. – Plötzlich, zu meinem großen Bedauern, wurde ich nach H. abkommandiert. Da war kein Ausweg, ich mußte auf den Ball verzichten. An meiner Stelle trat auf meinen Vorschlag der Hauptmann von L. in das Festkomitee, mein ältester und intimster Jugendfreund.

Ein paar Tage, nachdem ich meinen neuen Bestimmungsort erreicht hatte, saß ich eines Nachmittags, mit Briefschreiben beschäftigt, auf meinem Zimmer. Ich schrieb an L., den ich um die Nachsendung einiger Effekten und die Bezahlung einiger kleiner Schulden ersuchen wollte. Ich hatte auch sonst noch so manches auf dem Herzen, was ich dem Freunde mitteilen mußte. So saß ich, ganz in meinen Brief vertieft. Als ich aber zufällig einmal die Augen aufschlage, sehe ich zu meiner Verwunderung L. selbst in der Ecke des Zimmers stehen und mit sonderbar ausdruckslosen Augen nach mir hinstarren. Er sprach nicht; aber er führte mit einer schwerfälligen Gebärde die Hand an die Lippen und schien sich damit etwas aus dem Munde zu ziehen. Es kam mir vor, als ob es Getreidekörner seien. Indem ich aber die Augen anstrengte, um schärfer zu sehen, wurde die Gestalt undeutlich, und bald sah ich nichts mehr als die nackten Wände. Erst jetzt, als ich mich in dem hellen Zimmer wieder allein fand, überkam mich das Gefühl des Unheimlichen; ich stand auf und verschloß den angefangenen Brief in meinen Sekretär, ich konnte mich nicht überwinden, ihn zu Ende zu schreiben.

Einige Tage darauf erhielt ich von einem andern Kameraden die Nachricht, daß an jenem Vormittage der mit Getreide überlastete Boden oberhalb des Saales eingestürzt sei. Als man das Korn hinweggeräumt, hatte man unter demselben die Leiche des Hauptmanns von L. gefunden, der, da die Arbeiter zum Mittagessen fortgegangen waren, sich zur Zeit des Unfalls allein in dem schon fast vollendet umgestalteten Festlokale aufgehalten hatte. «

*

»Horatio sagt, es sei nur Einbildung!« »Wer sprach da? – Du, Alexius? Endlich?« »Ich habe schon zu Anfang eurer Geschichte hier an der Portiere gestanden und zugehört, wie ihr von den Träumenden auf den Sterbenden gekommen seid. Es bleibt nun noch eins übrig; und wenn ihr hören wollt, so werde ich mich nicht scheuen, diesen letzten Schritt zu tun. – Nein, bleibt nur ruhig sitzen! Es läßt sich auch von hier aus erzählen.

Ich habe diese seltsame Geschichte von einem nahen Verwandten, der sie zum Teil selbst erlebt, teils später aus nächster Quelle erfahren hat. Er hielt sich vor mehreren Jahren vorübergehend in B. auf, wo derzeit auch der in wissenschaftlichen und künstlerischen Kreisen bekannte Geheime Medizinalrat W… lebte. Eines Abends, da er in Gesellschaft mit demselben zusammentraf, geriet die Unterhaltung in Veranlassung eines soeben erschienenen Buches, ›Über das Leben der Seele‹, unmerklich in jene dunkle Region, wo wir so gern mit unsicherem Finger umhertasten. Man besprach die Fortexistenz der Seele nach dem Vergehen des Körpers und endlich auch die Möglichkeit einer Einwirkung der Toten auf die Lebendigen. Der alte Medizinalrat hatte bei dieser letzten Wendung des Gesprächs schweigend in seinem Lehnstuhl gesessen. Nun erhob er den weißgepuderten Kopf und sagte: ›Meine verehrten Herrschaften, wenn dergleichen möglich wäre, so würde ich es ohne Zweifel an mir erfahren haben; ich will auch nicht leugnen, daß mir mitunter die Gedanken so gekommen sind; jedoch geschehen ist mir niemals etwas.‹ Auf näheres Andringen fuhr er dann fort: ›Es ist kein Hehl dabei, ich kann es in diesem vertrauten Kreise wohl mitteilen, zumal Sie den, welchen es betrifft, gekannt und auch wohl wertgehalten haben. Ich meine unsern verstorbenen Freund, den Justizrat Z. Sie werden sich erinnern, daß er jahrelang an einem Herzleiden kränkelte, bis es endlich seinem tätigen Leben ein plötzliches Ziel setzte. Der Zustand des Kranken war derart, daß darüber die differentesten Meinungen bei den zu Rate gezogenen Ärzten herrschten. – Während der letzten Monate hatte ich mit diesem werten Freunde, der sich rücksichtlich des annahenden Todes keineswegs einer Täuschung hingab, vielfache Gespräche gepflogen, wie wir sie heute abend hier gehört haben; namentlich liebte er es, sich hypothetischen Grübeleien über einen notwendigen Zusammenhang des Körpers mit der Seele hinzugeben. Nur daraus vermag ich es zu erklären, daß der sonst so verständige Mann von einer fast unbegreiflichen Angst vor einer demnächstigen Sektion seiner Leiche heimgesucht wurde, welche er andererseits von der wissenschaftlichen Neugier meiner Herren Kollegen mit gutem Grund erwarten konnte.

So kam es eines Abends, daß ich, der ich ihn mit jeweiliger Zuziehung des Professors X. in den letzten Jahren behandelt hatte, ihm auf sein dringendes Verlangen das feierliche Versprechen gab, bei Eintritt des Todes die Eröffnung seiner Leiche unter jeder Bedingung zu verhindern. – Kurz ehe dieser erfolgte, mußte ich in Veranlassung einer amtlichen Kommission die Stadt verlassen, nachdem ich die Sorge für diesen wie für meine andern Kranken dem Professor X. übertragen hatte. – Ich kehrte erst nach mehrtägiger Abwesenheit in die Stadt zurück. Es war schon dunkel. Als ich an dem Hause des Justizrats Z. vorüberfuhr, sah ich mit Verwunderung, daß die beiden Wohnzimmer desselben hell erleuchtet waren; das fiel mir auf, denn die Fenster des Krankenzimmers lagen nach dem Hofe hinaus. Ich ließ den Kutscher halten und begab mich nun unmittelbar aus dem Wagen in das Haus. Bei meinem Eintritt in das erste Zimmer blinkten mir von seiner Kommode die Skalpelle und sonstige Gerätschaften entgegen; dabei der für einen Anatomen unverkennbare signifikante Geruch. Aus der angrenzenden Stube hörte ich die diktierende Stimme des Professors X.; ich brauchte nichts weiter zu erfahren, ich wußte alles, was geschehen war. – Als ich die zweite Tür öffnete, sah ich den Leichnam meines Freundes auf dem Tische liegen; er war schon eröffnet, die Intestina zum Teil herausgenommen, die Sektion in vollem Gange. Ich war heftig bewegt – und statt auf die gelehrten Auseinandersetzungen des Professors X. und des ihm assistierenden Arztes einzugehen, teilte ich ihnen meine dem Toten gegebene feierliche Zusage mit. Die Herren wollten dieselbe zwar nur als ein Beruhigungsmittel gelten lassen, wie solches dem Kranken wohl ohne weitere Absicht gegeben wird, indessen schließlich mußten sie mir dennoch versprechen, von weiterem Verfahren abzustehen und die herausgenommenen Teile in den Körper zurückzulegen. Ich verließ sie dann und fuhr nach meiner Wohnung; ermüdet von der Reise, voll Schmerz um den Tod des Freundes und belastet mit einer unheimlichen Trauer, daß ich ihm das gegebene Wort nun dennoch nicht hatte halten können. – Es ist nun fast ein Jahr vergangen, aber gleichwohl – ich bin niemals daran gemahnt worden.‹

Der Medizinalrat schwieg, und es entstand eine augenblickliche Stille in der Gesellschaft, die wohl dem Andenken des Verstorbenen gelten mochte. Mit einem Male aber richteten sich die Blicke der Anwesenden wieder auf den Erzähler, der seinen Lehnstuhl verlassen hatte und mit vorgestreckten Händen in der Stellung eines Horchenden dastand. In dem faltenreichen alten Gesicht war der Ausdruck der höchsten Spannung, ja der Bestürzung nicht zu verkennen. Nach einer Weile hörte man ihn halblaut, wie zu sich selber, sagen: ›Das ist entsetzlich!‹ Als hierauf der Herr des Hauses, einer seiner ältesten Freunde, ihn sanft bei der Hand ergriff, richtete er sich langsam auf und blickte in der Gesellschaft umher, als wolle er gewiß werden, wo er sich befinde. ›Meine verehrten Herrschaften‹, sagte er dann, ›ich habe soeben etwas erfahren – was und woher, erlassen Sie mir, Ihnen mitzuteilen! Nur so viel mag ich sagen, daß meine vorhin geäußerten Ansichten dadurch im wesentlichen berichtigt werden dürften. – Zugleich muß ich bitten, mich für heute abend zu entlassen; ich habe einen notwendigen Gang zu tun.‹ – – Der Medizinalrat nahm Hut und Stock und verließ die Gesellschaft. Als er draußen war, ging er quer über den Markt nach der Wohnung des Professors X., den er in seinem Studierzimmer antraf. Er redete ihn ohne weiteres an: ›Sie erinnern sich noch des Justizrats, Herr Professor, und der von Ihnen geleiteten Sektion seiner Leiche ?‹ – ›Gewiß, Herr Medizinalrat. ‹ – ›Auch des mir bei dieser Gelegenheit gegebenen Versprechens ?‹ – ›Auch dessen.‹ – ›Aber Sie haben mich getäuscht, Herr Kollege !‹ – ›Ich verstehe Sie nicht, Herr Kollege. ‹ – ›Sie werden mich schon verstehen, wenn Sie mir nur erlauben wollen, dort einige Bücher in dem dritten Fach Ihres Repositoriums hinwegzuräumen!‹ – Und ehe der andre noch zu antworten vermochte, war der aufgeregte Greis schon herangetreten, und nachdem er mit zitternden Händen einige Bücher beiseite gelegt, holte er aus der Ekke des Faches einen Glashafen hervor, in welchem sich ein Präparat in Spiritus befand. Es war ein ungewöhnlich großes menschliches Herz. – ›Es ist das Herz meines Freundes‹, sagte er, das Glas mit beiden Händen fassend; ›ich weiß es, aber der Tote muß es wiederhaben; noch heute, diese Nacht noch!‹ – Der Professor wurde bestürzt; er war überzeugt, daß kein Mensch dem Medizinalrate seinen heimlichen Besitz verraten haben konnte. Aber er gestand demselben, daß in der Tat an jenem Abend das anatomische Gelüste über seine Gewissenhaftigkeit den Sieg davongetragen habe. – – Das Herz des Toten wurde noch in derselben Nacht zu ihm in den Sarg gelegt.«

*

»Pfui! Wer befreit mich von diesem Schauder?«

»Schauder? Du sprichst ja wie ein moderner Literarhistoriker.«

»Ich? Weshalb?«

»Weil du in dem Grauen nur die Gänsehaut siehst.«

»Nun, und was wäre es denn anders?«

»Was es anders wäre? – – Wenn wir uns recht besinnen, so lebt doch die Menschenkreatur, jede für sich, in fürchterlicher Einsamkeit; ein verlorener Punkt in dem unermessenen und unverstandenen Raum. Wir vergessen es; aber mitunter dem Unbegreiflichen und Ungeheuren gegenüber befällt uns plötzlich das Gefühl davon; und das, dächte ich, wäre etwas von dem, was wir Grauen zu nennen pflegen.«

»Unsinn! Grauen ist, wenn einem nachts ein Eimer mit Gründlingen ins Bett geschüttet wird; das hab ich schon gewußt, als meine Schuhe noch drei Heller kosteten.«

»Hast recht, Klärchen! Oder wenn man abends vor Schlafengehen unter alle Betten und Kommoden leuchtet, und ich weiß eine, die das sehr eifrig ins Werk setzen wird. Es könnte sogar sehr bald geschehen, denn es ist spät, meine Herrschaften; Bürger-Bettzeit, wie ich fast in dieser auserwählten Gesellschaft gesagt hätte.«

Was ist denn hier so wider die Natur?
Ich kann's nicht finden, sage mir's – o! laß
Des Aberglaubens nächtliche Gespenster
Nicht deines hellen Geistes Meister werden!

SCHILLER, *Wallensteins Tod*

André Maurois

Das Haus

Als ich krank war vor zwei Jahren, erzählte sie, wurde mir bewußt, daß ich jede Nacht den gleichen Traum hatte. Ich ging übers Land; von weitem bemerkte ich ein weißes Haus, niedrig und langgestreckt, umgeben von einem Lindenwäldchen. Zur Linken des Hauses durchbrach eine von Pappeln begrenzte Wiese angenehm die Symmetrie des Bildes, und ihre Wipfel, die man von weitem erblickte, wiegten sich über den Linden.

Im Traum fühlte ich mich zu diesem Hause hingezogen, und ich schritt darauf zu. Ein weißgestrichenes Tor versperrte die Einfahrt. Der Weg war mit Bäumen eingefaßt, unter denen ich Frühlingsblumen fand: Schlüsselblumen, Leberblümchen und Anemonen, die welkten, sobald ich sie pflückte. Hatte man die Allee durchschritten, war man nicht mehr weit vom Haus entfernt. Ein breiter Rasen lag davor, nach englischer Art geschoren und beinahe kahl. Einzig ein Beet violetter Blumen zog sich durch das Grün.

Das Haus war aus weißen Steinen erbaut und trug ein Schieferdach. Zur Tür aus heller Eiche mit geschnitzter Füllung führte eine Freitreppe hinauf. Ich wollte das Haus besichtigen, doch niemand antwortete meinem Klopfen. Ich war tief enttäuscht, klingelte, rief und wachte endlich auf.

Das war mein Traum – und er kehrte während vieler Monate immer wieder, er wiederholte sich mit einer Stetigkeit und Genauigkeit, daß ich schließlich dachte, ich hätte in meiner Kindheit dieses Schloß und den Park schon einmal gesehen. Dennoch konnte ich, wenn ich wach war, mich nicht daran erinnern, und das Nachgrübeln wurde zu einer Art von Besessenheit, so daß ich eines Sommers, als ich gelernt hatte, selbst einen kleinen Wagen zu lenken, beschloß, während meiner Ferien ganz Frankreich auf der Suche nach dem Haus meines Traumes zu durchfahren.

Ich erzähle Ihnen nichts von meiner Reise. Ich durchstreifte die Normandie, die Touraine und das Poitou; nichts fand ich und war darüber nicht erstaunt. Im Oktober kehrte ich nach Paris zurück und fuhr fort, während des ganzen Winters von meinem weißen Haus zu träumen … Doch eines Tages, ich fuhr durch ein der Isle-Adam benachbartes Tal, überkam mich ein angenehmer Schreck, jene merkwürdige Erschütterung, die einen ergreift, wenn man nach langer Abwesenheit Menschen oder Orten wiederbegegnet, die man sehr geliebt hat.

Obschon ich niemals in dieser Gegend gewesen war, erschien mir die Landschaft, die sich zu meiner Rechten dehnte, ganz vertraut, Pappelwipfel überragten eine Lindengruppe. Durch das Laubwerk hindurch gewahrte man ein weißes Haus. Da wußte ich, daß ich das Schloß meiner Träume gefunden hatte. Ich wußte genau, daß hundert Meter weiter ein schmaler Weg die Straße kreuzen mußte. Der Weg war da. Ich schlug ihn ein. Ich folgte ihm bis vor ein weißes Gartentor.

Dahinter erstreckte sich die Allee, der ich schon oft gefolgt war. Unter den Bäumen bewunderte ich den Teppich zarter Farben, den die Leberblümchen, Himmelsschlüssel und Anemonen bildeten. Als ich das Lindengewölbe durchschritten hatte, bemerkte ich sogleich den grünen Rasen und die Freitreppe, die zu der hellen, eichenen Tür hinaufführte. Ich stieg aus meinem Wagen, lief eilig die Stufen hinauf und klingelte.

Ich fürchtete sehr, daß niemand kommen würde, jedoch fast im gleichen Augenblick öffnete ein Diener. Er blickte traurig drein, war sehr alt und trug einen schwarzen Rock. Er schien sehr erstaunt, mich zu sehen, und betrachtete mich aufmerksam ohne zu sprechen.

»Ich werden Ihnen jetzt«, sagte ich, »eine recht seltsame Bitte vortragen. Ich kenne die Eigentümer dieses Hauses nicht, aber ich wäre glücklich, wenn Sie mir gestatten würden, es anzusehen.«

»Das Schloß«, sprach er wie bedauernd, »ist zu vermieten, gnädige Frau, und ich bin hier, um es bei Besichtigungen zu zeigen.«

»Man kann es mieten?« sagte ich. »Welch unerhoffter Zufall … Warum bewohnen denn die Besitzer nicht selbst ein so schönes Haus?«

»Sie haben es bewohnt, Madame, und sie haben es verlassen, seitdem es hier im Hause spukt.«

»Es spukt hier?« fragte ich. Das sollte mich nicht abhalten. »Ich wußte nicht, daß man in Frankreich auf dem Lande noch an Geister glaubt.«

»Auch ich nicht, Madame«, sprach er ernst, »wenn ich nicht selber dem Gespenst, das meine Herrschaft vertrieb, so oft des Nachts im Park begegnet wäre.«

»Unglaublich!« meinte ich und versuchte zu lächeln.

»Nicht ganz so unglaublich«, sagte der Greis in vorwurfsvollem Tone, »daß gerade Sie darüber lachen dürften, denn das Gespenst, Madame, waren Sie.«

Das Geisterreich, hier kommt's zur Schau,
Den Gläubigen ersprießlich;
Doch find' ich nicht die weiße Frau,
So bin ich doch verdrießlich.

GOETHE, Paralipomenon zu *Faust I*

E. T. A. Hoffmann

Aus:

Die Serapions-Brüder

Die Freunde kamen im Gespräch bald auf den mystischen Vinzenz und seinen Wunderglauben zurück. Cyprian meinte, dieser Glauben müsse in jedem wahrhaft poetischen Gemüt wohnen, und eben deshalb habe auch Jean Paul über den Magnetismus solche hochherrliche Worte ausgesprochen, daß eine ganze Welt voll hämischer Zweifel dagegen nicht aufkomme. Nur in der Poesie liege die tiefere Erkenntnis alles Seins. Die poetischen Gemüter wären die Lieblinge der Natur und töricht sei es zu glauben, daß sie zürnen solle, wenn diese Lieblinge darnach trachteten das Geheimnis zu erraten, das sie mit ihren Schleiern bedecke, aber nur wie eine gute Mutter, die das köstliche Geschenk den Kindern verhüllt, damit sie sich desto mehr freuen sollen, wenn, ist ihnen die Enthüllung gelungen, die herrliche Gabe hervorfunkelt. »Doch nun«, fuhr Cyprian fort, »vorzüglich dir Ottmar zu Gefallen, ganz praktisch gesprochen: wem, der die Geschichte des Menschengeschlechts mit tieferm Blick durchspäht, kann es entgehen, daß, sowie eine Krankheit gleich einem verheerenden Ungeheuer hervortritt, die Natur selbst auch die Waffen herbeischafft es zu bekämpfen, zu besiegen. Und kaum ist dies besiegt als ein anderes Untier neues Verderben bereitet und auch wieder neue Waffen werden erfunden und so bewährt sich der ewige Kampf der den Lebensprozeß, den Organismus der ganzen Welt bedingt. – Wie wenn in dieser alles vergeistigenden Zeit, in dieser Zeit, da die innige Verwandtschaft, der geheimnisvolle Verkehr des physischen und psychischen Prinzips klarer, bedeutender hervortritt, da jede Krankheit des Körpers sich ausspricht im psychischen Organismus, wie wenn da der Magnetismus die im Geist geschaffene Waffe wäre die uns die Natur selbst darreicht, das im Geist wohnende Übel zu bekämpfen?«

»Halt halt«, rief Ottmar, »wo geraten wir hin! – Schon viel zu viel schwatzten wir zuvor von einer Materie die für uns doch ein fremdes Gebiet bleibt, in dem wir nur einige durch Farbe und Aroma verlockende Früchtlein pflücken zum poetischen Verbrauch, oder woraus wir höchstens ein hübsches Bäumchen verpflanzen dürfen in unsern kleinen poetischen Garten. Wie freute ich mich, daß Cyprians Erzählung das ermüdende Gespräch unterbrach, und nun laufen wir Gefahr tiefer hinein zu fallen als vorher. – Von was anderm! – Doch still! – erst geb ich euch einen kleinen Pezzo von unseres Freundes mystischen Bemühungen der euch munden wird. – Die Sache ist kürzlich diese. – Vor geraumer Zeit war ich in einen kleinen Abendzirkel geladen, den unser Freund mit einigen Bekannten gebildet. Geschäfte hielten mich auf, es war sehr spät geworden als ich hinging. Desto mehr wunderte ich mich, daß, als ich vor die Stubentüre trat, drinnen auch nicht das kleinste Geräusch, nicht der leiseste Laut zu vernehmen war. Sollte denn noch niemand sich eingefunden haben? So dacht ich und drückte leise die Türe auf. Da sitzt mein Freund mir gegenüber mit den andern um einen kleinen Tisch herum. Und alle steif und starr wie Bildsäulen schauen totenbleich, im tiefsten Schweigen herauf in die Höhe. – Die Lichter stehen auf einem entfernten Tisch. Man bemerkt mich gar nicht. Voll Erstaunen trete ich näher. Da gewahre ich einen goldnen funkelnden Ring, der sich in den Lüften hin und her schwingt und dann sich im Kreise zu bewegen beginnt. Da murmelt dieser – jener: ›Wunderbar – in der Tat – unerklärlich – seltsam‹ etc. Nun kann ich mich nicht länger halten, ich rufe laut: ›Aber um des Himmels willen, was habt ihr vor!‹

Da fahren sie alle in die Höhe, aber Freund Vinzenz ruft mit seiner gellenden Stimme: ›Abtrünniger! – obskurer Nikodemus, der wie ein Nachtwandler hineinschleicht und die herrlichsten Experimente unterbricht! – Wisse daß sich eben eine Erfahrung, die Ungläubige ohne weiteres in die Kategorie der fabelhaften Wunder stellten, auf das herrlichste bewährt hat. Es kam darauf an, bloß durch den fest fixierten Willen die Pendulschwingungen eines Ringes zu bestimmen. – Ich unternahm es meinen Willen zu fixieren und dachte fest die kreisförmige Schwingung. Lange, lange blieb der an einem seidnen Faden an der Decke befestigte Ring ruhig, doch endlich bewegte er sich in scharfer Diagonale nach mir her und begann eben den Kreis als du uns unterbrachst. ›Wie‹, sprach ich, ›wie war es aber, lieber Vinzenz, wenn nicht dein fester Wille, sondern der Luftzug, der hineinströmte, als ich die Türe öffnete, den halsstarrig still hängenden Ring zur Schwingung vermocht?‹ – ›O Prosaiker, Prosaiker‹, rief Vinzenz; aber alle lachten!«

»Ei«, sprach Theodor, »die Pendulschwingungen des Ringes haben mich einmal halb wahnsinnig gemacht. So viel ist nämlich gewiß und jeder kann es versuchen, daß die Schwingungen eines goldnen einfachen Ringes, den man an einem feinen Faden über die flache Hand hält, sich ganz entschieden nach dem innern Willen bestimmen. Nicht beschreiben kann ich aber, wie tief, wie spukhaft diese Erfahrung auf mich wirkte. Unermüdlich ließ ich den Ring nach meinem Willen in den verschiedensten Richtungen sich schwingen. Zuletzt ging ich ganz fantastischer Weise so weit, daß ich mir ein förmliches Orakel schuf. Ich dachte nämlich im Innern: Wird dies oder jenes geschehen, so soll der Ring die Diagonale vom kleinen Finger zum Daumen beschreiben, geschieht es nicht, aber die Fläche der Hand quer durchschneiden u. s. w.«

»Allerliebst«, rief Lothar, »du statuiertest also in deinem eignen Innern ein höheres geistiges Prinzip das auf mystische Weise von dir beschworen sich dir kundtun sollte. Da hast du den wahren *spiritum familiarem,* den Sokratischen Genius. – Nun gibt es nur noch einen ganz kleinen Schritt bis zu den wirklichen Gespenster- und Spukgeschichten, die sehr bequem in der Einwirkung eines fremden psychischen Prinzips ihren Grund finden können.«

»Und«, nahm Cyprian das Wort, »und diesen Schritt tue ich wirklich, indem ich euch auf der Stelle den wackersten Spuk auftische den es jemals gegeben. – Die Geschichte hat das Eigentümliche, daß sie von glaubhaften Personen verbürgt ist, und daß ich ihr allein die aufgeregte, oder wenn ihr wollt, verstörte Stimmung zuschreiben muß, die Lothar vorhin an mir bemerken wollte.«

Cyprian stand auf und ging, wie er zu tun pflegte, wenn irgend etwas so sein ganzes inneres Gemüt erfüllte, daß er die Worte ordnen mußte, um es auszusprechen, im Zimmer einigemal auf und ab.

Die Freunde lächelten sich schweigend an. Man las in ihren Blicken: Was werden wir nur wieder Abenteuerliches hören! –

Cyprian setzte sich und begann:

»Ihr wißt, daß ich mich vor einiger Zeit, und zwar kurz vor dem letzten Feldzuge auf dem Gute des Obristen von P. befand. Der Obriste war ein muntrer jovialer Mann, so wie seine Gemahlin die Ruhe, die Unbefangenheit selbst.

Der Sohn befand sich, als ich dorten war, bei der Armee, so daß die Familie außer dem Ehepaar nur noch aus zwei Töchtern und einer alten Französin bestand, die eine Art von Gouvernante vorzustellen sich mühte, unerachtet die Mädchen schon über die Zeit des Gouvernierens hinaus schienen. Die älteste war ein munteres Ding bis zur Ausgelassenheit lebendig, nicht ohne Geist, aber so wie sie nicht fünf Schritte gehen konnte, ohne wenigstens drei

Entrechats zu machen, so sprang sie auch im Gespräch, in all ihrem Tun rastlos von einem Dinge zum andern. Ich hab es erlebt, daß sie in weniger als zehn Minuten stickte – las – zeichnete – sang – tanzte – daß sie in einem Moment weinte um den armen Cousin der in der Schlacht geblieben und die bittern Tränen noch in den Augen in ein hell aufquiekendes Gelächter ausbrach, als die Französin unversehens ihre Tabaksdose über den kleinen Mops ausschüttete, der sofort entsetzlich zu niesen begann, worauf die Alte lamentierte: ›Ah che fatalità! – ah carino – poverino!‹ – Sie pflegte nämlich mit besagtem Mops nur in italienischer Zunge zu reden, da er aus Padua gebürtig – und dabei war das Fräulein die lieblichste Blondine die es geben mag und in allen ihren seltsamen Kapriccios voll Anmut und Liebenswürdigkeit, so daß sie überall einen unwiderstehlichen Zauber übte, ohne es zu wollen.

Das seltsamste Widerspiel bildete die jüngere Schwester, Adelgunde geheißen. Vergebens ringe ich nach Worten euch den ganz eignen wunderbaren Eindruck zu beschreiben den das Mädchen auf mich machte, als ich sie zum ersten Male sah. Denkt euch die schönste Gestalt, das wunderherrlichste Antlitz. Aber eine Totenblässe liegt auf Lipp und Wangen, und die Gestalt bewegt sich leise, langsam, gemessenen Schrittes, und wenn dann ein halblautes Wort von den kaum geöffneten Lippen ertönt und im weiten Saal verklingt, fühlt man sich von gespenstischen Schauern durchbebt. – Ich überwand wohl bald diese Schauer und mußte, als ich das tief in sich gekehrte Mädchen zum Sprechen vermocht, mir selbst gestehen, daß das Seltsame ja Spukhafte dieser Erscheinung nur im Äußern liege, keinesweges sich aber aus dem Innern heraus offenbare. In dem wenigen, was das Mädchen sprach, zeigte sich ein zarter weiblicher Sinn, ein heller Verstand, ein freundliches Gemüt. Keine Spur irgendeiner Überspannung war zu finden, wiewohl das schmerzliche Lächeln, der tränenschwere Blick wenigstens irgendeinen physischen Krankheitszustand, der auch auf das Gemüt des zarten Kindes feindlich einwirken mußte, vermuten ließ. Sehr sonderbar fiel es mir auf, daß die Familie, keinen, selbst die alte Französin nicht, ausgeschlossen, beängstet schien, sowie man mit dem Mädchen sprach und versuchte das Gespräch zu unterbrechen, sich darin manchmal auf gar erzwungene Weise einmischend. Das Seltsamste war aber, daß sowie es abends acht Uhr geworden, das Fräulein erst von der Französin, dann von Mutter, Schwester, Vater gemahnt wurde sich in ihr Zimmer zu begeben, wie man kleine Kinder zu Bette treibt, damit sie nicht übermüden, sondern fein ausschlafen. Die Französin begleitete sie und so kam es, daß beide niemals das Abendessen, welches um neun Uhr angerichtet wurde, abwarten durften. – Die Obristin, meine Verwunderung wohl bemerkend, warf einmal um jeder Frage vorzubeugen, leicht hin, daß Adelgunde viel kränkle, daß sie vorzüglich abends um neun Uhr von Fieberanfällen heimgesucht werde, und daß daher der Arzt geraten sie zu dieser Zeit der unbedingtesten Ruhe zu überlassen. – Ich fühlte, daß es noch eine ganz andere Bewandtnis damit haben müsse, ohne irgend Deutliches ahnen zu können. Erst heute erfuhr ich den wahren entsetzlichen Zusammenhang der Sache und das Ereignis, das den kleinen glücklichen Familienkreis auf furchtbare Weise verstört hat.

Adelgunde war sonst das blühendste munterste Kind, das man nur sehen konnte. Ihr vierzehnter Geburtstag wurde gefeiert, eine Menge Gespielinnen waren dazu eingeladen. – Die sitzen in dem schönen Boskett des Schloßgartens im Kreise umher und scherzen und lachen und kümmern sich nicht darum, daß immer finstrer und finstrer der Abend heraufzieht, da die lauen Juliuslüfte erquikkend wehen und erst jetzt ihre Lust recht aufgeht. In der magischen Dämmerung beginnen sie allerlei seltsame Tänze indem sie Elfen und andere flinke Spukgeister vorstellen wollen. ›Hört‹, ruft Adelgunde als es im Boskett ganz finster geworden, ›hört Kinder, nun will ich euch einmal als die weiße Frau erscheinen, von der unser alter verstorbener Gärtner so oft erzählt hat. Aber da müßt ihr mit mir kommen bis ans Ende des Gartens, dorthin, wo das alte Gemäuer steht.‹ – Und damit wickelt sie sich in ihren weißen Shawl und schwebt leichtfüßig fort durch den Laubgang und die Mädchen laufen ihr nach in vollem Schäkern und Lachen. Aber kaum ist Adelgunde an das alte halb eingefallene Gewölbe gekommen, als sie erstarrt – gelähmt an allen Gliedern stehen bleibt. Die Schloßuhr schlägt neun. ›Seht ihr nichts‹, ruft Adelgunde mit dem dumpfen hohlen Ton des tiefsten Entsetzens, ›seht ihr nichts – die Gestalt – die dicht vor mir steht – Jesus! – sie streckt die Hand nach mir aus – seht ihr denn nichts?‹ – Die Kinder sehen nicht das mindeste, aber alle erfaßt Angst und Grauen. Sie rennen fort, bis auf eine, die die Beherzteste sich ermutigt, auf Adelgunden zuspringt, sie in die Arme fassen will. Aber in dem Augenblick sinkt Adelgunde todähnlich zu Boden. Auf des Mädchens gellendes Angstgeschrei eilt alles aus dem Schlosse herzu. Man bringt Adelgunde hinein. Sie erwacht endlich aus der Ohnmacht und erzählt an allen Gliedern zitternd, daß, kaum sei sie vor das Gewölbe getreten, dicht vor ihr eine luftige Gestalt, wie in Nebel gehüllt, gestanden und die Hand nach ihr ausgestreckt habe. – Was war natürlicher, als daß man die ganze Erscheinung den wunderbaren Täuschungen des dämmernden Abendlichts zuschrieb. Adelgunde erholte sich in derselben Nacht so ganz und gar von ihrem Schreck, daß man durchaus keine böse Folgen befürchtete, sondern die ganze Sache für völlig abgetan hielt. – Wie ganz anders begab sich alles! – Kaum schlägt es den Abend darauf neun Uhr, als Adelgunde mitten in der Gesellschaft, die sie umgibt, entsetzt aufspringt, und ruft: ›Da ist es – da ist es – seht ihr denn nichts! – dicht vor mir steht es!‹ – Genug seit jenem unglückseligen Abende behauptete Adelgunde, sowie es abends neune schlug, daß die Gestalt dicht vor ihr stehe und einige Sekunden weile, ohne daß irgendein Mensch außer ihr auch nur das mindeste wahrnehmen konnte, oder in irgendeiner psychischen Empfindung die Nähe eines unbekannten geistigen Prinzips gespürt haben sollte. Nun wurde die arme Adelgunde für wahnsinnig gehalten und die Familie schämte sich in seltsamer Verkehrtheit dieses Zustandes der Tochter, der Schwester. Daher jene sonderbare Art sie zu behandeln, deren ich erst erwähnte. Es fehlte nicht an Ärzten und an Mitteln die das arme Kind von der fixen Idee, wie man die von ihr behauptete Erscheinung zu nennen beliebte, befreien sollten, aber alles blieb vergebens und sie bat unter vielen Tränen, man möge sie doch nur in Ruhe lassen, da die Gestalt, die in ihren ungewissen unkenntlichen Zügen an und vor sich selbst gar nichts Schreckliches habe, ihr kein Entsetzen mehr errege, wiewohl es jedesmal nach der Erscheinung ihr zumute sei als wäre ihr Innerstes mit allen Gedanken hinausgewendet und schwebe körperlos außer ihr selbst umher, wovon sie krank und matt werde. – Endlich machte der Obrist die Bekanntschaft eines berühmten Arztes, der in dem Ruf stand, Wahnsinnige auf eine überaus pfiffige Weise zu heilen. Als der Obrist diesem entdeckt hatte, wie es sich mit der armen Adelgunde begebe, lachte er laut auf und meinte, nichts sei leichter als diesen Wahnsinn zu heilen, der bloß in der überreizten Einbildungskraft seinen Grund finde. Die Idee der Erscheinung des Gespenstes sei mit dem Ausschlagen der neunten Abendstunde so fest verknüpft, daß die innere Kraft des Geistes sie nicht mehr trennen könne und es käme daher nur darauf an diese Trennung von außen her zu bewirken. Dies könne aber nun wieder sehr leicht dadurch geschehen, daß man das Fräulein in der Zeit täusche und die neunte Stunde vorübergehen lasse, ohne daß sie es wisse. Wäre dann das Gespenst nicht erschienen, so würde sie selbst ihren Wahn einsehen und physische Erkräftigungsmittel würden dann die Kur glücklich vollenden. – Der unselige Rat wurde ausgeführt! – In einer Nacht stellte man sämtliche Uhren im Schlosse, ja selbst die Dorfuhr, deren dumpfe Schläge herabsummten, um eine Stunde zurück, so daß Adelgunde, sowie sie am frühen Morgen erwachte in der Zeit um eine Stunde irren mußte. Der Abend kam heran. Die kleine Familie war wie gewöhnlich in einem heiter verzierten Eckzimmer versammelt, kein Fremder zugegen. Die Obristin mühte sich allerlei Lustiges zu erzählen, der Obrist fing an, wie es seine Art war, wenn er vorzüglich bei Laune, die alte Französin ein wenig aufzuziehen, worin ihm Auguste (das ältere Fräulein) beistand. Man lachte, man war fröhlicher als je. – Da schlägt die Wanduhr achte (es war also die neunte Stunde) und leichenblaß sinkt Adelgunde in den Lehnsessel zurück – das Nähzeug entfällt ihren Händen! Dann erhebt sie sich, alle Schauer des Entsetzens im Antlitz, starrt hin in des Zimmers öden Raum, murmelt dumpf und hohl: ›Was! – eine Stunde früher? – ha seht ihr's? – seht ihr's? – da steht es dicht vor mir – dicht vor mir!‹ – Alle fahren auf vom Schrecke erfaßt, aber als niemand auch nur das mindeste gewahrt, ruft der Obrist: ›Adelgunde! – fasse dich! – es ist nichts, es ist ein Hirngespinst, ein Spiel deiner Einbildungskraft, was dich täuscht, wir sehen nichts, gar nichts und müßten wir, ließe sich wirklich dicht vor dir eine Gestalt erschauen, müßten wir sie nicht ebensogut wahrnehmen als du? – Fasse dich – fasse dich Adelgunde!‹ – ›O Gott – o Gott‹, seufzt Adelgunde, ›will man mich denn wahnsinnig machen! – Seht da streckt es den weißen Arm lang aus nach mir – es winkt. ‹ – Und wie willenlos, unverwandten starren Blikkes, greift nun Adelgunde hinter sich, faßt einen kleinen Teller der zufällig auf dem Tische steht, reicht ihn vor sich hin in die Luft, läßt ihn los – und der Teller, wie von unsichtbarer Hand getragen, schwebt langsam im Kreise der Anwesenden umher und läßt sich dann leise auf den Tisch nieder! – Die Obristin, Auguste lagen in tiefer Ohnmacht, der ein hitziges Nervenfieber folgte. Der Obrist nahm sich mit aller Kraft zusammen, aber man merkte wohl an seinem verstörten Wesen die tiefe feindliche Wirkung jenes unerklärlichen Phänomens.

Die alte Französin hatte, auf die Knie gesunken, das Gesicht zur Erde gebeugt, still gebetet, sie blieb so wie Adelgunde frei von allen bösen Folgen. In kurzer Zeit war die Obristin hingerafft. Auguste überstand die Krankheit, aber wünschenswerter war gewiß ihr Tod, als ihr jetziger Zustand. – Sie, die volle herrliche Jugendlust selbst, wie ich sie erst beschrieben, ist von einem Wahnsinn befallen, der mir wenigstens grauenvoller, entsetzlicher vorkommt als irgendeiner, den jemals eine fixe Idee erzeugte. Sie bildet sich nämlich ein, *sie* sei jenes unsichtbare körperlose Gespenst Adelgundens, flieht daher alle Menschen oder hütet sich wenigstens, sobald ein anderer zugegen, zu reden, sich zu bewegen. Kaum wagt sie es zu atmen, denn fest glaubt sie, daß, verrate sie ihre Gegenwart auf diese, jene Weise, jeder vor Entsetzen des Todes sein müsse. Man öffnet ihr die Türe, man setzt ihr Speisen hin, dann schlüpft sie verstohlen hinein und heraus – ißt ebenso heimlich u.s.w. Kann ein Zustand qualvoller sein?

Der Obrist ganz Gram und Verzweiflung folgte den Fahnen zum neuen Feldzuge. Er blieb in der siegreichen Schlacht bei W. – Merkwürdig, höchst merkwürdig ist es, daß Adelgunde seit jenem verhängnisvollen Abende von dem Fantom befreit ist. Sie pflegt getreulich die kranke Schwester und ihr steht die alte Französin bei. So wie Sylvester mir heute sagte, ist der Oheim der armen Kinder hier, um mit unserm wackern R. über die Kurmethode, die man allenfalls bei Augusten versuchen könne, zu Rate zu gehen. – Gebe der Himmel daß die unwahrscheinliche Rettung möglich.«

Cyprian schwieg und auch die Freunde blieben still indem sie gedankenvoll vor sich hinschauten. Endlich brach Lothar los: »Das ist ja eine ganz verdammte Spukgeschichte! – Aber ich kann's nicht leugnen, mir bebt die Brust, unerachtet mir das ganze Ding mit dem schwebenden Teller kindisch und abgeschmackt bedünken will.« »Nicht so rasch«, nahm Ottmar das Wort, »nicht so rasch lieber Lothar! – Du weißt, was ich von Spukgeschichten halte, du weißt, daß ich mich gegen alle Visionärs damit brüste, daß die Geisterwelt, unerachtet ich sie oft mit verwogener Keckheit in die Schranken rief, noch niemals sich bemühte mich für meinen Frevel zu züchtigen, aber Cyprians Erzählung gibt einen ganz andern Punkt zu bedenken, als den der bloßen chimärischen Spukerei. – Mag es mit Adelgundens Fantom, mag es mit dem schwebenden Teller dann nun eine Bewandtnis gehabt haben welche es wolle, genug die Tatsache bleibt stehen: daß sich an jenem Abende in dem Kreise der Familie des Obristen von P. etwas zutrug, worüber drei Personen zu gleicher Zeit in einen solchen verstörten Gemütszustand gerieten, der bei einer den Tod, bei der andern Wahnsinn herbeiführte, wollen wir nicht auch, wenigstens *mittelbar,* den Tod des Obristen jenem Ereignis zuschreiben. Denn eben fällt mir ein, von Offizieren gehört zu haben, der Obrist sei beim Angriff plötzlich wie von Furien getrieben ins feindliche Feuer hineingesprengt. Nun ist aber auch die Geschichte mit dem Teller so ohne alle Staffierung gewöhnlicher Spukgeschichten, selbst die Stunde allem spukischen Herkommen entgegen, und das Ganze so ungesucht, so einfach, daß gerade in der Wahrscheinlichkeit die das Unwahrscheinlichste dadurch erhält, für mich das Grauenhafte liegt. Doch, nehmen wir an, daß Adelgundens Einbildung Vater, Mutter, Schwester, mit fortriß, daß der Teller nur innerhalb ihres Gehirns im Kreise umherschwebte, wäre diese Einbildung in einem Moment wie ein elektrischer Schlag drei Personen zum Tode treffend, nicht eben der entsetzlichste Spuk den es geben könnte?«

»Allerdings«, sprach Theodor, »und ich teile mit dir Ottmar, das lebhafte Gefühl, daß gerade in der Einfachheit der Geschichte ihre tiefsten Schauer liegen. – Ich kann mir es denken, daß ich den plötzlichen Schreck irgendeiner grauenhaften Erscheinung wohl ertragen könnte, das unheimliche, den äußern Sinn in Anspruch nehmende Treiben eines unsichtbaren Wesens, würde mich dagegen unfehlbar wahnsinnig machen. Es ist das Gefühl der gänzlichen hülflosesten Ohnmacht, das den Geist zermalmen müßte. Ich erinnere mich, daß ich dem tiefsten Grausen kaum widerstehen konnte, daß ich wie ein einfältiges verschüchtertes Kind nicht allein in meinem Zimmer schlafen mochte als ich einst von einem alten Musiker las, den ein entsetzlicher Spuk mehrere Zeit hindurch verfolgte und ihn auch beinahe zum hellen Wahnsinn trieb. Nachts spielte nämlich ein unsichtbares Wesen auf seinem Flügel die wunderbarsten Kompositionen mit der Kraft und Fertigkeit des vollendeten Meisters. Er hörte jeden Ton, er sah wie die Tasten niedergedrückt wurden, wie die Saiten zitterten, aber nicht den leisesten Schimmer einer Gestalt.«

»Nein«, rief Lothar, »nein es ist nicht auszuhalten, wie das Tolle wieder unter uns lustig fortwuchert! – Ich hab es euch gestanden, daß mir der verdammte Teller das Innerste aufgeregt hat. Ottmar hat recht; hält man sich nur an das Resultat irgendeines Ereignisses das sich wirklich begeben, so ist dies Resultat der gräßlichste Spuk den es geben kann. Ich verzeihe deshalb unserm Cyprian die verstörte Stimmung, die er beim Eintreten merken ließ, die aber jetzt schon ziemlich nachgelassen. Doch jetzt kein Wort mehr von allem gespenstischen Unwesen.«

Gespenster! – Gleich erstarrten Bildern steht ihr da,
Geschreckt, vom Tag zu scheiden, der euch nicht gehört.

Goethe, *Faust II*

Heinrich von Kleist

Das Bettelweib von Locarno

Am Fuße der Alpen, bei Locarno im oberen Italien, befand sich ein altes, einem Marchese gehöriges Schloß, das man jetzt, wenn man vom St. Gotthard kommt, in Schutt und Trümmern liegen sieht: ein Schloß mit hohen und weitläufigen Zimmern, in deren einem einst, auf Stroh, das man ihr unterschüttete, eine alte kranke Frau, die sich bettelnd vor der Tür eingefunden hatte, von der Hausfrau aus Mitleiden gebettet worden war. Der Marchese, der, bei der Rückkehr von der Jagd, zufällig in das Zimmer trat, wo er seine Büchse abzusetzen pflegte, befahl der Frau unwillig, aus dem Winkel, in welchem sie lag, aufzustehen, und sich hinter den Ofen zu verfügen. Die Frau, da sie sich erhob, glitschte mit der Krücke auf dem glatten Boden aus, und beschädigte sich, auf eine gefährliche Weise, das Kreuz; dergestalt, daß sie zwar noch mit unsäglicher Mühe aufstand und quer, wie es vorgeschrieben war, über das Zimmer ging, hinter den Ofen aber, unter Stöhnen und Ächzen, niedersank und verschied.

Mehrere Jahre nachher, da der Marchese, durch Krieg und Mißwachs, in bedenkliche Vermögensumstände geraten war, fand sich ein florentinischer Ritter bei ihm ein, der das Schloß, seiner schönen Lage wegen, von ihm kaufen wollte. Der Marchese, dem viel an dem Handel gelegen war, gab seiner Frau auf, den Fremden in dem obenerwähnten, leerstehenden Zimmer, das sehr schön und prächtig eingerichtet war, unterzubringen. Aber wie betreten war das Ehepaar, als der Ritter mitten in der Nacht, verstört und bleich, zu ihnen herunter kam, hoch und teuer versichernd, daß es in dem Zimmer spuke, indem etwas, das dem Blick unsichtbar gewesen, mit einem Geräusch, als ob es auf Stroh gelegen, im Zimmerwinkel aufgestanden, mit vernehmlichen Schritten, langsam und gebrechlich, quer über das Zimmer gegangen, und hinter dem Ofen, unter Stöhnen und Ächzen, niedergesunken sei.

Der Marchese erschrocken, er wußte selbst nicht recht warum, lachte den Ritter mit erkünstelter Heiterkeit aus, und sagte, er wolle sogleich aufstehen, und die Nacht zu seiner Beruhigung, mit ihm in dem Zimmer zubringen. Doch der Ritter bat um die Gefälligkeit, ihm zu erlauben, daß er auf einem Lehnstuhl, in seinem Schlafzimmer übernachte, und als der Morgen kam, ließ er anspannen, empfahl sich und reiste ab.

Dieser Vorfall, der außerordentliches Aufsehen machte, schreckte auf eine dem Marchese höchst unangenehme Weise, mehrere Käufer ab; dergestalt, daß, da sich unter seinem eigenen Hausgesinde, befremdend und unbegreiflich, das Gerücht erhob, daß es in dem Zimmer, zur Mitternachtsstunde, umgehe, er, um es mit einem entscheidenden Verfahren niederzuschlagen, beschloß, die Sache in der nächsten Nacht selbst zu untersuchen. Demnach ließ er, beim Einbruch der Dämmerung, sein Bett, in dem besagten Zimmer aufschlagen, und erharrte, ohne zu schlafen, die Mitternacht. Aber wie erschüttert war er, als er in der Tat, mit dem Schlage der Geisterstunde, das unbegreifliche Geräusch wahrnahm; es war, als ob ein Mensch sich von Stroh, das unter ihm knisterte, erhob, quer über das Zimmer ging, und hinter dem Ofen, unter Geseufz und Geröchel niedersank. Die Marquise, am andern Morgen, da er herunter kam, fragte ihn, wie die Untersuchung abgelaufen; und da er sich, mit scheuen und Ungewissen Blicken, umsah, und, nachdem er die Tür verriegelt, versicherte, daß es mit dem Spuk seine Richtigkeit habe: so erschrak sie, wie sie in ihrem Leben nicht getan, und bat ihn, bevor er die Sache verlauten ließe, sie noch einmal, in ihrer Gesellschaft, einer kaltblütigen Prüfung zu unterwerfen. Sie hörten aber, samt einem treuen Bedienten, den sie mitgenommen hatten, in der Tat, in der nächsten Nacht, dasselbe unbegreifliche, gespensterartige Geräusch; und nur der dringende Wunsch, das Schloß, es koste was es wolle, los zu werden, vermochte sie, das Entsetzen, das sie ergriff, in Gegenwart ihres Dieners zu unterdrücken, und dem Vorfall irgend eine gleichgültige und zufällige Ursache, die sich entdecken lassen müsse, unterzuschieben. Am Abend des dritten Tages, da beide, um der Sache auf den Grund zu kommen, mit Herzklopfen wieder die Treppe zu dem Fremdenzimmer bestiegen, fand sich zufällig der Haushund, den man von der Kette losgelassen hatte, vor der Tür desselben ein; dergestalt, daß beide, ohne sich bestimmt zu erklären, vielleicht in der unwillkürlichen Absicht, außer sich selbst noch etwas Drittes, Lebendiges, bei sich zu haben, den Hund mit sich in das Zimmer nahmen. Das Ehepaar, zwei Lichter auf dem Tisch, die Marquise unausgezogen, der Marchese Degen und Pistolen, die er aus dem Schrank genommen, neben sich, setzen sich, gegen eilf Uhr, jeder auf sein Bett; und während sie sich mit Gesprächen, so gut sie vermögen, zu unterhalten suchen, legt sich der Hund, Kopf und Beine zusammen gekauert, in der Mitte des Zimmers nieder und schläft ein. Drauf, in dem Augenblick der Mitternacht, läßt sich das entsetzliche Geräusch wieder hören; jemand, den kein Mensch mit Augen sehen kann, hebt sich, auf Krücken, im Zimmerwinkel empor; man hört das Stroh, das unter ihm rauscht; und mit dem ersten Schritt: tapp! tapp! erwacht der Hund, hebt sich plötzlich, die Ohren spitzend, vom Boden empor, und knurrend und bellend, grad als ob ein Mensch auf ihn eingeschritten käme, rückwärts gegen den Ofen weicht er aus. Bei diesem Anblick stürzt die Marquise, mit sträubenden Haaren, aus dem Zimmer; und während der Marquis, der den Degen ergriffen:

wer da? ruft, und da ihm niemand antwortet, gleich einem Rasenden, nach allen Richtungen die Luft durchhaut, läßt sie anspannen, entschlossen, augenblicklich, nach der Stadt abzufahren. Aber ehe sie noch einige Sachen zusammengepackt und aus dem Tore herausgerasselt, sieht sie schon das Schloß ringsum in Flammen aufgehen. Der Marchese, von Entsetzen überreizt, hatte eine Kerze genommen, und dasselbe, überall mit Holz getäfelt wie es war, an allen vier Ecken, müde seines Lebens, angesteckt. Vergebens schickte sie Leute hinein, den Unglücklichen zu retten; er war auf die elendiglichste Weise bereits umgekommen, und noch jetzt liegen, von den Landleuten zusammengetragen, seine weißen Gebeine in dem Winkel des Zimmers, von welchem er das Bettelweib von Locarno hatte aufstehen heißen.

Der Gespensterglaube ist dem Menschen angeboren: er findet sich zu allen Zeiten und in allen Ländern, und vielleicht ist kein Mensch ganz frei davon.

SCHOPENHAUER,
Versuch über das Geistersehn

Nikolai Lesskow

Der weiße Adler

Vom Brote träumt der Hund,
der Fischer träumt vom Fische.
Theokrit (Idyllen)

I

Es gibt mehr Dinge auf der Welt. Mit diesen Worten läßt man bei uns gewöhnlich Geschichten dieser Art beginnen, um sich mit Shakespeare vor den Pfeilen des Scharfsinns, für den es auf Erden nichts Unbekanntes mehr gibt, zu decken. Ich allerdings, ich glaube immer noch, daß es ›Dinge gibt‹, und zwar sehr sonderbare und unverständliche, die man manchmal als übernatürlich bezeichnet, und höre darum gerne solche Erzählungen an. Und so habe ich mich denn vor zwei, drei Jahren, als wir in die Kindheit zurückfallend grade Geisterseherei zu spielen begannen, gerne einem jener Kreise angeschlossen, deren Regeln sich ausbedangen, daß an keinem der Abende weder von der Obrigkeit noch vom Ursprung der irdischen Welt gesprochen werden dürfte, sondern einzig von den körperlosen Geistern – von ihrem Auftreten und Mitwirken in den Schicksalen der lebenden Menschen. Sogar ›Rußland zu erhalten und zu retten‹ war untersagt, denn auch in diesem Falle gab es viele, die ›von der Gesundheit ausgehend, alles auf die gottselige Ruhe zurückführen‹.

Aus diesem Grunde wurde auch jede Erwähnung irgendwelcher ›großer Namen‹ auf das strengste verfolgt, mit einziger Ausnahme des Namens Gottes, den man ja, wie sattsam bekannt, am häufigsten in der Form einer schönen Redewendung anwendet. Freilich gab es auch gelegentlich Verstöße, aber man befleißigte sich im allgemeinen der größten Vorsicht. Und nur hie und da konnte man zwei der ungeduldigsten Politiker wahrnehmen, die sich etwa zum Fenster schlugen oder zum Kamin und dort flüsterten, wobei immer einer den anderen warnte: »Pas si haut!« Und der Wirt äugte schon hin und drohte freilich mehr zum Spaß mit der Strafe.

Der Reihenfolge nach mußte ein jeder irgendeine phantastische Begebenheit aus seinem Leben erzählen, da jedoch bei weitem nicht einem jeden die Fähigkeit zu erzählen gegeben ist, so wurde die künstlerische Seite der Erzählungen nicht beanstandet. Es wurde auch kein Beweismaterial verlangt. Denn teilte der Erzählende zuvor mit, daß er die von ihm zu erzählende Begebenheit tatsächlich erlebt hätte, so glaubte man ihm, oder man gab sich zum mindesten den Anschein, ihm zu glauben. Das schrieb die Etikette vor.

Hauptsächlich interessierte mich am ganzen die rein subjektive Seite. Daran, daß es ›mehr Dinge auf der Welt gibt, von denen auch die Weisen nichts wissen‹ – daran zweifelte ich nicht, aber wie diese Dinge sich dem andern darstellten, das interessierte mich höchlichst. Und in der Tat, das Subjektive, das Persönliche war hier der größten Aufmerksamkeit wert. Wie große Mühe sich ein Erzähler auch gäbe, in die höhere Sphäre der körperlosen Welt zu dringen, immer doch wird unwillkürlich bemerkbar, daß der fremde Saft von jenseits des Grabes ein wenig gefärbt in diese Welt tritt, so wie ein Lichtstrahl gefärbt wird, der durch ein farbiges Glas dringt. Und da kennt sich keiner mehr aus, was Lüge ist, was Wahrheit, aber es ist immer von Interesse, das zu verfolgen, und einen solchen Vorfall will ich hier erzählen.

2

Märtyrer du jour oder Erzähler in der festgesetzten Reihenfolge war diesmal eine ziemlich hochgestellte und zudem sehr originelle Persönlichkeit, Galaktjón Iljitsch, scherzhaft auch der ›mißgeborene Würdenträger‹ genannt. Hinter diesem Scherznamen verbarg sich eine Art von Kalauer: denn war er auch in der Tat so was wie ein Würdenträger, so war er doch andrerseits fast mißgestalt hager und zudem von keiner nennenswerten Herkunft. Galaktjón Iljitschs Vater war noch Leibeigener gewesen und Speisemeister in einem hochherrschaftlichen Hause; späterhin wurde er Branntweinpächter und endlich Wohltäter und Kirchenstifter, und das sicherte ihm in diesem vergänglichen Leben einen Orden und in jenem zukünftigen – den Platz im Himmelreiche. Den Sohn schickte er auf die Universität und brachte ihn unter Menschen, aber das ›ewige Angedenken‹, das man über seinem Grabe im Newskij-Kloster ihm nachsang, das erhielt sich leider und hing bedrückend über seinem Erben. Der Sohn des ›Leibeigenen‹ erkletterte zwar gewisse Würden und wurde auch in der Gesellschaft geduldet, aber dennoch blieb der Titel des ›Mißgeborenen‹ an ihm haften.

Es gab wohl niemand, der über Galaktjón Iljitschs Verstand oder über seine Talente ein klares Urteil hätte fällen können. Wozu er fähig war und wozu nicht – das wußte niemand genau zu sagen. Seine Dienstliste war kurz und einfach: dank der Umsicht seines Vaters war er gleich zu Beginn seiner Dienstzeit in das Ressort des Grafen Viktor Nikititsch Pánin geraten, der dem alten Herrn auf Grund gewisser ihm bekannter Eigenschaften sehr gewogen war und nun den Sohn unter seine Fittiche nahm und ihn ziemlich schnell avancieren ließ, und zwar über jenen Rang hinaus, von wo es dann von selber ›vorwärts‹ geht.

Es ist jedenfalls anzunehmen, daß er gewisse Vorzüge hatte, die den Grafen veranlaßten, ihn so schnell zu befördern. In der

Gesellschaft aber, in der großen Welt hatte Galaktjón Iljitsch keinerlei Erfolg, und was gar die Freuden des Lebens betraf, so konnte man von ihm nicht behaupten, daß er hierin verwöhnt war. Seine Gesundheit war durchaus schwankend und mäßig und sein Äußeres war geradezu fatal. Er war genau so lang wie sein verstorbener Patron, der Graf Viktor Nikititsch – aber ihm fehlte vollkommen das Imponierende der gräflichen Größe. Im Gegenteil, Galaktjón Iljitsch konnte man nur mit einem gewissen Schaudern betrachten, gemischt mit einem eigenartigen Abscheu. Denn sah er einerseits wie ein typischer Dorflakai aus, so glich er andererseits wiederum dem typischen lebenden Leichnam. Eine dünne graue Haut spannte sich über seinen langen und dürren Körper, seine unverhältnismäßig hohe Stirn war schmal und gelb, auf seinen Schläfen aber lag die grünliche Blässe eines Sterbenden, und seine breite und kurze Nase glich der eines Totenschädels; auch nicht die leiseste Andeutung von Augenbrauen war zu bemerken, der Mund mit den blitzenden, viel zu langen Zähnen stand immer ein wenig geöffnet, die dunklen und trüben Augen blickten farblos und lagen in völlig schwarzen und tiefen Höhlen.

Man mußte erschrecken, wenn man ihm begegnete.

Eine besondere Eigentümlichkeit seines Äußeren war auch die, daß er in seiner Jugend noch viel schauderhafter war und gegen das Alter hin nach und nach besser auszusehen begann, so daß man ihn späterhin ohne Furcht ansehen konnte.

Und dennoch war sein Charakter weich, und er hatte ein gutes, gefühlvolles und, wie wir sogleich sehen werden, sogar sentimentales Herz. Er träumte gern, aber wie die meisten Menschen mit häßlichen Gesichtern verbarg auch er seine Träume zutiefst. In seiner Seele war er viel mehr Poet als Beamter, und leidenschaftlich liebte er das Leben, obwohl es ihm nie vergönnt war, es in vollem Maße zu genießen.

Sein Unglück trug er still und wußte nur zu gut, daß es unvermeidbar war und ihn bis zum Grabe verfolgen würde. Ja, sogar in seiner Dienstbeförderung wurde ihm eine reichliche Schale der Bitternis zuteil, denn schon bald schwante ihm, daß Graf Viktor Nikititsch ihn als Referenten nur deswegen bei sich behielt, weil er auf die Bittsteller einen qualvollen Eindruck machte. Galaktjón Iljitsch sah nur zu deutlich, daß noch einem jeden, der ihm, bevor er vom Grafen empfangen wurde, den Zweck seines Kommens zu schildern hatte, der Blick sich trübte und die Knie schlotterten … Und schon hierdurch wurde die Wirkung erzielt, daß hernach im persönlichen Gespräch mit dem Grafen selber ein jeder Besucher einen leichten und freudigen Eindruck gewann.

Aber mit den Jahren wurde Galaktjón Iljitsch aus einem Referenten selber zu einer Persönlichkeit, der man referierte, und man übertrug ihm sogar eine sehr ernste und verzwickte Untersuchung in einer entfernten Ortschaft, wo ihm eben jenes übernatürliche Ereignis zustieß, von dem wir nunmehr seine eigene Erzählung folgen lassen wollen.

3

Vor etwas mehr als fünfundzwanzig Jahren, begann der mißgeborene Würdenträger, verbreiteten sich in Petersburg Gerüchte über den Gouverneur P–w und in wie hohem Maße er seine Macht mißbrauche. Die Mißbräuche waren zahllos, und fast alle Verwaltungszweige schienen in Mitleidenschaft gezogen zu sein. Man schrieb uns, daß der Gouverneur eigenhändig Menschen schlage und sogar prügle, daß er gemeinsam mit dem Adelsmarschall für seine Betriebe die ganze örtliche Schnapslieferung eingezogen, daß er eigenmächtig Anleihen aus der Kasse nähme, daß er sich von der Post die gesamten Briefschaften kommen ließe und daß nur das ihm Zusagende befördert würde, während er alles, was ihm nicht paßte, zerriß und ins Feuer warf und sich nachher an den Schreibern rächte, und endlich, daß er Menschen ihrer Freiheit willkürlich beraube und sie schmachten ließe. Und dabei war er ein Kunstliebhaber, unterhielt ein reich besetztes und ausgezeichnetes Orchester, liebte klassische Musik und spielte selber vortrefflich das Cello.

Geraume Zeit hindurch blieb es bei Gerüchten über die Unzuträglichkeiten, aber dann fand sich dort ein kleiner Beamter, der nach Petersburg rollte, die ganze Epopöe mit allen Details auf das genaueste schilderte und alles in die richtigen Hände legte.

Die Sache war derart, daß man eigentlich sofort einen Senator hätte hinschicken müssen, um eine Untersuchung einzuleiten. Und das wäre wohl auch geschehen, wenn nicht der Gouverneur und der Adelsmarschall sich der Gunst des verstorbenen Kaisers erfreut hätten; unter diesen Umständen aber war es nicht ganz so einfach, sie zu packen. Darum zog Graf Viktor Nikititsch es vor, sich vorher auf das genaueste durch einen seiner eigenen Leute informieren zu lassen, und seine Wahl fiel auf mich.

Er läßt mich rufen und sagt:

»So und so, die und die traurigen Nachrichten sind zu uns gedrungen, und sie scheinen bedauerlicherweise zutreffend zu sein; bevor jedoch die Angelegenheit ins Rollen gebracht wird, wünsche ich mich noch mehr zu vergewissern und habe hierzu Sie ausersehen.«

Ich verneige mich und antworte: »Wenn es in meinen Kräften steht, so werde ich mich sehr glücklich schätzen.«

»Ich bin davon überzeugt«, entgegnete der Graf, »daß Sie es können, und ich verlasse mich ganz auf Sie. Sie haben eben diese Begabung: Ihnen wird man kein dummes Zeug vorschwatzen, sondern Ihnen gegenüber wird man mit der Wahrheit herausrücken.«

»Mit dieser Gabe«, erklärte der Erzähler mit einem leisen Lächeln, »meinte er meine traurige Erscheinung, die freilich geeignet ist, eine ganze Front zu bedrücken; aber was wem gegeben ist, damit soll er sich auch durchschlagen.«

»Ihre Papiere liegen bereit«, fuhr der Graf fort, »und das Geld für Sie ist angewiesen. Jedoch geschieht Ihre Reise ausschließlich im Auftrage unseres Ressorts … Sie verstehen mich, ausschließlich!«

»Ich verstehe«, entgegne ich.

»Um die Mißbräuche in den anderen Ressorts kümmern Sie sich scheinbar überhaupt nicht. Aber es ist selbstverständlich, daß Sie sich nur scheinbar um nichts kümmern, in der Tat müssen Sie alles in Erfahrung bringen. Zwei geschickte Beamte reisen mit Ihnen. Wenn Sie ankommen, machen Sie sich sofort an die Arbeit und kümmern sich am offensichtlichsten um die Bureauordnung und um die Art der Gerichtspflege und schauen sich insgeheim nach allem anderen um … Beordern Sie die dortigen Beamten zu sich, damit sie Ihnen Aufklärung geben, und … seien Sie streng. Beeilen Sie sich nicht, zurückzukommen. Ich laß Sie wissen, wann wir Sie zurückerwarten. Welches war doch gleich Ihre letzte Auszeichnung?«

Ich entgegne: »Wladimir der zweiten Klasse mit der Krone.«

Mit seiner riesigen Hand hob der Graf den bekannten schweren bronzenen Briefbeschwerer ›das erschlagne Vöglein‹ auf und zog darunter sein ständiges Notizheft hervor, darauf ergriff er mit den fünf Fingern der rechten Hand den dicken und geradezu gigantischen Bleistift aus Ebenholz und schrieb, ohne es vor mir zu verbergen, meinen Namen auf und dazu: ›Weißer Adler‹.

Mithin kannte ich nun die Auszeichnung, die mich für die Durchführung des mir erteilten Auftrages erwartete, und fuhr befriedigt am nächsten Tage aus Petersburg fort.

Mein Diener Jegór fuhr mit mir und die zwei Senatsbeamten – beides geschickte und gesellschaftlich gewandte Leute.

4

Unsere Reise ging, wie es sich von selber versteht, gut vonstatten; angekommen, war es unser erstes, eine Wohnung zu mieten und uns in ihr einzurichten: ich, meine zwei Beamten und der Diener.

Die Räume waren so bequem, daß ich eine noch angenehmere Wohnung, die mir der Gouverneur auf das zuvorkommendste anbot, ruhig ablehnen konnte.

Denn ich wollte wohlweislich vermeiden, ihm auch nur für das geringste Dank schulden zu müssen, obwohl wir einander freilich unseren Besuch abstatteten, und ich ferner ein- oder zweimal zu seinen Haydnschen Quartetten eingeladen war. Aber weder bin ich ein Kenner, noch bin ich ein Liebhaber von Musik, und begreiflicherweise konnte es auch nicht in meinen Absichten liegen, mich ihm mehr, als unbedingt notwendig war, zu nähern, denn ich war ja nicht da, um seine Liebenswürdigkeit kennenzulernen, sondern seine dunklen Taten.

Der Gouverneur war übrigens ein kluger und gewandter Mann, der mir mit übertriebenen Aufmerksamkeiten nicht lästig fiel. Es machte sogar den Eindruck, als sähe er seelenruhig zu, wie ich mich mit den ein- und auslaufenden Registern und Protokollen beschäftigte; trotz alledem jedoch fühlte ich, wie es unablässig rings um mich herumwühlte, und ich merkte, wie gewisse Leute ihre Fühler ausstreckten, um herauszubekommen, von welcher Seite man mich packen könnte, um mich späterhin unschädlich zu machen.

Zur Beschämung des menschlichen Geschlechtes muß ich erwähnen, daß auch die Vertreterinnen des schönen Geschlechtes hieran nicht unbeteiligt waren. Bald mit Klagen, bald mit Bitten erschienen allerhand Damen bei mir, aber immer hatten sie noch Hintergedanken, über die ich geradezu staunen mußte.

Eingedenk jedoch des Rates des Grafen Viktor Nikititsch war ich ›streng‹, und so verschwanden denn die graziösen Erscheinungen nach und nach von meinem nicht für sie geeigneten Horizonte. Meine Beamten hatten freilich in dieser Hinsicht Erfolge aufzuweisen. Ich wußte das und hinderte sie nicht, den Weibern nachzustellen und sich für die einflußreichen Männer auszugeben, für die man sie überall hielt. Es war mir sogar von Nutzen, daß sie dort irgendwo in der Gesellschaft verkehrten und in der Eroberung von Herzen Fortschritte machten. Ich verlangte einzig, daß es zu keinem Skandal kommen dürfte und daß mir alles mitgeteilt würde, besonders aber, welche Seiten ihrer Umgänglichkeit am heftigsten von der Provinzpolitik bearbeitet würden.

Beide waren pflichtbewußt und erzählten mir, was sie wußten. Alle wollten meine Schwächen von ihnen erfahren und wollten erkunden, was ich besonders liebe.

Letzteres hätte niemand herausbekommen können, denn Gott sei Dank kann ich mich rühmen, keine besonderen Schwächen zu haben, und auch mein Geschmack war, seit ich mich erinnern kann, immer schon leicht zu befriedigen. Mein Leben lang habe ich mich stets an einen einfachen Tisch gehalten, ich trinke meistens nie mehr als ein Glas gewöhnlichen Sherrys, und sogar was Leckerbissen anbetrifft, die ich als Kind sehr liebte – so ziehe ich dem feinsten Gelee und der köstlichsten Ananas eine Wassermelone aus Astrachan, eine Birne aus Kursk oder gar nach Art der Kinder einen Honigkuchen vor. Ich beneidete keinen seines Reichtums wegen oder weil er berühmt war, schön oder besonders glücklich – beneidenswert schien mir einzig und allein die *Gesundheit* zu sein. Aber dies Gefühl wird mit dem Ausdruck ›Neid‹ in eine schiefe Beleuchtung gestellt. Wenn ich einen Menschen sah, dessen Gesundheit blühend war, so entstand nicht etwa verärgert der Gedanke in mir: warum ist er so und warum bist du nicht so? Im Gegenteil, ich sah ihn an und freute mich für ihn, welch ein Meer von Glückseligkeiten und schönen Dingen ihm erreichbar, und manchmal träumte ich auch bald so, bald anders von dem für mich unerreichbaren Glück, jene Gesundheit, die mir nicht gegeben war, zu erlangen.

Der Genuß, den mir der Anblick eines gesunden Menschen bereitet, hat auch in meinem ästhetischen Geschmack einige sonderbare Neigungen gezeigt: weder die Taglioni noch Bosio zogen mich an, und überhaupt sagten mir sowohl die Oper als auch das Ballett nicht viel, denn dort war alles künstlich, ich zog ihnen die Zigeuner auf dem Krestowskij bei weitem vor. Ihr Feuer, ihr Eifer, die leidenschaftliche Kraft ihrer Bewegungen, das war es, was mir mehr als alles gefiel. Und ist auch manch einer von ihnen gar nicht schön, pockennarbig gar, aber tanzt er, so ist es, als ob ihn der Satan reite: die Beine hüpfen, die Arme schlüpfen, der Kopf biegt sich, die Taille wiegt sich – der ganze Körper ein Stampfen und Hämmern. Und wenn man an sich selber nichts als Siechtum kennt, da kommt man unwillkürlich ins Schauen und aus dem Schauen ins Träumen. Was könnte man alles auf dem Fest des Lebens ausrichten, wenn man dieses hätte?

Und so sagte ich denn zu meinem Beamten:

»Wenn man Sie, mein Lieber, noch weiter ausfragen sollte, was mir am besten gefiele, so antworten Sie, es sei Gesundheit und ich liebe frische, glückliche und muntere Leute am meisten.«

»Nicht wahr, darin kann doch niemand eine zu große Unvorsichtigkeit erblicken?« fragte der Erzähler, indem er seine Geschichte unterbrach.

Die Zuhörer dachten nach, und einige Stimmen entgegneten:

»Selbstverständlich, niemand!«

»Ja, freilich, das dachte ich auch, aber nun hören Sie einmal weiter.«

5

Ein Beamter war mir zugeteilt worden, der nun bei mir Dienst tat und mir tagsüber zur Verfügung stand. Er meldete mir, wer mich zu sprechen wünschte, machte sich Notizen und teilte im Notfall Adressen mit, wenn jemand geholt oder etwas in Erfahrung gebracht werden mußte. Dieser Beamte paßte gut zu mir – er war nicht mehr jung, er war dürr und verdrossen. Er machte keinen angenehmen Eindruck, und ich beachtete ihn wenig, er hieß, wenn ich mich recht erinnere, Ornatskij. Der Name war prächtig, er hätte zu einem Helden aus einem altertümlichen Roman gepaßt. Da hieß es eines Tages, Ornatskij sei krank und man habe mir einen neuen Beamten zukommandiert.

»Warum einen neuen?« fragte ich: »Wäre es nicht vielleicht besser gewesen zu warten, bis Ornatskij wieder gesund wird?«

»O nein«, entgegnet der Exekutor, »das wird nicht so bald erfolgen – es ist die Trunksucht, und die dauert bei ihm so lange, bis Iwan Petrowitschs Mutter ihn davon kuriert; und bezüglich des neuen Beamten brauchen Sie sich nicht zu beunruhigen: an Stelle von Ornatskij hat man Ihnen Iwan Petrowitsch selber zugeteilt.«

Ich schaue ihn an und verstehe ihn nicht ganz: wer ist das, dieser Iwan Petrowitsch selber, von dem er mir erzählt und dessen Namen er in einer Minute zweimal nennt?

»Was ist das«, frage ich, »für ein Iwan Petrowitsch?«

»Iwan Petrowitsch! ... das ist doch der, der in der Registratur arbeitet, der Gehilfe. Ich dachte, er wäre Ihnen aufgefallen: er ist der hübscheste Beamte, man bemerkt ihn allgemein.«

»Nein«, entgegne ich, »ich hab ihn nicht gesehn; und wie heißt er?«

»Iwan Petrowitsch.«

»Und sein Familienname?«

»Sein Familienname ...«

Der Exekutor wurde verlegen, er legte drei Finger an die Stirne und dachte tief nach und fügte schließlich mit einem respektvollen Lächeln hinzu:

»Verzeihen, Exzellenz, man ist manchmal ganz konfus, und mir wollte sein Name nicht einfallen. Er heißt Aquilalbow, aber wir nennen ihn allgemein Iwan Petrowitsch und manchmal aus Scherz den ›weißen Adler‹, weil er eben so hübsch ist. Ein vortrefflicher Mensch, den die Obrigkeit sehr schätzt, sein Gehalt als Gehilfe beträgt vierzehn Rubel und fünfzehn Kopeken, und er lebt bei seinem Mütterchen, die manchmal die Karten schlägt und hie und da auch jemand kuriert. Darf ich ihn Ihnen vorstellen? Iwan Petrowitsch wartet draußen.«

»Wenn es also notwendig ist, dann bitten Sie ihn hereinzukommen, diesen Iwan Petrowitsch.«

Der weiße Adler! ... denke ich unterdessen: ist das nicht sonderbar? Ich sollte doch den Orden ›Weißer Adler‹ erhalten und nicht diesen Iwan Petrowitsch.

Der Exekutor öffnete inzwischen die Tür und rief:

»Iwan Petrowitsch, darf ich bitten!«

Wenn ich ihn Ihnen beschreiben wollte, Sie würden lachen, denn welche Vergleiche ich auch wählte, Sie müßten sie für Übertreibungen halten, aber ich versichere Ihnen, daß, wie sehr ich mir auch Mühe gäbe, Iwan Petrowitsch zu schildern – meine Malerei wäre doch nur imstande, höchstens die Hälfte der Schönheiten des Originals wiederzugeben.

Vor mir stand ein wahrhafter ›weißer Adler‹, ein leibhaftiger Aquila alba, wie man ihn auf den Gala-Empfängen im Olymp gezeichnet sieht. Es war ein großer, kräftiger, aber außerordentlich wohlproportionierter Mann, der so gesund aussah, als hätte ihn nie Leidenschaft verbrannt, als wäre er nie krank gewesen und als ob niemals weder Langeweile noch Müdigkeit ihn überkommen hätten. Er atmete Gesundheit, aber nichts Prahlerisches war daran, harmonisch war alles und anziehend. Iwan Petrowitschs Gesichtsfarbe war rosig, die Backen lebhaft rot und umrahmt von hellblondem Flaum, der freilich hier und da schon ein gehöriges Wachstum aufwies. Er war genau fünfundzwanzig Jahre alt, seine Haare waren blond und leicht gewellt, sein Bärtchen ebenso, und blau schauten die Augen unter dunklen Brauen, beschauet von dunklen Wimpern. Der sagenhafte Held Tschurila konnte nicht besser aussehn. Und fügen Sie dann noch den kühnen, verständigen und heiter offenen Blick dazu, und Sie haben das Bild eines vollkommen schönen Menschen. Er trug die kleine Uniform, die ihm wie angegossen saß, und ein breites, dunkelgranatrotes Halstuch.

Damals trug man nämlich noch Halstücher.

Ich konnte mich an Iwan Petrowitsch nicht satt sehen und redete ihn, da es mir bekannt war, daß ich auf Menschen, die mich zum erstenmal sahen, einen niederdrückenden Eindruck mache, möglichst herzlich an: »Guten Tag, Iwan Petrowitsch!«

»Guten Morgen zu wünschen, Exzellenz!« entgegnete er mit einem seelenvollen Klang in der Stimme, die mir ebenfalls außerordentlich sympathisch war.

Obwohl seine Antwort eine solche war, wie sie Soldaten ihren Vorgesetzten zu geben pflegen, so verstand er es doch meisterhaft, dem Ton eine natürliche und durchaus erlaubte Schalkhaftigkeit zu geben, und durch diese Antwort wurde das ganze fernere Gespräch bestimmt, indem es den Charakter einer ungezwungenen Plauderei im Familienkreise annahm.

Und mir wurde verständlich, wieso es kam, daß alle diesen Menschen liebten. Ich sah keinen Anlaß, Iwan Petrowitsch diesen Ton zu untersagen, und teilte ihm kurzerhand mit, ich freue mich, mit ihm bekannt zu werden.

»Ich darf wohl sagen, daß ich es meinerseits sowohl für eine Ehre als auch für ein Vergnügen halte«, entgegnete er und trat dabei einen Schritt vor.

Wir verneigten uns, der Exekutor verließ mich, Iwan Petrowitsch aber blieb in meinem Vorzimmer.

Nach einer Stunde rief ich ihn herein und fragte:

»Schreiben Sie eine gute Hand?«

»Der Charakter meiner Handschrift ist sehr ausgesprochen«, entgegnete er und fügte sogleich hinzu, »ist es Ihnen gefällig, daß ich etwas aufschreibe?«

»Ich bitte darum.«

Er nahm an meinem Schreibtisch Platz und überreichte mir nach einem Augenblick ein Blatt Papier, auf das er schnell mit seiner ausgesprochenen ›Charakterschrift‹ hingeschrieben hatte: »Das Leben ist uns zur Freude gegeben. Iwan Petrowitsch Aquilalbow.«

Dies lesen und auflachen war für mich eines: besser konnte ja nichts zu ihm passen als das, was dort geschrieben stand. »Das Leben ist uns zur Freude gegeben«; sein ganzes Leben war eine fortgesetzte Freude!

Ein Mensch ganz nach meinem Geschmack! …

Darauf bat ich ihn, eine Abschrift von einem unwichtigen Papier zu machen, und er verrichtete diese Arbeit schnell und ohne den geringsten Fehler.

Dann trennten wir uns. Iwan Petrowitsch ging; ich war allein zu Hause und gab mich meinem krankhaften Trübsinn hin, und ich gestehe, daß ich, weiß der Teufel warum, einige Male unwillkürlich an ihn denken mußte, das heißt an Iwan Petrowitsch. Der ächzte nicht und für ihn gab es keinen Trübsinn. Ihm war das Leben zur Freude gegeben. Aber woher nimmt er sie, diese Freude, mit seinen vierzehn Rubeln? … Hat er am Ende Glück in den Karten, oder nimmt er Schmiergelderchen? … Oder gar die Kaufmannsfrauen? … Und freilich, er trug so ein frisches granatrotes Halstuch …

Und so sitze ich vor den aufgeschlagenen Akten und Protokollen und denke an sinnloses und mich gar nichts angehendes dummes Zeug, doch da tritt mein Bedienter ein und meldet, der Gouverneur warte draußen.

Ich lasse bitten.

6

Der Gouverneur sagt: »Übermorgen wird ein Quintett bei mir gespielt, und ich hoffe, daß die Musik gut sein wird, es kommen auch Damen, und da Sie, wie ich höre, in unserer Wildnis ganz melancholisch geworden sind, so kam ich, Sie zu besuchen und Sie aufzufordern, eine Tasse Tee bei mir zu trinken – die kleine Zerstreuung wird Ihnen gewiß nicht schlecht bekommen.«

»Ergebenen Dank, und warum glauben Sie denn, daß ich melancholisch geworden sei?«

»Eine Bemerkung von Iwan Petrowitsch.«

»Ach, Iwan Petrowitsch! Der Beamte, der jetzt bei mir du jour ist? Kennen Sie ihn denn?«

»Freilich, freilich. Unser Student, unser Artist und Chorist, wenn auch nicht Affairist.«

»Er ist also kein Affairist?«

»Nein, er ist glücklich wie Polykrates und braucht keine Affairen. Er ist der Liebling der Stadt und ständiges Mitglied im Departement unserer Lustigkeit.«

»Ist er musikalisch?«

»Er kann alles: Singen, Spielen, Tanzen, Pfänderspiele arrangieren – alles kann Iwan Petrowitsch. Wo es ein Fest gibt, ist auch Iwan Petrowitsch dabei; eine Lotterieallegri oder ein Theater zu wohltätigem Zweck – man braucht Iwan Petrowitsch dazu. Er verteilt die Gewinne, und er stellt die Sächelchen viel hübscher als jeder andere auf; er malt die Kulissen und wird eins-zwei-drei aus dem Anstreicher zum Schauspieler, der jede beliebige Rolle spielt. Und wie er spielt! Könige, komische Onkels, feurige Liebhaber – man kann sich gar nicht satt schauen, aber ganz besonders gut macht er alte Weiber.«

»Was Sie sagen! Alte Weiber!«

»Erstaunlich! Für übermorgen bereite ich nämlich mit Iwan Petrowitschs Hilfe eine kleine Überraschung vor. Es sollen lebende Bilder gestellt werden. Iwan Petrowitsch hat das übernommen. Selbstverständlich sind einige Bilder darunter, die nur für die Damen sind, die sich zeigen wollen, aber drei der Bilder werden auch dem wirklichen Kunstkenner etwas zu sagen haben.«

»Und Iwan Petrowitsch macht das?«

»Iwan Petrowitsch. Die Bilder stellen ›Saul bei der Hexe von Endor‹ dar. Das Sujet ist, wie bekannt, biblisch, und die Stellung der Figuren ist ein wenig geschwollen, was man ja im allgemeinen ›akademisch‹ nennt, aber Iwan Petrowitsch reißt alles heraus. Ihn allein werden alle anschaun – und besonders im zweiten Bild, wenn unsere Überraschung deutlich wird. Ich kann es Ihnen im Vertrauen verraten. Im ersten Bild sehen Sie Saul als König, und zwar als König vom Kopf bis zum Fuß! Angezogen ist er wie alle. Nicht der geringste Unterschied, denn es heißt ja, daß Saul verkleidet zur Hexe kam, damit sie ihn nicht erkenne, und doch ist es unmöglich, ihn nicht zu erkennen. Er ist König, und zwar der echte biblische Hirtenkönig. Dann fällt der Vorhang und die Figuren verändern schnell ihre Stellungen: Saul liegt auf dem Boden vor dem Geist Samuels. Saul ist jetzt so gut wie nicht mehr da, aber welch einen Samuel werden Sie umhüllt von seinem Leichentuch erblicken! ... Ein begeisterter Prophet, auf seinen Schultern ruhen Macht, Größe und Weisheit. Wahrhaftig, dieser konnte *dem König befehlen* nach Bethel zu gehn und nach Galgala!«

»Und das ist wieder Iwan Petrowitsch?«

»Iwan Petrowitsch! Aber es ist noch nicht zu Ende. Wenn nun das Da capo! kommen wird – wovon ich überzeugt bin und wozu ich selber beitragen werde –, dann lassen wir uns nicht etwa auf eine ermüdende Wiederholung ein, sondern wir zeigen, wie die Geschichte weitergeht. Das neue Bild aus Sauls Leben wird aber diesmal ohne Saul sein. Das Gespenst ist verschwunden, der König und sein Gefolge haben das Gemach verlassen, in der Tür sieht man noch einen Mantelzipfel der letzten fortschreitenden Person, und auf der Bühne ist nur noch die Zauberin ...«

»Wieder Iwan Petrowitsch?«

»Versteht sich! Aber Sie werden keine Hexe zu sehen bekommen, wie sie im ›Macbeth‹ dargestellt wird ... Kein höllisches Entsetzen, keine Affektiertheit, keine Mätzchen, ein Gesicht werden Sie zu sehen bekommen, das all das weiß, wovon die Weisen sich nicht träumen lassen. Sehen sollen Sie, wie grauenvoll es ist, mit einem zu sprechen, der der Gruft entstiegen ist.«

»Ich kann es mir vorstellen«, entgegnete ich, und dabei lag mir der Gedanke völlig fern, daß keine drei Tage vergehen und ich nicht mehr nötig haben würde, sie mir vorzustellen, nein, daß ich diese Folter am eigenen Leibe erfahren würde.

Aber all das kam erst nachher, zunächst war ich noch ganz von Iwan Petrowitsch erfüllt – von diesem lustigen und lebhaften Menschen, der plötzlich da war, so wie ein Steinpilz nach einem warmen Regen aus dem frischen Grase aufschießt, und ist er auch noch nicht groß, der Steinpilz, man sieht ihn überall und alle schauen auf ihn und lächeln dabei: »Wie saftig er ist und wie hübsch er ist.«

7

Ich sagte Ihnen bereits, wie der Exekutor über ihn sprach und was der Gouverneur von ihm erzählte, als ich mich aber erkundigte, ob nicht auch einer meiner Beamten weltlicher Richtung von ihm gehört hätte, da fingen beide mit einem Male an, sie seien ihm begegnet und er sei in der Tat sehr nett und er sänge famos zur Gitarre und auch mit Klavierbegleitung. Den beiden gefiel er ebenfalls.

Am nächsten Tage erschien der Oberpriester bei mir. Nachdem ich einmal in seiner Kirche gewesen, kam er an jedem Feiertage zu mir und brachte mir die Hostie und klatschte, wie es seine Kirchengewohnheit war, über alle. Er sprach einfach über alle schlecht und machte in dieser Hinsicht auch für Iwan Petrowitsch keine Ausnahme, dafür aber wußte diese Kirchenklatschbase nicht nur die Natur einer jeden Sache, sondern auch ihre Herkunft. Von Iwan Petrowitsch fing er selber zu sprechen an:

»Man hat Ihnen einen neuen Beamten gegeben. Das wird seine Ursachen haben …«

»Ja«, entgegne ich: »ein gewisser Iwan Petrowitsch.«

»Kennen wir, freilich, kennen wir zur Genüge. Mein Schwager, an dessen Stelle ich hierher versetzt wurde, mit der Verpflichtung, die Waisen zu erziehen, der hat ihn getauft … Sein Vater war nicht weit her, kleiner Beamtenadel … später Verwalter … und die Mutter … Kira Ippolitowna … auch ein Name – erst den Vater gepflegt und dann ihn geheiratet … Hat aber bald schon die Bitterkeit des Liebeskrautes zu kosten bekommen und wurde darauf Witwe.«

»Und hat sie selber den Sohn aufgezogen?«

»Hat sich was, aufgezogen: fünf Klassen Gymnasium und wurde Schreiber im Kriminalgericht … später hat man ihn zum Gehilfen gemacht … Aber Glück hat er: im vorigen Jahr gewann er auf einer Lotterie ein Pferd mitsamt dem Sattel, und war heuer beim Gouverneur zur Hasenjagd eingeladen … Das Piano – als damals die Regimentslotterie war – das fiel ihm auch zu. Ich hatte fünf Lose genommen und bekam's nicht, und er hatte nur eines, und auf das eine hin gewann er es. Jetzt spielt er darauf und gibt auch Tatjana Stunden.«

»Tatjana, wer ist das?«

»Ein Waisenkind, das sie zu sich genommen haben – ganz niedlich … ein braunes Gesichtchen. Der gibt er Stunden.«

Und so verging der Tag in Gesprächen über Iwan Petrowitsch, abends aber höre ich ein Summen im Zimmer meines Dieners Jegór. Ich rufe ihn und frage: »Was ist das da bei dir?«

»Laubsägen tu ich«, antwortet er.

»Laubsägen, wie das?«

Und nun stellte sich heraus, Iwan Petrowitsch hatte bemerkt, daß Jegór sich ohne Beschäftigung immer langweilte, und ihm eine Laubsäge und Zigarrendeckel mit daraufgeklebtem Muster gebracht und hatte ihm sogar gezeigt, wie man Untersetzer daraus sägt. Und auch gleich einige für die nächste Lotterie bestellt.

8

Am Morgen des Tages, an dem Iwan Petrowitsch abends im Hause des Gouverneurs zu spielen und mit seinen lebenden Bildern uns in Erstaunen zu versetzen hatte, wollte ich ihn eigentlich nicht lange aufhalten, aber er blieb bis zum Mittagessen da und brachte mich sogar oftmals zum Lachen. Ich neckte ihn, es wäre Zeit für ihn, zu heiraten, doch er entgegnete, er zöge es vor, ›ein Mädchen‹ zu bleiben. Ich versuchte, ihn für Petersburg zu gewinnen.

»Nein, Exzellenz«, erwiderte er, »hier lieben mich alle, und hier ist meine Mutter, und auch das Waisenkind Tanja ist da, und ich liebe die beiden, und die sind nichts für Petersburg.«

Erstaunlich, wie harmonisch dieser junge Mann war! Seine Liebe zur Mutter und zu dem Waisenkinde rührte mich so, daß ich ihn umarmte, wir trennten uns erst drei Stunden vor dem Beginn der lebenden Bilder.

Zum Abschied sagte ich zu ihm:

»Ich bin ganz ungeduldig, Sie in den verschiedenen Bildern zu sehn.«

»Sie werden mich bald satt haben«, entgegnete Iwan Petrowitsch.

Er ging, ich speiste allein zu Mittag und machte nachher in meinem Sessel ein kleines Schläfchen, um abends frischer zu sein, aber Iwan Petrowitsch ließ mich nicht einschlafen, denn schon bald darauf störte er mich ein wenig sonderbar aus meiner Ruhe. Mit schnellen Schritten trat er ins Zimmer, stieß geräuschvoll die in der Mitte des Zimmers stehenden Stühle mit dem Fuß beiseite und sagte:

»Nun können Sie mich sehen; aber ich danke gehorsamst – mit Ihrem bösen Blick haben Sie mich verhext. Dafür werde ich mich rächen.«

Ich fuhr aus dem Schlaf, rief den Diener und befahl ihm, mir meinen Anzug zu bringen, und mußte doch die ganze Zeit über staunen: so deutlich war mir Iwan Petrowitsch im Traum erschienen!

Beim Gouverneur war alles hell erleuchtet, und es waren auch bereits viele Gäste da, der Gouverneur aber eilte mir entgegen und flüsterte mir zu:

»Der beste Teil unseres Programms ist hin, aus den Bildern kann nichts werden.«

»Was ist denn geschehn?«

»Sst... ich will nicht laut sprechen, um die allgemeine Stimmung nicht zu verderben. Iwan Petrowitsch ist tot.«

»Wie! ... Iwan Petrowitsch! ... tot?!«

»Ja, ja, ja – er ist gestorben.«

»Aber ich bitte Sie, noch vor drei Stunden war er bei mir und pudelgesund.«

»Gewiß, und kam von Ihnen und streckte sich auf den Diwan aus und starb ... Und wissen Sie ... ich muß es Ihnen sagen, für den Fall, daß seine Mutter ... sie ist in einem Zustande, es wäre denkbar, daß sie zu Ihnen käme ... Die Unglückliche ist nämlich davon überzeugt, daß an dem Tod ihres Sohnes Sie schuld sind.«

»Aber wie denn? Hat man ihn vielleicht in meinem Hause vergiftet, was?«

»Davon war nicht die Rede.«

»Aber wovon denn?«

»Daß Sie Iwan Petrowitsch mit Ihrem *bösen Blick getötet* hätten!«

»Aber erlauben Sie mal«, entgegnete ich, »was sind das für Narrheiten!«

»Ja, ja, ja«, meint der Gouverneur, »alles Dummheiten, versteht sich; doch vergessen Sie nicht, wir leben in der Provinz, und hier glaubt man viel eher an Torheiten als an Gescheitheiten. Im übrigen brauchen Sie es natürlich nicht weiter zu beachten.«

In diesem Augenblick rief mich die Frau des Gouverneurs zum Kartentisch.

Ich nahm Platz, aber was alles ich während dieses qualvollen Spieles auszustehen hatte – ich kann es Ihnen gar nicht sagen. Erstens peinigte mich das Bewußtsein, daß dieser liebe junge Mensch, der mir so gut gefallen hatte, jetzt aufgebahrt liege, und zweitens war es mir, als tuschelten alle Anwesenden unablässig von ihm und als zeigten sie auf mich: »durch seinen bösen Blick getötet«. Und es kam mir sogar vor, als hörte ich dieses Wort: »böser Blick, böser Blick« – nun, und drittens – und ich bitte Sie, mir Glauben zu schenken – ich sah ihn überall, ihn selber, ich sah Iwan Petrowitsch! ... War etwa mein Auge daran schuld, oder was – aber wohin ich auch blickte – überall war Iwan Petrowitsch ... Bald sah ich ihn im leeren Salon, dessen Türen geöffnet waren, auf und ab gehen, dann wieder sah ich ihn neben zwei anderen, die sich unterhielten, stehen und zuhören. Und plötzlich war er bei mir und schaute mir in die Karten ... Und natürlich konnte ich in dem Augenblick nicht anders, als töricht auszuspielen – und mein Partner vis-a-vis ärgerte sich darüber. Aber endlich bemerkten es auch die anderen, und der Gouverneur flüsterte mir ins Ohr:

»Iwan Petrowitsch läßt Sie nicht spielen: er rächt sich.«

»Ja«, erwiderte ich, »in der Tat, ich bin zerstreut und fühle mich nicht wohl. Ich bitte um Erlaubnis, abrechnen und mich entfernen zu dürfen.«

Man erlaubte es mir, und ich fuhr sogleich heim. Allein selbst im Schlitten verließ mich Iwan Petrowitsch nicht – bald war er neben mir, bald saß er, das Gesicht mir zugekehrt, neben dem Kutscher auf dem Bock.

Und es schoß mir durch den Kopf: ob das wohl am Ende ein hitziges Fieber sei, das sich anmelde?

Zu Hause war es noch schlimmer. Kaum lag ich im Bett und hatte das Licht ausgelöscht – da saß Iwan Petrowitsch auf den Bettrand, und diesmal sprach er sogar:

»Sie«, sagte er, »Sie haben mich in der Tat mit dem bösen Blick verhext, und nun bin ich tot, aber doch lag für mich gar keine Notwendigkeit vor, so jung zu sterben. So steht die Sache! … Alle liebten mich und meine Mutter ebenfalls und auch Tanjuscha, die ihre Schule noch nicht beendet hat. Wie groß ist jetzt ihr Kummer.«

Ich rief meinen Diener und bat ihn, so sonderbar es ihm auch erscheinen mochte, auf dem Teppich in meinem Zimmer zu schlafen, aber Iwan Petrowitsch war das gleichgültig, denn wohin ich mich auch wendete – immer war er da und damit basta.

Ich ersehnte ordentlich den Morgen, und mein erstes war es, einen meiner Bekannten zur Mutter des Verstorbenen zu schicken und zwar mit dem Auftrage, ihr möglichst taktvoll dreihundert Rubel für die Beerdigung zu übermitteln,

Aber er kehrte zurück und brachte das Geld zurück: Sie hat es nicht angenommen, meldete er.

»Und hat sie was gesagt?« fragte ich.

»Sie sagte: es sei nicht nötig, *gute* Menschen würden ihn beerdigen.«

Also war ich auf der Liste der *Bösen.*

Kaum gedachte ich seiner, da war Iwan Petrowitsch augenblicks da.

Als es dämmerte, kam die Unruhe über mich: ich setzte mich in einen Schlitten und fuhr, um Iwan Petrowitsch im Sarge zu sehen und von ihm Abschied zu nehmen. Das ist ja so hergebracht, und ich dachte, ich würde niemand lästig fallen. Und bei mir hatte ich alles, was ich damals entbehren konnte – siebenhundert Rubel, die wollte ich sie bitten anzunehmen, und sei es auch nur Tanjas wegen.

9

Ich sah Iwan Petrowitsch: der ›Weiße Adler‹ lag da, als wäre er abgeschossen.

Tanja war da. Sie hatte tatsächlich ein bräunliches Gesichtchen und mochte fünfzehn Jahre alt sein, sie trug ein billiges Trauerkleidchen aus Kaliko und hatte immer etwas am Verstorbenen zu richten. Rückte ihm den Kopf zurecht und küßte ihn.

Eine Qual, das mitansehen zu müssen!

Ich fragte sie, ob es mir nicht möglich sei, die Mutter Iwan Petrowitschs zu sprechen.

Das Mädchen entgegnete: »Schon recht« und ging ins Nebenzimmer, gleich darauf öffnete sie die Tür und forderte mich auf hereinzukommen, aber kaum hatte ich das Zimmer betreten, in welchem die alte Frau saß, da stand diese auf und entschuldigte sich:

»Nein, verzeihen Sie schon, ich habe mich vergebens auf meine Kraft verlassen – ich kann Sie nicht sehen« und verließ mit diesen Worten das Zimmer.

Es beleidigte mich nicht und es brachte mich auch nicht in Verwirrung, aber es bedrückte mich, und darum wendete ich mich zu Tanja:

»Vielleicht sind Sie, junges Kind, eher imstande, ein wenig freundlich zu mir zu sein. Glauben Sie mir doch, weder wünschte ich, noch hatte ich irgendwelche Ursache, Iwan Petrowitsch ein Unglück zu wünschen, geschweige denn den Tod.«

»Ich glaube es«, meinte sie, »denn keiner konnte ihm etwas Übles wünschen, alle liebten ihn ja.«

»Und wollen Sie mir glauben, daß auch ich in den zwei, drei Tagen, da er um mich war, ihn sehr lieb gewann?«

»Ja, ja«, entgegnete sie, »o diese schrecklichen ›zwei, drei Tage‹ – warum nur? Aber Tante ist in ihrem Kummer zu hart gegen Sie gewesen, und mir tun Sie leid.« Und mit diesen Worten streckte sie mir ihre beiden Händchen hin.

Ich nahm sie und sagte:

»Ich danke Ihnen, liebes Kind, dafür; dies Gefühl macht sowohl Ihrem Herzen als auch Ihrem Verstand Ehre. Es ist doch völlig töricht, einen solchen Unsinn zu glauben, ich hätte ihn mit dem bösen Blick verhext!«

»Ich weiß es«, erwiderte sie.

»Nun, dann seien Sie auch lieb ... und tun Sie mir einen Gefallen aus Liebe zu ihm!«

»Was für einen Gefallen?«

»Nehmen Sie diesen Umschlag hier ... es ist ein wenig Geld darin ... zur Bestreitung der Kosten ... für die Tante.«

»Sie wird es nicht annehmen.«

»Oder für Sie selber ... für Ihren Unterricht, um den sich Iwan Petrowitsch so kümmerte. Ich bin fest davon überzeugt, daß er es gutheißen würde.«

»Nein, vielen Dank, ich kann es nicht annehmen. Er hat niemals und von keinem Menschen Geld genommen. Er war sehr, sehr anständig.«

»Aber Sie kränken mich durch die Ablehnung ... Sie sind also auf mich böse?«

»Nein, keineswegs. Ich kann es beweisen.«

Sie öffnete ein auf dem Tisch liegendes französisches Lehrbuch von Ollendorf und nahm hastig eine dort zwischen den Blättern liegende Photographie von Iwan Petrowitsch heraus, gab sie mir und sagte:

»Die hat er hier hereingelegt. Bis zu der Seite kamen wir gestern. Nehmen Sie sie zum Andenken.«

Hiermit endete unsere Zusammenkunft. Am Tage darauf wurde Iwan Petrowitsch beerdigt, ich jedoch mußte noch weitere acht Tage in der Stadt verbringen, und wie quälend war mein Lage. Nachts konnte ich nicht schlafen, jedes Geräusch zwang mich aufzuhorchen, und ich öffnete das Fenster, damit wenigstens hie und da eine frische menschliche Stimme von der Straße hereindränge. Aber es half nicht viel: alle sprachen – wenn ich genau hinhörte – von Iwan Petrowitsch und von mir.

»Hier«, pflegten sie zu sagen, »hier wohnt dieser Teufel, der Iwan Petrowitsch mit dem bösen Blick verhext hat.«

Oder es singt jemand, durch die Stille der Nacht heimkehrend, und ich höre, wie der Schnee unter seinen Füßen knirscht, und vernehme sogar die Worte: »Gestern doch lebt' ich noch« – und gebe ich acht, wenn der Sänger an meinem Hause vorübergeht, dann ist es Iwan Petrowitsch.

Und immer wieder der Oberpriester jammernd und flüsternd:

»Bösen Blick behext und basta, aber das kann man vielleicht mit Kücken machen, Iwan Petrowitsch jedoch, den hat man vergiftet ...«

Einfach qualvoll!

»Aber wer und warum vergiftet?«

»Aus Angst, damit er ihnen nicht am Ende alles erzählt ... Man hätte seine Eingeweide untersuchen müssen. Schade, daß man nicht an die Eingeweide gedacht hat. Da hätte man Gift drin gefunden.«

Herr! Verschone mich wenigstens vor diesem Verdacht!

Plötzlich traf völlig unverhofft ein vertraulicher Brief des Kanzleidirektors ein, in welchem er mir den Befehl des Grafen übermittelte, mich auf das zu beschränken, was ich bisher erreicht, und unverzüglich nach Petersburg zurückzukehren.

Ich freute mich darüber, traf sogleich alle Vorbereitungen und reiste nach zwei Tagen ab.

Iwan Petrowitsch ließ auch während der Fahrt nicht ab, mich zu verfolgen – kaum dachte ich, er sei fort – da war er da; aber sei es nun durch die Ortsveränderung oder nur dadurch hervorgerufen, daß der Mensch sich bekanntlich an alles gewöhnt, ich wurde nach und nach dreister und ich gewöhnte mich sogar an ihn. Er schwirrte vor meinen Augen, doch es berührte mich nicht mehr so wie zuvor, und zuweilen im Halbschlaf war es sogar, als hätten wir unseren Spaß miteinander. Er droht: »Dir hab ich's gezeigt!«

Und ich antworte:

»Aber deine französischen Stunden hast du dennoch nicht zu Ende geführt!«

Und er:

»Macht nichts, ich schlage mich mit Selbstbüffeln ausgezeichnet durch.«

10

In Petersburg eingetroffen, fühlte ich sofort, daß man mit mir nicht eigentlich unzufrieden war, sondern schlimmer, ich wurde mit einem gewissen Mitleid betrachtet, sonderbar genug.

Den Grafen sah ich alles in allem nur eine Minute, und er sprach in dieser kein Wort, dem Direktor aber, der eine Verwandte von mir zur Frau hatte, sagte er nachher, ihm käme vor, ich sei nicht ganz gesund …

Es erfolgte keine weitere Erklärung. Eine Woche darauf war Weihnachten, und dann kam das Neue Jahr. Und wie immer, versteht sich, der Festtagstrubel und die Erwartung der Auszeichnungen. Mich regte es diesmal wenig auf, um so mehr, als ich ja meine Auszeichnung kannte – den ›Weißen Adler‹. Meine Verwandte, die Frau des Direktors, hatte schon einige Tage vorher den Orden und das Ordensband besorgt und mir geschenkt, und nun lag der Orden in meiner Schreibtischschublade und daneben ein Kuvert mit hundert Rubeln für die Kuriere, die das amtliche Schreiben zu überbringen hatten.

In der Nacht erhalte ich plötzlich einen Rippenstoß. Iwan Petrowitsch ist da und schlägt mir dicht vor meinem Gesicht mit den Fingern ein Schnippchen. Als er noch lebte, war er bedeutend taktvoller, so was hätte gar nicht zu seinem ausgeglichenen Charakter gepaßt, jetzt aber schlug er mir wie ein echter Taugenichts ein Schnippchen und sagte:

»Dir genügt zunächst einmal das. Ich muß jetzt zur armen Tanja.« Und verschwand.

Am nächsten Morgen – kein Kurier mit dem Amtsschreiben. Ich eile zu meinen Verwandten, um zu erfahren, was los ist.

»Ich kann es nicht fassen«, sagt der Direktor. »Dein Name stand groß und breit da, und plötzlich war er weg. Der Graf strich ihn aus und sagte, er würde persönlich vorstellig werden ... Weißt du, da ist irgendeine Geschichte, die dir schadet ... Ein Beamter soll, nachdem er dich verlassen, unter verdächtigen Begleiterscheinungen gestorben sein ... Weißt du etwas darüber?«

»Ach geh«, entgegne ich, »was für Dummheiten.«

»Nein, nein, es ist tatsächlich so ... der Graf hat schon mehrere Male nach deinem Befinden gefragt ... Verschiedene Persönlichkeiten von dort haben hierher geschrieben, darunter auch der beiderseitige Seelsorger, der Oberpriester ... Wie konntest du es nur zulassen, daß man dich in eine so seltsame Geschichte verwikkelte?«

Und ich höre zu und fühle dabei nur den einen Wunsch, ihm – genauso, wie Iwan Petrowitsch es aus dem Jenseits tat – die Zunge herauszustrecken oder ein Schnippchen zu schlagen.

Iwan Petrowitsch aber verschwand, nachdem ich als Auszeichnung an Stelle des ›Weißen Adlers‹ ein Schnippchen erhalten hatte, und blieb drei Jahre lang fort, dann aber machte er mir seine letzte und diesmal die allergreifbarste Visite.

II

Und wieder Weihnachten und Neujahr, und wieder wurden die Auszeichnungen erwartet. Ich wurde schon seit Jahren übergangen und machte mir nicht viel daraus. Gibt man mir keine, brauch' ich auch keine. Silvesterabend feierte ich bei meinen Verwandten, viele Gäste waren da und es war sehr lustig. Die gesunden Leute blieben zum Essen da, ich aber paßte einen geeigneten Augenblick ab, um zu verschwinden und näherte mich bereits der Türe, da drangen plötzlich durch das Gespräch folgende Worte an mein Ohr:

»Meine Wanderungen sind zu Ende. Mama ist bei mir. Tanjuscha hat eine gute Partie gemacht, und nun kommt mein letzter Spaß und – schö mang weh!«

Und begann plötzlich gedehnt zu singen:

Leb wohl, du meine traute,
Leb wohl, du liebe Welt.

Aha, fuhr es mir durch den Kopf, – da haben wir ihn wieder, und französisch kann er jetzt auch schon … Ich will warten, ob nicht noch jemand fortgeht, allein mag ich nicht über die Treppe.

Und immer noch in der gleichen kleinen Uniform mit dem prunkvollen granatroten Halstuch steigt er an mir vorüber, und kaum ist er verschwunden, da fällt krachend die Haustür ins Schloß, so daß das ganze Haus erzittert.

Der Hausherr und die Diener eilen ins Vorzimmer zu schauen, ob nicht jemand über die Pelzmäntel der Gäste geraten sei, aber alles hing an seinem Platz und die Tür war verschlossen … Ich hütete mich, das geringste zu sagen, damit nicht am Ende wieder von mir gesprochen würde, daß ich an Halluzinationen leide, oder gar Erkundigungen eingezogen würden, ob ich gesund sei. Die Haustür krachte – schon gut – warum soll sie nicht krachen? …

Ich wartete, bis noch einer ging und kam wohlbehalten nach Hause. Den Diener, der damals mit mir gefahren war und dem Iwan Petrowitsch das Laubsägen beigebracht, hatte ich schon lange nicht mehr, an seine Stelle war ein neuer getreten; ein wenig verschlafen machte er Licht. Wir gehen an meinem Schreibtisch vorüber, und ich sehe, dort liegt etwas, bedeckt von weißem Papier … Mein Weißer-Adler-Orden, den mir seinerzeit, Sie erinnern sich wohl noch, meine Verwandte schenkte? … Er lag immer in einer abgesperrten Lade. Wie kam es, daß er nun plötzlich auf dem Tisch lag? Man wird natürlich sagen, ich selber hätte ihn in der Zerstreutheit hervorgeholt. Gut, darüber will ich nicht streiten, aber wer kann mir folgendes erklären: auf dem Nachttisch an meinem Bett lag ein kleines Kuvert, auf dem mein Name zu lesen war, und auch die Handschrift kam mir bekannt vor ... Es war die gleiche Hand, die vormals »Das Leben ist uns zur Freude gegeben« geschrieben hatte.

»Wer hat das gebracht?« frage ich.

Und da zeigt mein Diener auf die Photographie Iwan Petrowitschs, die mir Tanjuscha geschenkt hatte und die ich noch immer aufbewahre, und sagt:

»Der Herr hier.«

»Du irrst dich.«

»Bestimmt nicht«, entgegnet er. »Ich habe ihn auf den ersten Blick erkannt.«

Im Kuvert lag ein gedrucktes Exemplar des amtlichen Erlasses: mir war der ›Weiße Adler‹ verliehen worden. Und was noch besser war, ich konnte nachts schlafen, obwohl mir die ganze Zeit war, ich hörte irgendwen irgendwo diese ganz dummen Worte singen: »O rewuar rewerans – schö alleh o kontratans.«

Da ich durch Iwan Petrowitschs Unterricht eine gewisse Erfahrung im Leben der Geister gewonnen hatte, erkannte ich, daß das Iwan Petrowitsch war, der sich ›mit Selbstbüffeln‹ im Französischen durchschlug und der nun fortflog, und ich begriff, daß er mich nun nie wieder quälen würde. Und so war es auch: er hatte sich an mir gerächt und mir jetzt verziehen. Begreiflich. Aber warum dort in der Geisterwelt alles so durcheinander und kreuz und quer geht, warum ein Menschenleben, das doch mehr wert ist als alles, durch törichten Spuk und einen Orden gerächt wird, und warum endlich ein Herniedersteigen aus den höchsten Sphären mit dem dummen Gesang: »o rewuar, rewerans – schö alleh o kontratans«, verbunden ist – das kann ich einfach nicht begreifen.

Der Same, sie zu glauben, liegt in uns allen.

LESSING, *Hamburgische Dramaturgie*

Johann Peter Hebel

Merkwürdige Gespenstergeschichte

Verwichenen Herbst fuhr ein fremder Herr durch Schlierigen, so ein schöner braver Ort ist. Den Berg hinauf aber ging er zu Fuß wegen den Rossen, und erzählte einem Grenzacher folgende Geschichte, die ihm selber begegnet ist.

Als der Herr ein halbes Jahr vorher nach Dänemark reiste, kommt er auf den späten Abend in einen Flecken, wo nicht weit davon auf einer Anhöhe ein sauberes Schlößlein stand, und will über Nacht bleiben. Der Wirt sagt, er habe keinen Platz mehr für ihn, es werde morgen einer gerichtet, und seien schon drei Scharfrichter bei ihm über Nacht. So erwidert der Herr: »Ich will denn dort in das Schlößlein gehen. Der Zwingherr, oder wem es angehört, wird mich schon hineinlassen und ein leeres Bett für mich haben.« Der Wirt sagt: »Manch schönes Bett, mit seidenen Umhängen, steht aufgeschlagen in den hohen Gemächern; und die Schlüssel hab ich in Verwahrung. Aber ich will es Euch nicht raten. Der gnädige Herr ist schon vor einem Vierteljahr mit seiner Frau und mit dem Junker auf eine weite Reise gezogen, und seit der Zeit wüten im Schlößlein die Gespenster. Der Schloßvogt und das Gesinde konnten nimmer bleiben; und wer seitdem in das Schlößlein gekommen ist, der geht zum zweitenmal nimmer hinein.« Darüber lächelt der fremde Herr; denn er war ein herzhafter Mann, der nichts auf die Gespenster hielt, und sagt: »Ich will's versuchen.« Trotz aller Widerrede, mußte ihm der Wirt den Schlüssel geben;

und nachdem er sich mit dem Nötigen zu einem Gespensterbesuch versehen hatte, ging er mit dem Bedienten, so er bei sich hatte, in das Schloß. Im Schloß kleidete er sich nicht aus, wollte auch nicht schlafen, sondern abwarten, was geschieht. Zu dem Ende stellte er zwei brennende Lichter auf den Tisch, legte ein paar geladene Pistolen daneben, nahm zum Zeitvertreib den »Rheinländischen Hausfreund«, so in Goldpapier eingebunden an einem roten seidenen Bändelein unter der Spiegelrahme hing, und beschaute die schönen Bilder. Lange wollte sich nichts spüren lassen. Aber als die Mitternacht im Kirchturm sich rührte, und die Glocke 12 schlug, eine Gewitterwolke zog über das Schloß weg, und die großen Regentropfen schlugen an die Fenster, da klopfte es dreimal stark an die Türe, und eine fürchterliche Gestalt, mit schwarzen schielenden Augen, mit einer halbellenlangen Nase, fletschenden Zähnen, und einem Bocksbart, zottig am ganzen Leib, trat in das Gemach, und brummte mit fürchterlicher Stimme: »Ich bin der Großherr Mephistopholes. Willkomm in meinem Palast! und habt Ihr auch Abschied genommen von Frau und Kind?« Dem fremden Herrn fuhr ein kalter Schauer vom großen Zehen an über den Rükken hinauf, bis unter die Schlafkappe, und an den armen Bedienten darf man gar nicht denken. Als aber der Mephistopholes mit fürchterlichen Grimassen und hochgehobenen Knieen gegen ihn herkam, als wenn er über lauter Flammen schreiten müßte, dachte der arme Herr: In Gottes Namen, jetzt ist's einmal so, und stand herzhaft auf, hielt dem Ungetüm die Pistole entgegen, und sprach: »Halt, oder ich schieß!« Mit so etwas läßt sonst nicht jedes Gespenst sich schrecken, denn wenn man auch schießen will, so geht's nicht los, oder die Kugel fährt zurück und trifft nicht den Geist, sondern den Schütz. Aber Mephistopholes hob drohend den Zeigfinger in die Höhe, kehrte langsam um, und ging mit ebensolchen Schritten, als er gekommen war, wieder fort. Als aber der Fremde sah, daß dieser Satan Respekt vor dem Pulver hatte, dachte er: Jetzt ist keine Gefahr mehr, nahm in die andere Hand ein Licht, und ging dem Gespenst, das langsam einen Gang hinabschritt, ebenso langsam nach, und der Bediente sprang, so schnell er konnte, hinter ihm zum Tempel hinaus, und ins Ort, dachte, er wolle lieber bei den Scharfrichtern über Nacht sein, als bei den Geistern. – Aber auf dem Gang, auf einmal, verschwindet der Geist vor den Augen seines kühnen Verfolgers, und war nicht anderst, als wär' er in den Boden gesunken. Als aber der Herr noch ein paar Schritte weitergehen wollte, um zu sehen, wo er hingekommen, hörte auf einmal unter seinen Füßen der Boden auf, und er fiel durch ein Loch hinab, aus welchem ihm Feuerglast entgegenkam, und er glaubte selber, jetzt geh' es an einen andern Ort. Als er aber ungefähr zehen Fuß tief gefallen war, lag er zwar unbeschädigt auf einem Haufen Heu, in einem unterirdischen Gewölb. Aber sechs kuriose Gesellen standen um ein Feuer herum, und der Mephistopholes war auch da. Allerlei wunderbares Geräte lag umher, und zwei Tische lagen gehäuft voll funkelnder Rößleinstaler, einer schöner als der andere. Da merkte der Fremde, wie er daran war. Denn das war eine heimliche Gesellschaft von Falschmünzern, so alle Fleisch und Bein hatten. Diese benutzten die Abwesenheit des Zwingherrn, legten in seinem Schloß ihre verborgene Münzstöcke an, und waren vermutlich von seinen eigenen Leuten dabei, die im Haus Bericht und Gelegenheit wußten; und damit sie ihr heimlich Wesen ungestört und unbeschrieen treiben konnten, fingen sie den Gespensterlärmen an, und wer in das Haus kam, wurde so in Schrecken gesetzt, daß er zum zweitenmal nimmer kam. Aber jetzt fand der verwegene Reisende erst Ursache, seine Unvorsichtigkeit zu bereuen, und daß er den Vorstellungen des Wirts im Dorf kein Gehör gegeben hatte. Denn er wurde durch ein enges Loch hinein in ein anderes finsteres Gehalt geschoben, und hörte wohl, wie sie Kriegsrecht über ihn hielten, und sagten: »Es wird das beste sein, wenn wir ihn umbringen.« Aber einer sagte noch: »Wir müssen ihn zuerst verhören, wer er ist, und wie er heißt, und wo er sich herschreibt.« Als sie aber hörten, daß er ein vornehmer Herr sei und nach Kopenhagen zum König reise, sahen sie einander mit großen Augen an; und nachdem er wieder in dem finstern Gewölb war, sagten sie: »Jetzt steht die Sache schlimm. Denn wenn er vermißt wird, und es kommt durch den Wirt heraus, daß er ins Schloß gegangen ist, und ist nimmer herausgekommen, so kommen über Nacht die Husaren, heben uns aus, und der Hanf ist dies Jahr wohlgeraten, daß ein Strick zum Henken nicht viel kostet.« Also kündigten sie dem Gefangenen Pardon an, wenn er ihnen einen Eid ablegte, daß er nichts verraten wolle, und drohten, daß sie in Kopenhagen wollten auf ihn Achtung geben lassen; und er mußte ihnen auf den Eid hin sagen, wo er wohne. Er sagte: »Neben dem ›Wilden Mann‹ linker Hand in dem großen Haus mit grünen Läden.« Darnach schenkten sie ihm Burgunderwein ein zum Morgentrunk, und er schaute ihnen zu, wie sie Rößleintaler prägten bis an den Morgen. Als aber der Tag durch die Kellerlöcher hinabschien, und auf der Straße die Geißeln knallten, und der Kühhirt hürnte, nahm der Fremde Abschied von den nächtlichen Gesellen, bedankte sich für die gute Bewirtung, und ging mit frohem Mute wieder in das Wirtshaus, ohne daran zu denken, daß er seine Uhr und seine Tabakspfeife, und die Pistolen habe liegen lassen. Der Wirt sagte: »Gottlob, daß ich Euch wieder sehe, ich habe die ganze Nacht nicht schlafen können. Wie ist es Euch gegangen?« Aber der Reisende dachte: Ein Eid ist ein Eid, und um sein Leben zu retten, muß man den Namen Gottes nicht mißbrauchen, wenn man's nicht halten will. Deswegen sagte er nichts, und weil jetzt das Glöcklein läutete, und der arme Sünder hinausgeführt wurde, so lief alles fort. Auch in Kopenhagen hielt er nachher reinen Mund, und dachte selber fast nicht mehr daran. Aber nach einigen Wochen kam ab der Post ein Kistlein an ihn, und waren darin ein paar neue, mit Silber eingelegte Pistolen von großem Wert, eine neue goldene Uhr mit kostbaren Demantsteinen besetzt, eine türkische Tabakspfeife mit einer goldenen Kette daran, und eine seidene mit Gold gestickte Tabaksblase, und ein Brieflein drin. In dem Brieflein stand: »Dies schicken wir Euch für den Schrecken so Ihr bei uns ausgestanden, und zum Dank für Euere Verschwiegenheit. Jetzt ist alles vorbei, und Ihr dürft es erzählen, wem Ihr wollt.« Deswegen hat's der Herr dem Grenzacher erzählt, und das war die nämliche Uhr, die er oben auf dem Berg herauszog, als es in Hertingen Mittag läutete, und schaute, ob die Hertinger Uhr recht geht, und sind ihm hernach im »Storken« zu Basel von einem französischen General 75 neue Dublonen darauf geboten worden. Aber er hat sie nicht drum geben.

Würde das Kind sich vor Gespenstern fürchten, wenn es keine Gespenstergeschichten gäbe? Ich glaube es.

Golo Mann, *Erinnerungen und Gedanken*

Knut Hamsun

Ein Gespenst

Mehrere Jahre meiner Kindheit verbrachte ich bei meinem Onkel auf dem Pfarrhof im Nordland. Es war eine harte Zeit für mich, viel Arbeit, viele Prügel und selten oder niemals eine Stunde zu Spiel und Vergnügen. Da mein Onkel mich so streng hielt, bestand allmählich meine einzige Freude darin, mich zu verstecken und allein zu sein; hatte ich ausnahmsweise einmal eine freie Stunde, so begab ich mich in den Wald, oder ich ging auf den Kirchhof und wanderte zwischen Kreuzen und Grabsteinen herum, träumte, dachte und unterhielt mich laut mit mir selber.

Der Pfarrhof lag ungewöhnlich schön, dicht beim Meeresstrom Glimma, einem breiten Strom mit vielen großen Steinen, dessen Brausen Tag und Nacht, Nacht und Tag ertönte. Die Strömung ging einen Teil des Tages südwärts, den übrigen Teil nordwärts, je nachdem Flut oder Ebbe war – immer aber brauste ihr ewiger Gesang, und ihr Wasser rann mit gleicher Eile im Sommer wie im Winter dahin, welche Richtung es auch nahm.

Oben auf einem Hügel lagen die Kirche und der Kirchhof. Die Kirche war eine alte Kreuzkirche aus Holz, und der Kirchhof war ohne Pflanzen und die Gräber ohne Blumen; hart an der steinernen Mauer aber pflegten die üppigen Himbeeren zu wachsen, eine große und saftige Frucht, die Nahrung aus der fetten Erde der Toten sog. Ich kannte jedes Grab und jede Inschrift, und ich erlebte, daß Kreuze, die ganz neu aufgestellt wurden, im Laufe der

Zeit sich zu neigen begannen und schließlich in einer Sturmnacht umstürzten.

Waren da aber keine Blumen auf den Gräbern, so wuchs im Sommer hohes Gras auf dem ganzen Kirchhof. Es war so hoch und so hart, daß ich oft da saß und dem Winde lauschte, der in diesem sonderbar harten Grase sauste, das mir bis an die Hüften ging. Und dann mitten in dies Gesause hinein konnte die Wetterfahne auf dem Kirchturm sich herumdrehen, und dieser rostige eiserne Ton klang jammernd über den ganzen Pfarrhof hin. Es war, als ob dies Stück Eisen gegen irgendein anderes Eisen die Zähne knirschte.

Wenn der Totengräber bei der Arbeit war, hatte ich gar manches Mal eine Unterhaltung mit ihm. Er war ein ernster Mann, er lächelte selten, aber er war sehr freundlich gegen mich, und wenn er so dastand und Erde aus dem Grabe aufschaufelte, kam es wohl vor, daß er mir zurief, ein wenig aus dem Wege zu gehen, denn jetzt habe er ein großes Stück Hüftknochen oder den grinsenden Schädel eines Toten auf dem Spaten.

Ich fand oft Knochen und Haarbüschel von Leichen auf den Gräbern, die ich dann wieder in die Erde eingrub, wie es der Totengräber mich gelehrt hatte. Ich war so hieran gewöhnt, daß ich kein Grausen empfand, wenn ich auf diese Menschenreste stieß. Unter dem einen Ende der Kirche befand sich ein Leichenkeller, wo Unmengen von Knochen lagen und sich umhertrieben, und in diesem Keller saß ich gar manches Mal, spielte mit den Knochen und bildete aus dem zerbröckelten Gebein Figuren auf dem Boden.

Eines Tages aber fand ich einen Zahn auf dem Kirchhof.

Es war ein Vorderzahn, schimmernd weiß und stark. Ohne mir weiter Rechenschaft davon abzulegen, steckte ich den Zahn zu mir. Ich wollte ihn zu etwas gebrauchen, irgendeine Figur daraus zurecht feilen und ihn in einen der wunderlichen Gegenstände einfügen, die ich aus Holz schnitzte.

Ich nahm den Zahn mit nach Hause.

Es war Herbst, und die Dunkelheit brach früh herein. Ich hatte noch allerlei anderes zu besorgen, und es vergingen wohl ein paar Stunden, bis ich mich in die Gesindestube hinüber begab, um an meinem Zahn zu arbeiten. Indessen war der Mond aufgegangen; es war Halbmond.

In der Gesindestube war kein Licht, und ich war ganz allein. Ich wagte nicht, ohne weiteres die Lampe anzuzünden, ehe die Knechte hereinkamen; aber mir genügte das Licht, das durch die Ofenklappe fiel, wenn ich tüchtig Feuer anmachte. Ich ging deshalb in den Schuppen hinaus, um Holz zu holen.

Im Schuppen war es dunkel.

Als ich mich nach dem Holz vorwärts tastete, fühle ich einen leichten Schlag wie von einem einzelnen Finger auf meinem Kopfe.

Ich wandte mich hastig um, sah aber niemand.

Ich schlug mit den Armen um mich, fühlte aber niemand.

Ich fragte, ob jemand da sei, erhielt aber keine Antwort.

Ich war barhäuptig, ich griff nach der berührten Stelle meines Kopfes und fühlte etwas Eiskaltes in meiner Hand, das ich sofort wieder los ließ. Das ist doch sonderbar! dachte ich bei mir. Ich griff wieder nach dem Haar hinauf – da war das Kalte weg.

Ich dachte:

Was mag das wohl Kaltes gewesen sein, das von der Decke herunterfiel und mich auf den Kopf traf?

Ich nahm einen Armvoll Holz und ging wieder in die Gesindestube, heizte ein und wartete, bis ein Lichtschein durch die Ofenklappe fiel.

Dann holte ich den Zahn und die Feile hervor.

Da klopfte es an das Fenster.

Ich sah auf. Vor dem Fenster, das Gesicht fest an die Scheibe gedrückt, stand ein Mann. Er war mir ein Fremder, ich kannte ihn nicht, und ich kannte doch das ganze Kirchspiel. Er hatte einen roten Vollbart, eine rote wollene Binde um den Hals und einen

Südwester auf dem Kopfe. Worüber ich damals nicht nachdachte, was mir aber später einfiel: wie konnte sich mir dieser Kopf so deutlich in der Dunkelheit zeigen, namentlich an einer Seite des Hauses, wo nicht einmal der Halbmond schien? Ich sah das Gesicht mit erschreckender Deutlichkeit, es war bleich, beinahe weiß, und seine Augen starrten mich gerade an. Es vergeht eine Minute. Da fängt der Mann an zu lachen.

Es war kein hörbares, schüttelndes Lachen, sondern der Mund öffnete sich weit, und die Augen starrten wie vorhin, der Mann aber lachte.

Ich ließ fallen, was ich in der Hand hatte, und ein eisiger Schauer durchrieselte mich vom Scheitel bis zur Sohle. In der ungeheuren Mundhöhle des lachenden Gesichts vor dem Fenster entdeckte ich plötzlich ein schwarzes Loch in der Zahnreihe – es fehlte ein Zahn.

Ich saß da und starrte in meiner Angst geradeaus. Es verging noch eine Minute. Das Gesicht fing an, Farbe anzunehmen, es wurde stark grün, dann wurde es stark rot; das Lachen aber blieb. Ich verlor die Besinnung nicht, ich bemerkte alles um mich herum; das Feuer leuchtete ziemlich hell durch die Ofenklappe und warf einen kleinen Schein bis auf die andere Wand hinüber, wo eine Leiter stand. Ich hörte auch aus der Kammer nebenan, daß eine Uhr an der Wand tickte. So deutlich sah ich alles, daß ich sogar bemerkte, wie der Südwester, den der Mann vor dem Fenster auf hatte, oben im Kopfstück von schwarzer, abgenützter Farbe war, aber einen grüngemalten Rand hatte.

Da senkte der Mann den Kopf an der Fensterscheibe herab, ganz langsam herab, immer weiter, so daß er sich schließlich unterhalb des Fensters befand. Es war, als gleite er in die Erde hinein. Ich sah ihn nicht mehr.

Meine Angst war entsetzlich, ich fing an zu zittern. Ich suchte auf dem Fußboden nach dem Zahn, wagte aber nicht, die Blicke vom Fenster zu wenden – vielleicht konnte das Gesicht ja wiederkehren.

Als ich den Zahn gefunden hatte, wollte ich ihn gleich wieder nach dem Kirchhof bringen, hatte aber nicht den Mut dazu. Ich saß noch immer allein und konnte mich nicht rühren. Ich hörte Schritte draußen auf dem Hof und meine, daß es eine der Mägde ist, die auf ihren Holzpantoffeln geklappert kommt; ich wage aber nicht, sie anzurufen, und die Schritte gehen vorüber. Eine Ewigkeit vergeht. Das Feuer im Ofen fängt an auszubrennen, und keine Rettung zeigt sich mir.

Da beiße ich die Zähne zusammen und stehe auf. Ich öffne die Tür und gehe rückwärts zur Gesindestube hinaus, unverwandt nach dem Fenster sehend, an dem der Mann gestanden hatte. Als ich auf den Hof hinaus gekommen bin, renne ich nach dem Stall hinüber, um einen der Knechte zu bitten, mich nach dem Kirchhof hinüber zu begleiten.

Die Knechte befanden sich aber nicht im Stalle.

Jetzt unter freiem Himmel war ich indes kühner geworden, und ich beschloß, allein nach dem Friedhof hinauf zu gehen; dadurch würde ich es auch vermeiden, mich jemandem anzuvertrauen und dann später in des Onkels Klauen zu geraten.

So ging ich denn allein den Hügel hinan.

Den Zahn trug ich in meinem Taschentuch.

Oben an der Kirchhofspforte blieb ich stehen – mein Mut versagte mir seinen ferneren Beistand. Ich höre das ewige Brausen des Stromes, sonst ist alles still. Der Kirchhofseingang war keine Tür, nur ein Bogen, durch den man hindurch ging; ich stelle mich voller Angst auf die eine Seite dieses Bogens und stecke den Kopf vorsichtig durch die Öffnung, um zu sehen, ob ich es wagen könne, weiter zu gehen.

Da sinke ich plötzlich platt auf die Knie.

Ein Stück jenseits der Pforte, da drinnen zwischen den Gräbern, stand mein Mann mit dem Südwester. Er hatte wieder das weiße

Gesicht, und er wandte es mir zu, gleichzeitig aber zeigte er vorwärts, nach dem Kirchhofe hinauf.

Ich sah dies als Befehl an, wagte aber nicht zu gehen. Ich lag sehr lange da und sah den Mann an, ich flehte ihn an, und er stand unbeweglich und still da.

Da geschah etwas, was mir wieder ein wenig Mut machte: ich hörte einen der Knechte unten am Stallgebäude geschäftig umhergehen und pfeifen. Dieses Lebenszeichen um mich her bewirkte, daß ich mich erhob. Da entfernte sich der Mann ganz allmählich, er ging nicht, er glitt über die Gräber dahin, immer vorwärts zeigend. Ich trat durch die Pforte. Der Mann lockte mich weiter. Ich tat einige Schritte und blieb dann stehen; ich konnte nicht mehr. Mit zitternder Hand nahm ich den weißen Zahn aus dem Taschentuch und warf ihn mit aller Macht auf den Kirchhof. In diesem Augenblick drehte sich die eiserne Stange auf dem Kirchturm herum, und der schrille Schrei ging mir durch Mark und Bein. Ich stürzte zur Pforte hinaus, den Hügel hinab und nach Hause. Als ich in die Küche kam, sagten sie mir, mein Gesicht sei weiß wie Schnee …

Es sind jetzt viele Jahre seitdem vergangen, aber ich entsinne mich jeder Einzelheit. Ich sehe mich noch auf den Knien vor der Kirchhofstür liegen, und ich sehe den rotbärtigen Mann. Sein Alter kann ich nicht einmal ungefähr angeben. Er konnte zwanzig Jahre alt sein, er konnte auch vierzig sein. Da es nicht das letzte Mal sein sollte, daß ich ihn sah, habe ich auch später noch über diese Frage nachgedacht; aber noch immer weiß ich nicht, was ich über sein Alter sagen soll …

Manchen Abend und manche Nacht kam der Mann wieder. Er zeigte sich, lachte mit seinem weit geöffneten Munde, in dem ein Zahn fehlte, und verschwand. Es war Schnee gefallen, und ich konnte nicht mehr auf den Kirchhof gehen und den Zahn in die Erde stecken. Und der Mann kam wieder und wieder, aber mit immer längeren Zwischenräumen, den ganzen Winter hindurch. Meine haarsträubende Angst vor ihm nahm ab; aber er machte mein Leben sehr unglücklich, ja unglücklich bis zum Übermaß. In jenen Tagen war es mir oft eine gewisse Freude, wenn ich daran dachte, daß ich meiner Qual ein Ende machen könnte, indem ich mich bei Flut in den Strom Glimma stürzte.

Dann kam der Frühling, und der Mann verschwand gänzlich. Gänzlich? Nein, nicht gänzlich, aber für den ganzen Sommer. Den nächsten Winter stellte er sich wieder ein. Nur einmal zeigte er sich, dann blieb er lange Zeit fern. Drei Jahre nach meiner ersten Begegnung mit ihm verließ ich das Nordland und blieb ein Jahr fort. Als ich zurückkehrte, war ich konfirmiert und, wie ich selber meinte, ein großer, erwachsener Mann. Ich wohnte nun nicht mehr bei meinem Onkel auf dem Pfarrhof, sondern daheim bei Vater und Mutter.

Eines Abends zur Herbstzeit, als ich gerade schlafen gegangen war, legte sich eine kalte Hand auf meine Stirn. Ich schlug die Augen auf und erblickte den Mann vor mir. Er saß auf meinem Bett und sah mich an. Ich lag nicht allein im Zimmer, sondern mit zweien von meinen Geschwistern zusammen; aber ich rief trotzdem keines von ihnen. Als ich den kalten Druck gegen meine Stirn fühlte, schlug ich mit der Hand um mich und sagte: Nein, geh weg! Meine Geschwister fragten aus ihren Betten, mit wem ich spräche.

Als der Mann eine Weile still gesessen hatte, fing er an, sich mit dem Oberkörper hin und her zu wiegen. Dabei nahm er mehr und mehr an Größe zu, schließlich stieß er beinahe an die Decke, und da er offenbar nicht viel weiter kommen konnte, erhob er sich, entfernte sich mit lautlosen Schritten von meinem Bett, durch das Zimmer, nach dem Ofen, wo er verschwand. Ich folgte ihm die ganze Zeit mit den Augen.

Er war mir noch nie so nahe gewesen wie diesmal; ich sah ihm gerade ins Gesicht. Sein Blick war leer und erloschen, er sah zu mir hin, aber gleichsam an mir vorüber, quer durch mich hindurch, weit in eine andere Welt hinein. Ich bemerkte, daß er graue Augen hatte. Er bewegte sein Gesicht nicht, und er lachte nicht. Als ich seine Hand von meiner Stirn wegschlug und sagte: Nein, geh weg! zog er seine Hand langsam zurück. Während all der Minuten, die er auf meinem Bett saß, blinzelte er niemals mit den Augen …

Einige Monate später, als es Winter geworden und ich wieder von Hause fortgereist war, hielt ich mich eine Zeitlang bei einem Kaufmann W. auf, dem ich im Laden und auf dem Kontor half. Hier sollte ich meinem Mann zum letztenmal begegnen.

Ich gehe eines Abends auf mein Zimmer hinauf, zünde die Lampe an und entkleide mich. Ich will wie gewöhnlich meine Schuhe für das Mädchen hinausstellen, ich nehme die Schuhe auch in die Hand und öffne die Tür.

Da steht er auf dem Gang, dicht vor mir, der rotbärtige Mann.

Ich weiß, daß Leute im Nebenzimmer sind, daher bin ich nicht bange. Ich murmele: Bist du nun schon wieder da! Gleich darauf öffnet der Mann seinen großen Mund wieder und fängt an zu lachen. Dies machte keinen erschreckenden Eindruck mehr auf mich; aber diesmal wurde ich aufmerksamer: der fehlende Zahn war wieder da!

Er war vielleicht von irgend jemand in die Erde hineingesteckt worden. Oder er war in diesen Jahren zerbröckelt, hatte sich in Staub aufgelöst und mit dem übrigen Staub vereint, von dem er getrennt gewesen war. Gott allein weiß das!

Der Mann schloß seinen Mund wieder, während ich noch in der Tür stand, wandte sich um und ging die Treppe hinab, wo er tief unten verschwand.

Seither habe ich ihn nie wieder gesehen. Und es sind jetzt viele Jahre vergangen …

Dieser Mann, dieser rotbärtige Bote aus dem Lande des Todes, hat mir durch das unbeschreibliche Grausen, das er in mein Kinderleben gebracht, viel Böses getan. Ich habe seither mehr als eine Vision gehabt, mehr als einen seltsamen Zusammenstoß mit Unerklärbarem – nichts aber hat mich so tief ergriffen wie dies.

Und doch hat er mir vielleicht nicht ausschließlich Schaden zugefügt, dieser Gedanke ist mir oft gekommen. Ich könnte mir vorstellen, daß er eine der ersten Ursachen gewesen ist, durch die ich lernte, die Zähne zusammenzubeißen und mich hart zu machen. In meinem späteren Leben habe ich hin und wieder Verwendung dafür gehabt.

Zur Krüppel-Transzendenz ist jeder gleich bereit.

Heimito von Doderer, *Die Dämonen*

RUDYARD KIPLING

Meine selbsterlebte, wahre Geistergeschichte

Diese Geschichte handelt ausschließlich von Geistern. Es gibt in Indien Geister, die die Form von dicken, kalten, klebrigen Leichnamen annehmen und sich in Bäumen nahe der Straße verbergen, bis ein Reisender vorbeikommt. Dann fallen sie ihm auf den Hals und bleiben da. Es gibt auch furchtbare Geister von Frauen, die im Kindbett gestorben sind. Diese streichen in der Abenddämmerung die Wege entlang oder verbergen sich in den Getreidefeldern nahe den Dörfern und rufen verführerisch. Aber ihrem Ruf zu folgen bringt Tod in dieser Welt und in der nächsten. Ihre Füße sind nach rückwärts gekehrt, so daß alle nüchternen Männer sie erkennen können. Es gibt auch Geister kleiner Kinder, die in Brunnen geworfen worden sind. Diese halten sich an Brunnenmauern und an den Rändern der Dschungel auf und wimmern unter den Sternen oder fassen Weiber am Handgelenk und bitten, daß man sie trage. Diese und die Leichnamgeister sind jedoch nur eingeborene Artikel und greifen Sahibs nicht an. Von keinem eingeborenen Geist ist bisher authentische Kunde geworden, der einen Engländer erschreckt hätte; aber viele englische Geister haben schon Weißen und Schwarzen die Seele herausgeängstigt.

Fast jede zweite Station besitzt ihren Geist. Zwei sollen sich in Simla befinden, nicht eingerechnet das Weib, das im Dak-Bungalow von Siri an der alten Straße den Blasebalg tritt. Massuri hat ein

Haus, in welchem ein sehr unruhiges Ding spukt; eine weiße Dame soll rings um ein Haus in Lahore den Nachtwächter machen; Dalhousie behauptet von einem seiner Häuser, daß darin an Herbstabenden alle Einzelheiten einer schrecklichen Pferde- und Abgrundkatastrophe wiederholt werden; Murri hat einen lustigen Geist, und nun, da es von der Cholera heimgesucht worden ist, wird es Raum für einen traurigen haben; es gibt Offizierswohnungen in Mian Mir, deren Türen sich ohne Ursache öffnen, und deren Möbel knacken, nicht von der Junihitze, sondern von dem Gewicht Unsichtbarer, die sich's in den Sesseln bequem machen; Peschawur hat Häuser, die niemand gern mietet; und in einem großen Bungalow zu Allahabad ist etwas – nicht das Fieber – nicht, wie es sein soll. Die alten Provinzen starren förmlich von Häusern, in denen es spukt, und Gespensterarmeen marschieren durch die Hauptstraßen ihrer Städte.

Einige der Dak-Bungalows an der Grand-Trunk-Straße haben bequeme kleine Friedhöfe innerhalb ihrer Umzäunungen – Zeugen der Vergänglichkeit und der Zufälle dieses irdischen Lebens aus den Tagen, da man von Kalkutta nach dem Nordwesten im Wagen fuhr. Diese Bungalows sind keine einladenden Unterkunftsorte. Sie sind gewöhnlich sehr alt, immer sehr schmutzig, und der Khansamah ist so alt wie der Bungalow. Er ergeht sich entweder in greisenhaftem Geschwätz, oder verfällt in die lange Geistesabwesenheit des Alters. In beiden Zuständen ist er nutzlos. Wenn man zornig auf ihn wird, beruft er sich auf einen Sahib, der seit dreißig Jahren tot und begraben ist, und sagt, daß, als er in den Diensten jenes Sahibs stand, kein Khansamah der ganzen Provinz an ihn heranreichen konnte. Dann murmelt und stammelt er und hantiert zittrig mit den Tellern, und man bereut seine Aufwallung.

Vor nicht langer Zeit war es mein Beruf, in Dak-Bungalows zu wohnen. Ich hielt mich nie drei aufeinander folgende Nächte in demselben Hause auf und wurde mit der Zeit ein guter Kenner der

Gattung. Ich wohnte in solchen, die von der Regierung erbaut worden waren, mit roten Ziegelwänden und Pfostendecken, einem Inventar der Einrichtung in jedem Zimmer angeschlagen, und einer aufgeregten Cobraschlange als Willkomm an der Schwelle. Ich wohnte in »konvertierten« – alten Häusern, die als Dak-Bungalows dienten –, wo nichts sich an seinem richtigen Platze befand und man nicht einmal ein Huhn zum Essen haben konnte. Ich wohnte in baufälligen Palästen, wo der Wind durch offenes Marmormaßwerk ebenso ungemütlich blies, wie durch eine zerbrochene Scheibe. Ich wohnte in Dak-Bungalows, wo die letzte Eintragung im Fremdenbuch fünfzehn Monate alt war, und wo man das Zicklein für das Ragout mit einem Säbel köpfte. Ich hatte das Glück, mit allen Arten von Menschen zusammenzutreffen, von bescheiden reisenden Missionaren und Deserteuren aus englischen Regimentern bis zu betrunkenen Landstreichern, die auf alle Vorüberkommenden Branntweinflaschen warfen; und das noch größere Glück, mit knapper Not einem Paternitätsprozeß zu entgehen. In Anbetracht, daß ein beträchtlicher Teil des Dramas meines Lebens sich in Dak-Bungalows abspielte, wunderte ich mich, daß ich noch keinen Geist getroffen hatte. Ein Geist, der sich freiwillig in einem Dak-Bungalow aufhielte, wäre natürlich verrückt; aber es sind so viele Leute verrückt in Dak-Bungalows gestorben, daß es einen ansehnlichen Prozentsatz wahnsinniger Geister geben muß.

Und endlich fand ich meinen Geist, oder eigentlich meine Geister, denn es waren ihrer zwei.

Wir wollen den Bungalow den Katmal-Dak-Bungalow nennen; aber das war das am wenigsten Schreckliche daran. Ein Mensch mit empfindlicher Haut hat kein Recht, in Dak-Bungalows zu wohnen. Er sollte heiraten. Der Katmal-Dak-Bungalow war alt, verfallen und vernachlässigt. Der Boden war mit ausgetretenen Ziegelsteinen belegt, die Wände waren klebrig, die Fenster nahezu blind vor Schmutz. Er stand an einer Seitenstraße, die stark von eingeborenen Sub-Vize-Assistenten aller Verwaltungszweige von Finanz- bis Forstwirtschaft benutzt wurde, aber wirkliche Sahibs waren selten. Der Khansamah, der infolge hohen Alters fast zur Erde gebeugt war, sagte mir das.

Als ich dort eintraf, fiel ein launenhafter, ungewisser Regen auf das Land herab, begleitet von einem ruhelosen Winde, und jeder Stoß des letzteren brachte in den steifen Toddypalmen draußen ein Geräusch gleich dem Rasseln dürrer Knochen hervor. Der Khansamah verlor über meine Ankunft vollständig den Kopf. Er hatte einmal bei einem Sahib gedient. Kenne ich den Sahib? Er nannte mir den Namen eines wohlbekannten Mannes, der seit mehr als einem Vierteljahrhundert begraben war, und zeigte mir eine uralte Daguerreotypie, die ihn in seiner prähistorischen Jugend darstellte. Ich hatte vor einem Monat ein Stahlstichbild des Mannes vor dem Titelblatte eines dicken Bandes Memoiren gesehen und empfand ein unsagbares Altertumsgefühl.

Der Tag ging zur Neige, und der Khansamah machte sich daran, mir zu essen zu geben. Er ließ sich nicht zu der Vorstellung herbei, das Essen »Khana« – menschliche Nahrung – zu nennen. Er sagte »Ratub«, was unter anderem Hundefutter bedeutet. Er hatte keine beleidigende Absicht bei der Wahl des Wortes. Er hatte das andere vergessen, wie ich glaube.

Während er einige Tierkadaver klein schnitt, machte ich es mir bequem, nachdem ich den Dak-Bungalow durchforscht hatte. Es gab noch drei Zimmer außer dem meinigen, welches eine Ecke bildete, und sie standen durch schmutzig-weiße, mit großen eisernen Riegeln versehene Türen miteinander in Verbindung. Der Bungalow war sehr solid gebaut, aber die Scheidewände der Zimmer waren dünn wie Papier. Jeder Schritt und jedes Zuklappen des Koffers hallte von einem Zimmer durch die andern drei, und der Schall jedes Trittes wurde zitternd von den entfernten Wänden zurückgeworfen. Aus diesem Grunde schloß ich die Tür. Es gab keine Lampen, nur Kerzen in langen Glaszylindern. Ein Öllämpchen stand im Badezimmer.

In bezug auf niederdrückende, ungemischte Trübseligkeit war dieser Dak-Bungalow der ärgste der vielen, die ich je betreten hatte. Es war keine Feuerstelle da, und die Fenster waren nicht zu öffnen; daher wäre auch ein Kohlenbecken nicht zu verwenden gewesen. Der Regen und der Wind peitschten und gurgelten und stöhnten um das Haus, und die Toddypalmen raschelten und knarrten. Ein halbes Dutzend Schakale durchzogen singend den Hof, und eine Hyäne stand in der Entfernung und äffte ihnen nach. Eine Hyäne würde einen Sadduzäer von der Auferstehung der Toten – der bösesten Art von Toten – überzeugen. Dann kam das Ratub – ein seltsames Gericht, halb eingeborener, halb englischer Zusammensetzung – und der alte Khansamah lallte hinter meinem Sessel von längstverstorbenen Engländern, und die Schatten der im Winde flackernden Kerzenflammen spielten Versteckens mit dem Bett und dem Moskitonetz. Es war ein Abend und eine Mahlzeit, um einen an jede einzelne seiner vergangenen Sünden und alle, die man noch zu begehen beabsichtigte, zu erinnern.

Zu schlafen war aus mehreren hundert Ursachen nicht leicht. Die Lampe im Badezimmer warf die wunderlichsten Schatten, und der Wind fing an, Unsinn zu reden.

Gerade als die Ursachen, vom Blut saugend, schläfrig wurden, hörte ich das wohlbekannte »Auf-und-fort-damit!« – Grunzen von Sesselträgern draußen auf dem Hofe. Erst kam ein Tragsessel herein, dann ein zweiter, dann ein dritter. Ich hörte den dumpfen Stoß der niedergesetzten Tragsessel, und dann wurde an meiner Tür gerüttelt.

»Da will jemand herein«, sagte ich zu mir. Aber keine Stimme wurde hörbar, und ich trachtete mich zu überreden, daß es ein Windstoß gewesen sei. Dann wurde an der Tür zu dem Zimmer nächst dem meinigen gerüttelt und sie ging auf. »Das ist irgendein Sub-Vize-Assistent«, dachte ich, »und er hat seine Freunde mitgebracht. Jetzt werden sie über eine Stunde lang schwätzen und spukken und rauchen.«

Aber ich hörte weder Stimmen noch Schritte. Niemandes Gepäck wurde im nächsten Zimmer abgesetzt. Die Tür schloß sich wieder, und ich dankte Gott, daß ich in Ruhe gelassen wurde. Aber ich war neugierig, was mit den Tragsesseln geschehen war. Ich stand auf und sah in die Finsternis hinaus. Es war keine Spur von Tragsesseln zu sehen. Gerade als ich im Begriffe war, wieder ins Bett zu steigen, hörte ich im nächsten Zimmer den Ton, den kein vernünftiger Mensch verkennen kann – das Rollen eines Billardballes, wenn ein Spieler den ersten Stoß macht. Kein anderer Laut ähnelt ihm. Eine Minute darauf kam ein zweites Rollen, und ich legte mich ins Bett. Ich hatte keine Angst – wirklich nicht. Ich war sehr neugierig, was aus den Tragsesseln geworden war. Aus diesem Grunde legte ich mich eiligst ins Bett.

In der nächsten Minute hörte ich den Doppelklick eines Karambols, und mein Haar stand zu Berge. Es ist vielleicht eine Hyperbel, zu sagen, daß einem das Haar zu Berge steht. Die Kopfhaut zieht sich zusammen und man spürt ein prickelndes Stechen in allen Haarwurzeln. Das ist das Zubergstehen des Haares.

Dann kam wieder ein Rollen und ein Klick, und beide Töne konnten nur von einem Ding in der Welt herrühren – einem Billardball. Ich überlegte die Sache des längeren hin und her, und je mehr ich überlegte, desto weniger wahrscheinlich war es, daß ein Bett, ein Tisch und zwei Sessel – das ganze Mobiliar des nächsten Zimmers – so genau die Geräusche eines Billardspieles wiedergeben konnten. Nach einem neuen Karambol – einem Triplet, dem Laufen des Balles nach – überlegte ich nicht mehr. Ich hatte meinen Geist gefunden und hätte Welten darum gegeben, weit weg von dem Dak-Bungalow zu sein. Ich horchte, und mit jedem Mal

Horchen wurde das Spiel deutlicher. Es folgte Lauf auf Lauf und Klick auf Klick. Manchmal kam ein Doppelklick und ein Lauf und wieder ein Klick. Es war kein Zweifel möglich, im nächsten Zimmer wurde Billard gespielt. Und das nächste Zimmer hatte nicht Raum genug für einen Billardtisch!

In den Pausen des Windes hörte ich das Spiel weitergehen, Stoß auf Stoß. Ich trachtete mir einzureden, daß ich keine Stimme hörte; aber es gelang mir nicht.

Weiß der Leser, was Furcht ist? Nicht gewöhnliche Furcht vor Beschimpfung, Schlag oder Tod, sondern sinnlose, zitternde Angst vor etwas, was man nicht sieht – eine Furcht, die den Gaumen und die Kehle austrocknet – eine Furcht, die einem den Schweiß aus den Handflächen treibt und einen zu krampfhaftem Schlucken zwingt? Das ist eine besondere Art von Furcht – eine große Feigheit, die man gefühlt haben muß, um sie zu verstehen. Gerade die Unwahrscheinlichkeit von Billardtischen in einem Dak-Bungalow bewies die Wirklichkeit der Sache. Kein Mensch, nüchtern oder betrunken, konnte sich ein Billardspiel einbilden oder das unnachahmliche Geräusch eines Tiefstoßkarambols erfinden.

Eine lange Folge von Dak-Bungalows hat den Nachteil, daß sie eine unendliche Gläubigkeit hervorruft. Wenn jemand zu einem altgewohnten Dak-Bungalow-Besucher sagte: »Im nächsten Zimmer liegt ein Leichnam, und ein wahnsinniges Mädchen ist im Zimmer neben diesem, und der Mann und das Weib auf jenem Kamel sind eben erst von einem sechzig Meilen entfernten Orte durchgegangen«, so würde der Hörer keinen Zweifel in seine Worte setzen, weil nichts zu wild, grotesk oder grauenhaft ist, um in einem Dak-Bungalow zu geschehen.

Diese Gläubigkeit erstreckt sich unglücklicherweise auf Geister. Ein vernünftiger, eben erst aus seinem Hause gekommener Mensch würde sich auf die Seite gelegt haben und wieder eingeschlafen sein. Ich tat das nicht. So sicher wie ich von den wimmelnden Dingern im Bette als trockener Leichnam aufgegeben wurde, weil die überwiegende Menge meines Blutes in meinem Herzen war, so sicher hörte ich jeden Stoß eines langen Billardspiels, das in dem hallenden Zimmer hinter der verriegelten Tür gespielt wurde. Meine größte Furcht war, daß die Spieler vielleicht eines Markörs bedürfen würden. Es war eine dumme Furcht; denn Wesen, die im Finstern spielen konnten, waren wohl über derlei kleine Behelfe erhaben. Ich weiß nur, daß ich davor eine Todesangst hatte, und die war sehr wirklich.

Nach langer, langer Dauer hörte das Spiel auf und die Tür schlug zu. Ich schlief ein, weil ich todmüde war. Sonst hätte ich es vorgezogen, wach zu bleiben. Nicht um ganz Asien hätte ich den Türriegel zurückgeschoben und in die Finsternis des nächsten Zimmers geschaut.

Als der Morgen kam, fand ich, daß ich wohl und weise getan hatte, und erkundigte mich nach Weiterbeförderungsmitteln.

»Nebenbei, Khansamah«, sagte ich, »was hatten die drei Tragsessel gestern nacht im Hofe zu tun?«

»Es waren keine Tragsessel da«, sagte der Khansamah.

Ich ging ins Nebenzimmer, und das Tageslicht strömte durch die offene Tür herein. Ich war ungemein mutig. Ich hätte um diese Stunde Black Pool selbst mit dem Herrn des großen schwarzen Pfuhls da drunten gespielt.

»War dieses Haus immer ein Dak-Bungalow?« fragte ich.

»Nein«, sagte der Khansamah. »Vor zehn oder zwanzig Jahren, ich habe vergessen, wie lange es her ist, war es ein Billardzimmer.«

»Ein was?«

»Ein Billardzimmer für die Sahibs, die die Eisenbahn bauten. Ich war damals Khansamah in dem großen Hause, wo alle die Eisenbahn-Sahibs wohnten, und ich brachte ihnen immer Brandy-Shrab herüber. Diese drei Zimmer waren damals eines, und darin stand ein großer Tisch, auf welchem die Sahibs jeden Abend spielten. Aber die Sahibs sind nun alle tot, und die Eisenbahn geht, wie Sie sagen, fast bis nach Kabul.«

»Wissen sie noch etwas von den Sahibs?«

»Es ist lange her, aber ich erinnere mich, daß ein Sahib, ein dikker Mann und immer zornig, eines Abends hier spielte, und er sagte zu mir: ›Mangal Khan, brandy pani do‹, und ich füllte das Glas, und er beugte sich über den Tisch, um zu spielen, und sein Kopf sank tiefer und tiefer, bis er auf den Tisch schlug, und seine Augengläser fielen herunter, und als wir – die Sahibs und ich – herbeisprangen, um ihn aufzuheben, war er tot. Ich half ihn hinaustragen. Ah, er war ein starker Sahib! Aber er ist tot, und ich, der alte Mangal Khan, lebe immer noch, mit Ihrer gnädigen Erlaubnis.«

Das war mehr als genug! Ich hatte meinen Geist, einen erstklassigen, beglaubigten Geist! Ich wollte der Gesellschaft für psychologische Forschung schreiben – ich wollte das ganze Reich mit meiner Entdeckung in starres Staunen versetzen! Aber ich wollte vor allem andern achtzig Meilen wohlbesteuerten Ackerlandes zwischen mich und den Dak-Bungalow bringen, ehe die Nacht kam. Die Gesellschaft konnte dann ihren Vertreter hersenden, um weitere Nachforschungen anzustellen.

Ich ging in mein Zimmer, um zu packen, nachdem ich mir die Einzelheiten des Falles notiert hatte. Während ich rauchend dasaß, hörte ich das Spiel wieder beginnen – mit einem Fehlstoß diesmal, denn das Rollen war nur kurz.

Die Tür war offen, und ich konnte in das Zimmer hineinsehen. Klick, klick! Das war ein Karambol. Ich betrat das Zimmer ohne Furcht, denn es war sonnenhell darinnen und ein frischer Wind draußen. Das unsichtbare Spiel ging mit enormer Schnelligkeit weiter. Und das war kein Wunder, da eine ruhelose kleine Ratte innerhalb des über der Zimmerdecke gespannten Tuches hin und her rannte und ein lockeres Stück Fensterrahmen vom Winde gegen den Riegel geschlagen wurde.

Unmöglich das Anschlagen der Billardbälle zu verkennen! Unmöglich das Laufen eines Balles über das Tuch zu verkennen! Aber ich war zu entschuldigen. Selbst wenn ich meine nun geöffneten Augen schloß, war das Geräusch erstaunlich gleich dem eines lebhaften Billardspieles.

Herein trat aufgebracht der treue Gefährte meiner Leiden, Kadir Baksch.

»Dieser Bungalow ist sehr schlecht und gemein. Kein Wunder, daß Seine Gnaden gestört wurde und empört ist. Drei Trupps von Sesselträgern kamen diese Nacht zu dem Bungalow, als ich draußen schlief, und sagten, daß es ihre Gewohnheit sei, in den Zimmern zu rasten, die für die Engländer bestimmt sind. Wo ist die Ehre des Khansamah! Sie versuchten hereinzukommen, aber ich sagte ihnen, sie sollten fortgehen. Kein Wunder, wenn diese Uriasse dagewesen sind, daß Seine Gnaden übler Laune sind. Es ist eine Schande und das Tun eines schmutzigen Menschen!«

Kadir Baksch erzählte nicht, daß er sich von jedem Trupp zwei Annas als Miete hatte vorausbezahlen lassen und die Leute dann, außerhalb meiner Hörweite, mit dem großen grünen Schirm geprügelt hatte, dessen Verwendung mir bis dahin ein Rätsel gewesen war. Aber Kadir Baksch hatte keine Moralbegriffe.

Der Khansamah wurde zur Rede gestellt, aber da er augenblicklich den Kopf verlor, wich der Zorn dem Mitleid, und das Mitleid führte zu einem längeren Gespräche, im Laufe dessen er des dikken Eisenbahn-Sahibs tragischen Tod nach drei verschiedenen Stationen verlegte – zwei davon fünfzig Meilen entfernt. Die dritte Verlegung geschah nach Kalkutta, und hier starb der Sahib, während er im Kutschierwagen ausfuhr.

Ich ging nicht so schnell fort, als ich beabsichtigt hatte. Ich blieb noch eine Nacht, während welcher der Wind und die Ratte und der Fensterrahmen und der Riegel eine Hals-über-Kopf-Partie auf Hundertfünfzig spielten. Dann legte sich der Wind, und das Billardspiel hörte auf, und ich fühlte, daß ich meine einzige echte Geistergeschichte ruiniert hatte.

Hätte ich nur zur richtigen Zeit aufgehört nachzuforschen, so hätte ich *alles* daraus machen können.

Das war der bitterste Gedanke von allen!

Viel klüger, scheint es, bin ich nicht geworden;
Absurd ist's hier, absurd im Norden,
Gespenster hier wie dort vertrackt.

GOETHE, *Faust II*

Wilhelm Hauff

Die Geschichte von dem Gespensterschiff

Mein Vater hatte einen kleinen Laden in Balsora; er war weder arm noch reich und war einer von jenen Leuten, die nicht gerne etwas wagen, aus Furcht, das Wenige zu verlieren, das sie haben. Er erzog mich schlicht und recht, und brachte es bald so weit, daß ich ihm an die Hand gehen konnte. Gerade als ich achtzehn Jahre alt war, als er die erste größere Spekulation machte, starb er, wahrscheinlich aus Gram, tausend Goldstücke dem Meere anvertraut zu haben. Ich mußte ihn bald nachher wegen seines Todes glücklich preisen, denn wenige Wochen hernach lief die Nachricht ein, daß das Schiff, dem mein Vater seine Güter mitgegeben hatte, versunken sei. Meinen jugendlichen Mut konnte aber dieser Unfall nicht beugen. Ich machte alles vollends zu Geld, was mein Vater hinterlassen hatte, und zog aus, um in der Fremde mein Glück zu probieren; nur von einem alten Diener meines Vaters begleitet, der sich aus alter Anhänglichkeit nicht von mir und meinem Schicksal trennen wollte.

Im Hafen von Balsora schifften wir uns mit günstigem Winde ein. Das Schiff, auf dem ich mich eingemietet hatte, war nach Indien bestimmt. Wir waren schon fünfzehn Tage auf der gewöhnlichen Straße gefahren, als uns der Kapitän einen Sturm verkündete. Er machte ein bedenkliches Gesicht, denn es schien, er kenne in dieser Gegend das Fahrwasser nicht genug, um einem

Sturm mit Ruhe begegnen zu können. Er ließ alle Segel einziehen, und wir trieben ganz langsam hin. Die Nacht war angebrochen, war hell und kalt, und der Kapitän glaubte schon, sich in den Anzeichen des Sturmes getäuscht zu haben. Auf einmal schwebte ein Schiff, das wir vorher nicht gesehen hatten, dicht an dem unsrigen vorbei. Wildes Jauchzen und Geschrei erscholl aus dem Verdeck herüber, worüber ich mich zu dieser angstvollen Stunde, vor einem Sturm, nicht wenig wunderte. Aber der Kapitän an meiner Seite wurde blaß wie der Tod. »Mein Schiff ist verloren«, rief er, »dort segelt der Tod!« Ehe ich ihn noch über diesen sonderbaren Ausruf befragen konnte, stürzten schon heulend und schreiend die Matrosen herein: »Habt ihr ihn gesehn?« schrien sie, »jetzt ist's mit uns vorbei.«

Der Kapitän aber ließ Trostsprüche aus dem Koran vorlesen und setzte sich selbst ans Steuerruder. Aber vergebens! Zusehends brauste der Sturm auf, und ehe eine Stunde verging, krachte das Schiff und blieb sitzen. Die Boote wurden ausgesetzt, und kaum hatten sich die letzten Matrosen gerettet, so versank das Schiff vor unsern Augen, und als ein Bettler fuhr ich in die See hinaus. Aber der Jammer hatte noch kein Ende. Fürchterlicher tobte der Sturm, das Boot war nicht mehr zu regieren. Ich hatte meinen alten Diener fest umschlungen, und wir versprachen uns, nie voneinander zu weichen. Endlich brach der Tag an; aber mit dem ersten Blick der Morgenröte faßte der Wind das Boot, in welchem wir saßen, und stürzte es um. Ich habe keinen meiner Schiffsleute mehr gesehen. Der Sturz hatte mich betäubt; und als ich aufwachte, befand ich mich in den Armen meines alten treuen Dieners, der sich auf das umgeschlagene Boot gerettet und mich nachgezogen hatte. Der Sturm hatte sich gelegt. Von unserem Schiff war nichts mehr zu sehen, wohl aber entdeckten wir, nicht weit von uns, ein anderes Schiff, auf das die Wellen uns hintrieben. Als wir näher hinzukamen, erkannte ich das Schiff als dasselbe, das in der Nacht an uns vorbeifuhr und welches den Kapitän so sehr in Schrecken gesetzt hatte. Ich empfand ein sonderbares Grauen vor diesem Schiffe. Die Äußerung des Kapitäns, die sich so furchtbar bestätigt hatte, das öde Aussehen des Schiffes, auf dem sich, so nahe wir auch herankamen, so laut wir schrien, niemand zeigte, erschreckten mich. Doch es war unser einziges Rettungsmittel, darum priesen wir den Propheten, der uns so wundervoll erhalten hatte.

Am Vorderteil des Schiffes hing ein langes Tau herab. Mit Händen und Füßen ruderten wir darauf zu, um es zu erfassen. Endlich glückte es. Noch einmal erhob ich meine Stimme, aber immer blieb es still auf dem Schiff. Da klimmten wir an dem Tau hinauf, ich als der Jüngste voran. Aber Entsetzen! Welches Schauspiel stellte sich meinem Auge dar, als ich das Verdeck betrat. Der Boden war mit Blut gerötet, 20–30 Leichname in türkischen Kleidern lagen auf dem Boden, am mittleren Mastbaum stand ein Mann, reich gekleidet, den Säbel in der Hand, aber das Gesicht war blaß und verzerrt, durch die Stirne ging ein großer Nagel, der ihn an den Mastbaum heftete, auch er war tot. Schrecken fesselte meine Schritte, ich wagte kaum zu atmen. Endlich war auch mein Begleiter heraufgekommen. Auch ihn überraschte der Anblick des Verdeckes, das gar nichts Lebendiges, sondern nur so viele schreckliche Tote zeigte. Wir wagten es endlich, nachdem wir in der Seelenangst zum Propheten gefleht hatten, weiter vorzuschreiten. Bei jedem Schritte sahen wir uns um, ob nicht etwas Neues, noch Schrecklicheres sich darbiete; aber alles blieb, wie es war; weit und breit nichts Lebendiges als wir und das Weltmeer. Nicht einmal laut zu sprechen wagten wir, aus Furcht, der tote, am Mast angespießte Capitano möchte seine starren Augen nach uns hindrehen, oder einer der Getöteten möchte seinen Kopf umwenden. Endlich waren wir bis an eine Treppe gekommen, die in den Schiffsraum führte. Unwillkürlich machten wir dort halt und sahen einander an, denn keiner wagte es recht, seine Gedanken zu äußern.

»O Herr«, sprach mein treuer Diener, »hier ist etwas Schreckliches geschehen. Doch, wenn auch das Schiff da unten voll Mörder steckt, so will ich mich ihnen doch lieber auf Gnade und Ungnade ergeben, als längere Zeit unter diesen Toten zubringen.« Ich dachte wie er, wir faßten ein Herz und stiegen voll Erwartung hinunter. Totenstille war aber auch hier, und nur unsere Schritte hallten auf der Treppe. Wir standen an der Türe der Kajüte. Ich legte mein Ohr an die Türe und lauschte, es war nichts zu hören. Ich machte auf. Das Gemach bot einen unordentlichen Anblick dar. Kleider, Waffen und anderes Geräte lag untereinander. Nichts in Ordnung. Die Mannschaft, oder wenigstens der Capitano, mußte vor kurzem gezecht haben, denn es lag alles noch umher. Wir gingen weiter von Raum zu Raum, von Gemach zu Gemach, überall fanden wir herrliche Vorräte in Seide, Perlen, Zucker usw. Ich war vor Freude über diesen Anblick außer mir, denn da niemand auf dem Schiff war, glaubte ich, alles mir zueignen zu dürfen, Ibrahim aber machte mich aufmerksam darauf, daß wir wahrscheinlich noch sehr weit vom Land seien, wohin wir allein und ohne menschliche Hülfe nicht kommen können.

Wir labten uns an den Speisen und Getränken, die wir in reichlichem Maß vorfanden, und stiegen endlich wieder aufs Verdeck. Aber hier schauderte uns immer die Haut, ob dem schrecklichen Anblick der Leichen. Wir beschlossen, uns davon zu befreien und sie über Bord zu werfen; aber wie schauerlich ward uns zu Mut, als wir fanden, daß sich keiner aus seiner Lage bewegen ließ. Wie festgebannt lagen sie am Boden, und man hätte den Boden des Verdecks ausheben müssen, um sie zu entfernen, und dazu gebrach es uns an Werkzeugen. Auch der Capitano ließ sich nicht von seinem Mast losmachen, nicht einmal seinen Säbel konnten wir der starren Hand entwinden. Wir brachten den Tag in trauriger Betrachtung unserer Lage zu, und als es Nacht zu werden anfing, erlaubt ich dem alten Ibrahim, sich schlafen zu legen, ich selbst aber wollte auf dem Verdeck wachen, um nach Rettung auszuspähen. Als aber der Mond heraufkam und ich nach den Gestirnen berechnete, daß es wohl um die elfte Stunde sei, überfiel mich ein so unwiderstehlicher Schlaf, daß ich unwillkürlich hinter ein Faß, das auf dem Verdeck stand, zurückfiel. Doch war es mehr Betäubung als Schlaf, denn ich hörte deutlich die See an der Seite des Schiffes anschlagen und die Segel vom Winde knarren und pfeifen. Auf einmal glaubte ich Stimmen und Männertritte auf dem Verdeck zu hören. Ich wollte mich aufrichten, um darnach zu schauen; aber eine unsichtbare Gewalt hielt meine Glieder gefesselt, nicht einmal die Augen konnte ich aufschlagen. Aber immer deutlicher wurden die Stimmen, es war mir, als wenn ein fröhliches Schiffsvolk auf dem Verdeck sich umhertriebe; mitunter glaubte ich, die kräftige Stimme eines Befehlenden zu hören, auch hörte ich Taue und Segel deutlich auf- und abziehen. Nach und nach aber schwanden mir die Sinne, ich verfiel in einen tieferen Schlaf, in dem ich nur noch ein Geräusch von Waffen zu hören glaubte, und erwachte erst, als die Sonne schon hoch stand und mir aufs Gesicht brannte. Verwundert schaute ich mich um, Sturm, Schiff, die Toten und was ich in dieser Nacht gehört hatte, kam mir wie ein Traum vor, aber als ich aufblickte, fand ich alles wie gestern. Unbeweglich lagen die Toten, unbeweglich war der Capitano an den Mastbaum geheftet. Ich lachte über meinen Traum und stand auf, um meinen Alten zu suchen.

Dieser saß ganz nachdenklich in der Kajüte. »O Herr!« rief er aus, als ich zu ihm hereintrat, »ich wollte lieber im tiefsten Grund des Meeres liegen, als in diesem verhexten Schiff noch eine Nacht zubringen.« Ich fragte ihn nach der Ursache seines Kummers, und er antwortete mir: »Als ich einige Stunden geschlafen hatte, wachte ich auf und vernahm, wie man über meinem Haupt hin- und herlief. Ich dachte zuerst, Ihr wäret es, aber es waren wenigstens zwanzig, die oben umherliefen, auch hörte ich rufen und schreien. Endlich kamen schwere Tritte die Treppe herab. Da wußte ich nichts mehr von mir, nur hie und da kehrte auf einige Augenblicke meine Besinnung zurück, und da sah ich dann denselben Mann, der oben am Mast angenagelt ist, an jenem Tisch dort sitzen, singend und trinkend, aber der, der in einem roten Scharlachkleid nicht weit von ihm am Boden liegt, saß neben ihm und half ihm trinken.« Also erzählte mir mein alter Diener.

Ihr könnt es mir glauben, meine Freunde, daß mir gar nicht wohl zu Mut war; denn es war keine Täuschung, ich hatte ja auch die Toten gar wohl gehöret. In solcher Gesellschaft zu schiffen war mir greulich. Mein Ibrahim aber versank wieder in tiefes Nachdenken. »Jetzt hab ich's«, rief er endlich aus; es fiel ihm nämlich ein Sprüchlein ein, das ihn sein Großvater, ein erfahrener, weitgereister Mann gelehrt hatte und das gegen jeden Geister- und Zauberspuk helfen sollte; auch behauptete er, jenen unnatürlichen Schlaf, der uns befiel, in der nächsten Nacht verhindern zu können, wenn wir nämlich recht eifrig Sprüche aus dem Koran beteten. Der Vorschlag des alten Mannes gefiel mir wohl. In banger Erwartung sahen wir die Nacht herankommen. Neben der Kajüte war ein kleines Kämmerchen, dorthin beschlossen wir uns zurückzuziehen. Wir bohrten mehrere Löcher in die Türe, hinlänglich groß, um durch sie die ganze Kajüte zu überschauen; dann verschlossen wir die Türe, so gut es ging, von innen, und Ibrahim schrieb den Namen des Propheten in alle vier Ecken. So erwarteten wir die Schrecken der Nacht. Es mochte wieder ungefähr elf Uhr sein, als es mich gewaltig zu schläfern anfing. Mein Gefährte riet mir daher, einige Sprüche des Korans zu beten, was mir auch half. Mit einem Male schien es oben lebhaft zu werden, die Taue knarrten, Schritte gingen über das Verdeck und mehrere Stimmen waren deutlich zu unterscheiden. Mehrere Minuten hatten wir so in gespannter Erwartung gesessen, da hörten wir etwas die Treppe der Kajüte herabkommen. Als dies der Alte hörte, fing er an, seinen Spruch, den ihn sein Großvater gegen Spuk und Zauberei gelehrt hatte, herzusagen:

»Kommt ihr herab aus der Luft,
Steigt ihr aus tiefem Meer,
Schlieft ihr in dunkler Gruft
Stammt ihr vom Feuer her:
Allah ist euer Herr und Meister
Ihm sind gehorsam alle Geister.«

Ich muß gestehen, ich glaubte gar nicht recht an diesen Spruch, und mir stieg das Haar zu Berg, als die Türe aufflog. Herein trat jener große, stattliche Mann, den ich am Mastbaum angenagelt gesehen hatte. Der Nagel ging ihm auch jetzt mitten durchs Hirn, das Schwert aber hatte er in die Scheide gesteckt, hinter ihm trat noch ein anderer herein, weniger kostbar gekleidet; auch ihn hatte ich oben liegen sehen. Der Capitano, denn dies war er unverkennbar, hatte ein bleiches Gesicht, einen großen schwarzen Bart, wildrollende Augen, mit denen er sich im ganzen Gemach umsah. Ich konnte ihn ganz deutlich sehen, als er an unserer Türe vorüberging; er aber schien gar nicht auf die Türe zu achten, die uns verbarg. Beide setzten sich an den Tisch, der in der Mitte der Kajüte stand, und sprachen laut und fast schreiend miteinander in einer unbekannten Sprache. Sie wurden immer lauter und eifriger, bis endlich der Capitano mit geballter Faust auf den Tisch hineinschlug, daß das Zimmer dröhnte. Mit wildem Gelächter sprang der andere auf und winkte dem Capitano, ihm zu folgen. Dieser stand auf, riß seinen Säbel aus der Scheide und beide verließen das Gemach. Wir atmeten freier, als sie weg waren; aber unsere Angst hatte noch lange kein Ende. Immer lauter und lauter ward es auf dem Verdeck. Man hörte eilends hin- und herlaufen und schreien, lachen und heulen. Endlich ging ein wahrhaft höllischer Lärm los, so daß wir glaubten, das Verdeck mit allen Segeln komme zu uns herab, Waffengeklirr und Geschrei – auf einmal aber tiefe Stille. Als wir es nach vielen

Stunden wagten hinaufzugehen, trafen wir alles wie sonst; nicht einer lag anders als früher, alle waren steif wie Holz.

So waren wir mehrere Tage auf dem Schiffe, es ging immer nach Osten, wohin zu, nach meiner Berechnung, Land liegen mußte, aber wenn es auch bei Tag viele Meilen zurückgelegt hatte, bei Nacht schien es immer wieder zurückzukehren, denn wir befanden uns immer wieder am nämlichen Fleck, wenn die Sonne aufging. Wir konnten uns dies nicht anders erklären, als daß die Toten jede Nacht mit vollem Winde zurücksegelten. Um nun dies zu verhüten, zogen wir, ehe es Nacht wurde, alle Segel ein und wandten dasselbe Mittel an wie bei der Türe in der Kajüte; wir schrieben den Namen des Propheten auf Pergament und auch das Sprüchlein des Großvaters dazu und banden es um die eingezogenen Segel. Ängstlich warteten wir in unserem Kämmerchen den Erfolg ab. Der Spuk schien diesmal noch ärger zu toben, aber siehe, am anderen Morgen waren die Segel noch aufgerollt, wie wir sie verlassen hatten. Wir spannten den Tag über nur so viele Segel auf, als nötig waren, das Schiff sanft fortzutreiben, und so legten wir in fünf Tagen eine gute Strecke zurück.

Endlich, am Morgen des sechsten Tages, entdeckten wir in geringer Ferne Land, und wir dankten Allah und seinem Propheten für unsere wunderbare Rettung. Diesen Tag und die folgende Nacht trieben wir an einer Küste hin, und am siebenten Morgen glaubten wir in geringer Entfernung eine Stadt zu entdecken; wir ließen mit vieler Mühe einen Anker in die See, der alsobald Grund faßte, setzten ein kleines Boot, das auf dem Verdeck stand, aus, und ruderten mit aller Macht der Stadt zu. Nach einer halben Stunde liefen wir in einen Fluß ein, der sich in die See ergoß, und stiegen ans Ufer. Im Stadttor erkundigten wir uns, wie die Stadt heiße, und erfuhren, daß es eine indische Stadt sei, nicht weit von der Gegend, wohin ich zuerst zu schiffen willens war. Wir begaben uns in eine Karawanserei und erfrischten uns von unserer abenteuerlichen

Reise. Ich forschte daselbst auch nach einem weisen und verständigen Mann, indem ich dem Wirt zu verstehen gab, daß ich einen solchen haben möchte, der sich ein wenig auf Zauberei verstehe. Er führte mich in eine abgelegene Straße, an ein unscheinbares Haus, pochte an, und man ließ mich eintreten, mit der Weisung, ich solle nur nach Muley fragen.

In dem Hause kam mir ein altes Männlein mit grauem Bart und langer Nase entgegen und fragte nach meinem Begehr. Ich sagte ihm, ich suche den weisen Muley, und er antwortete mir, er sei es selbst. Ich fragte ihn nun um Rat, was ich mit den Toten machen solle, und wie ich es angreifen müsse, um sie aus dem Schiff zu bringen? Er antwortete mir: Die Leute des Schiffes seien wahrscheinlich wegen irgendeines Frevels auf das Meer verzaubert; er glaube, der Zauber werde sich lösen, wenn man sie ans Land bringe; dies könne aber nicht geschehen, als wenn man die Bretter, auf denen sie liegen, losmache. Mir gehöre, von Gott und Rechts wegen, das Schiff samt allen Gütern, weil ich es gleichsam gefunden habe; doch solle ich alles sehr geheim halten und ihm ein kleines Geschenk von meinem Überfluß machen, er wolle dafür mit seinen Sklaven mir behülflich sein, die Toten wegzuschaffen. Ich versprach, ihn reichlich zu belohnen, und wir machten uns mit fünf Sklaven, die mit Sägen und Beilen versehen waren, auf den Weg. Unterwegs konnte der Zauberer Muley unseren glücklichen Einfall, die Segel mit den Sprüchen des Korans zu umwinden, nicht genug loben. Er sagte, es sei dies das einzige Mittel gewesen, uns zu retten.

Es war noch ziemlich früh am Tage, als wir beim Schiff ankamen. Wir machten uns alle sogleich ans Werk, und in einer Stunde lagen schon vier in den Nachen. Einige der Sklaven mußten sie ans Land rudern, um sie dort zu verscharren. Sie erzählten, als sie zurückkamen, die Toten haben ihnen die Mühe des Begrabens erspart, indem sie, so wie man sie auf die Erde gelegt habe, in Staub zerfallen seien. Wir fuhren fort, die Toten abzusägen, und bis vor Abend waren alle ans Land gebracht. Es war endlich keiner mehr am Bord, als der, welcher am Mast angenagelt war. Umsonst suchten wir den Nagel aus dem Holz zu ziehen, keine Gewalt vermochte ihn, auch nur ein Haarbreit, zu verrücken. Ich wußte nicht, was anzufangen war, man konnte doch nicht den Mastbaum abhauen, um ihn ans Land zu führen. Doch aus dieser Verlegenheit half Muley. Er ließ schnell einen Sklaven ans Land rudern, um einen Topf mit Erde zu bringen. Als dieser herbeigeholt war, sprach der Zauberer geheimnisvolle Worte darüber aus und schüttete die Erde auf das Haupt des Toten. Sogleich schlug dieser die Augen auf, holte tief Atem, und die Wunde des Nagels in seiner Stirne fing an zu bluten. Wir zogen den Nagel jetzt leicht heraus, und der Verwundete fiel einem der Sklaven in die Arme.

»Wer hat mich hierher geführt?« sprach er, nachdem er sich ein wenig erholt zu haben schien. Muley zeigte auf mich, und ich trat zu ihm. »Dank dir, unbekannter Fremdling, du hast mich von langen Qualen errettet. Seit fünfzig Jahren schifft mein Leib durch diese Wogen, und mein Geist war verdammt, jede Nacht in ihn zurückzukehren. Aber jetzt hat mein Haupt die Erde berührt, und ich kann versöhnt zu meinen Vätern gehen.« Ich bat ihn, uns doch zu sagen, wie er zu diesem schrecklichen Zustand gekommen sei, und er sprach: »Vor fünfzig Jahren war ich ein mächtiger, angesehener Mann und wohnte in Algier; die Sucht nach Gewinn trieb mich, ein Schiff auszurüsten und Seeraub zu treiben. Ich hatte dieses Geschäft schon einige Zeit fortgeführt, da nahm ich einmal auf Zante einen Derwisch an Bord, der umsonst reisen wollte. Ich und meine Gesellen waren rohe Leute und achteten nicht auf die Heiligkeit des Mannes, vielmehr trieb ich mein Gespött mit ihm. Als er aber einst in heiligem Eifer mir meinen sündigen Lebenswandel verwiesen hatte, übermannte mich nachts in meiner Kajüte, als ich mit meinem Steuermann viel getrunken hatte, der Zorn. Wütend über das, was mir ein Derwisch gesagt hatte und was ich mir von keinem Sultan hätte sagen lassen, stürzte ich aufs Verdeck und stieß ihm meinen Dolch in die Brust. Sterbend verwünschte er mich und meine Mannschaft, nicht sterben und nicht leben zu können, bis wir unser Haupt auf die Erde legen. Der Derwisch starb, und wir warfen ihn in die See und verlachten seine Drohungen; aber noch in derselben Nacht erfüllten sich seine Worte. Ein Teil meiner Mannschaft empörte sich gegen mich. Mit fürchterlicher Wut wurde gestritten, bis meine Anhänger unterlagen und ich an den Mast genagelt wurde. Aber auch die Empörer unterlagen ihren Wunden, und bald war mein Schiff nur ein großes Grab. Auch mir brachen die Augen, mein Atem hielt an und ich meinte zu sterben. Aber es war nur eine Erstarrung, die mich gefesselt hielt; in der nächsten Nacht, zur nämlichen Stunde, da wir den Derwisch in die See geworfen, erwachte ich und alle meine Genossen, das Leben war zurückgekehrt, aber wir konnten nichts tun und sprechen, als was wir in jener Nacht gesprochen und getan hatten. So segeln wir seit fünfzig Jahren, können nicht leben, nicht sterben; denn wie konnten wir das Land erreichen. Mit toller Freude segelten wir allemal mit vollen Segeln in den Sturm, weil wir hofften, endlich an einer Klippe zu zerschellen und das müde Haupt, auf dem Grund des Meeres, zur Ruhe zu legen. Es ist uns nicht gelungen. Jetzt aber werde ich sterben. Noch einmal meinen Dank, unbekannter Retter, wenn Schätze dich lohnen können, so nimm mein Schiff, als Zeichen meiner Dankbarkeit.«

Der Capitano ließ sein Haupt sinken, als er soeben gesprochen hatte, und verschied. Sogleich zerfiel er auch, wie seine Gefährten, in Staub. Wir sammelten diesen in ein Kästchen und begruben ihn am Lande; aus der Stadt nahm ich aber Arbeiter, die mir mein Schiff in guten Zustand setzten. Nachdem ich die Waren, die ich an Bord hatte, gegen andere mit großem Gewinn eingetauscht hatte, mietete ich Matrosen, beschenkte meinen Freund Muley reichlich und schiffte mich nach meinem Vaterland ein. Ich machte aber einen Umweg, indem ich an vielen Inseln und Ländern landete und meine Waren zu Markt brachte. Der Prophet segnete mein Unternehmen. Nach dreiviertel Jahren lief ich noch einmal so reich, als mich der sterbende Kapitän gemacht hatte, in Balsora ein. Meine Mitbürger waren erstaunt über meine Reichtümer und mein Glück und glaubten nicht anders, als ich habe das Diamantental des berühmten Reisenden Sindbad gefunden. Ich ließ sie auf ihrem Glauben, von nun an aber mußten die jungen Leute von Balsora, wenn sie kaum achtzehn Jahre alt waren, in die Welt hinaus, um, gleich mir, ihr Glück zu machen. Ich aber lebte ruhig und im Frieden, und alle fünf Jahre machte ich eine Reise nach Mekka, um dem Herrn, an heiliger Stätte, für seinen Segen zu danken, und für den Capitano und seine Leute zu bitten, daß er sie in sein Paradies aufnehme.

Aber zur rechten Zeit noch
Ergriff mich beim Fuß der Kapitän
Und zog mich vom Schiffsrand,
Und rief, ärgerlich lachend:
»Doktor, sind Sie des Teufels?«

HEINE, *Seegespenst*

Heinrich Heine

Aus:
Die Harzreise

In jener Nacht, die ich in Goslar zubrachte, ist mir etwas höchst Seltsames begegnet. Noch immer kann ich nicht ohne Angst daran zurückdenken. Ich bin von Natur nicht ängstlich, und Gott weiß, daß ich niemals eine sonderliche Beklemmung empfunden habe, wenn z. B. eine blanke Klinge mit meiner Nase Bekanntschaft zu machen suchte, oder wenn ich mich des Nachts in einem verrufenen Walde verirrte, oder wenn mich im Konzert ein gähnender Leutnant zu verschlingen drohte – aber vor Geistern fürchte ich mich fast so sehr wie der Österreichische Beobachter. Was ist Furcht? Kommt sie aus dem Verstande oder aus dem Gemüt? Über diese Frage disputierte ich so oft mit dem Doktor Saul Ascher, wenn wir in Berlin im Café royal, wo ich lange Zeit meinen Mittagstisch hatte, zufällig zusammentrafen. Er behauptete immer: wir fürchten etwas, weil wir es durch Vernunftschlüsse für furchtbar erkennen. Nur die Vernunft sei eine Kraft, nicht das Gemüt. Während ich gut aß und gut trank, demonstrierte er mir fortwährend die Vorzüge der Vernunft. Gegen das Ende seiner Demonstration pflegte er nach seiner Uhr zu sehen und immer schloß er damit: »Die Vernunft ist das höchste Prinzip!« – Vernunft! Wenn ich jetzt dieses Wort höre, so sehe ich noch immer den Doktor Saul Ascher mit seinen abstrakten Beinen, mit seinem engen, transzendentalgrauen Leibrock, und mit seinem schroffen, frierend kalten

Gesichte, das einem Lehrbuche der Geometrie als Kupfertafel dienen konnte. Dieser Mann, tief in den Fünfzigern, war eine personifizierte grade Linie. In seinem Streben nach dem Positiven hatte der arme Mann sich alles Herrliche aus dem Leben herausphilosophiert, alle Sonnenstrahlen, allen Glauben und alle Blumen, und es blieb ihm nichts übrig als das kalte, positive Grab. Auf den Apoll von Belvedere und auf das Christentum hatte er eine spezielle Malice. Gegen letzteres schrieb er sogar eine Broschüre, worin er dessen Unvernünftigkeit und Unhaltbarkeit bewies. Er hat überhaupt eine ganze Menge Bücher geschrieben, worin immer die Vernunft von ihrer eigenen Vortrefflichkeit renommiert, und wobei es der arme Doktor gewiß ernsthaft genug meinte und also in dieser Hinsicht alle Achtung verdiente. Darin aber bestand ja eben der Hauptspaß, daß er ein so ernsthaft närrisches Gesicht schnitt, wenn er dasjenige nicht begreifen konnte, was jedes Kind begreift, eben weil es ein Kind ist. Einigemal besuchte ich auch den Vernunftdoktor in seinem eigenen Hause, wo ich schöne Mädchen bei ihm fand; denn die Vernunft verbietet nicht die Sinnlichkeit. Als ich ihn einst ebenfalls besuchen wollte, sagte mir sein Bedienter: der Herr Doktor ist eben gestorben. Ich fühlte nicht viel mehr dabei, als wenn er gesagt hätte: der Herr Doktor ist ausgezogen.

Doch zurück nach Goslar. »Das höchste Prinzip ist die Vernunft!« sagte ich beschwichtigend zu mir selbst, als ich ins Bett stieg. Indessen, es half nicht. Ich hatte eben in Varnhagen von Enses »Deutsche Erzählungen«, die ich von Klaustal mitgenommen hatte, jene entsetzliche Geschichte gelesen, wie der Sohn, den sein eigener Vater ermorden wollte, in der Nacht von dem Geiste seiner toten Mutter gewarnt wird. Die wunderbare Darstellung dieser Geschichte bewirkte, daß mich während des Lesens ein inneres Grauen durchfröstelte. Auch erregen Gespenstererzählungen ein noch schauerlicheres Gefühl, wenn man sie auf der Reise liest, und zumal des Nachts, in einer Stadt, in einem Hause, in einem Zimmer, wo man noch nie gewesen. Wieviel Gräßliches mag sich schon zugetragen haben auf diesem Flecke, wo du eben liegst? so denkt man unwillkürlich. Überdies schien der Mond so zweideutig ins Zimmer herein, an der Wand bewegten sich allerlei unberufene Schatten, und als ich mich im Bett aufrichtete, um hinzusehen, erblickte ich – Es gibt nichts Unheimlicheres, als wenn man bei Mondschein das eigene Gesicht zufällig im Spiegel sieht. In demselben Augenblicke schlug eine schwerfällige, gähnende Glocke und zwar so lang und langsam, daß ich nach dem zwölften Glockenschlage sicher glaubte, es seien unterdessen volle zwölf Stunden verflossen, und es müßte wieder von vorn anfangen, zwölf zu schlagen. Zwischen dem vorletzten und letzten Glockenschlage schlug noch eine andere Uhr, sehr rasch, fast keifend grell, und vielleicht ärgerlich über die Langsamkeit ihrer Frau Gevatterin. Als beide eiserne Zungen schwiegen und tiefe Totenstille im ganzen Hause herrschte, war es mir plötzlich, als hörte ich auf dem Korridor vor meinem Zimmer etwas schlottern und schlappen, wie der unsichere Gang eines alten Mannes. Endlich öffnete sich meine Tür, und langsam trat herein der verstorbene Doktor Saul Ascher. Ein kaltes Fieber rieselte mir durch Mark und Bein, ich zitterte wie Espenlaub, und kaum wagte ich das Gespenst anzusehen. Er sah aus wie sonst, derselbe transzendentalgraue Leibrock, dieselben abstrakten Beine und dasselbe mathematische Gesicht; nur war dieses etwas gelblicher als sonst; auch der Mund, der sonst zwei Winkel von 22 ½ Grad bildete, war zusammengekniffen, und die Augenkreise hatten einen größeren Radius. Schwankend und wie sonst sich auf sein spanisches Röhrchen stützend, näherte er sich mir, und in seinem gewöhnlichen mundfaulen Dialekte sprach er freundlich: »Fürchten Sie sich nicht und glauben Sie nicht, daß ich ein Gespenst sei. Es ist Täuschung Ihrer Phantasie, wenn Sie mich als Gespenst zu sehen glauben. Was ist ein Gespenst? Geben Sie mir eine Definition? Deduzieren Sie mir die Bedingungen der Möglichkeit eines Gespenstes? In welchem vernünftigen Zusammenhang stände eine solche Erscheinung mit der Vernunft? Die Vernunft, ich sage die Vernunft.« – Und nun schritt das Gespenst zu einer Analyse der Vernunft, zitierte Kants »Kritik der reinen Vernunft«, 2. Teil, 1. Abschnitt, 2. Buch, 3. Hauptstück, die Unterscheidung von Phänomena und Noumena, konstruierte alsdann den problematischen Gespensterglauben, setzte einen Syllogismus auf den andern und schloß mit dem logischen Beweise: daß es durchaus keine Gespenster gibt. Mir unterdessen lief der kalte Schweiß über den Rücken, meine Zähne klapperten wie Kastagnetten, aus Seelenangst nickte ich unbedingte Zustimmung bei jedem Satz, womit der spukende Doktor die Absurdität aller Gespensterfurcht bewies, und derselbe demonstrierte so eifrig, daß er einmal in der Zerstreuung statt seiner goldnen Uhr eine Handvoll Würmer aus der Uhrtasche zog und, seinen Irrtum bemerkend, mit possierlich ängstlicher Hastigkeit wieder einsteckte. »Die Vernunft ist das höchste – « da schlug die Glocke eins, und das Gespenst verschwand.

Gespenst
Gespenstaffen
Gespenster
Gespensterfisch
Gespenstergeschichte
Gespensterkrabben
Gespensterkrebse
Gespenstersonate
Gespenstertier
Gespenstfrösche
Gespenstheuschrecken
Gespenstkrebschen
Gespenstmaki
Gespenstschrecken
Gespenst von Canterville, Das

Meyers Enzyklopädisches Lexikon, 1974

Oscar Wilde

Das Gespenst von Canterville

Eine materio-idealistische romantische Erzählung

I

Als Mr. Hiram B. Otis, der amerikanische Gesandte, Canterville Chase kaufte, erklärte ihm jeder, er tue daran sehr töricht, denn ganz bestimmt spuke es dort im Schlosse. Auch Lord Canterville selbst, der äußerst heikel in Dingen der Ehre war, hatte sich verpflichtet gefühlt, Mr. Otis auf die Tatsache hinzuweisen, bevor man über die Kaufbedingungen einig wurde.

»Wir hatten keine Lust mehr, dort zu wohnen«, sagte Lord Canterville, »seit meine Großtante, die Herzoginwitwe von Bolton, einen Nervenanfall erlitt, den sie nie völlig überwand, weil zwei Knochenhände sich auf ihre Schultern legten, als sie zum Dinner Toilette machte; und ich kann nicht umhin, Ihnen zu sagen, Mr. Otis, daß der Geist von mehreren lebenden Mitgliedern meiner Familie gesehen worden ist sowie von dem Pfarrer des Kirchspiels, Reverend Augustus Dampier, Fellow von King's College zu Cambridge. Nach dem unheilvollen Erlebnis der Herzogin wollte niemand von unserer jüngeren Dienerschaft mehr bei uns bleiben, und Lady Canterville vermochte in vielen Nächten kaum Schlaf zu finden wegen der unerklärlichen Geräusche, die vom Korridor und aus der Bibliothek zu uns drangen.«

»Mylord«, entgegnete der Gesandte, »ich will die ganze Einrichtung mitsamt dem Gespenst zum Schätzungspreis übernehmen. Ich komme aus einem modernen Lande, wo wir alles haben, was für Geld zu kaufen ist; und wenn ich bedenke, wie unsere unternehmungslustigen fixen Jungen die Alte Welt unsicher machen und euch eure besten Schauspielerinnen und Primadonnen ausspannen, dann meine ich: gäbe es in Europa etwas wie ein Gespenst, so hätten wir es in allerkürzester Zeit bei uns in einem unserer öffentlichen Museen oder in einem Wanderzirkus auf den Landstraßen.«

»Ich fürchte, das Gespenst existiert wirklich«, sagte Lord Canterville lächelnd, »wenn es den Angeboten Ihrer geschäftstüchtigen Manager bisher auch widerstanden hat. Es ist seit drei Jahrhunderten allgemein bekannt, genauer gesagt seit 1584, und es erscheint immer, unmittelbar bevor ein Mitglied unserer Familie stirbt.«

»Genau wie der Hausarzt also, Lord Canterville. Gespenster aber gibt es nicht, und ich kann mir nicht denken, daß die Gesetze der Natur der britischen Aristokratie zuliebe aufgehoben werden sollten.«

»In Amerika sieht man sicher alles sehr natürlich an«, erwiderte Lord Canterville, der Mr. Otis' letzte Bemerkung nicht ganz verstand, »und wenn ein Gespenst im Haus Ihnen nichts ausmacht, ist ja alles in Ordnung. Nur dürfen Sie nicht vergessen, daß ich Sie vorher gewarnt habe.«

Wenige Wochen nach dieser Unterredung war der Kauf abgeschlossen, und zu Ende der Londoner Season übersiedelte der Gesandte mit seiner Familie nach Canterville Chase. Mrs. Otis, die als Miss Lucretia R. Tappan, New York West, 53. Straße, eine gefeierte Schönheit ihrer Stadt gewesen, war jetzt eine sehr stattliche Frau mittleren Alters, mit schönen Augen und einem herrlichen Profil. Viele amerikanische Damen geben sich, sowie sie ihr Heimatland verlassen haben, als siechten sie an einem chronischen Leiden, denn sie halten das für eine Form europäisch verfeinerter Kultur; Mrs.

Otis aber war diesem Irrtum niemals unterlegen. Ihr Körper funktionierte ausgezeichnet und barg ein wahrhaft erstaunliches Maß robuster Lebenstüchtigkeit. In vieler Hinsicht war sie also durchaus englisch, ja sie bot ein vorzügliches Beispiel für die Tatsache, daß England und Amerika heute alles miteinander gemein haben – ausgenommen natürlich die Sprache. Ihr ältester Sohn, den seine Eltern in einer Aufwallung patriotischer Gefühle auf den Namen Washington getauft hatten, was zu beklagen er nie aufhörte, war ein blonder, recht gut aussehender junger Mann und hatte seine Befähigung für die amerikanische Diplomatenlaufbahn dadurch nachgewiesen, daß er im Strandkasino von Newport drei Sommer nacheinander den Kotillon anführte und selbst in London als hervorragender Tänzer galt. Gardenien und englischer Hochadel waren seine einzigen Schwächen. In allem übrigen war er ungemein vernünftig. Miss Virginia E. Otis, ein kleines Fräulein von fünfzehn Jahren, geschmeidig und hübsch wie ein junges Reh und mit schönem Freimut in ihren großen blauen Augen, war eine wundervolle Reiterin, eine wahre Amazone, und hatte kürzlich auf ihrem Pony ein Rennen zweimal rund um den Hyde Park gegen den alten Lord Bilton ausgetragen und gerade vor der Achilles-Statue mit anderthalb Längen vor ihm gewonnen. Das entzückte den jungen Herzog von Cheshire dermaßen, daß er ihr auf der Stelle einen Heiratsantrag machte und noch an demselben Abend, in Tränen gebadet, von seinen Vormündern nach Eton zurückgeschickt wurde. Nach Virginia kamen die Zwillinge, gemeinhin »das Sternenbanner« genannt, weil sie wegen ihrer Streiche immerzu verprügelt werden mußten und daher meistens voller »Sterne und Streifen« prangten. Sie waren reizende Knaben und, abgesehen von dem trefflichen Gesandten, die einzigen echten Republikaner der Familie.

Da Schloß Canterville sieben Meilen von Ascot, der nächsten Bahnstation, entfernt liegt, hatte Mr. Otis nach einem Break telegraphiert, der die Familie abholen sollte, und frohgemut fuhren sie los. Es war ein lieblicher Juliabend, und die Luft schmeckte köstlich herb vom Duft der Fichtenwälder. Dann und wann hörten sie eine Waldtaube ihrer eigenen sanften Stimme nachlauschen oder sahen tief im raschelnden Farn die braunglänzende Brust des Fasans. Kleine Eichhörnchen guckten von den Rotbuchen auf sie nieder, wenn sie vorüberfuhren, und die Kaninchen stoben durchs Unterholz und über die bemoosten Wurzelknorren, die weißen Schwänzchen hoch in der Luft. Doch als Mr. Otis und die Seinen in die Allee von Canterville Chase einbogen, verdüsterten Wolken plötzlich den Himmel, eine sonderbare Stille schien der Luft den Atem abzudrücken, ein großer Flug Krähen schwebte lautlos über ihre Köpfe dahin, und ehe sie das Haus erreichten, waren einige schwere Regentropfen gefallen.

Auf der Freitreppe empfing sie eine alte Frau in würdiger schwarzer Seide und mit weißer Haube und Schürze. Das war Mrs. Umney, die Haushälterin, die Mrs. Otis auf Lady Cantervilles inständige Bitte in ihrer bisherigen Stellung übernommen hatte. Als sie ausstiegen, machte sie vor jedem einen tiefen Knicks und sagte in eigentümlich altmodischer Ausdrucksweise: »Ich heiße Sie willkommen auf Schloß Canterville.« Von ihr geführt, ging man durch die schöne Tudorhalle nach der Bibliothek, einem langen, niedrigen, mit schwarzem Eichenholz getäfelten Raum, an dessen Ende sich ein großes Fenster mit bunten Glasscheiben befand. Hier war der Tisch schon zum Tee für sie gedeckt, und als sie ihre Mäntel abgelegt hatten, nahmen sie Platz und begannen sich umzuschauen, während Mrs. Umney sie bediente.

Plötzlich erblickte Mrs. Otis einen trübroten Fleck auf dem Fußboden, gerade vor dem Kamin, und sagte zu Mrs. Umney, ohne im mindesten zu ahnen, was es damit auf sich hatte: »Ich glaube fast, jemand hat dort etwas vergossen.«

»Ja, gnädige Frau«, erwiderte die alte Haushälterin mit gedämpfter Stimme, »Blut ist an jener Stelle vergossen worden.«

»Wie gräßlich!« rief Mrs. Otis. »Blutflecke im Wohnzimmer kann ich nicht ausstehen. Er muß sofort entfernt werden.«

Die Alte lächelte und sprach mit derselben leisen, geheimnisvollen Stimme: »Es ist das Blut der Lady Eleanore de Canterville, die an eben jener Stelle von ihrem eigenen Gemahl, Sir Simon de Canterville, im Jahr 1575 ermordet wurde. Sir Simon überlebte sie um neun Jahre und verschwand plötzlich unter rätselhaften Umständen. Sein toter Leib ward niemals aufgefunden, doch sein schuldbeladener Geist geht noch heute hier im Schlosse um. Der Blutfleck wird von Touristen und anderen Besuchern viel bewundert und kann durch nichts entfernt werden.«

»Unsinn!« rief Washington Otis. »Pinkertons Ia Fleckweg und Universal-Reinigungsstift wird ihn sofort wegbringen«, und ehe die entsetzte Haushälterin dazwischentreten konnte, hatte er sich auf die Knie niedergelassen und rieb behende den Fußboden mit etwas, das aussah wie ein Stümpfchen schwarze Pomade. Nach ein paar Augenblicken war von dem Blutfleck keine Spur mehr zu sehen.

»Ich wußte, Pinkerton schafft's!« schrie er triumphierend, während sein Blick reihum über die staunende Familie wanderte; doch kaum hatte er die Worte ausgesprochen, da erleuchtete ein greller Blitzstrahl das düstere Zimmer, ein furchtbarer Donnerschlag ließ alle von ihren Stühlen aufspringen, und Mrs. Umney fiel in Ohnmacht.

»Was für ein schauderhaftes Klima!« sagte der amerikanische Gesandte ruhig und zündete sich eine lange Manilazigarre an. »Ich glaube, das alte England ist so übervölkert, daß sie nicht genug anständiges Wetter für alle haben. Meine Ansicht war stets: nur Auswanderung kann England retten.«

»Lieber Hiram«, rief Mrs. Otis, »was sollen wir mit einer Frau anfangen, die ohnmächtig wird?«

»Zieh es ihr vom Lohn ab wie das zerbrochene Geschirr«, antwortete der Gesandte, »dann wird sie nicht wieder in Ohnmacht fallen«, und wirklich kam Mrs. Umney nach ein paar Sekunden wieder zu sich. Allein sie war zweifellos im Tiefsten aufgewühlt, und sie mahnte Mr. Otis mit Grabesstimme, sich auf Ungemach vorzubereiten, das sein Haus treffen werde.

»Ich habe mit meinen eigenen Augen Dinge gesehen, Sir«, sagte sie, »daß sich jedem Christenmenschen die Haare sträuben würden, und manch eine Nacht habe ich kein Auge zugetan zum Schlaf, um des Grauenvollen willen, das hier geschieht.« Doch Mr. Otis und seine Gattin versicherten der ehrlichen Haut mit allem Nachdruck, daß sie sich nicht vor Gespenstern fürchteten, und die alte Haushälterin flehte den Segen der Vorsehung auf ihre neue Herrschaft herab, murmelte einiges betreffs Lohnerhöhung und humpelte davon in ihr Zimmer.

2

Der Sturm tobte die ganze Nacht hindurch, aber nichts Absonderliches ereignete sich. Am nächsten Morgen indessen, als sie zum Frühstück herunterkamen, sahen sie den grausigen Blutfleck von neuem auf dem Fußboden. »Ausgeschlossen, der Universal-Reinigungsstift kann nicht versagt haben«, meinte Washington, »er ist von mir selbst an allem möglichen ausprobiert. Es muß das Gespenst gewesen sein.« Also rieb er den Fleck zum zweitenmal weg, aber am nächsten Morgen erblickte man ihn wieder. Auch am dritten Morgen war er da, obwohl Mr. Otis die Bibliothek am Abend eigenhändig abgeschlossen und den Schlüssel nach oben mitgenommen hatte. Die ganze Familie interessierte sich nun für die Angelegenheit: Mr. Otis hielt es für möglich, daß er sich doch wohl zu entschieden festgelegt hatte, als er die Existenz von Gespenstern rundweg ableugnete; Mrs. Otis tat kund, sie beabsichtige dem Spiritistenklub beizutreten; und Washington verfaßte einen langen Brief an Messrs. Myers & Podmore über das Problem der Dauerhaftigkeit von Blutflecken, sofern diese kriminellen Ursprungs sind. In der folgenden Nacht sollte mit allen Zweifeln an der tatsächlichen Existenz von Geistererscheinungen ein für allemal aufgeräumt werden.

Der Tag war warm und sonnig gewesen, und in der Abendkühle fuhr die ganze Familie ein Stück spazieren. Sie kehrten erst um neun Uhr nach Haus zurück und nahmen dann ein leichtes Abendessen ein. Bei Tisch war keineswegs von Gespenstern die Rede, so daß auch die Vorbedingungen für jene Aufnahmebereitschaft fehlten, die so oft die Wahrnehmung übersinnlicher Phänomene begünstigt. Wie ich später von Mr. Otis erfuhr, waren die behandelten Gesprächsthemen durchweg solche, wie sie unter gebildeten Amerikanern der besseren Stände üblich sind: daß zum Beispiel Miss Fanny Davenport der Sarah Bernhardt als Schauspielerin enorm überlegen ist; daß man selbst in den besten englischen Häusern unmöglich frische Maiskolben, Buchweizenkuchen und Maisbrei bekommen kann; daß Boston aus der Entwicklung der Weltseele nicht wegzudenken ist; daß das amerikanische Gepäckscheinsystem den Eisenbahnreisenden unbestreitbare Vorteile bietet und daß der New Yorker Akzent unvergleichlich melodischer klingt als das Londoner Geklöne. Das Übernatürliche wurde mit keinem Wort erwähnt und auf Sir Simon de Canterville auch nicht beiläufig Bezug genommen. Um elf ging die Familie zu Bett, und halb zwölf waren alle Lichter ausgelöscht. Eine Weile später wurde Mr. Otis durch ein sonderbares Geräusch auf dem Korridor vor seinem Schlafzimmer geweckt. Es klang, als ob Metall klirrte, und schien mit jedem Augenblick näher zu kommen. Er stand sogleich auf, zündete ein Streichholz an und sah nach, wie spät es war. Die Uhr zeigte Punkt eins. Er war ganz ruhig und fühlte sich den Puls: der ging durchaus normal. Das seltsame Geräusch dauerte noch fort, zugleich damit hörte Mr. Otis deutlich das Scharren von Tritten. Er fuhr in seine

Pantoffeln, nahm ein längliches Fläschchen aus seinem Nachttischkasten und öffnete die Tür. Gerade vor sich erblickte er im blassen Mondlicht einen alten Mann von gräßlichem Aussehen. Seine Augen glichen rotglühenden Kohlen, langes graues Haar fiel ihm in wirren Locken über die Schultern, seine Kleider, von Urvätermachart, waren schmutzig und zerfetzt, und von seinen Hand- und Fußgelenken hingen schwere, rostige Fesseln.

»Mein lieber Herr«, sagte Mr. Otis, »ich muß Sie dringendst ersuchen, Ihre Ketten zu ölen, und ich habe Ihnen zu diesem Zwecke ein Fläschchen ›Tammany-Morgensonnen-Salböl‹ mitgebracht. Es soll bereits bei einmaliger Anwendung von höchster Wirksamkeit sein, auf dem Etikett stehen verschiedene Gutachten darüber von einigen unserer hervorragendsten amerikanischen Kanzelredner. Ich stelle es Ihnen hierher neben den Leuchter und werde Sie gern mit mehr versorgen, falls Sie es brauchen.« Mit diesen Worten deponierte der Gesandte der Vereinigten Staaten die Flasche auf einem Marmortischchen, schloß die Tür hinter sich und ging wieder zur Ruhe.

Das Gespenst von Canterville stand einen Augenblick erstarrt in gerechter Entrüstung; dann schmetterte es die Flasche hitzig auf den blankpolierten Fußboden und floh den Korridor entlang, wobei es hohle Wehelaute ausstieß und ein grausiggrünes Licht entsandte. Doch als es eben die breite eichene Treppe hinunterwollte, wurde plötzlich eine Tür aufgerissen, zwei kleine Gestalten in weißen Nachtkitteln erschienen, und ein großes Kissen sauste ihm dicht am Kopf vorbei! Jetzt war offensichtlich keine Zeit zu verlieren, und so ergriff es in aller Hast die vierte Dimension als Rettungsanker, verflüchtigte sich durch die Wandtäfelung, und das Haus lag wieder still und schweigend.

Das Gespenst hatte unterdessen ein kleines verborgenes Gemach im linken Flügel erreicht; dort lehnte es sich an einen Mondstrahl, um erst mal tief Luft zu holen, und versuchte sich seine Lage klarzumachen. Niemals in einer blendenden, während dreier Jahrhunderte nicht unterbrochenen Karriere war man ihm so gröblich zu nahe getreten. Es dachte an die Herzoginwitwe, der es einen Nervenanfall verursacht hatte, als sie in ihren Diamanten und Spitzen vor dem Spiegel stand; an die vier Hausmädchen, die es nur durch die Gardinen der Fremdenzimmer anzugrinsen brauchte, und sie fielen in Krämpfe; an den Pfarrer des Kirchspiels, dem es die Kerze ausgeblasen hatte, als er einmal spät in der Nacht aus dem Bibliothekszimmer trat, und der seitdem bei Sir William Gull in ständiger Behandlung war, ein wahrer Märtyrer nervöser Störungen; und es dachte an die alte Madame de Tremouillac, die eines Morgens früh beim Aufwachen ein Gerippe in ihrem Lehnstuhl am Kamin hatte sitzen und in ihrem Tagebuch lesen sehen, worauf sie sechs Wochen mit einem Anfall von Gehirnfieber das Bett hüten mußte und, als sie dann doch genas, ihren Frieden mit der Kirche machte und jede Verbindung mit dem berüchtigten Freigeist Monsieur de Voltaire löste. Es gedachte jener schaurigen Nacht, da der ruchlose Lord Canterville röchelnd und fast erstickt in seinem Ankleidezimmer aufgefunden wurde, mit dem Karobuben tief in der Kehle, und wie er im Angesicht des Todes gerade noch beichten konnte, er habe Charles James Fox beim Spiel im Crockford's Club fünfzigtausend Pfund abgeluchst, und zwar vermittels ebendieses Karobuben, den, das schwöre er, das Cantervillegespenst ihm danach in den Rachen gestopft hatte. All seine großen Erfolge kamen ihm ins Gedächtnis zurück, angefangen mit dem Kellermeister, der sich in der Speisekammer erschoß, weil er eine grüne Hand leise an der Fensterscheibe hatte rühren sehen, bis hinauf zu der schönen Lady Stutfield, die stets ein schwarzes Samtband um ihren weißen Hals tragen mußte, um das Brandmal von fünf Knochenfingern zu verstecken, und die sich schließlich im Karpfenteich am Ende der Königsallee ertränkte. Mit der enthusiastischen Selbstbespiegelungslust des echten Künstlers ließ das

Gespenst seine glorreichsten Rollen an sich vorüberziehen und lächelte bitter, als es sich seines letzten Auftretens als ›Roter Ruben oder der erdrosselte Säugling‹ erinnerte, seines Debüts als ›Der dürre Gibeon, der Blutsäufer vom Bexley-Moor und des rasenden Beifalls, der an einem lieblichen Juniabend einer ganz schlichten Darbietung zuteil geworden: es hatte damals auf dem Tennisplatz mit seinen eigenen Knochen Kegel geschoben. Und nach all dem sollten da ein paar niederträchtige moderne Amerikaner hereingeschneit kommen und ihm Morgensonnen-Salböl anbieten und mit Kissen nach ihm werfen! Das ging denn doch zu weit. Nein, nie in der Geschichte war ein Gespenst auf solche Art behandelt worden. Es schnob also Rache und verblieb bis zum Morgengrauen in der Haltung tiefen Sinnens.

3

Als Familie Otis sich am nächsten Morgen zum Frühstück versammelte, erörterte man die nächtliche Erscheinung mit einiger Ausführlichkeit. Den Gesandten der Vereinigten Staaten verdroß es begreiflicherweise ein bißchen, daß sein Geschenk verschmäht worden war. »Es liegt mir ferne«, sagte er, »dem Gespenst eine persönliche Kränkung zuzufügen, und ich muß sagen, in Anbetracht der langen Jahre, die es in diesem Hause zugebracht hat, finde ich es keineswegs höflich, mit Kopfkissen nach ihm zu werfen« – eine sehr richtige Bemerkung, die von den Zwillingen leider mit Lachsalven beantwortet wurde. »Andererseits«, fuhr er fort, »falls das Gespenst es tatsächlich ablehnen sollte, das Morgensonnenöl zu benutzen, werden wir ihm wohl oder übel seine Ketten wegnehmen müssen. Bei so einem dauernden Geklapper vor dem Zimmer kann man ja unmöglich schlafen.« Den Rest der Woche verbrachte die Familie indes ungestört, das einzige Bemerkenswerte war die Tatsache, daß der Blutfleck am Boden der Bibliothek sich ständig erneute. Dies war allerdings sehr merkwürdig, denn Mr. Otis verschloß die Tür jeden Abend und hielt die Fenster stets fest verriegelt. Auch die chamäleonhafte Färbung des Fleckes regte zu zahlreichen Deutungsversuchen an. Manchen Morgen zeigte er ein mattes Rot, nahezu ein Indischrot, dann war er scharlachfarben, dann von tiefem Purpur; und als einmal alle Otis, den schlichten Riten der Freien Amerikanischen Reformierten Episkopalkirche gemäß, zum gemeinsamen Familiengebet zusammentraten, prangte er in leuchtendem Smaragdgrün. Dieser kaleidoskopartige Wechsel erfreute die Gesellschaft natürlich sehr, und alle Abende wurden Wetten jeder Höhe darüber abgeschlossen. Die einzige, die sich an dieser Belustigung nicht beteiligte, war die kleine Virginia, der – wer weiß warum – der Anblick des Blutflecks immer das Herz schwer machte, und an dem Morgen, als er smaragdgrün aussah, hätte sie um ein Haar richtig losgeweint.

Das zweitemal erschien das Gespenst Sonntag nacht. Kurz nachdem alle Familienmitglieder schlafen gegangen waren, wurden sie jählings durch ein fürchterliches Gerassel in der Halle aufgestört. Sie liefen hinunter und sahen, daß eine komplette alte Ritterrüstung von ihrem Ständer herabgerissen und auf den steinernen Fußboden gefallen war; in einem hochlehnigen Armstuhl aber saß das Gespenst von Canterville und rieb sich die Knie, den Ausdruck tiefster Seelenqual in den Zügen. Die Zwillinge, die sich vorsorglich mit ihren Blasrohren bewaffnet hatten, schossen sogleich zwei Kügelchen auf den Geist ab, mit einer Treffsicherheit, wie sie nur durch lange und gründliche Übung an einem Schreiblehrer erworben wird; der Gesandte der Vereinigten Staaten hingegen feuerte aus seinem Revolver auf das Gespenst und rief ihm in der zeremoniösen Sprache des Wilden Westens ein »Hände hoch!« zu. Mit gellendem Wutgeheul sprang das Gespenst in die Höhe und wehte wie ein Nebelschleier mitten durch die Amerikaner hindurch, wobei es im Vorüberstreichen Washington Otis die

Kerze auslöschte und alle in totaler Finsternis stehen ließ. Erst auf den höchsten Treppenstufen ermannte es sich und beschloß, seine gefeierte dämonische Lache aufzuschlagen. Diese hatte es bei mehr als einer Gelegenheit äußerst wirkungsvoll und nützlich gefunden. Man erzählte sich, Lord Rakers Haupthaar sei davon in einer einzigen Nacht ergraut, und bestimmt wurden drei von Lady Cantervilles französischen Gesellschafterinnen durch die Wucht dieses Geschmetters zur Kündigung bewogen, bevor noch der Monat um war. Also stieß das Gespenst sein gräßlichstes Lachen aus, daß die alten Gewölbe hallten und widerhallten; doch kaum war das schauerliche Echo erstorben, als eine Tür sich öffnete und Mrs. Otis in einem himmelblauen Morgenrock herauskam. »Ich fürchte, Ihnen ist nicht ganz recht«, sagte sie, »und habe Ihnen deshalb eine Flasche Dr. Dobells Tropfen mitgebracht. Sollten Sie an Koliken leiden, so werden Sie sich über die prompte Wirkung freuen.« Das Gespenst stierte sie wütend an und traf sogleich Anstalten, sich in einen riesigen schwarzen Hund zu verwandeln – ein Kunststück, dessentwegen es mit Recht in hohem Ansehen stand und dem der Hausarzt die chronische Idiotie des Onkels von Lord Canterville, des Hochedlen Thomas Horton, zuschrieb. Der Schall näherkommender Schritte ließ den Geist jedoch in seinem unmenschlichen Vorsatz wankend werden; so begnügte er sich damit, schwach zu phosphoreszieren, und entschwand mit einem dumpfen Kirchhofseufzer, gerade als die Zwillinge heran waren.

Das Gespenst floh in seine Kammer und brach kraftlos in sich zusammen, eine Beute des grausamsten Aufruhrs der Gefühle. Das pöbelhafte Betragen der Zwillinge und Mrs. Otis' unvornehmer Materialismus waren selbstverständlich im höchsten Grade verstimmend, am schlimmsten aber peinigte es der Gedanke, daß es nicht imstande gewesen war, die Rüstung zu tragen. Es hatte gehofft, selbst neuzeitlichen Amerikanern werde der Anblick eines »Geistes im Harnisch« Schauer über den Rücken jagen – wenn schon aus keinem vernünftigeren Grunde, so doch zum mindesten aus Respekt vor ihrem Nationalpoeten Longfellow, dessen anmutige und liebenswerte Gedichte dem Gespenst selber manch öde Stunde gekürzt hatten, wenn Cantervilles nach London gefahren waren. Vor allem aber: diese Rüstung war seine eigene gewesen! Es hatte sie mit großem Erfolg beim Turnier von Kenilworth getragen und von niemand Geringerem als der jungfräulichen Königin in Person die schmeichelhaftesten Komplimente geerntet. Als es die Rüstung jedoch heute anlegen wollte, war es von dem Gewicht des mächtigen Brustharnischs und des stählernen Helmes buchstäblich zu Boden gedrückt worden, so daß es mit aller Wucht auf das Steinpflaster schlug und sich schwere Abschürfungen an beiden Knien sowie blaue Flecke an den Knöcheln der rechten Hand zuzog.

Ein paar Tage fühlte es sich ganz elend nach diesem Ereignis, und verließ kaum je sein Gemach, außer um den Blutfleck in anständigem Zustand zu erhalten. Doch da es in diesen Tagen nur seiner Gesundheit lebte, brachte es sich glücklich wieder auf die Beine und faßte den Entschluß, ein drittes Mal zu versuchen, ob es den Gesandten der Vereinigten Staaten und seine Familie nicht doch das Fürchten lehren könne. Es erkor Freitag, den 13. August, für sein Erscheinen und verbrachte den größten Teil dieses Tages mit der Durchsicht seiner Garderobe; schließlich entschied es sich für einen breiten Schlapphut mit roter Feder, ein Leichenhemd, an Hals und Handgelenken reich gefältelt, und einen rostigen Dolch. Gegen Abend ging ein heftiger Regenguß nieder, und der Wind blies so stark, daß alle Fenster und Türen in dem alten Hause schütterten und klappten. Ja, das war genau das Wetter, das es liebte. Sein Feldzugsplan war dieser: es wollte ganz leise nach Washington Otis' Zimmer schleichen, ihm vom Fußende seines Bettes her etwas wirr Phantastisches zulallen und sich dabei zu den Klängen einer getragenen Musik dreimal den Dolch in die Gurgel bohren. Das Gespenst grollte Washington ganz besonders, denn es war sich wohl bewußt, daß er es war, der mit Hilfe von Pinkertons Ia Fleckweg den berühmten Blutfleck der Cantervilles täglich von neuem entfernte. War dieser Tollkopf, dieser unbedachte Jüngling erst im Zustand zitternden Entsetzens, so wollte das Gespenst sich in das Zimmer begeben, das der Gesandte der Vereinigten Staaten und seine Frau innehatten, und dort eine feuchtklebrige kalte Hand auf Mrs. Otis' Stirn legen, dabei aber in des bebenden Gatten Ohr die grauenhaften Geheimnisse des Beinhauses zischen. Bezüglich der kleinen Virginia war das Gespenst noch nicht ganz mit sich im reinen. Sie hatte es niemals irgendwie gekränkt und war hübsch und nett. Ein paar hohle Seufzer aus dem Kleiderschrank, meinte der Geist, würden für sie reichlich genügen, oder falls sie davon nicht aufwachte, konnte er ja mit krampfhaft zuckenden Fingern an ihrer Bettdecke zerren. Die Zwillinge aber, die sollten ihre Lektion erhalten – das stand für ihn fest. Vor allem übrigen mußte er sich ihnen natürlich auf die Brust setzen, um das erstickende Angstgefühl eines Alpdrucks hervorzurufen. Dann wollte er in der Gestalt eines grünen, eisigkalten Leichnams zwischen ihre dicht beieinanderstehenden Betten treten und dort angewurzelt bleiben, bis die Furcht sie lähmte, dann als Schlußeffekt das Totenhemd abwerfen und mit weißgebleichten Knochen und seinem einzigen Augapfel rollend an den Wänden entlangkriechen in der Rolle des »Stummen Daniel oder das Selbstmördergerippe«, und das war eine Partie, die mehr als einmal die stärkste Wirkung getan hatte und die er seiner berühmten Verkörperung des »Martin der Tobsüchtige oder das maskierte Geheimnis« für ebenbürtig erachtete.

Um halb elf hörte das Gespenst die Familie zu Bett gehen. Eine Zeitlang wurde es durch die zügellosen Lachausbrüche der Zwillinge gestört, die lustig und leichtfertig, wie Schuljungen sind, wohl noch Allotria trieben, bevor sie sich schlafen legten; doch um viertel zwölf war alles still, und als die Uhr Mitternacht schlug, brach das Gespenst vor. Die Eule flatterte gegen die Fensterläden, der Rabe krächzte vom alten Eibenbaum hernieder, und der Wind lief stöhnend rings ums Haus wie eine verdammte Seele, aber Familie Otis schlief, des nahenden Verhängnisses unbewußt, und sieghaft Sturm und Regen übertönend erklang dem Gespenst das unerschütterliche Schnarchen des Vertreters der Vereinigten Staaten. Das Gespenst trat verstohlen aus dem Wandgetäfel hervor, ein böses Lächeln um den blutdürstigen, welken Mund, und der Mond verbarg sein Antlitz in einer Wolke, als es dicht an dem großen Erkerfenster vorüberschlich, auf dem sein eigenes Wappen und das seines gemordeten Weibes in Blau und Gold gemalt waren. Weiter und weiter glitt es gleich einem unheilvollen Schatten, und selbst der Finsternis schien vor ihm und seinem Weg zu grausen. Einmal meinte es rufen zu hören und blieb stehen; aber es war nur Hundegebell, das vom Roten Gutshof herüberscholl, und das Gespenst schritt weiter, seltsame Verwünschungen auf den Lippen, wie sie im sechzehnten Jahrhundert Mode gewesen, und hin und wieder schwang es den rostigen Dolch in der mitternächtigen Luft. Endlich erreichte es die Biegung des Ganges, der in des unseligen Washington Zimmer führte. Einen Augenblick verhielt es hier, und der Wind wehte ihm die langen grauen Locken um den Kopf und raffte das namenlose Grauen des Totenkleides zu wunderlichen und grotesken Falten. Da schlug die Uhr ein Viertel, und das Gespenst wußte, daß seine Zeit gekommen war. Es kicherte in sich hinein und bog in den Gang; doch kaum hatte es das getan, als es mit einem jammervollen Schreckensschrei zurückwich und sein erblichenes Gesicht in den langen Knochenhänden verbarg. Gerade vor ihm stand ein scheußliches Gespenst, reglos wie eine Statue und ungeheuerlich wie eines Wahnwitzigen Traumbild! Sein Kopf war kahl und glänzend, das Gesicht rund und fett und weiß, und ein widerwärtiges Lachen schien seine Züge zu einem ewigen Grinsen zu verzerren. Aus den Augen schossen Strahlen Scharlachlicht, der Mund war ein gähnender Feuerschlund, und ein grausiges Gewand, seinem eigenen gleich, umhüllte grabesstill und schneeig die Riesengestalt. Auf der Brust trug es ein Schild mit einer seltsamen Aufschrift in altertümlichen Lettern: ein Verzeichnis von wilden Schandtaten, schien es, ein Register unausdenkbarer Sünden, eine entsetzliche Liste von Verbrechen; und in der Rechten hocherhoben hielt es ein Schwert aus lichtem Stahl.

Da das Gespenst von Canterville nie zuvor ein Gespenst gesehen hatte, war es natürlich furchtbar erschrocken; nach einem zweiten hastigen Blick auf die greuliche Erscheinung flüchtete es zurück in sein Gemach, und bei dem eiligen Lauf den Korridor hinunter stolperte es in einem fort über sein schleppendes Leichentuch und ließ schließlich den rostigen Dolch in des Gesandten Reitstiefel fallen, wo er am Morgen vom Butler gefunden wurde. Als es wieder in der Geborgenheit seiner Klause war, warf es sich auf ein kleines Feldbett und steckte das Gesicht unter das Bettzeug. Nach einer Weile jedoch obsiegte der alte Heldengeist der Cantervilles, und das Gespenst beschloß, sobald es Tag geworden, vor das andere Gespenst hinzutreten und es anzureden. Also machte es sich auf, als die Morgendämmerung die Berge eben silbern überhauchte, und kehrte zu dem Ort zurück, wo ihm das schaurige Phantom zuerst erschienen war; es meinte nämlich, am Ende seien zwei Gespenster besser als eins und mit Hilfe seines neuen Freundes könne es in aller Gemütlichkeit auch mit den Zwillingen fertig werden. Doch an der bewußten Stelle traf ein niederschmetternder Anblick sein Auge. Dem Geist mußte wohl irgend etwas zugestoßen sein, denn das Licht in seinen hohlen Augen war erloschen, das schimmernde Schwert seinen Händen entglitten, und sein Körper lehnte sich in einer gezwungenen, unbequemen Stellung gegen die Wand. Das Gespenst von Canterville stürzte vorwärts und packte das andere an den Armen: da fiel zu seinem Entsetzen der Kopf ab und rollte auf den Boden, der Rumpf sank schlaff zurück, und das Gespenst mußte erkennen, daß es einen weißen barchentenen Bettvorhang in den Händen hielt; ein Besen, ein Wiegemesser und eine ausgehöhlte Futterrübe lagen zu seinen Füßen! Unfähig, diese sonderbare Wandlung zu begreifen, faßte es in fieberhafter Hast das Schild, und in dem grauen Morgenlicht las es darauf die Schreckenswortе:

Wir das Gespenst der Otis
Nur Wir sind der einzig echte Originalspuk
Vor Imitationen wird gewarnt
Nachahmungen werden gerichtlich verfolgt.

Nun war ihm alles klar. Man hatte es betrogen, getäuscht, überlistet! Der alte Cantervilleblick sprühte aus seinem Auge; es knirschte mit den zahnlosen Kiefern; und die welken Hände hoch über sein Haupt aufreckend, schwor es in den pittoresken Redewendungen der alten Schule: wenn Chante-clair, der Hahn, zum zweiten Mal hell in sein heiteres Horn gestoßen habe, würden blutige Taten vollbracht und auf verschwiegenen Sohlen werde Mord im Hause umgehen.

Kaum hatte es den gräßlichen Eid ausgesprochen, als vom roten Ziegeldach eines entfernten Gehöftes der Hahn krähte. Es lachte ein langes, hohles, boshaftes Lachen, und wartete. Stunde um Stunde wartete es, aber aus einem unerfindlichen Grunde krähte der Hahn kein zweites Mal. Schließlich, morgens um halb acht Uhr, beendete das Nahen der Hausmädchen seine fürchterliche Wacht, und das Gespenst stahl sich zurück in seine Kammer und dachte seiner eitlen Hoffnungen, seiner durchkreuzten Pläne. Zu Hause schlug es in mehreren alten Ritterbüchern nach, seiner Lieblingslektüre, und stellte fest, daß jegliches Mal, wenn jener Eid geschworen worden war, Chante-clair, der Hahn, ein zweites Mal gekräht hatte. »Verderben treff das arge Vieh«, murmelte das

Gespenst. »Ich hab den Tag gesehn, da ich ihm meinen kühnen Speer tat in die Kehle rennen, daß es mir krähte, war es auch im Tod!« Dann zog es sich in einen behaglichen Bleisarg zurück und verharrte dort bis zum Abend.

4

Am nächsten Tage war das Gespenst sehr schwach und müde. Die entsetzlichen Aufregungen der letzten vier Wochen begannen sich auszuwirken. Seine Nerven waren völlig zerrüttet, und bei dem leisesten Geräusch zuckte es zusammen. Fünf Tage lang blieb es zurückgezogen in seiner Behausung und kam schließlich mit sich überein, im Kampf um den Blutfleck auf dem Fußboden der Bibliothek nachzugeben. Wenn die Familie Otis den Fleck nicht mochte, so zeigte sie sich damit deutlich seiner unwert. Man sah aus dem Gehaben dieser Leute, daß sie auf einer niederen, grobmaterialistischen Daseinsstufe standen und den Symbolwert sinnfälliger Formen des Wunderbaren in keiner Weise zu schätzen wußten. Geistererscheinungen und das Entstehen von Astralleibern waren selbstverständlich Fragen ganz anderer Art als so ein Blutfleck und nicht seinem freien Ermessen anheimgestellt. Seine heilige Pflicht war es, einmal in der Woche auf dem Korridor zu spuken und an jedem ersten und dritten Mittwoch des Monats von dem großen Erkerfenster herab dummes Zeug zu schwatzen, und das Gespenst sah keine Möglichkeit, wie es sich diesen Aufgaben auf eine ehrenvolle Weise entziehen könne. Es hatte ein sehr übles Leben geführt, zugestanden; auf der andern Seite aber nahm es alles peinlich genau, was mit dem Übernatürlichen zusammenhing. An den nächsten drei Sonnabenden ging es also wie gewöhnlich von Mitternacht bis morgens drei auf dem Korridor um, ergriff indessen jede erdenkliche Vorsichtsmaßregel, damit niemand es sehe oder höre. Es zog seine großen Stiefel aus, trat so leicht als irgend möglich auf die alten wurmstichigen Dielen, hüllte sich in einen weiten nachtschwarzen Samtmantel und gebrauchte treulich das Morgensonnenöl, um seine Ketten damit zu schmieren. Zur Anwendung dieses letzteren Schutzmittels hatte sich der Geist, wie ich bekennen muß, furchtbar schwer durchgerungen. Eines Abends jedoch, während die Familie beim Dinner saß, schlüpfte er in Mr. Otis' Schlafzimmer und holte sich die Flasche. Er fühlte sich zunächst ein bißchen gedemütigt, später aber war er vernünftig genug, einzusehen, daß eine Menge zugunsten dieser neumodischen Erfindung gesagt werden konnte und daß sie bis zu einem gewissen Grade seinen Zwecken sogar dienlich war. Allein – diesen sämtlichen weisen Maßnahmen zum Trotz blieb er nicht unbehelligt. Quer über den Korridor fand er beständig Stricke gespannt, über die er in der Dunkelheit stolperte, und einmal, als er gerade als »Schwarzer Isaak oder der Jäger vom Hogley-Wald« gekleidet ging, stürzte er der Länge nach hin, weil er auf eine Rutschbahn aus Butter getreten war, die die Zwillinge vom Eingang des Gobelinzimmers bis zur großen Treppe angelegt hatten. Diese letzte Kränkung brachte das Gespenst dermaßen auf, daß es beschloß, mit einem Gesamtaufgebot all seiner Geisteskräfte seine Würde und seine gesellschaftliche Stellung zu verteidigen; und zu diesem Behuf wollte es die nichtsnutzigen jungen Etonboys in der folgenden Nacht in einer seiner berühmtesten Rollen, als »Kecker Ruprecht oder der Graf ohne Kopf« heimsuchen.

Der Geist war seit mehr denn siebenzig Jahren nicht in dieser Gestalt erschienen: seit er damit der reizenden Lady Barbara Modish einen solchen Schrecken eingejagt hatte, daß sie umgehend ihr Verlöbnis mit dem Großvater des derzeitigen Lord Canterville löste, mit dem schönen Jack Castletown nach Gretna Green durchging und erklärte, nichts in der Welt könne sie dazu bewegen, in eine Familie zu heiraten, bei der so ein Scheusal von einem Gespenst unangefochten im Zwielicht auf der Terrasse umherspazieren durfte. Der arme Jack war später von Lord Canterville zu Wandsworth Common im Duell erschossen worden, und Lady Barbara starb in Tunbridge Wells an gebrochenem Herzen, bevor noch das Trauerjahr um war – der Kecke Ruprecht hatte also einen in jeder Hinsicht großartigen Erfolg gehabt. Allerdings stellten Maske und Kostüm das Gespenst vor gewaltige Schwierigkeiten, wenn ich mich solcher Ausdrücke aus der Theatersphäre bedienen darf in Verbindung mit einem der tiefsten Geheimnisse des Übernatürlichen oder, um einen mehr wissenschaftlichen Terminus anzuwenden, mit einem Phänomen der höherorganisierten Welt. Das Gespenst brauchte volle drei Stunden, bis es seine Vorbereitungen getroffen hatte. Endlich war es mit allem fertig, und sein Aussehen gefiel ihm außerordentlich wohl. Die mächtigen ledernen Reitstiefel, die zu dem Kostüm gehörten, schlappten zwar ein bißchen an seinen Füßen, und es konnte nur die eine der beiden schweren Sattelpistolen finden; alles in allem aber war es mit sich durchaus zufrieden, und um viertel zwei trat es aus der Wandtäfelung und schlich den Korridor hinunter. Als es ans Zimmer der Zwillinge gelangte – wie ich erwähnen möchte, wurde es nach der Farbe seiner Tapeten das »Blaue Schlafzimmer« genannt –, fand es die Tür einen Spalt breit offen. Da der Geist sich gern einen effektvollen Auftritt verschaffen wollte, stieß er die Tür sperrangelweit auf – und im selben Augenblick stürzte ein schwerer Krug Wasser gerade auf ihn nieder, durchnäßte ihn bis auf die Haut und hätte um ein Haar seine linke Schulter getroffen. Zu gleicher Zeit vernahm er unterdrücktes Lachen von dem großen Doppelbett her. Sein gesamtes Nervensystem erlitt einen fürchterlichen Schock, in rasender Flucht rannte er nach seinem Gemach zurück, und den ganzen nächsten Tag lag er mit schwerem Schnupfen fest zu Bett. Das einzige, was ihn bei dieser Katastrophe zu trösten vermochte, war der Umstand, daß er seinen Kopf nicht aufgehabt hatte; andernfalls hätten die Folgen leichtlich sehr ernst für ihn sein können.

Nein, diese dickfellige Amerikanerfamilie konnte ein Geist niemals in Schrecken setzen, jede derartige Hoffnung war eitel; und das Gespenst begnügte sich nun in der Regel damit, in Filzpantoffeln auf den Gängen umherzuschlurfen, einen dicken roten Wollschal um den Hals, aus Furcht vor Zugluft, und mit einer kleinen Armbrust für den Fall, daß die Zwillinge zu neuen Feindseligkeiten schritten. Den letzten, entscheidenden Schlag empfing es dann am 19. September. Es war in die große Eingangshalle hinabgestiegen, weil es sich wenigstens da vor jeder Belästigung sicher fühlte, und vergnügte sich damit, ironische Bemerkungen über die pompösen Saroni-Photographien des Gesandten der Vereinigten Staaten und seiner Gattin zu machen, die jetzt anstelle der Cantervilleschen Ahnenbilder dort hingen. Das Gespenst war einfach, aber schmuck in ein langes Bahrtuch mit Tupfen von Kirchhofserde gekleidet, hatte sich die Kinnlade mit einem Streifen gelben Linnens hochgebunden und trug in der einen Hand eine kleine Laterne, in der andern einen Totengräberspaten. Ja, es hatte das Kostüm für »Jona ohne Grab oder der Leichenräuber von Chertsey Barn« angelegt, eine seiner Glanzrollen und überdies eine, deren zu gedenken die Cantervilles allen Grund hatten, denn sie bildete die eigentliche Ursache des Zwistes zwischen ihnen und ihrem Nachbarn, Lord Rufford. Es war gegen viertel drei am Morgen, und soweit der Geist feststellen konnte, rührte sich nichts im Hause. Allein als er seine Schritte nach der Bibliothek lenkte, um nachzusehen, ob von dem Blutfleck vielleicht doch noch irgendwelche Spuren übrig seien, sprangen mit einem Mal zwei Gestalten aus einem dunklen Winkel auf ihn los, fuchtelten mit den Armen wild über ihren Köpfen und brüllten ihm »Buuuh!« in die Ohren.

Von einer unter diesen Umständen nur allzu begreiflichen Panik erfaßt, wollte das Gespenst zur Treppe stürzen, lief aber Washington Otis in die Arme, der ihm dort mit einer großen Gartenspritze auflauerte; und da es sich solchergestalt von seinen Feinden auf allen Seiten umstellt und fast ausweglos in die Enge getrieben sah, entwich es in den mächtigen eisernen Ofen, der glücklicherweise nicht geheizt war, und mußte durch Rauchfänge und Kamine heim in sein Zimmer, wo es nach vieler Beschwer in einem gräßlichen Zustand ankam, schmutzig, verstört und trostlos.

Danach wurde es nicht wieder auf nächtlichen Expeditionen angetroffen. Die Zwillinge lagen bei verschiedenen Gelegenheiten nach ihm auf der Lauer und bestreuten jeden Abend zum großen Mißvergnügen ihrer Eltern und der Dienerschaft alle Korridore mit Nußschalen, aber alle Bemühungen waren nutzlos. Man hatte das Gespenst offenbar so im Innersten verletzt, daß es sich nicht mehr zeigen mochte. Mr. Otis nahm daraufhin die Arbeit an seinem grundlegenden Werk über die Geschichte der Demokratischen Partei der Vereinigten Staaten von Nordamerika wieder auf, das ihn bereits seit einigen Jahren beschäftigte; Mrs. Otis veranstaltete ein riesenhaftes Gartenfest mit originalecht amerikanischem Muschelbacken und versetzte damit die ganze Gegend in helle Aufregung; die Jungen widmeten sich Vergnügungen wie Lacrosse, Euchre und Poker sowie anderen Nationalspielen ihres Heimatlandes; und Virginia ritt auf ihrem Pony über Land, begleitet von dem jungen Herzog von Cheshire, der nach Canterville Chase gekommen war, um dort seine letzte Ferienwoche zu verbringen. Man nahm allgemein an, das Gespenst sei vom Schlosse weggezogen, und Mr. Otis schrieb in diesem Sinne sogar einen Brief an Lord Canterville, der in Erwiderung desselben seine aufrichtige Freude über diese Nachricht aussprach und der verehrten Gattin des Gesandten seine herzlichsten Glückwünsche übermittelte.

Jedoch die Otisse irrten, denn das Gespenst weilte noch im Hause; und obgleich es nun recht gebrechlich war, fühlte es durchaus keine Neigung, die Dinge auf sich beruhen zu lassen – vor allem seit es hörte, unter den Gästen befinde sich der junge

Herzog von Cheshire, dessen Großonkel, Lord Francis Stilton, einst um hundert Guineen mit Oberst Carbury gewettet hatte, er werde mit dem Gespenst von Canterville knobeln, und der dann am nächsten Morgen so hilflos gelähmt auf dem Fußboden des Spielzimmers gefunden ward, daß er, der zwar noch ein hohes Alter erreichte, nie wieder imstande war, etwas anderes zu sagen als »Doppelte Sechs!« Die Geschichte kannte seinerzeit jeder Mensch, wiewohl man sie natürlich mit Rücksicht auf die beiden vornehmen Familien sorgfältig zu vertuschen suchte; ein ausführlicher Bericht über alle mit der Sache zusammenhängenden Umstände findet sich jedoch im dritten Bande von Lord Tattles ›Erinnerungen an den Prinzregenten und seine Freunde‹. Selbstverständlich wollte das Gespenst nun furchtbar gern zeigen, daß es seine Macht über die Stiltons nicht eingebüßt hatte, mit denen es obendrein entfernt verwandt war: seine Cousine ersten Grades war in zweiter Ehe mit dem Sieur de Bulkeley verheiratet gewesen, und wie jedermann weiß, stammen von diesem die Herzöge von Cheshire in direkter Linie ab. Es bereitete sich also, vor Virginias jugendlichem Verehrer zu erscheinen, und zwar in seiner berühmten Verkörperung »Der Vampirmönch oder der blutleere Benediktiner«, einem so gruseligen Schauspiel, daß die alte Lady Startup, als sie es an jenem schicksalsschweren Silvesterabend des Jahres 1764 sah, in gellende Schreikrämpfe ausbrach, die sich dann zu einem verhängnisvollen Schlagfluß steigerten; sie starb daran nach Ablauf von drei Tagen und nachdem sie schnell noch die Cantervilles – und diese waren ihre nächste Verwandtschaft! – enterbt und ihr sämtliches Geld ihrem Londoner Apotheker vermacht hatte. Im letzten Augenblick bannte die Angst vor den Zwillingen das Gespenst jedoch in seine Kammer, und der kleine Herzog schlief friedlich unter dem großen federgeschmückten Betthimmel des »Königlichen Schlafzimmers« und träumte von Virginia.

5

Einige Tage danach ritten Virginia und ihr lockenköpfiger Kavalier über die Brockley-Wiesen; dort setzte sie über eine Hecke, zerschliß dabei ihr Reitkleid und wollte deshalb bei der Heimkehr über die Hintertreppe nach oben gehen, damit ihr niemand begegne. Als sie am Gobelinzimmer vorüberlief, dessen Tür zufällig nur angelehnt war, schien ihr, sie sehe jemand drinnen, und in der Meinung, es sei Mrs. Otis' Kammermädchen, das zuweilen seine Näharbeit dorthin mitnahm, ging sie hinein, um sich das Kleid ausbessern zu lassen. Doch zu ihrer unermeßlichen Überraschung war es das Gespenst von Canterville selber! Es saß am Fenster und schaute zu, wie das welke Gold der gilbenden Bäume durch die Luft flog und die roten Blätter in tollem Wirbel die lange Allee hinuntertanzten. Sein Kopf ruhte in die Hand geschmiegt, und seine ganze Haltung drückte tiefste Niedergeschlagenheit aus. Und wie die kleine Virginia das Gespenst so gottverlassen und so greisenhaft hinfällig sah, erfüllte sie Mitleid; sie widerstand ihrer ersten Regung, davonzulaufen und sich in ihr Zimmer einzuschließen, und wollte versuchen, ob sie es trösten könnte. So leicht war ihr Schritt und des Gespenstes Schwermut so tief, daß es ihrer Anwesenheit erst gewahr wurde, als sie zu ihm sprach.

»Sie tun mir herzlich leid«, sagte sie, »aber morgen gehen meine Brüder nach Eton zurück, und wenn Sie sich gesittet benehmen, wird Sie dann niemand mehr ärgern.«

»Zu verlangen, daß ich mich gesittet benehmen soll, ist absurd«, erwiderte das Gespenst und blickte erstaunt auf zu dem hübschen Mädchen, das gewagt hatte, es anzureden, »völlig absurd. Ich muß mit meinen Ketten rasseln und durch Schlüssellöcher stöhnen und nachts umgehen, wenn Sie das etwa meinen. Es ist mein einziger Lebenszweck.«

»Es ist ganz und gar keiner, und Sie wissen selbst, daß Sie es zu Ihrer Zeit sehr arg getrieben haben. Mrs. Umney hat uns alles erzählt, als wir kaum angekommen waren: Sie haben Ihre Frau umgebracht.«

»Na ja, das geb ich ja ganz gerne zu«, sagte das Gespenst störrisch, »aber das war eine reine Familienangelegenheit und ging niemanden weiter was an.«

»Morden ist stets eine große Sünde«, sagte Virginia, die mitunter eine entzückende puritanische Feierlichkeit an sich hatte, ein spätes Erbteil von irgendeinem alten Neu-Engländer Vorfahren.

»Oh, wie hasse ich die billige Strenge abstrakter Moral! Meine Frau war sehr reizlos, außerdem stärkte sie mir die Halskrausen nie ordentlich und kochte jammervoll. Da hatte ich mal im Hogley-Wald einen jungen Hirsch geschossen, einen kapitalen Burschen – und wissen Sie, wie sie den auf den Tisch gebracht hat? Na ja, reden wir nicht davon, 's ist ja nun alles einerlei und vorüber; aber ich dächte, es war nicht gerade sehr nett von ihren Brüdern, daß sie mich haben Hungers sterben lassen, und wenn ich zehnmal meiner Frau den Garaus gemacht habe.«

»Hungers sterben lassen? Oh, Mister Gespenst ... ich wollte sagen, Sir Simon, möchten Sie etwas zu essen? Ich habe ein Butterbrot in der Tasche. Wollen Sie es haben?«

»Nein, danke, ich esse jetzt niemals mehr; aber trotzdem ist es sehr liebenswürdig von Ihnen. Sie gefallen mir überhaupt viel besser als die anderen aus Ihrer gräßlichen, rüden, vulgären Räuberfamilie.«

»Still!« rief Virginia und stampfte mit dem Fuße auf, »nur Sie sind das! Sie sind rüde und gräßlich und vulgär, und was die Räuberei angeht – Sie wissen ganz genau, wer mir immer die Farben aus meinem Malkasten gestohlen hat: das waren Sie, weil Sie diesen lächerlichen Blutfleck in der Bibliothek damit nachmalen wollten. Zuerst nahmen Sie alle meine Sorten Rot, und sogar mein Zinnoberrot, und ich konnte keine Sonnenuntergänge mehr malen; dann holten Sie sich Smaragdgrün und Chromgelb, und zum Schluß hatte ich bloß Indigo und Zinkweiß übrig, und da konnte ich nur noch Mondscheinlandschaften machen, und die sehen immer so langweilig aus und sind dabei gar nicht mal so leicht. Ich habe Sie niemals angegeben, obwohl ich furchtbar ärgerlich war. Und albern finde ich sie im höchsten Grade, diese ganze Geschichte; denn wer hat je etwas von smaragdgrünem Blut gehört?«

»Ach Gott!« sagte der Geist ganz kleinlaut, »was sollte ich schon tun? Heutzutage ist es äußerst schwierig, richtiges Blut zu bekommen, und als Ihr Bruder mit seinem Prima Fleckweg losging, sah ich wirklich keinen Grund, warum ich mich nicht an Ihren Malkasten halten sollte. Und das mit den Farben ist immer Geschmacksache: wir Cantervilles haben zum Beispiel blaues Blut, das allerblaueste in England; aber ich weiß, ihr Amerikaner interessiert euch nicht für solche Fragen.«

»Sie wissen gar nichts, und ich kann Ihnen nur raten, auszuwandern und sich eines Bessern belehren zu lassen. Mein Vater wird Ihnen mit Vergnügen die Überfahrt bezahlen, und wenn die Zollgebühren für Geistiges aller Art auch sehr hoch sind, so werden Sie doch keine Schwierigkeiten bei der Einreise haben, denn die Zollbeamten gehören alle zur Demokratischen Partei. Und sind Sie erst mal in New York, dann garantiere ich Ihnen einen Riesenerfolg. Ich kenne massenhaft Leute, die hunderttausend Dollar für einen Großvater gäben und noch viel, viel mehr, wenn sie ein Familiengespenst kriegten.«

»Ich glaube nicht, daß es mir in Amerika gefallen würde.«

»Wohl weil wir keine Altertümer und keine Sehenswürdigkeiten haben?« sagte Virginia schnippisch.

»Keine Altertümer? Keine Sehenswürdigkeiten?« erwiderte das Gespenst, »Sie haben doch Ihre Kriegsschiffe und Ihre Manieren.«

»Gute Nacht. Ich gehe und werde Papa bitten, daß er den Zwillingen zusätzlich acht Tage Ferien bewilligt.«

»Bitte, bitte, gehen Sie nicht fort, Miss Virginia«, rief der Geist. »Ich bin so mutterseelenallein und unglücklich, und ich weiß wirklich nicht, was ich tun soll. Ich möchte so gerne schlafen und kann es nicht.«

»Das ist ja Unsinn! Sie brauchen nur ins Bett zu gehen und die Kerze auszupusten. Wach bleiben ist manchmal schwierig, besonders in der Kirche; aber Schlafen ist doch kinderleicht. Sogar die Babys können das, und die sind gewiß nicht sehr gescheit.«

»Ich habe seit dreihundert Jahren nicht mehr geschlafen«, sagte er traurig, und Virginia schlug verwundert ihre schönen blauen Augen auf, »seit dreihundert Jahren nicht mehr, und ich bin so müde.«

Virginia wurde ganz ernst, und ihre kleinen Lippen zitterten wie Rosenblätter. Sie trat zu ihm, kniete neben ihm nieder und blickte in sein altes, welkes Gesicht.

»Armes, armes Gespenst«, sagte sie leise, »haben Sie kein Fleckchen, wo Sie schlafen können?«

»Fern, fern, hinter den Fichtenwäldern«, antwortete der Geist mit dunkel träumerischer Stimme, »liegt ein kleiner Garten. Dort wächst das Gras hoch und voll, dort schimmern die großen weißen Schierlingssterne, dort singt die Nachtigall die ganze Nacht. Die ganze Nacht singt sie, und der kühle, kristallene Mond schaut hernieder, und der Eibenbaum breitet seine Riesenarme über die Schläfer.«

Virginias Augen dunkelten in Tränen, und sie barg ihren Kopf zwischen den Händen.

»Sie meinen den Garten des Todes«, flüsterte sie.

»Ja, den Tod. Der Tod muß so schön sein. Schön, in der zärtlichen braunen Erde zu liegen, wenn das Gras über einem wogt, und der Stille zu lauschen. Kein Gestern haben und kein Morgen. Die Zeit vergessen, dem Leben vergeben, im Frieden sein. Du kannst mir helfen. Du kannst die Pforten des Todeshauses für mich auftun, denn um dich ist allzeit Liebe, und Liebe ist stärker als der Tod.«

Virginia zitterte, ein kalter Schauder durchlief sie, und eine kurze Weile herrschte Schweigen. Ihr war, als läge sie in einem schweren Traum.

Dann sprach der Geist weiter, und seine Stimme klang wie die Klage des Windes.

»Hast du die alte Prophezeiung gelesen, die am Fenster der Bibliothek geschrieben steht?«

»O, oftmals!« rief die kleine Virginia und sah zu ihm auf, »ich kann sie sogar auswendig. Sie ist in altmodischen Schnörkelbuchstaben gemalt und schwer zu lesen. Es sind nur sechs Zeilen:

Wenn's ein güldne Maid vollbringt,
Sündenmund zum Beten zwingt,
Wenn die tote Mandel sprießt,
Kindes Mitleidsträne fließt:
Endlich wird's im Haus ganz still,
Friede wohnt in Canterville.

Aber ich weiß nicht, was das bedeutet.«

»Es bedeutet«, sagte er schwermütig, »daß du mit mir um meine Sünden weinen mußt, denn ich habe keine Tränen, und mit mir für meine Seele beten mußt, denn ich habe keinen Glauben; und wenn du immer lieb und gut und freundlich gewesen bist, wird sich der Todesengel meiner erbarmen. Du wirst im Dunkel schreckliche Gestalten sehen, und teuflische Stimmen werden dir in die Ohren flüstern; aber sie werden dir nichts zuleide tun, denn gegen die Reinheit eines Kindes vermögen die Höllenmächte nichts.«

Virginia antwortete nicht, und der Geist rang wildverzweifelt die Hände, als er auf ihren gesenkten goldenen Scheitel niedersah. Plötzlich stand sie auf, sehr bleich und mit einem seltsamen Leuchten in den Augen. »Ich fürchte mich nicht«, sagte sie entschlossen, »und ich will den Engel bitten, daß er sich deiner erbarmt.«

Mit einem schwachen Freudenschrei erhob er sich von seinem Sitze, und ihre Hand ergreifend, beugte er sich mit altväterlicher Galanterie darüber und küßte sie. Seine Finger waren kalt wie Eis, und seine Lippen brannten gleich dem Feuer; aber Virginia zauderte nicht, als er sie durch den dämmrigdüsteren Raum führte. Auf die verblichenen grünen Wandteppiche waren kleine Jäger gestickt. Sie stießen in ihre quastengeschmückten Hörner und winkten ihr mit den winzigen Händen, umzukehren. »Kehre um, kleine Virginia!« riefen sie, »kehre um!« Aber der Geist packte ihre Hand noch fester, und sie verschloß ihre Augen gegen die Warner. Gräßliche Tiere mit Eidechsenschwänzen und Glotzaugen starrten vom geschnitzten Kaminsims nach ihr und raunten: »Hüte dich, kleine Virginia! Hüte dich! Kann sein, daß wir dich niemals wiedersehen.« Doch der Geist eilte noch schneller dahin, und Virginia hörte nicht auf die Stimmen. Als sie den Raum durchquert hatten, hielt er ein und murmelte Worte, die sie nicht verstand. Sie öffnete die Augen und sah die Wand allmählich schwinden wie Nebel, und eine weite dunkle Höhle gähnte vor ihr. Ein schneidendkalter Wind raste um sie beide, und Virginia fühlte, wie etwas an ihrem Kleid zerrte. »Rasch, rasch!« rief der Geist, »oder es wird zu spät.« Und im nächsten Augenblick hatte sich die Wandtäfelung hinter ihnen geschlossen, und das Gobelinzimmer war leer.

6

Etwa zehn Minuten später läutete der Gong zum Tee, und als Virginia nicht herunterkam, sandte Mrs. Otis einen Bedienten, sie zu rufen. Nach einer kleinen Weile kam er wieder und sagte, er könne Miss Virginia nirgends finden. Da sie gewöhnlich abends in den Garten ging, um Blumen für den Dinnertisch zu holen, war Mrs.

Otis zunächst keineswegs beunruhigt; als es jedoch sechs schlug und Virginia immer noch nicht erschien, geriet sie in ernste Sorge und schickte die Jungen auf die Suche, sie selbst und Mr. Otis durchforschten unterdessen alle Räume des Hauses. Um halb sieben kehrten die Jungen zurück und berichteten, von ihrer Schwester sei keine Spur zu entdecken. Alle waren nun in höchster Aufregung und wußten nicht, was tun, bis Mr. Otis sich plötzlich erinnerte, daß er ein paar Tage zuvor einer Zigeunerbande gestattet hatte, im Park ihr Lager aufzuschlagen. Also brach er mit seinem ältesten Sohne und zwei Bauernburschen schleunigst nach Blackwell Hollow auf, wo, wie er wußte, die Zigeuner sich aufhielten. Der kleine Herzog von Cheshire, der vor Angst um Virginia ganz außer sich war, bestürmte ihn um die Erlaubnis, mitgehen zu dürfen; Mr. Otis aber lehnte ab, da er fürchtete, es könne zu einer Schlägerei kommen. An der betreffenden Stelle angelangt, mußte er jedoch sehen, daß die Zigeuner weitergezogen waren, und zwar augenscheinlich in großer Hast, denn das Lagerfeuer brannte noch und ein paar Teller lagen im Grase. Er schickte Washington und die beiden Männer, die Gegend abzusuchen, eilte selber zum Haus zurück und jagte Telegramme an alle Polizeiinspektionen des Distrikts, mit der Bitte, man möge Nachforschungen nach einem Kinde anstellen, das von Landstreichern oder Zigeunern entführt worden sei. Dann ließ er sein Pferd satteln, und nachdem er dringend gemahnt hatte, daß seine Frau und die drei Jungen sich zum Dinner niedersetzen sollten, ritt er mit einem Reitknecht davon, die Straße nach Ascot hinunter. Er war jedoch noch keine zwei Meilen weit gekommen, als er jemand hinter sich her galoppieren hörte; er schaute sich um und sah den kleinen Herzog auf seinem Pony heranpreschen, krebsrot im Gesicht und ohne Hut. »Tut mir schrecklich leid, Mr. Otis«, keuchte der Junge, »aber ich kann nichts essen, solange Virginia nicht da ist. Bitte, seien Sie mir nicht böse; hätten Sie voriges Jahr erlaubt, daß wir uns verloben, wäre das ganze Unglück nicht passiert. Nicht wahr, Sie schicken mich nicht fort? Ich kann nicht zurück, und ich will nicht zurück!«

Der Gesandte mußte lächeln über den hübschen kleinen Tollkopf, und des Jungen Schwärmerei für Virginia rührte ihn; er beugte sich vom Pferd, klopfte ihm freundlich auf die Schulter und sagte: »Schön, Cecil, wenn Sie nicht zurückwollen, müssen Sie schon mit mir mitkommen; aber zunächst müssen Sie in Ascot einen Hut kriegen.«

»Zum Teufel mit dem Hut! Ich will Virginia wiederkriegen!« rief der kleine Herzog, und sie galoppierten zum Bahnhof. Dort erkundigte sich Mr. Otis beim Stationsvorsteher, ob ein Mädchen auf dem Bahnsteig gesehen worden sei, auf das Virginias Beschreibung zutraf, konnte aber nichts über sie erfahren. Immerhin telegraphierte der Beamte nach allen Stationen an der Strecke und versicherte, man werde scharf aufpassen; und nachdem Mr. Otis in einem Schnittwarengeschäft gerade noch bei Ladenschluß einen Hut für den kleinen Herzog erstanden hatte, ritten sie weiter nach Bexley, einem etwa vier Meilen entfernten Dorf, weil dieser Ort, wie ihnen gesagt worden war, wegen der nahegelegenen großen Gemeindewiese von den Zigeunern mit Vorliebe aufgesucht wurde. In Bexley scheuchten sie den Landgendarm aus seinem Schlummer, konnten jedoch keine Auskunft von ihm erhalten. Sie ritten die Wiese nach allen Richtungen ab und mußten schließlich schweren Herzens umkehren, zurück nach Canterville Chase, wo sie gegen elf Uhr anlangten, todmüde und der Verzweiflung nahe. Washington und die Zwillinge erwarteten sie mit Laternen schon am Pförtnerhäuschen, denn in der zum Schloß führenden Allee war es sehr dunkel. Von Virginia war nicht die mindeste Spur entdeckt worden. Man hatte die Zigeuner auf den Brockley-Wiesen angetroffen, aber das Mädchen befand sich nicht bei ihnen, und sie konnten ihren überstürzten Aufbruch glaubwürdig erklären: sie sagten, sie hätten sich im Datum des Jahrmarkts von Chorton geirrt und seien Hals über Kopf weitergezogen, um nicht zu spät zu kommen. Die Nachricht von Virginias plötzlichem Verschwinden hatte sie ehrlich betrübt, denn sie waren Mr. Otis sehr dankbar, daß er sie in seinem Park hatte lagern lassen, und vier von ihnen waren zurückgeblieben, um bei den Nachforschungen zu helfen. Der Karpfenteich war mit dem Grundnetz abgesucht und im ganzen Schlosse das Unterste zuoberst gekehrt worden – allein ohne jeden Erfolg. Offensichtlich mußte man Virginia verloren geben, zum mindesten für diese Nacht; und im Zustand tiefster Niedergeschlagenheit gingen Mr. Otis und die Jungen nach dem Hause, während der Reitknecht ihnen mit den beiden Pferden und dem Pony folgte. In der Halle fanden sie eine Gruppe aufgeregter Bedienter, die arme Mrs. Otis lag auf einem Sofa in der Bibliothek, fast von Sinnen vor Kummer und Sorge, und die alte Haushälterin tupfte ihr die Stirn mit Eau de Cologne. Mr. Otis drang vor allem darauf, daß sie etwas zu sich nehme, und ließ das Supper für die ganze Familie auftragen. Es wurde ein trübseliges Mahl, kaum einer sprach ein Wort, selbst die Zwillinge hielt die Bangigkeit im Zaume, denn sie hatten ihre Schwester sehr lieb. Als das Supper beendet war, schickte Mr. Otis, trotz der inständigen Bitten des kleinen Herzogs, alle zu Bett: in der Nacht könne doch nichts mehr unternommen werden, sagte er, und am Morgen wolle er ein Telegramm an Scotland Yard absenden, damit unverzüglich einige Detektive nach Canterville Chase herauskämen. Alle verließen das Speisezimmer, und im selben Augenblick begann die Uhr Mitternacht vom Turm zu dröhnen; als aber der letzte Schlag erscholl, hörten sie ein Krachen und einen kurzen gellenden Schrei; ein fürchterliches Donnerrollen erschütterte das Haus, überirdische Musik wehte melodisch durch die Luft, ein Stück Tafelwerk ganz oben im Treppenhaus sprang mit lautem Getöse aus der Wand, und auf die Treppe heraus trat, weiß und geisterblaß und mit einem Kästchen in der Hand – Virginia. Schon waren alle zu ihr hinaufgestürzt, Mrs. Otis schloß sie leidenschaftlich in ihre Arme, der Herzog erstickte sie mit ungestümen Küssen, und die Zwillinge vollführten einen wilden Indianertanz rings um die Gruppe.

»Gott im Himmel! Kind, wo bist du gewesen?« fragte Mr. Otis, und es klang ziemlich verärgert, denn er meinte, sie habe ihnen einen mutwilligen Streich gespielt. »Cecil und ich sind im ganzen Lande nach dir umhergeritten, und deine Mutter ist vor Angst fast gestorben. Daß du mir nie wieder solche schlechten Spaße machst!«

»Außer mit dem Gespenst! Außer mit dem Gespenst!« brüllten die Zwillinge und sprangen wie die Böckchen.

»Mein geliebtes Kind, Gott sei Dank, wir haben dich wieder! Du darfst mir nicht mehr von der Seite gehen«, flüsterte Mrs. Otis, während sie ihre zitternde Tochter küßte und sanft über das Goldgeflecht ihres Haares strich.

»Papa«, sagte Virginia ruhig, »ich war bei dem Geist. Er ist tot, und ihr müßt mitkommen und ihn sehen. Er ist im Leben sehr böse gewesen, aber er hat alle seine schlimmen Taten von Herzen bereut, und bevor er starb, hat er mir dieses Kästchen voll herrlicher Edelsteine gegeben.«

Die ganze Familie starrte sie an, stumm vor Verwunderung, aber sie sprach ganz ernst und gesammelt, und sich umwendend, führte sie alle durch die Öffnung im Wandgetäfel und einen engen geheimen Gang hinunter; Washington ging als letzter, mit einer brennenden Kerze, die er vom Tisch gerafft hatte. Endlich kamen sie zu einer großen, mit verrosteten Nägeln beschlagenen Eichentür. Virginia berührte sie, und sie flog auf in ihren schweren Angeln, und alle fanden sich in einem kleinen niedrigen Raum mit gewölbter Decke und einem einzigen, winzigkleinen Gitterfenster. In die Mauer war ein starker Eisenring eingelassen, und an ihn gekettet lag ein schauerliches Gerippe längelang auf dem steinernen Boden ausgestreckt und schien mit seinen langen Knochenfingern nach einem altertümlichen Wasserkrug und einem Holzteller greifen zu wollen, die um ein weniges außer der Reichweite seiner Hand aufgestellt waren. Der Krug mußte einstmals mit Wasser gefüllt gewesen sein, denn grüner Moder überzog seine Innenseite. Auf dem Teller war nichts als ein Häufchen Staub. Virginia kniete neben dem Gerippe nieder, faltete ihre kleinen Hände und begann still zu beten; die anderen blickten staunend auf die grausige Tragödie, deren Geheimnis sich ihnen nun entschleiert hatte.

»Hallo!« rief plötzlich der eine der Zwillinge, der zum Fenster hinausschaute, um festzustellen, in welchem Flügel des Hauses die Kammer eigentlich lag. »Hallo! Der alte verdorrte Mandelbaum blüht ja. Der Mond scheint drauf, da kann ich es ganz deutlich sehen.«

»Gott hat ihm verziehen«, sagte Virginia ernst. Sie erhob sich, und ein schöner Glanz leuchtete auf ihrem Gesicht.

»Sie sind ein Engel!« rief der junge Herzog, und er legte seinen Arm um ihren Hals und küßte sie.

7

Vier Tage nach diesen sehr wunderbaren Ereignissen bewegte sich gegen elf Uhr nachts ein Trauerzug aus Canterville Chase. Der Leichenwagen wurde von acht schwarzen Pferden gezogen, die große Büschel nickender Straußenfedern auf den Köpfen trugen, und den bleiernen Sarg bedeckte ein prächtiges purpurnes Bahrtuch mit dem in Gold gestickten Wappen der Cantervilles. Zur Seite der Bahre und der Trauerwagen schritten die Bedienten mit brennenden Fackeln – der ganze Zug hätte nicht malerischer sein können. Lord Canterville, der Hauptleidtragende, war von Wales eigens hergekommen, um dem Leichenbegängnis beizuwohnen, und saß neben der kleinen Virginia im ersten Wagen. Dann kamen der

Gesandte der Vereinigten Staaten mit seiner Gemahlin, dann Washington und die drei Jungen, und im letzten Wagen fuhr Mrs. Umney. Alle hatten gleichermaßen das Gefühl gehabt: da die alte Haushälterin mehr als fünfzig Jahre ihres Lebens von dem Gespenst in Schrecken gehalten worden war, habe sie ein Recht, auch sein letztes Auftreten mit anzusehen. Ein tiefes Grab war in der Ecke des Kirchhofs ausgehoben, gerade unter dem alten Eibenbaum, und der Trauergottesdienst wurde von Reverend Augustus Dampier in der eindrucksvollsten Weise gehalten. Am Ende der Feier löschten die Bedienten nach einem alten, in der Familie Canterville geübten Brauch ihre Fackeln, und als man den Sarg in die Grube hinuntersenkte, trat Virginia vor und legte ein großes Kreuz aus weiß und rosa Mandelblüten darauf nieder. In diesem Augenblick kam der Mond hinter einer Wolke hervor und überflutete den kleinen Friedhof mit stillem Silberlicht, und aus einem fernen Gebüsch begann eine Nachtigall zu schlagen. Virginia erinnerte sich, wie der Geist ihr den Garten des Todes beschrieben hatte; ihre Augen wurden trüb von Tränen, und während der Heimfahrt sprach sie kaum ein Wort.

Am nächsten Morgen, ehe Lord Canterville nach London abreiste, hatte Mr. Otis mit ihm eine Unterredung betreffs der Juwelen, die das Gespenst der kleinen Virginia geschenkt hatte. Sie waren von ganz außerordentlicher Schönheit, vor allem ein Halsband aus Rubinen in altvenezianischer Fassung, ein wahrhaft prachtvolles Stück Goldschmiedearbeit des sechzehnten Jahrhunderts; und wegen des hohen Wertes der Gegenstände empfand Mr. Otis beträchtliche Skrupel, ob er seiner Tochter erlauben dürfe, sie anzunehmen.

»Mylord«, sagte er, »wie mir bekannt ist, gilt Familienschmuck nach englischem Recht ebenso als unveräußerliches Gut wie Grund und Boden, und es steht für mich außer Frage, daß die Edelsteine Erbeigentum Ihrer Familie sind oder doch sein sollten.

Daher muß ich Sie bitten, sie nach London mitzunehmen und als nichts anderes als einen Teil Ihres Vermögens zu betrachten, der Ihnen unter gewissen merkwürdigen Umständen zurückerstattet worden ist. Was meine Tochter anlangt, so ist sie noch ein Kind und hat bis jetzt, wie ich mit Genugtuung feststelle, bloß geringes Vergnügen an solchen Artikeln nichtiger Pracht. Von Mrs. Otis, die, ich darf sagen, keine unbedeutende Autorität in der Materie der Kunst ist, da sie den Vorzug genoß, als junges Mädchen mehrere Winter in Boston zu verleben – von Mrs. Otis wurde ich auch davon unterrichtet, daß dieses Flitterwerk großen Geldwert besitzt und einen kolossalen Preis erbrächte, falls man die Absicht hegte, es zu verkaufen. Sie werden sicherlich begreifen, Lord Canterville, wie unmöglich es bei dieser Lage der Dinge für mich ist, den Schmuck im Besitz eines Mitglieds meiner Familie zu belassen; überdies wäre solch eitler Putz und Tand, so angemessen, ja notwendig derlei für das Ansehen des britischen Adels auch sein mag, keineswegs bei denen am Platze, die in den strengen und meiner Überzeugung nach unsterblichen Grundsätzen republikanischer Einfachheit erzogen worden sind. Vielleicht sollte ich noch erwähnen, daß Virginia sich sehr freuen würde, wenn Sie ihr das Kästchen als Erinnerung an Ihren unglücklichen, aber irregeleiteten Vorfahren zu behalten gestatteten. Da es sehr alt und folglich nicht im besten Erhaltungszustand ist, wären Sie vielleicht nicht abgeneigt, ihr den Wunsch zu erfüllen. Für mein Teil muß ich gestehen: ich sehe mit einigem Befremden eins meiner Kinder Interesse äußern für Mittelalterliches, ganz gleich welcher Art, und kann es mir nur durch die Tatsache erklären, daß Virginia in einem Ort der Londoner Umgebung geboren wurde, kurz nachdem Mrs. Otis von einem Abstecher nach Athen zurückgekehrt war.«

Lord Canterville hörte der langen Rede des wackeren Gesandten sehr ernsthaft zu und zupfte nur dann und wann an seinem grauen Schnurrbart, um ein unwillkürliches Lächeln zu verbergen; als Mr. Otis zu Ende gekommen war, schüttelte er ihm herzlich die Hand und sagte: »Mein lieber Mr. Otis, Ihr reizendes Töchterchen hat meinem unseligen Ahnherrn Sir Simon einen sehr wertvollen Dienst geleistet, und ich sowie meine Familie sind ihr für ihren unerhörten Mut und ihre Kühnheit zutiefst verpflichtet. Der Schmuck ist unstreitig ihr Eigentum, ja ich glaube, wenn ich so herzlos wäre, ihn ihr vorzuenthalten, würde der wüste alte Geselle binnen kurzem aus seinem Grabe steigen und mir ein Höllenleben bereiten. Was den Begriff des Erbeigentums betrifft, so ist er nur auf solche Dinge anwendbar, die in einem Testament oder in einem rechtsgültigen Akt erwähnt sind; das Vorhandensein der Juwelen jedoch war gänzlich unbekannt. Seien Sie versichert, ich habe nicht mehr Anspruch darauf als Ihr Butler, und wenn Miss Virginia heranwächst, wird sie sich freuen, meine ich, so hübsche Dinge tragen zu können. Überdies vergessen Sie, Mr. Otis, daß Sie damals die ganze Einrichtung samt dem Gespenst zum Schätzungspreis übernommen haben, und alles, was dem Gespenst gehört hat, ist somit in Ihren Besitz übergegangen; denn wieviel Lebendigkeit Sir Simon nachts auf dem Korridor auch entfaltet haben mag – juristisch war er tot, und Sie haben durch Kauf sein Eigentum erworben.«

Mr. Otis war aufrichtig betrübt, weil Lord Canterville die Juwelen ausschlug, und er bat ihn, seinen Entschluß nochmals zu erwägen; aber der liebenswürdige Lord blieb fest und brachte den Gesandten schließlich dahin, daß er seiner Tochter erlaubte, das Geschenk des Gespenstes zu behalten, und als im Frühjahr 1890 die junge Herzogin von Cheshire anläßlich ihrer Vermählung bei der ersten Galacour der Königin vorgestellt wurde, waren ihre Juwelen Gegenstand der allgemeinen Bewunderung. Denn Virginia erhielt die Adelskrone, die der Lohn für alle braven kleinen Amerikanermädchen ist, und heiratete ihren jugendlichen Verehrer, den Herzog, sobald er mündig wurde. Sie waren beide so hübsch und liebten einander so sehr, daß an dieser Heirat jeder seine Freude hatte, mit Ausnahme der alten Marquise von Dumbleton – sie hatte den Herzog für eine ihrer sieben unverehelichten Töchter kapern wollen und zu diesem Zweck nicht weniger als drei sehr kostspielige Abendgesellschaften gegeben – und, seltsam aber wahr, mit Ausnahme von Mr. Otis selber. Dem Gesandten gefiel der junge Herzog persönlich zwar über die Maßen, aber er war grundsätzlich gegen Adelstitel und, um seine eigenen Worte zu gebrauchen, »nicht ohne Befürchtungen, daß inmitten der entnervenden Einflüsse einer vergnügungssüchtigen Aristokratie die echten und wahren Prinzipien republikanischer Einfachheit verlorengehen könnten«. Seine Einwände wurden jedoch auf der ganzen Linie überstimmt, und ich glaube, als er mit seiner Tochter am Arm durch das Schiff der St. George's Church, Hanover Square, schritt, gab es in ganz England von Nord bis Süd und von Ost bis West keinen stolzeren Mann als ihn.

Nach den Flitterwochen begaben sich der Herzog und die Herzogin nach Canterville Chase, und gleich am folgenden Tage gingen sie nachmittags hinüber zu dem einsamen Friedhof hinter den Fichtenwäldern. Die Inschrift auf Sir Simons Grabstein hatte zunächst viel Kopfzerbrechen gemacht, dann aber war beschlossen worden, einfach die Initialen des alten Herrn einzumeißeln und dazu den Spruch vom Fenster der Bibliothek. Die Herzogin hatte schöne Rosen mitgebracht und streute sie über das Grab, und nachdem sie ein Weilchen geblieben waren, schlenderten sie weiter, nach dem verfallenen Chor der alten Abtei. Dort setzte sich die Herzogin auf eine umgestürzte Säule, und der Herzog lagerte sich ihr zu Füßen, um eine Zigarette zu rauchen und seiner Gattin in die schönen Augen zu sehen. Plötzlich warf er die Zigarette weg, nahm Virginias Hand und sagte: »Virginia, eine Frau sollte vor ihrem Mann keine Geheimnisse haben.«

»Lieber Cecil, ich habe keine Geheimnisse vor dir!«

»O doch«, antwortete er lächelnd, »du hast mir nie erzählt, was dir geschah, als du mit dem Gespenst eingeschlossen warst.«

»Das habe ich niemand erzählt, Cecil«, sagte Virginia ernst.

»Ich weiß, aber mir könntest du es sagen.«

»Bitte, frag mich nicht, Cecil; ich kann es dir nicht sagen. Der arme Sir Simon! Ich bin ihm zu großem Dank verpflichtet. Jawohl, Cecil, lach nicht, es ist wahr. Er lehrte mich erkennen, was das Leben ist und was der Tod bedeutet, und warum die Liebe stärker ist als sie beide.«

Der Herzog stand auf und küßte seine Frau sehr zärtlich.

»Du kannst dein Geheimnis so lange bewahren, wie mir dein Herz gehört«, sagte er leise.

»Das gehört dir immer, Cecil.«

»Und unseren Kindern wirst du's eines Tages mal erzählen, nicht wahr?«

Virginia errötete.

He, Geist! Wo geht die Reise hin?
(How now, spirit, wither wander you?)

SHAKESPEARE,
Ein Sommernachtstraum

Nikolai Gogol

Der verhexte Platz

Eine wahre Geschichte,
erzählt vom Küster der ***schen Kirche

Bei Gott, ich habe es bereits satt, zu erzählen! Was meint ihr denn? Wahrlich, fad ist es: immerzu heißt es, erzähl und erzähl, und man kann sich nicht losmachen! Na schön, dann will ich erzählen, nur, bei Gott, das ist zum allerletztenmal. Ihr spracht davon, ein Mensch könne, wie man sagt, mit dem unsauberen Geist fertig werden. Das stimmt natürlich, obwohl, wenn man recht überlegt, die verschiedensten Dinge auf der Welt vorkommen ... Darum sollt ihr das nicht sagen. Wenn eine teuflische Kraft wen bemogeln will, den bemogelt sie eben. Bei Gott, die bemogelt ihn! ... Seid so gut und überlegt mal: Unser Vater hatte vier Kinder. Ich persönlich war damals noch ein rechter Dummkopf. Ich zählte alles in allem elf Jahre; aber nein, keineswegs elf; ich erinnere mich noch wie heute, daß ich einmal auf allen vieren lief und wie ein Hund bellte, da schrie mich der Alte an und schüttelte den Kopf dabei: »He, Foma, Foma! Für dich wird's Zeit zum Heiraten, und da blödelst du umher wie ein junges Maultier!« Großvater war damals noch am Leben und war – möge er ein leichtes Schnakerl haben in jener Welt – ziemlich gut zu Fuß. Wenn es ihm in den Sinn kam ... Aber meint ihr denn, daß ich auf diese Weise erzählen werde? Der eine gräbt schon seit einer Stunde Kohle aus dem Ofen für seine Pfeife, der andere ist aus anderen Gründen hinter die Kammer gelaufen. Was soll das in Wahrheit, frage ich? … Noch gut, wenn es unabsichtlich geschehen wäre, so aber habt ihr mich doch selber darum gebeten. Wenn man hören will, muß man zuhören! Der Vater fuhr noch im frühen Frühjahr in die Krim, Tabak zu verkaufen. Ich erinnere mich nicht mehr, ob er zwei oder drei Fuhren auf den Weg brachte. Tabak war damals sehr gefragt. Mit auf die Reise nahm er den dreijährigen Bruder, ihn möglichst früh an das Werkeln des Frachtfuhrmanns zu gewöhnen. Zurück blieben: Großvater, Mutter, ich, dazu ein Bruder und noch ein Bruder. Großvater hatte das Melonenfeld dicht an der Landstraße ausgesät und war selber in die Köhlerhütte hinausgezogen; er nahm auch uns mit, die Spatzen und Elstern aus dem Melonenfeld zu jagen. Man kann nicht sagen, daß uns das übel angekommen wäre. Wir konnten des Tags so viel Gurken, Melonen, Rettich, Zwiebeln und Erbsen fressen, daß es bei Gott in unseren Bäuchen rumorte, als krähten darin die Hähne. Je nun, und außerdem brachte es doch auch Gewinn. Die Hinzureisenden drängten sich nur so, ein jeder wollte sich an einer Arbuse oder einer Melone delektieren. Außerdem pflegten sie aus den Vorwerken in der Umgebung Hühner, Eier und Truthähne zum Tausch zu bringen. Es war ein gutes Leben. Großvater freilich war es dabei das liebste, daß jeden Tag an die fünfzig Fuhren von Frachtfuhrleuten vorbeifuhren. Ihr wißt, das ist ein erfahrenes Volk: wenn so einer zu erzählen beginnt, dann halt die Ohren steif. Für Großvater aber war das wie Quarkkuchen für einen Hungrigen. Wenn er gelegentlich, wie es sich häufig traf, einem alten Bekannten begegnete (Großvater kannte ein jeder), dann könnt ihr euch selber denken, was geschah, wenn sich so 'ne Gesellschaft von Leuten aus der alten Zeit versammelte. Tara, tara, so ging's dann, dazumalen und dazumal, da trug sich das zu, und da trug sich jenes zu … Je nun, und dann quollen sie nur so über! Dann gedachten sie Gott weiß welcher Zeiten. Einmal aber – nun wahrhaftig, als wenn es jetzt geschehen wäre; die Sonne begann bereits sich zu senken, Großvater ging durchs Melonenfeld und entfernte die Blätter von den größeren Früchten, mit denen er sie tagsüber zudeckte, damit sie nicht zu stark von der Sonne gebraten würden. »Schau, Ostap!« sprach ich zum Bruder. »Da fahren Frachtfuhrleute herbei!« – »Wo sind die Fuhrleute?« fragte der Großvater und legte ein Kennzeichen auf eine große Melone, damit die nicht so nebenbei von uns Burschen verspeist würde. Und in der Tat, des Weges zogen an die sechs Fuhren. Voran schritt ein Fuhrmann, der schon graue Schnurrbarthaare hatte. Noch war er keine zehn Schritt, so was in der Art, von uns entfernt, da blieb er stehen. »Grüß dich, Maxim! Das hat Gott bestimmt, daß wir uns wiedersehen!«

Großvater kniff die Augen zusammen: »Ah, grüß dich, grüß dich! Von woher trägt Gott dich her? Auch Boljatschka hier? Grüß dich, grüß dich, Bruder! Ja was Teufel! da sind ja alle: sowohl Krutotryschtschenko! und Petscheryzja! und Koweljok! und Stezko! Gesundheit zu wünschen! Ah, ha, ha! ho, ho …« und schon ging's ans Abschlecken. Die Stiere wurden ausgespannt, und man ließ sie ins Freie, Gras zu weiden. Die Fuhren blieben am Wege stehen; selber aber setzten sie sich rund um die Köhlerhütte und steckten ihre Pfeifen an. Doch was machten die sich schon aus ihren Pfeifen! Bei den Geschichterln und dem Geschwätz kam es kaum zu einer Pfeife pro Kopf. Nach der Brotzeit bewirtete Großvater seine Gäste mit Melonen. Ein jeder bekam seine Melone und reinigte die sorgfältig mit seinem Messerchen. (Das waren geriebene Burschen, waren genug in der Welt herumgekommen, wußten Bescheid, wie man schicklich zu speisen hatte; da hätte ein jeder davon sich meinetwegen gleich an den Herrentisch setzen können!) Nachdem sie die saubergeputzt, stieß jeder mit dem Finger ein Löchlein hinein, wonach er den sauren Saft trank, um erst danach die Frucht zu zerschneiden und in den Mund zu stecken. »Na, und ihr, Burschen«, sagte Großvater, »nichts als die Mäuler aufsperren? Tanzt mal, ihr Hundesöhne! Ostap, wo hast du deine Hirtenflöte? Spiel uns mal einen Kosakentanz! Foma, stemm die Arme in die Seiten! Los! Genau so! He, hopp!«

Ich war damals klein und flink. Verdammtes Alter! Jetzt kann ich nicht mehr so lostanzen; statt aller schönen Sprünge stottern mir die Beine ewig. Großvater schaute uns lange zu, derweil er mit seinen Fuhrleuten saß. Ich merkte jedoch, daß seine Füße nicht ruhig blieben; mir war, als zwicke sie was, sich zu bewegen.

»Schau zu, Foma«, sagte Ostap; »wenn unser alter Knaster nicht gar selber tanzen möchte.« Und was denkt ihr? Kaum hatte er das gesagt – da hielt das gute alte Stück es nicht länger aus! Anscheinend, wißt ihr, wollte er sich vor den Fuhrleuten aufspielen. »Da schaut her, ihr Teufelskinder! Nennt ihr das tanzen? So tanzt man!« sagte er, stand auf, reckte die Arme vor und stampfte mit den Absätzen.

Je nun, dagegen war nichts zu sagen, tanzen tat er, wie wenn er mit der Hetmansfrau antreten müßte. Wir machten ihm Platz, und alsbald begann der alte Knaster auf dem ganzen ebenen Platz, der neben dem Gurkenbeet lag, seine Hupfer zu machen. Indes er war gerade bis zur Mitte gelangt und wollte erst richtig loslegen und mit den Füßen einen besonderen Wirbel auf seine Weise schlagen, da versagten ihm die Beine den Dienst und damit basta! Eine Schweinerei! Von neuem fetzte er los und kam bis zur Mitte – da ging's nicht weiter! mach was immer – er packte es nicht und packte es nicht! Die Beine waren ihm, als seien sie aus Holz. »Ist anscheinend ein Teufelsplatz! Anscheinend eine satanische Behexung! Da mengt sich Herodes ein, der Feind des Menschengeschlechtes!« Doch wie mochte das angehen, vor den Fuhrleuten solch eine Schande hinzunehmen? Von neuem ging er los und wirbelte mit kurzen kleinen Schritten dahin, immer schneller; es war prächtig anzuschauen. Und kam bis zur Mitte – nichts da, das tanzte sich nicht aus, und damit basta! »Ah, du betrügerischer Satanas! Ersticken mögst du an einer faulen Melone! Noch als kleines Kind sollst du verrecken, Hundesohn! Da hast du mir auf die alten Tage solch eine Schande bereitet!« Und wahrlich, hinter ihm begann wer zu lachen. Er blickte sich um: kein Melonenfeld, kein Fuhrmann war mehr zu sehen, nichts davon war da; hinten und vorn und auf den Seiten nur ein ebenes Feld. »Eh! Sss … na hat man so was gesehen!« Er kniff die Augen zu – der Ort schien ihm nicht völlig unbekannt zu sein! Auf der Seite der Wald, hinter dem Wäldchen ragte eine Stange und schaute weit in den Himmel hinein. Was ein Teufelsspuk: das war doch der Taubenschlag, der beim Popen im Gemüsegarten stand! Von der anderen Seite jedoch dunkelte was Graues; er schaute genauer hin: die Heutenne war es des Kreisschreibers. Dahin also hatte ihn die unsaubere Kraft verschleppt! Während er noch so in der Runde kreiste, stieß er auf einen Fußsteig. Kein Mond war am Himmel; ein weißer Flecken flimmerte statt dessen durch die Wolken. Morgen wird's mächtigen Wind geben! dachte Großvater. Aber da, abseits vom Fußweg, flackerte auf einem Grabhügel ein Lichtlein auf. Da schau her! Großvater stand still, stemmte die Arme in die Seiten und schaute nur so: das Lichtlein erlosch in der Ferne, doch ein wenig weiter entbrannte ein anderes. »Ein Schatz!« rief Großvater; »Ich will Gott weiß was wetten, wenn das kein Schatz ist!« Und spuckte bereits in die Hände, um zu graben, da fiel ihm ein, daß er weder eine Schaufel noch einen Spaten dabei habe. »Ach, schade, indes wer weiß? Vielleicht muß man nur den Rasen aufheben, und schon liegt er da, das Täubchen! Nichts zu machen, zum mindesten aber muß der Ort gekennzeichnet werden, um ihn nicht nachher zu vergessen!«

Er zog einen ansehnlichen Ast, den anscheinend der Wirbelsturm abgerissen, heran und lud den auf den Grabhügel, wo das Lichtlein gebrannt hatte, und folgte danach dem Fußweg. Das junge Eichengehölz wurde immer lichter, und da war auch schon die Zaunhecke. Na also! Habe ich es nicht gesagt, dachte Großvater, das ist des Popen Garten; denn das ist ja seine Zaunhecke! Jetzt ist es keine Werst mehr bis zum Melonenfeld. Immerhin kam er recht spät nach Hause und mochte keine Quarkküchlein mehr essen. Er weckte nur den Bruder Ostap und fragte den, ob die Fuhrleute schon lange fortgefahren seien, und wickelte sich dann in seinen Schafspelz. Doch als der Bruder ihn ausfragen wollte: »Großvater, wohin haben dich denn heute die Teufel verschleppt?« – »Frag nicht«, erwiderte er und wickelte sich noch fester ein, »frag nicht, Ostap, könntest sonst grau werden!« Und begann alsbald so zu schnarchen, daß die Sperlinge, die sich auf dem Melonenfeld versammelt hatten, vor Schreck aufflogen. Doch meint ihr, der habe geschlafen? Kein Wort zu verlieren, war eine schlaue Bestie, Gott schenke ihm das Himmelreich! Der wußte stets einen Ausweg zu finden. Manchmal, da konnte er ein Lied anstimmen, daß man sich die Lippen wundbiß.

Andern Tages, kaum daß es im Felde zu dämmern begann, zog Großvater seinen Kittel an, gürtete sich, klemmte Schaufel und Spaten unter den Arm, stülpte die Mütze auf den Kopf, trank eine Kruke Brotkwaß, wischte sich die Lippen mit dem Saum und begab sich geradenwegs zum Gemüsegarten des Popen. Den Heckenzaun und das niedere Eichengehölz ließ er im Rücken. Durch die Bäume wand sich ein Fußweg, der ins Feld hinausführte. Es schien der gleiche zu sein! Er trat ins Feld hinaus: tupfengleich derselbe Ort wie gestern. Und da ragte auch schon der Taubenschlag; die Tenne jedoch war nicht zu sehen. »Nein, das ist nicht der Platz. Der war wohl weiter; ich seh schon, ich muß zur Tenne zurückgehen!« Er wandte sich und ging zurück. Er schritt auf einem anderen Wege – da sah er die Tenne, dagegen vom Taubenschlag keine Spur! So wandte er sich mehr zum Taubenschlag – da versteckte sich die Tenne. Und wie mit Absicht begann ein Regen zu fallen. So lief er aufs neue zur Tenne – da war der Taubenschlag verschwunden; zum Taubenschlag – da war die Tenne verschwunden. »Daß dich doch, verdammter Satanas, auf daß du deine Kinder nicht erblicken dürftest!« Und dabei goß der Regen wie aus einem Faß. Die neuen Stiefel in einem Nu abstreifend und sie mit einem Tuch umwickelnd, damit sie nicht vom Regen verzogen würden, schlug er so einen Renner an, als wäre er ein herrschaftlicher Paßgänger. Durch und durch naß kroch er in die Köhlerhütte, deckte sich mit dem Schafspelz zu, knurrte und brummte durch die Zähne und begann den Teufel mit solchen Worten zu liebkosen, wie ich sie zeitlebens noch nicht vernommen. Ich gestehe, ich wäre bestimmt errötet, wenn mir das am hellichten Tage zugestoßen wäre. Als ich am anderen Tage erwacht, sah ich folgendes: Als wäre nichts passiert, spazierte Großvater im Melonenfeld auf und ab und deckte die Früchte mit großen Klettenblättern zu. Bei Tisch begann der gute Alte gesprächig zu werden. Er schreckte den jüngeren Bruder damit, er würde ihn an Stelle der Arbusen um Hühner eintauschen, und nachdem er gespeist, fertigte er mit eigener Hand eine Lockpfeife aus Holz und begann darauf zu spielen; außerdem schenkte er uns, um uns zu belustigen, eine Melone, die ganz und gar durchgekrümmt war, so daß sie einer Schlange glich, die er als eine Türkenschlange bezeichnete. Heutigentages habe ich solche Melonen nirgends mehr zu Gesicht bekommen. Es ist freilich auch wahr, die Samen dazu kamen ihm irgendwie aus weiter Ferne zu. Abends, nachdem er gevespert, ging Großvater mit dem Spaten fort, ein neues Beet für Spätkürbis zu graben. Dabei kam er an dem verhexten Platz vorbei, und da hielt es ihn nicht mehr, er murrte durch die Zähne: »Verdammter Platz!« und begab sich auf die gleiche Mitte, wo er gestern mit dem Tanz nicht zu Rande gekommen; wütend schlug er mit dem Spaten zu. Er sah sich um, rings umher lag wieder das gleiche Feld: auf der einen Seite ragte der Taubenschlag, auf der anderen Seite stand die Tenne. »Nur gut, daß ich's erraten und den Spaten mitgenommen habe. Und da ist ja auch der Fußweg! Und dort das kleine Grab! Und da ist der Ast, den ich draufgelegt! Und schau, da brennt auch das Lichtlein! Wenn ich mich nur jetzt nicht noch täusche!« Leise lief er heran, den Spaten schwingend, als wolle er mit diesem einen Wildeber beglücken, der sich ins Melonenfeld gezwängt, und machte erst vor dem kleinen Grabhügel halt. Das Lichtlein erlosch; auf dem Grab lag ein Stein, von Gras überwuchert. Diesen Stein muß man heben, überlegte Großvater und begann ihn von allen Seiten freizulegen. Doch der verdammte Stein war groß! Immerhin gelang es ihm, sich mit den Beinen fest an die Erde stemmend, ihn vom Grab hinunterzuwälzen. »Hu!« ging es durch die Ebene. »Dort gehörst du hin! Und jetzt flink ans Werk!« Hierbei setzte Großvater ab, suchte nach dem Schnupftabakshorn, schüttete Tabak auf die Faust und wollte die zur Nase führen, als plötzlich über seinem Kopf ein »Haptschi!« so gewaltig geniest wurde, daß die Bäume zu schwanken begannen und Großvaters ganzes Gesicht vollgespritzt wurde. »Könnte sich auch beiseite wenden, wenn er niesen will!« meinte Großvater, sich die Augen putzend. Er schaute auf; nichts zu sehen. »Nein, man sieht, der Teufel mag keinen Tabak!« fuhr er fort, tat das Schnupftabakhorn hinten in seinen Rock und machte sich über den Spaten her. »So ein Dummkopf, solchen Tabak hat weder sein Großvater noch sein Vater geschnupft!« Und begann zu graben. Weich war die Erde, der Spaten biß nur so hinein. Und da klirrte schon was. Die Erde wegschaufelnd, sah er einen Kessel. »Ah, mein Täubchen, da bist du also!« schrie Großvater und fuhr mit dem Spaten darunter. »Ah, Täubchen, da bist du also!« piepste ein Vogelschnabel, der an den Kessel pickte. Großvater trat beiseite und ließ den Spaten fallen. »Ah, Täubchen, da bist du also!« blökte ein Hammelkopf vom Wipfel eines Baumes. »Ah, Täubchen, da bist du also!« brüllte ein Bär, der seine Schnauze durchs Gehölz schob. Ein Zittern überlief Großvater. »Hier ist's ja gefährlich, ein Wort zu sprechen!« knurrte er vor sich hin. »Hier ist's gefährlich, ein Wort zu sprechen!« piepste der Vogelschnabel. »Gefährlich, ein Wort sprechen!« blökte der Hammelkopf. »Ein Wort sprechen!« brüllte der Bär. »Hm ...« meinte Großvater und war sehr erschrocken. »Hm!« piepste der Schnabel. »Hm!« blökte der Hammel. »Hum!« brüllte der Bär.

Voll Angst drehte er sich um: mein Gott, welch eine Nacht! Weder Sterne noch Mond; ringsum Abgründe; vor den Füßen eine bodenlose Tiefe; zu Häupten hing ein Berg, und es schien, der wolle über ihn stürzen, und es war Großvater, ihm winke daraus eine schreckliche Fratze: Uh! Uh! Die Nase wie ein Blasebalg in der Schmiede; die Naslöcher – in jedes könnte man leicht einen Eimer Wasser hineingießen! Die Lippen, bei Gott, wie zwei Balken! Die roten Augen nach oben hervorgequollen und zu allem eine Zunge, die herausgestreckt war und ihn reizte! »Der Teufel sei mit dir!« sagte Großvater und ließ den Kessel sein. »Das soll mir ein Schatz sein! So eine greuliche Fratze!« und wollte bereits das Hasenpanier ergreifen, da sah er sich um und blieb wieder stehen, weil er bemerkte, daß alles wie zuvor war. »Ist nur die unsaubere Kraft, die einen schrecken will!« Und so machte er sich aufs neue an seinen Kessel – doch der war zu schwer! Also was tun? Das konnte man doch nicht so lassen! Alle Kräfte zusammennehmend, packte er ihn aufs neue gewaltig an: »Nun, mit ganzer Kraft, mit ganzer Kraft! noch und noch!« und hob ihn heraus! »Och! Jetzt mal Tabak schnupfen!« und zog das Schnupftabakshorn hervor; indes bevor er den Tabak auszustreuen begann, blickte er sich fest um, ob da nicht wer zu sehen wäre. Es schien, daß keiner da sei; allein da war ihm: der Baumstumpf schnaufe und schwelle an, es zeigten sich die Ohren, die roten Augen liefen blutig an, die Nüstern weiteten sich, die Nase rümpfte sich, und schon schien ihm, jener schicke sich zu niesen an. Nein, da werde ich lieber keinen Tabak schnupfen, überlegte Großvater, das Schnupftabakshorn wieder einsteckend auf daß mir der Satanas nicht wieder die Augen vollspritze! Und packte schnell den Kessel und lief davon, so eilig er konnte; doch immer war ihm dabei, als raschle irgendwer hinter ihm mit den Beinen durchs Gebüsch … »Ai, ai, ai!« schrie Großvater und raste weiter, so gut er konnte, und machte erst halt, um ein wenig zu verschnaufen, als er des Popen Gemüsegarten erreichte.

Wohin mag Großvater bloß gegangen sein? dachten wir, nachdem wir drei Stunden gewartet. Längst war Mutter vom Vorwerk gekommen und hatte einen Topf heißer Quarkküchlein gebracht. Großvater aber war nicht da und war nicht da! So begannen wir aufs neue, ohne ihn zu vespern. Nach der Brotzeit spülte Mutter den Topf aus und suchte mit den Augen, wohin sie das Spülicht verschütten könnte, denn rings waren ja nichts als Beete, da gewahrte sie plötzlich, wie ein Faß direkt auf sie losging. Es war überaus dunkel. Wahrscheinlich machte einer der Burschen nur Spaß und hatte sich dahinter versteckt und stieß das Faß vor. »Kommt wie gerufen, um das Spülicht auszugießen!« sagte sie und schüttete das heiße Spülwasser hinein.

»Au weh!« schrie ein Baß los. Sie sah, da war es Großvater. Wer hätte den erkennen mögen! Bei Gott, dachten wir doch, ein Faß krieche heran. Ich gestehe, obwohl es leicht sündhaft war, mir schien es wahrhaftig recht komisch, zu sehen, wie der graue Kopf Großvaters ganz von Spülicht getränkt und von Arbusen und Melonenschalen umhängt war.

»Schau mir einer das Teufelsweib an!« sagte Großvater, den Kopf mit dem Saum seines Kittels abwischend. »Wie die mich verbrüht hat! Geradezu wie das Schwein vor Weihnachten! Nun, ihr Burschen, jetzt gibt es was für Kringel! Ihr Hundesöhne, ihr werdet von nun ab in goldgestickten Überröcken spazieren können! Da schaut her, schaut immer her, was ich euch gebracht habe!« sagte Großvater und deckte den Kessel auf. Und was meint ihr wohl, was war darin? Na, wenn ihr mal gut nachdenkt, wie? Was? Doch sicher Gold? Das ist es ja, kein Gold war das: Dreck, Kehricht … eine

Schande auszusprechen, was das war. Der Großvater spuckte aus, schmiß den Kessel hin und ging, sich die Hände waschen.

Und seit der Zeit beschwor uns Großvater, niemals dem Teufel zu glauben. »Kein Gedanke daran!« so sprach er häufig zu uns. »All was der Feind des Herrn Christi auch sagen möge, das lügt er alles, der Hundesohn! Nicht für eine Kopeke Wahrheit steckt in ihm drin!« Und wenn der Alte zu hören bekam, daß es an irgendeinem Orte nicht geheuer wäre: »Alsdann los, Kinder, fangt an, euch zu bekreuzigen!« schrie er uns zu. »Gebt es ihm, gebt es ihm! Nur wacker drauflos!« und hub an, das Kreuzzeichen zu schlagen. Den verhexten Platz aber, wo er mit dem Tanz nicht zu Rande gekommen, den zäunte er mit einer Hecke ein und befahl, alles, was es an untauglichem Zeugs gäbe, dorthin zu schütten, den ganzen Kehricht und das Steppengras, das aus dem Melonenfeld ausgejätet wurde. Ja, so ist es, so kann eine unsaubere Kraft den Menschen verwirren! Gut kenne ich dies Stück Land: die Nachbarkosaken hatten es einige Zeit darauf von Großvater gepachtet, Melonen darauf zu ziehen. Eine reiche Erde! Und gab stets eine wunderbare Ernte; nur der behexte Platz, da war nichts Gutes zu erwarten. Eingesät wurde auch er, wie es sich gehört, allein was dort wuchs, das war einfach nicht auszumachen: das war euch keine Arbuse, das war euch kein Kürbis, das war auch keine Gurke … der Teufel mag wissen, was das war!

Mit Hexen-Fexen, mit Gespenst-Gespinsten,
Kielkröpfigen Zwergen steh' ich gleich zu Diensten.

GOETHE, *Faust II*

Franz Hohler

Das Haustier

Ich habe – ich schreibe ich, nicht weil ich mich meine, sondern weil ich nicht schreiben will, es war einmal jemand, der war so und so alt und so und so groß und hatte die und die Eigenschaften – ich habe ein Haustier.

Ich verspürte eines Tages das Bedürfnis, da ich sehr allein bin, etwas um mich zu haben, das lebt, ein Wesen, das mir am Morgen nachschauen würde, wenn ich wegging und auf und ab hüpfen würde, wenn ich am Abend nach Hause käme. Als dieses Bedürfnis mehrere Tage anhielt, beschloß ich, ihm nachzugeben und suchte eine Tierhandlung auf.

Von Anfang an richtete ich mein Augenmerk auf etwas Pelziges, doch fand ich nicht leicht ein Tier, das meinen unbestimmten, aber doch genauen Vorstellungen entsprach. Die Schwierigkeit war, daß ich nicht sagen konnte, was ich eigentlich wollte, ich sah nur, daß ich die Tiere, die ausgestellt waren, nicht wollte. Ein Hamster zum Beispiel wäre zwar interessant gewesen, doch befürchtete ich, er würde kaum persönliche Notiz von mir nehmen, auch Meerschweinchen und weiße Mäuse waren mir aus diesem Grunde wenig sympathisch, bei den letzteren stieß mich auch die Geschäftigkeit ab, in der ich keinen Sinn sah. Ein Hund hingegen hätte mir zuviel abverlangt, und einer Katze hätte ich wieder jede Abwesenheit übelgenommen. Das Zwergkaninchen, das in der Handlung angeboten wurde, wäre vielleicht so etwas gewesen, wie ich mir vorstellte, aber dann störte mich plötzlich das durch Zucht Herabgeminderte, hinter dem ich auch eine Verzwergung seiner Emotionen vermutete. Ein Äffchen schien mir so voller Bewegungsdrang, daß ich es nicht hätte einsperren mögen, und damit war die Auswahl an pelzigen Tieren erschöpft.

Ich fragte den Händler nochmals, und da holte er aus dem Hintergemach des Ladens einen Käfig, in dem ein kleiner Pelzklumpen neben einem Futternapf in einer Ecke lag. Sogleich wußte ich, daß ich dieses Tier haben wollte. Der Händler sagte, es sei eben erst aus Malaya eingetroffen, und da die Lieferpapiere unterwegs verlorengegangen seien, wisse er nicht einmal, wie es heiße, vermutlich etwas wie ein Faultier oder eine Beutelratte, es habe sich bisher nicht aufgerollt, auch möchte er es noch eine Weile bei sich behalten.

Der Preis, den ich ihm bot, war aber so hoch, daß er augenblicklich in den Verkauf einwilligte. Er gab mir einige Ratschläge bezüglich des Futters, es war etwa das, was man einem Affen geben würde, Früchte, spanische Nüßchen, jeden Tag frisches Wasser und eine Mischung aus vitaminisierten Körnern, von der ich einen Sack mitnahm. Ich kaufte noch eine Veilchenwurzel für die Zähne dazu, dann verließ ich den Laden und trug den Käfig, der ziemlich groß war, zu mir nach Hause, wo ich ihn auf eine Kommode stellte.

Ich setzte mich vor den Käfig und wartete eine Stunde oder zwei, aber der Pelzklumpen bewegte sich nicht, ich konnte nicht einmal sehen, ob er atmete. Als ich aber die Finger durch das Gitter streckte und sein Fell berührte, war es warm.

Ich legte ihm nun die Hälfte einer geschälten Banane hinein, dazu einen zerkleinerten Apfel und einige Vitaminkörner, füllte seinen Napf mit frischem Wasser und entfernte mich aus der Wohnung. Als ich am späten Abend zurückkam und Licht machte, sah ich, daß das Essen noch genauso dalag, wie ich es hingetan hatte, aber das Wasser war ausgetrunken.

Am andern Morgen lag das Tier immer noch in der Ecke des Käfigs und hatte nichts vom Futter genommen. Da die Banane und der Apfel braun geworden waren, nahm ich sie heraus, ersetzte sie durch neue und füllte den Wassertopf wieder auf. Am Abend, als ich zurückkam, war die Nahrung unberührt, der Napf jedoch leer, und unter dem Pelz schaute jetzt eine Pfote hervor. Diese Pfote war zwar eher eine Hand, sie bestand aus fünf schwarzen, runzligen, leicht behaarten Fingern, die, soviel ich sah, außerordentlich scharfe Nägel hatten. Also doch ein Affe, dachte ich. Dann berührte ich die Hand mit der Fingerspitze, da zog sie sich sogleich unter den Pelz zurück.

Das Tier schien überhaupt kein Essen zu brauchen, es trank nur immer seinen Napf leer, zweimal im Tag, und es ging sehr lange, bis ich mehr als einzelne Teile von ihm zu sehen bekam. Das nächste nach der kleinen Hand war ein Schwanz, der plötzlich zum Käfig heraushing und über dessen Länge ich mich wunderte. Als ich ihn berührte, schien er mir schlaff und unmuskulös, jedenfalls war es kaum denkbar, daß sich das Tier damit an einem Ast festwickeln konnte. Auch erstaunte mich die Quaste des Schwanzes. Sobald ich jedoch ein bißchen daran zupfte, verschwand der Schwanz wieder unter dem Pelz.

Ich nahm nun an, daß es sich entweder um ein Faultier oder eine Meerkatzenart handelte, bis ich eines Morgens einen Fuß sah. Dieser Fuß, der da unter dem Pelz hervorschaute, da war gar kein Zweifel möglich, dieser Fuß war ein Huf, und der Huf war in der Mitte gespalten. Ich schaute im Lexikon nach und fand, daß das bei den sogenannten Paarhufern der Fall ist – mein Haustier mußte demnach zur Familie der Kamele, Hirsche oder Giraffen gehören. Das einzige, was ich mir denken konnte, war, daß es vielleicht eine ganz kleine Zwergziege sein könnte, aber dann war mir die Hand nicht verständlich, die ich doch genau gesehen hatte. Im Lexikon stand weiter: mehrere ausgestorbene Gruppen. Vielleicht, dachte ich, vielleicht habe ich da zufällig ein Tier, das eigentlich ausgestorben ist. Der Gedanke freute mich, und ich hatte jetzt auch eine Erklärung für die Tatsache, daß das Tier ohne Essen leben konnte, das Lexikon gab nämlich an, daß Paarhufer Wiederkäuer sind. Offenbar handelte es sich also um eine ausgestorbene Art eines Paarhufers mit einer unheimlich langen Wiederkäuerzeit.

Diese Vermutungen waren alle falsch. Welcher Art mein Haustier war, erfuhr ich, als ich an einem Sonntagmorgen meinen Radio laufen ließ. Eine festtäglich wirkende Musik für Streicher war soeben zu Ende gegangen, und der Sprecher kündigte die Übertragung eines katholischen Festgottesdienstes an. Bei dieser Ansage kam ein krächzender Schrei aus dem Käfig, ich drehte mich um, da sah ich, daß das Haustier aufgesprungen war und sich mit beiden Händen an das Gitter klammerte, und jetzt erkannte ich, daß es ein Teufel war.

Sofort stellte ich den Apparat ab und sprach dem Tier beruhigend zu. Ich bemerkte, daß jedes einzelne Haar steif aufgerichtet war und daß es am ganzen Körper zitterte. Seine Augen starrten verängstigt in die Richtung, aus der die Töne gekommen waren, und es schien mir sogar, als enthielte sein Blick nicht nur Furcht, sondern auch Haß. Gleichzeitig stellte ich fest, daß das Tier auf der Stirne zwei kleine Hörner hatte, daß es also ein richtiger Teufel war.

Im Verlaufe des Tages, während sich das Tier langsam wieder beruhigte und, den Kopf an die Veilchenwurzel geneigt, zum Käfig hinausschaute, überlegte ich mir, was ich tun sollte. Es kam mir nichts in den Sinn, keine Maßnahmen, und ich wollte auch nichts tun, ich hatte nichts dagegen, einen Teufel als Haustier zu haben, und ich nahm mir vor, genauso weiterzuleben wie bisher. Die Veränderungen stellten sich erst allmählich ein. Als erstes fiel mir auf, daß der Teufel, wenn er nicht zusammengerollt dalag, keine Stellung finden konnte, in der es ihm behaglich war, seine Figur schien eher zum Aufrechtgehen gemacht, und es wirkte unnatürlich, wenn er sich wie ein Hund hinlegte, andererseits gelang es ihm auch nicht, richtig zu sitzen und die Hände um die Knie zu schlingen. Ich baute ihm einen kleinen Stuhl, auf den er sich nun häufig in einer Art Damenhaltung setzte, beide Beine auf derselben Seite.

Trotzdem schien er noch nicht ganz zufrieden, und so kam ich auf die Idee, ihm eine Hängematte zu machen, die ich zwischen den Stäben befestigte. Davon war er begeistert, oft lag er den ganzen Tag darin und schaukelte sich hin und her, bald kam er auch darauf, daß er mit dem Schwanz bis in den Futternapf reichte, so tauchte er, wenn er Durst hatte, die Quaste ins Wasser, schwang sie dann zu sich hinauf und schleckte sie ab.

Bisher hatte er außer dem Wasser nichts zu sich genommen, aber nun fing er an, mir auf eine Art beim Essen zuzuschauen, die mir unangenehm war. Er sprang von seiner Hängematte, stellte sich aufrecht ans Gitter und hielt sich mit seinen Händen daran – so schaute er unablässig auf meinen Teller. Ich spürte seine Blicke in meinem Rücken und versuchte zuerst, da ich mich belästigt fühlte, so zu essen, daß ich ihm zugewandt war, aber nun war mir sein Blick noch unerträglicher. Dann iß halt auch, sagte ich zu ihm und hielt ihm eine Nudel hin. Er drehte nur kurz den Kopf weg und schaute dann wieder zu mir. Da schnitt ich ihm ein Stück meines Koteletts ab und bot es ihm an. Sofort packte er es und schob es in seinen Mund. Er kaute es sehr schnell und schluckte es dann hinunter. Ich gab ihm noch ein Stück, mit dem er auf dieselbe Weise verfuhr. Zuletzt legte ich ihm durch das Türchen den übriggebliebenen Knochen hinein, den er zu meiner Überraschung nicht abnagte, sondern in kurzer Zeit ganz auffraß. Als er sah, daß auch ich fertig gegessen hatte, legte er sich wieder in seine Hängematte und schaukelte sich hin und her.

Jetzt, da ich wußte, daß der Teufel auch aß, versuchte ich, ihm alle möglichen Speisen zu offerieren, aber er wollte nur Fleisch.

Nicht einmal Fisch nahm er an, und wenn ich versuchte, ihm etwas Billiges zu füttern, Kutteln etwa oder ein Hühnerherz, dann drehte er bloß den Kopf auf die Seite, manchmal fauchte er auch dazu. Es mußte gutes Fleisch sein, dasselbe, das auch ich aß, und er wollte es nicht roh, sondern gebraten. Bald wurde er so aufdringlich, daß ich ihm immer ein ganzes Stück geben mußte, ich fing also an, für zwei einzukaufen, und der Metzger lächelte, wenn er mir die Stücke schnitt.

Nun muß ich etwas erwähnen, das nicht sehr appetitlich ist, aber es spielte für mich eine große Rolle. Solange der Teufel mit Wasser zufrieden gewesen war, hatte ich nie irgendwelche Exkremente gesehen, nicht einmal Urin, sein Körper hatte offenbar alles bis zum letzten Tropfen verarbeitet. Seit er aber aß, begann er kleine Haufen zu scheißen, die fast flüssig waren, wie von jemandem, der Durchfall hat. Wenn er seinen Kot herauspreßte, rann ihm immer ein Teil davon den Beinen entlang hinunter und verkrustete. Dieser Kot verbreitete einen widerlichen Geruch, so daß ich jeden Abend den ganzen Käfig putzen mußte und auch die Beine des Teufels mit einem Lappen reinigte, den ich zuvor in Spiritus tauchte. Besonders ekelte mich, daß er seinen Kot immer in den Wassernapf abgab, so daß ich jedesmal auch den Napf von Grund auf reinigen mußte. Öfters pißte er mit offensichtlichem Genuß zwischen den Stäben des Käfigs hinaus, wodurch ich gezwungen war, die ganze Kommode, auf der er stand, mit Plastik zu bedecken.

Dies alles gab sehr viel Arbeit, zudem begann sich der Gestank allmählich einzunisten und verflüchtigte sich auch nach der täglichen Reinigung nicht mehr ganz. Ich erwog, ob ich den Teufel etwa vor das Fenster hängen sollte, aber mir war aufgefallen, daß er schon mit den Zähnen zu klappern begann, wenn ich nur eine Viertelstunde lüftete, er schien also ausgesprochen wärmeliebend zu sein.

Wenn ich ihm jeweils seine Beine säuberte, eine Handlung, die er sehr gerne geschehen ließ, durfte er nachher noch etwas in der Wohnung herumlaufen. Er bewegte sich nicht sehr geschickt, ging aufrecht auf seinen zwei Beinen, und wenn er etwas betrachten wollte, das in der Höhe lag, mußte ich ihn hinaufheben, er pflegte dann mit seinem Kopf nach oben zu deuten und dazu kurz zu husten. Das erstemal hob ich ihn vor meinem Büchergestell hoch, wo er das oberste Regal sehen wollte. Dort zerrte er sofort ein Buch heraus, warf es auf den Boden, sprang von oben hinunter und trampelte mit zornigem Geheul darauf herum, bis es zerfetzt war. Dieses Buch war die Bibel.

Seine Abneigung gegen alles, was mit Religion zusammenhing, wurde nun von Tag zu Tag deutlicher. So wollte er einmal ein Landschaftsbild ansehen, das bei mir im Korridor hing, und nachdem ich ihn hinaufgehoben hatte, zertrümmerte er mit einem scharfen Huftritt das Glas des Wechselrahmens und schränzte mit seinen Klauen einen Kirchturm heraus, der so weit hinten am Horizont gemalt war, daß er mir vorher noch gar nie aufgefallen war.

Am schwierigsten war er an Sonntagen zu haben. Jedesmal, wenn die Glocken zum Kirchgang läuteten, begann der Teufel zu wimmern, hockte sich in eine Ecke des Käfigs und schaute mich so traurig und verzweifelt an, daß ich mich mit seinem Schmerz beschäftigen mußte. Anfangs wußte ich nicht, was tun. Ich schloß die Fensterläden und die Fenster, zog die Vorhänge, so daß man das Geläute nur noch gedämpft hörte, aber der Teufel schaute genauso erbärmlich drein. Ich zeigte ihm das Kalbfleisch, das ich ihm für den Mittag zugedacht hatte, aber er blickte mich fast beleidigt an. Ich begann so laut zu singen, daß man die Glocken nicht mehr hörte, aber es nützte nichts. Meistens gab ich dann meine Versuche wieder auf, nur war es mir nicht mehr möglich, mich auf etwas anderes zu konzentrieren. Einmal wurde ich so wütend, daß ich die Läden mit einem Fluch wieder aufriß und die

Fenster offenstehen ließ. Da war der Teufel sofort ruhig und schaute mich mit einem dankbaren Blick an. Daraufhin verbrachte ich einen ungestörten Sonntag, und als ihn gegen Abend wieder die Glocken zu quälen begannen, fluchte ich noch einmal hörbar, und er beruhigte sich.

Nun wurde er aber immer anspruchsvoller, und bald konnte ich ihn nur noch trösten, indem ich ihm während des Läutens die Hand hielt, die er zum Käfig hinausstreckte und leise, aber eindringlich vor mich her fluchte. Setzte ich einmal aus, wurde er sogleich wieder weinerlich, und ging ich gar vom Käfig weg, brach er in eine Art Schluchzen aus, das seinen ganzen Körper schüttelte. Obwohl ich nicht religiös bin, setzte mir das ständige Fluchen an den Sonntagen mit der Zeit zu. Dennoch habe ich es bis heute nicht fertiggebracht, den Teufel an einem Sonntag alleinzulassen, weil ich mir beim Gedanken, daß er dann den ganzen Tag heulend und elend in seinem Käfig verbringen müßte, als Unmensch vorkomme.

Aber das ist nicht mein größtes Problem. Am meisten beschäftigt mich gegenwärtig die Frage, wie ich den Geruch aus der Wohnung wegbringe. Nachdem es mir mit den gängigen Sprühmitteln nicht gelungen ist, bin ich Kunde von Homöopathen und Reformhäusern geworden, jetzt zum Beispiel hängen überall Säcklein mit ungedüngten getrockneten Jasminblüten, die ich jeden Tag mit einem anthroposophischen Lavendelöl überträufle. Mit Erschrekken habe ich aber bemerkt, daß der Geruch des Teufels seit kurzem an mir selbst haftet, wenn ich es auch erst bei besonderen Gelegenheiten feststelle, wie wenn mir Schweiß aus den Achselhöhlen tritt. Ich sehe jedoch voraus, daß es nicht mehr lange dauern kann, bis auch ich so riechen werde wie mein Teufel. Dieser Geruch ist nicht etwa ländlich, stallähnlich, sonst könnte ich, damit man ihn meinem Wohnort zuschriebe, in ein Bauernhaus umziehen, sondern er ist eine fast nicht zu beschreibende Mischung aus etwas Ätzendem wie von brennendem Kehricht, etwas Fauligem wie von abgestandenem Blumenwasser und etwas Atemverschlagendem wie von verwesenden Kadavern – wer so riecht, kann nicht mehr unter die Leute, er darf sich in keinen Laden wagen, keine Wirtschaft und kein Postbüro, von seinem Arbeitsplatz ganz zu schweigen.

Wer mir so weit gefolgt ist, wird mir nun den Rat geben, und das wäre auch nach allen Regeln der Vernunft das richtige, mich dieses Haustiers so rasch als möglich zu entledigen. Gerade das aber kann ich nicht. Mir ist der Teufel ans Herz gewachsen, sein Blick, wenn er etwas gerne hätte, rührt mich, ich habe das Gefühl, er brauche mich und würde kläglich eingehen, wenn ich nicht mit meiner ganzen Kraft für ihn sorgen würde. Außerdem, wie müßte ich das machen? In die Tierhandlung getraue ich mich nicht mehr zurück, ihn in einem Sack ins Wasser zu werfen wäre mir unmöglich, und um ihm von einem Tierarzt eine Spritze geben zu lassen, dazu ist er mir zu wenig Tier, ich weiß auch nicht, was ein Tierarzt sagen würde, wenn ich mit einem Teufel in die Sprechstunde käme. Überhaupt wage ich es kaum, mich jemandem anzuvertrauen. Ich habe eine Zeitlang daran gedacht, einen Pfarrer zu fragen, aber dann habe ich mich zuerst in der theologischen Literatur umgesehen und festgestellt, daß man heute sogar in konservativen Kreisen darüber hinaus ist, an die Existenz eines leibhaftigen Teufels zu glauben, sondern sich das Böse auch irgendwie als geistig vorstellt, und diese Erkenntnis, die ich begrüßenswert finde, wollte ich nicht mit meinem Fall trüben.

Es kommt noch etwas dazu. Ich habe das Gefühl, daß die Vernichtung des Teufels für mich sehr schwere Folgen hätte. Dieses Gefühl kann ich weder erklären noch präzisieren, ich glaube einfach, daß mir Unheimliches zustoßen würde, und ich habe Angst davor. Lieber behalte ich den Teufel und lebe auf dieselbe Art mit ihm zusammen wie bisher.

Oder was soll ich sonst tun?

Gespengste regieren die Verzweiffleten.

PARACELSUS

Edgar Allan Poe

Der schwarze Kater

Für die höchst sonderbare und doch so einfache Geschichte, die ich hier niederschreibe, erwarte ich keinen Glauben und erbitte ihn auch nicht. Es wäre Wahnsinn, da Glauben zu verlangen, wo ich meinen eigenen Sinnen nicht trauen kann. Wahnsinnig bin ich jedoch nicht, und ich träume auch ganz sicher nicht. Aber morgen muß ich sterben, und so möchte ich heute meine Seele entlasten. Es ist meine Absicht, der Welt in kurzer, bündiger Form und ohne Kommentar eine Reihe ganz alltäglicher Begebenheiten vorzutragen, deren Folgen mich zunächst in Schrecken versetzt, dann gepeinigt und schließlich vernichtet haben. Dennoch will ich nicht versuchen, sie zu deuten. Mir haben sie kaum etwas anderes als Grausen eingeflößt, vielen mögen sie indessen weniger schrecklich als vielmehr sonderbar erscheinen. Vielleicht wird sich später irgendein kluger Geist finden, der mein Hirngespinst als etwas Alltägliches erklärt – ein ausgeglichenerer, logischer denkender und weit weniger erregbarer Geist als der meine, der in jenen Begebenheiten, die ich mit Scheu beschreibe, nichts anderes erkennen wird als eine normale Verkettung höchst natürlicher Ursachen und Wirkungen.

Von Kindheit an galt ich als fügsam und gutmütig. Ich war so weichherzig, daß mich meine Kameraden zur Zielscheibe ihres Spotts machten. Ganz besonders gern mochte ich Tiere, und meine Eltern erfreuten mich mit einer großen Schar zahmer Haustiere.

Mit ihnen verbrachte ich die meiste Zeit und war nie so glücklich, wie wenn ich sie füttern und streicheln durfte. Diese Neigung wuchs mit den Jahren und bildete im Mannesalter eine meiner Hauptfreuden. Denen, die jemals Zuneigung für einen treuen, klugen Hund empfunden haben, brauche ich wohl kaum zu beschreiben, wie tief oder wie stark die Freude ist, die uns aus diesem Gefühl erwächst. In der selbstlosen, aufopfernden Liebe eines Tieres liegt etwas, was dem unmittelbar zu Herzen geht, der häufig Gelegenheit gehabt hat, die erbärmliche Freundschaft und zerbrechliche Treue des Menschen zu prüfen.

Ich heiratete frühzeitig und war glücklich, in meinem Weib eine mir verwandte Sinnesart zu entdecken. Als sie meine Vorliebe für Haustiere erkannte, versäumte sie keine Gelegenheit, die reizendsten davon anzuschaffen. Wir hatten Vögel, Goldfische, einen schönen Hund, Kaninchen, ein Äffchen und einen *Kater*.

Letzterer war ein bemerkenswert großes, schönes Tier, ganz schwarz und erstaunlich klug. Kam die Rede auf seine Intelligenz, so erwähnte meine Frau, die im Grunde ihres Herzens auch nicht ein bißchen abergläubisch war, oft den alten Volksglauben, daß alle schwarzen Katzen verwandelte Hexen seien. Nicht, daß es ihr damit je *ernst* gewesen wäre; ich erwähne die Angelegenheit auch nur, weil ich mich gerade jetzt zufällig dessen erinnere.

Pluto – so hieß der Kater – war mein Lieblingstier und Spielgefährte. Ich allein fütterte ihn, und wo immer ich im Haus hinging, begleitete er mich. Ja, ich konnte ihn sogar nur mit Mühe davon abhalten, mir auf der Straße nachzulaufen.

So bestand unsere Freundschaft mehrere Jahre hindurch, während derer – ich erröte bei dem Geständnis – meine allgemeine Verfassung und meine Gemütsart durch den Teufel Alkohol eine gründliche Wandlung zum Bösen erfuhren. Von Tag zu Tag wurde ich launischer, reizbarer und rücksichtsloser gegen die Gefühle anderer. Ich ließ mich so weit gehen, meine Frau unbeherrscht anzufahren. Schließlich wagte ich es sogar, sie tätlich anzugreifen. Natürlich spürten auch meine Tiere den Wandel meiner Gemütsverfassung. Ich vernachlässigte sie nicht nur, sondern mißhandelte sie auch. Für Pluto jedoch empfand ich immerhin noch so viel, daß ich davor zurückschreckte, ihn schlecht zu behandeln, was ich bedenkenlos bei den Kaninchen, dem Äffchen und sogar bei dem Hund tat, wenn sie mir rein zufällig oder aus Anhänglichkeit in den Weg liefen. Doch meine Krankheit gewann mehr und mehr Gewalt über mich – denn welche Krankheit ist dem Alkohol zu vergleichen! –, und mit der Zeit bekam auch Pluto, der nun alt und daher etwas mürrisch wurde, die Folgen meiner bösen Laune zu spüren.

Eines Nachts, als ich schwer betrunken aus einer meiner Stammkneipen in der Stadt nach Hause kam, bildete ich mir ein, der Kater gehe mir aus dem Weg. Ich packte ihn, und in seinem Schreck über meine Heftigkeit biß er mich leicht in die Hand. Augenblicklich ergriff mich eine wahrhaft teuflische Wut. Ich kannte mich selbst nicht mehr. Meine wahre Seele schien meinem Körper plötzlich zu entfliehen, und eine vom Branntwein genährte, geradezu satanische Roheit durchrieselte jede Fiber meines Körpers. Ich zog ein Taschenmesser aus meiner Westentasche, klappte es auf, packte das arme Tier bei der Kehle und stach ihm bedächtig ein Auge aus der Höhle! Ich erröte, ich brenne vor Scham, ich schaudere, während ich die verdammenswerte Grausamkeit niederschreibe.

Als mein Verstand am nächsten Morgen zurückkehrte und ich den Rausch der nächtlichen Ausschweifung ausgeschlafen hatte, empfand ich ein Gemisch aus Grauen und Reue über das Verbrechen, dessen ich mich schuldig gemacht hatte, doch war es nur ein schwaches und zwiespältiges Gefühl, von dem die Seele unberührt blieb. Aufs neue stürzte ich mich in Ausschweifungen und ertränkte jede Erinnerung an die Tat im Wein.

Inzwischen erholte sich der Kater langsam. Die leere Augenhöhle bot wahrhaftig einen schrecklichen Anblick, aber er schien keine Schmerzen mehr zu leiden. Wie früher strich er im Hause umher, sobald ich mich aber näherte, floh er, wie zu erwarten, in höchster Angst. Noch besaß ich so viel Herz, daß mich die offensichtliche Abneigung eines Geschöpfs, das mich vordem so geliebt hatte, zunächst schmerzlich berührte. Dieses Gefühl verwandelte sich indessen bald in Erbitterung. Und dann kam, wie zu meiner endgültigen und unwiderruflichen Vernichtung, der Geist der *Verderbtheit* hinzu, jener Geist, über den die Philosophie nichts sagt. Dennoch bin ich, wie von der Existenz meiner Seele, auch davon überzeugt, daß die Verderbtheit eine der ursprünglichen Triebkräfte des Menschenherzens ist und zu den untrennbaren, elementaren Fähigkeiten oder Empfindungen gehört, die den Charakter des Menschen bestimmen. Wer hat sich nicht schon hundertmal bei einer törichten oder niedrigen Handlung ertappt, einzig und allein deshalb begangen, weil sie verboten war? Sind wir nicht all unserer besseren Einsicht zum Trotz ständig geneigt, das, was *Gesetz* ist, lediglich deshalb zu übertreten, weil wir es als solches erkannt haben? Dieser Geist der Verderbtheit sollte also meinen Untergang herbeiführen. Es war das unergründliche Verlangen der Seele, *sich selbst zu quälen,* der eigenen Natur Gewalt anzutun, das Böse allein um des Bösen willen zu tun, das mich weiterdrängte und das Unrecht vollenden ließ, das ich dem harmlosen Tier angetan hatte. Eines Morgens legte ich ihm kaltblütig eine Schlinge um den Hals und hängte es an einem Ast auf, erhängte es unter strömenden Tränen und mit bitterster Reue im Herzen, erhängte es, *weil* ich wußte, daß es mich geliebt, und *weil* ich fühlte, daß es mir keinen Anlaß zu diesem Verbrechen geliefert hatte; erhängte es, *weil* ich mir dessen bewußt war, daß ich damit eine Sünde beging, eine Todsünde, die meine unsterbliche Seele so gefährdete, daß sie – sofern das möglich war, der unendlichen Gnade des barmherzigsten und furchtbar zürnenden Gottes entrückt wurde.

In der Nacht, die auf diese höchst grausame Tat folgte, wurde ich von dem Schrei »Feuer« aus dem Schlaf gerissen. Meine Bettvorhänge standen in Flammen. Das ganze Haus brannte. Mit knapper Not entrannen meine Frau, eine Magd und ich der Feuersbrunst. Alles wurde vernichtet. Mein gesamter irdischer Besitz wurde verschlungen, und ich ergab mich von nun an der Verzweiflung.

Ich bin frei von der Schwäche, die einen Zusammenhang von Ursache und Wirkung zwischen dem Unglück und der Greueltat herzustellen sucht. Doch zähle ich eine Kette von Tatsachen auf und möchte dabei nichts auslassen, was ein Bindeglied sein könnte. Am Tag nach der Feuersbrunst besuchte ich die Trümmerstätte. Die Mauern waren bis auf eine eingestürzt, und das war eine nicht sehr starke Trennwand ungefähr in der Mitte des Hauses, an der mein Bett mit dem Kopfende gestanden hatte. Der Bewurf hatte hier größtenteils der Einwirkung des Feuers widerstanden, was ich der Tatsache zuschrieb, daß die Fläche erst vor kurzem verputzt worden war. Um diese Mauer hatte sich eine dichte Menschenmenge versammelt, und viele Leute untersuchten offenbar eine bestimmte Stelle sehr eingehend und aufmerksam. Ausrufe wie »Merkwürdig!«, »Sonderbar!« und ähnliche erregten meine Neugier. Ich trat näher und erblickte, in die weiße Fläche wie ein Basrelief eingegraben, die Formen einer Riesen-*Katze.* Der Abdruck war geradezu wunderbar genau. Um den Hals des Tieres lag eine Schlinge.

Als ich zum erstenmal dieses Gespenst – was sollte es anderes sein? – erblickte, war ich außer mir vor Staunen und Entsetzen. Doch schließlich kam mir die Überlegung zu Hilfe. Wie ich mich erinnerte, hatte der Kater in einem ans Haus grenzenden Garten gehangen. Auf den Feueralarm hin hatte sich sogleich eine Menschenmenge in den Garten gedrängt, und jemand mußte wohl das Tier vom Baum geschnitten und durch ein offenes Fenster in mein

Schlafzimmer geworfen haben, offenbar in der Absicht, mich aus dem Schlaf zu wecken. Durch den Einsturz der anderen Wände war das Opfer meiner Grausamkeit in die frische Putzschicht hineingepreßt worden, und der Kalk hatte im Verein mit dem Feuer und dem Ammoniak des Kadavers das Abbild vollendet, das ich vor mir sah.

Wenn ich auch die eben geschilderte erschreckende Tatsache meiner Vernunft, wenn nicht sogar meinem Gewissen, leicht erklären konnte, so machte sie doch einen tiefen Eindruck auf meine Phantasie. Monatelang konnte ich mich von dem Trugbild des Katers nicht befreien, und in dieser Zeit empfand meine Seele fast so etwas wie Reue, doch war es keine. Ich ging so weit, den Verlust des Tieres zu bedauern und in den üblen Spelunken, die ich jetzt ständig aufsuchte, nach einem anderen Haustier dieser Gattung zu suchen, das ähnlich aussehen und Plutos Platz einnehmen sollte.

Als ich eines Nachts halb betäubt in einer mehr als verrufenen Spelunke saß, wurde mein Blick plötzlich von einem schwarzen Gegenstand angezogen, der oben auf einem der riesengroßen Gin- und Rumfässer thronte, aus denen die Einrichtung des Raumes hauptsächlich bestand. Ein paar Minuten hatte ich bereits unverwandt auf den oberen Rand des Fasses geblickt und wunderte mich nun darüber, den Gegenstand dort oben nicht schon vorher bemerkt zu haben. Ich ging darauf zu und berührte ihn mit der Hand. Es war ein schwarzer Kater – ein sehr großes Tier –, ebenso groß wie Pluto und ihm bis auf eine Ausnahme täuschend ähnlich. Pluto hatte nirgendwo an seinem Körper ein weißes Haar gehabt, dieser Kater aber hatte einen großen, wenn auch nicht deutlich umrissenen weißen Fleck, der nahezu die ganze Brust bedeckte.

Auf meine Berührung hin erhob er sich gleich, schnurrte laut, rieb sich an meiner Hand und war von der Beachtung, die ich ihm schenkte, sichtlich entzückt. Dies nun war genau das Geschöpf, das ich suchte. Sogleich wollte ich das Tier von dem Wirt kaufen, der aber erhob keinen Anspruch auf den Kater, er wußte nichts von ihm, hatte ihn nie zuvor gesehen.

Ich streichelte das Tier weiter, und als ich nach Hause gehen wollte, zeigte es Neigung, mich zu begleiten. Ich ließ es gewähren und bückte mich im Laufen zuweilen, um es zu streicheln. Als es in mein Haus kam, gewöhnte es sich sofort ein und wurde gleich der Liebling meiner Frau.

Ich selbst aber spürte bald eine Abneigung gegen den Kater in mir aufsteigen. Das war genau das Gegenteil von dem, was ich erwartet hatte, aber – ich weiß nicht, wie und weshalb es geschah – die offensichtliche Anhänglichkeit, die er mir bewies, war mir lästig und zuwider. Allmählich wandelten sich diese Gefühle des Widerwillens und Verdrusses in bitteren Haß. Ich mied das Geschöpf; ein gewisses Schamgefühl und die Erinnerung an meine frühere Grausamkeit hielten mich davon ab, es zu mißhandeln. Einige Wochen lang tat ich ihm nichts zuleide, noch quälte ich es. Allmählich aber, ganz allmählich betrachtete ich es mit unaussprechlichem Widerwillen und floh stumm aus seiner verhaßten Gegenwart wie vor dem Hauch der Pestilenz.

Was zweifellos noch meinen Haß gegen das Tier verstärkte, war die Entdeckung, die ich an dem Morgen machte, nachdem ich den Kater mit nach Hause genommen hatte, daß es nämlich wie Pluto eines Auges beraubt worden war. Dieser Umstand jedoch machte den Kater meiner Frau nur um so lieber; denn sie besaß, wie ich schon erwähnte, in hohem Maße jene Güte, die einst auch mein charakteristischer Wesenszug und die Quelle vieler meiner reinsten und lautersten Freuden gewesen war.

Mit meiner Abneigung gegen diesen Kater schien seine Vorliebe für mich zu wachsen. Er folgte meinen Spuren mit einer Beharrlichkeit, die dem Leser schwer begreiflich zu machen ist. Sobald ich mich niedersetzte, hockte er sich unter meinen Stuhl oder sprang auf meine Knie und überhäufte mich mit seinen widerwärtigen

Liebkosungen. Stand ich auf, um wegzugehen, lief er mir zwischen die Füße und brachte mich fast zu Fall, oder er schlug seine langen, scharfen Krallen in meinen Anzug und kletterte so bis zu meiner Brust hinauf. Obwohl ich mich bei solchen Gelegenheiten danach sehnte, ihn mit einem Hieb zu töten, hielt mich doch etwas davon zurück, teils war es die Erinnerung an mein früheres Verbrechen, vor allem aber – ich will es sogleich gestehen – die grenzenlose *Furcht* vor dem Tier.

Das war nicht unbedingt die Furcht vor einem körperlichen Schaden, und dennoch weiß ich nicht, wie ich sie anders erklären soll. Fast schäme ich mich – ja, selbst in dieser Verbrecherzelle schäme ich mich beinahe – zu bekennen, daß der Schrecken und das Grauen, die das Tier mir einflößte, durch das unsinnigste Hirngespinst, das man sich denken kann, gesteigert worden waren. Meine Frau hatte mich mehr als einmal auf das Aussehen des weißen Fleckens aufmerksam gemacht, von dem ich schon berichtet habe und der der einzig sichtbare Unterschied zwischen diesem fremden und dem von mir getöteten Tier war. Der Leser wird sich erinnern, daß dieses weiße Mal zwar groß, doch in seinen Umrissen anfänglich ganz undeutlich war. Allmählich aber, fast unmerklich – mein Verstand suchte es lange Zeit als Einbildung abzutun – hatte es schließlich unerbittlich deutliche Umrisse angenommen. Das Mal stellte jetzt etwas dar, was zu nennen mich schaudert und um dessentwillen vor allem ich das Untier verabscheute und fürchtete und mich am liebsten von ihm befreit hätte, *hätte ich es nur gewagt.* Es war nunmehr das Abbild eines entsetzlichen, eines grausigen Gegenstandes – eines *Galgens!* O du düsteres, schreckliches Werkzeug des Grauens und des Frevels, der Seelenangst und des Todes!

Jetzt war ich wirklich elend, weit über das Maß alles menschlichen Elends hinaus. Und ein *unvernünftiges Tier,* dessen Artgenossen ich verächtlich ausgelöscht hatte, ein *unvernünftiges Tier* war imstande, so unerträgliches Leid über *mich* zu bringen, über mich, einen nach dem Ebenbilde des höchsten Gottes erschaffenen Menschen! Ach, weder bei Tag noch bei Nacht kannte ich mehr den Segen der inneren Ruhe. Tagsüber ließ mich das Tier nicht einen Augenblick allein, und nachts schrak ich jede Stunde aus unbeschreiblichen Angstträumen empor, um den heißen Hauch von diesem *Etwas* auf meinem Gesicht zu spüren und sein Riesengewicht – einen Alpdruck aus Fleisch und Blut, den ich nicht abzuschütteln vermochte – ewig auf meinem *Herzen* zu tragen.

Unter dem Druck solcher Qualen erstarben die schwachen Überreste des Guten in mir. Böse Gedanken wurden meine einzigen Gefährten, es waren die düstersten und schlimmsten Gedanken. Die bisherige Launenhaftigkeit meines Wesens steigerte sich zum Haß gegen jedwedes Ding und gegen die ganze Menschheit, und bei alledem war es gewöhnlich mein Weib, das meine häufigen, plötzlichen und zügellosen Wutausbrüche, denen ich mich nun blind überließ, schweigend ertrug.

Eines Tages begleitete sie mich wegen einer häuslichen Verrichtung in den Keller des alten Gebäudes, das wir jetzt unserer Armut wegen bewohnen mußten. Der Kater sprang mir auf der steilen Treppe nach und hätte mich fast zu Fall gebracht, was mich in rasende Wut versetzte. In meinem Zorn vergaß ich die kindische Furcht, die meine Hand bisher gelähmt hatte, packte eine Axt und holte zu einem Schlag gegen das Tier aus, der augenblicklich tödlich gewesen wäre, hätte er sein Ziel getroffen. Aber meine Frau fiel mir in den Arm. Ihr Dazwischentreten stachelte mich zu mehr als teuflischer Wut an, ich riß meinen Arm aus ihrem Griff und begrub die Axt in ihrem Schädel. Ohne einen Seufzer brach sie auf der Stelle tot zusammen.

Nach dieser scheußlichen Mordtat machte ich mich unverzüglich und mit klarer Überlegung daran, den Leichnam zu verbergen. Ich wußte, daß ich ihn weder bei Tag noch bei Nacht aus dem

Hause schaffen konnte, ohne Gefahr zu laufen, von den Nachbarn beobachtet zu werden. So mancher Plan kam mir in den Sinn. Eine Zeitlang dachte ich daran, den Leichnam in ganz kleine Teile zu zerstückeln und sie zu verbrennen. Dann wollte ich im Boden des Kellers ein Grab schaufeln. Als nächstes überlegte ich, ob ich die Leiche nicht besser im Hof in den Brunnen werfen – oder ob ich sie wie Handelsware in der üblichen Weise in eine Kiste packen und von einem Dienstmann aus dem Hause holen lassen sollte. Schließlich fiel mir ein Verfahren ein, das mich weit besser als alle andern dünkte. Ich beschloß, die Leiche im Keller einzumauern, so wie es im Mittelalter die Mönche mit ihren Opfern gemacht haben sollen.

Für eine solche Absicht war der Keller gut geeignet. Das Mauerwerk war leicht gebaut und erst vor kurzem mit einem groben Putz beworfen worden, der in der feuchten Kellerluft noch nicht hart geworden war. Überdies sprang eine der Mauern etwas vor, wo ein blinder Kamin oder eine Feuerstelle gewesen war, die ausgefüllt und den andern Kellerwänden gleichgemacht worden war. Sicherlich konnte ich die Ziegelsteine an dieser Stelle leicht entfernen, den Leichnam hineinschieben und die Wand wie zuvor wieder zumauern, so daß kein Auge etwas Verdächtiges entdeckte.

Und in dieser Berechnung sah ich mich nicht getäuscht. Mit einem Brecheisen entfernte ich mühelos die Ziegelsteine, und nachdem ich die Leiche sorgsam gegen die innere Wand gelehnt hatte, stützte ich sie in dieser Stellung und richtete alles wieder her, wie es zuvor gewesen war. Mit aller erdenklichen Vorsicht beschaffte ich mir Mörtel, Sand und Haare, stellte einen Putz her, der sich von dem alten nicht unterschied, und überzog damit recht sorgfältig das neue Mauerwerk. Als ich damit fertig war, atmete ich befriedigt auf, weil alles in Ordnung war. Die Mauer zeigte nicht die geringste Spur einer Beschädigung. Den Schutt vom Boden räumte ich sauber weg. Triumphierend sah ich mich um und sprach zu mir selbst: »Hier wenigstens ist meine Arbeit nicht umsonst gewesen.«

Als nächstes hielt ich Umschau nach dem Tier, das so viel Elend verursacht hatte, denn ich war nunmehr fest entschlossen, es umzubringen. Wäre ich ihm in diesem Augenblick begegnet, so hätte über sein Schicksal kein Zweifel bestanden, doch anscheinend war das schlaue Tier von der Heftigkeit meines Zorns gewarnt worden und hütete sich, mir in meiner gegenwärtigen Stimmung unter die Augen zu kommen. Unbeschreiblich, ja unvorstellbar war das tiefe, wonnevolle Gefühl der Erleichterung, das die Abwesenheit der verabscheuten Kreatur in meiner Brust auslöste. Auch während der Nacht zeigte sie sich nicht, und so schlief ich, seit ich sie ins Haus gebracht hatte, wenigstens eine Nacht ruhig und tief – ja, *schlief* sogar mit der Last des Mordes auf meiner Seele!

Der zweite und dritte Tag gingen dahin, und noch immer zeigte sich mein Peiniger nicht. Ich atmete wieder wie ein freier Mensch. Das Untier hatte in seiner Angst das Grundstück für immer verlassen! Ich sollte es nie mehr erblicken! Meine Glückseligkeit kannte keine Grenzen! Die Schuld meiner düsteren Tat störte mich nur wenig. Es hatte einige Nachfragen gegeben, aber die hatte ich geschickt beantwortet. Sogar eine Haussuchung war veranlaßt worden, aber man hatte natürlich nichts entdeckt. Ich betrachtete mein zukünftiges Glück als gesichert.

Am vierten Tag nach der Mordtat kamen einige Polizeibeamte völlig unerwartet ins Haus und begannen das Grundstück von neuem gründlich zu durchsuchen. Da ich aber meines unauffindbaren Versteckes so sicher war, verwirrte mich das gar nicht. Die Beamten baten mich, sie bei der Durchsuchung zu begleiten. Kein Winkel und keine Ecke wurden übersehen. Schließlich stiegen sie zum dritten oder vierten Mal in den Keller hinunter. Ich zuckte mit keinem Muskel. Das Herz eines in Unschuld Schlummernden konnte nicht ruhiger schlagen als das meine. Ich durchmaß den Keller von einem Ende bis zum andern. Mit verschränkten Armen ging ich ruhig hin und her. Die Polizisten waren völlig zufriedengestellt und wollten sich schon verabschieden. Die Freude meines Herzens aber war zu groß, als daß ich sie hätte bezähmen können. Ich brannte darauf, meinen Triumph wenigstens mit einem Wort zu feiern und sie von meiner Unschuld doppelt zu überzeugen.

»Meine Herren«, sagte ich schließlich, als sie die Stufen hinaufstiegen, »ich freue mich, Ihren Verdacht zerstreut zu haben. Ich wünsche Ihnen Gesundheit und etwas mehr Höflichkeit. Nebenbei bemerkt, meine Herren, das – das Haus hier ist sehr gut gebaut«, – in dem tollen Verlangen, irgend etwas leichthin zu sagen, wußte ich kaum, was ich überhaupt redete –, »ich möchte behaupten, ein *ausnehmend* gutgebautes Haus. Diese Mauern – Sie wollen schon gehen, meine Herren? –, diese Mauern sind ganz solide zusammengefügt.« Und hierbei schlug ich in geradezu wahnsinniger Prahlerei kräftig mit einem Stock, den ich in der Hand trug, genau auf die Stelle der Mauer, hinter der der Leichnam meines geliebten Weibes stand.

Aber möge Gott mich schützen und aus den Fängen des Erzfeindes erlösen! Kaum war der Widerhall meiner Schläge verklungen, da gab mir auch schon eine Stimme aus dem Grabe Antwort! Es war ein Schrei, zuerst gedämpft und gebrochen wie Kinderweinen, dann rasch anschwellend zu einem langen, lauten und anhaltenden Heulen, ganz ungewöhnlich und gar nicht menschenähnlich; ein Jaulen – ein wehklagender Schrei, jammernd und triumphierend zugleich, wie er wohl nur aus der Hölle steigen mag, wenn die Klagen der zur Qual Verdammten und das Frohlocken der bösen Geister über die Verdammnis wie aus einer Kehle dringen.

Es wäre töricht, von meinen Gefühlen zu sprechen. Ohnmächtig taumelte ich auf die gegenüberliegende Mauer zu. Für einen

Augenblick waren die Männer auf der Treppe vor Schreck und Entsetzen wie gebannt. Im nächsten bearbeitete ein Dutzend kräftiger Arme die Mauer. Sie brach in sich zusammen. Der bereits stark verweste und mit geronnenem Blut bedeckte Leichnam stand aufrecht vor den Augen der Betrachter. Auf seinem Kopf saß, mit weit aufgerissenem rotem Maul und einem einzigen glühenden Auge, das abscheuliche Untier, dessen List mich zum Mord verführt hatte und dessen verräterische Stimme mich dem Henker überlieferte. Ich hatte das Ungeheuer in das Grab eingemauert!

Es ist auch sehr wahrscheinlich, daß die Erziehungsbegriffe von Geistergestalten dem kranken Kopfe die Materialien zu den täuschenden Einbildungen geben, und daß ein von allen solchen Vorurteilen leeres Gehirn, wenn ihm gleich eine Verkehrtheit anwandelte, wohl nicht so leicht Bilder von solcher Art aushecken würde.

KANT, *Träume eines Geistersehers*

Guy de Maupassant

Der Horla

8. Mai. – Was für ein wunderbarer Tag! Den ganzen Morgen lag ich im Gras vor meinem Haus, unter der riesigen Platane, die darüber ihren Schirm und Schatten breitet. Ich liebe dies Land, ich lebe mit Freuden hier, denn hier habe ich meine Wurzeln, die tiefen, feinverzweigten Wurzeln, die den Menschen an die Erde binden, wo seine Vorfahren geboren und gestorben sind, die ihn an eine Weise zu denken und zu essen binden, an Bräuche wie Gerichte, an die Art zu reden, die Sprachmelodie der Bauern, an die Gerüche des Bodens, der Dörfer und sogar der Luft.

Ich liebe mein Haus, wo ich aufgewachsen bin. Meine Fenster blicken auf die Seine, die jenseits der Landstraße, beinahe noch auf meinem Grundstück, an meinem Garten vorüber von Rouen nach Le Havre fließt, die mächtige Seine, wo immer Schiffe nach hierhin und dorthin fahren.

Fern zur Linken Rouen, die große Stadt der blauen Dächer unter einer Schar gotischer Spitztürme. Unzählige sind es, schlank oder stämmig, überragt von dem stählernen Pfeil der Kathedrale und voller Glocken, die in die schöne blaue Morgenluft klingen, ihr sanftes, fernes Eisengetön bis zu mir schicken, ihren erzenen Gesang, den mir die Brise bald stärker, bald schwächer zuträgt, je nachdem ob er anhebt oder verebbt.

Wie schön es heute morgen war!

Gegen elf Uhr glitt längs meinem Gartenzaun ein langer Schiffskonvoi vorüber, von einem Schlepper gezogen, wie eine dicke Fliege, der vor Mühe keuchte und dichten Qualm spie.

Nach zwei englischen Schonern, deren rote Flagge im Himmel flatterte, kam ein prachtvoller brasilianischer Dreimaster, ganz weiß, wunderbar rein und strahlend.

Ich winkte, warum weiß ich nicht, so erfreute mich sein Anblick.

12. Mai. – Seit einigen Tagen habe ich leichtes Fieber; ich fühle mich unwohl, oder vielmehr traurig.

Woher rühren die rätselhaften Einflüsse, die unser Glück in Mutlosigkeit, unsere Zuversicht in Niedergeschlagenheit verwandeln? Es ist, als gäbe es in der Luft, der unsichtbaren Luft, irgendwelche Kräfte, deren Wirkung wir erliegen. Fröhlich erwache ich, mit der Lust zu singen in der Brust. – Warum? – Ich gehe zum Wasser hinunter; und auf einmal, nach einem kurzen Spaziergang, kehre ich beklommen um, als erwarte mich zu Hause irgendein Unglück. – Warum? – Hat ein kalter Schauer meine Haut gestreift und meine Nerven erschüttert, meine Seele verdüstert? Hat die Form der Wolken oder die Farbe des Tages, die so mannigfache Farbe der Dinge, da ich sie durch die Augen in mich aufnahm, meine Stimmung getrübt? Wer weiß? Hat womöglich alles, was uns umgibt, was wir sehen, ohne es wahrzunehmen, was uns streift, ohne daß wir es bemerken, was wir berühren, ohne es zu betasten, dem wir begegnen, ohne es zu erkennen, eine unerklärliche, aber verblüffende direkte Wirkung auf uns, auf unsere Sinne und durch sie auf unser Denken, unser Herz sogar?

Wie groß das Geheimnis des Unsichtbaren ist! Mit unseren elenden Sinnen durchdringen wir es nicht, mit unseren Augen, die weder das zu Kleine noch das zu Große, weder das zu Nahe noch das zu Entfernte erkennen, weder die Bewohner eines Gestirns noch die eines Wassertropfens … mit unseren Ohren, die uns täuschen, da sie uns Vibrationen der Luft als Laute übermitteln. Feen sind sie, Wundertäter, da sie Bewegung in Klang verwandeln und kraft dieser Metamorphose die Musik hervorbringen, die das stumme Wirken der Natur tönend macht ... mit unserer Nase, schwächer als die von Hunden ... mit unserem Geschmack, der kaum das Alter eines Weins bestimmen kann!

Ach, hätten wir doch mehr Sinne, die für uns Wunder täten, wie vieles könnten wir noch um uns entdecken!

16. Mai. – Ich bin tatsächlich krank! Wie gut ging es mir noch im letzten Monat! Ich habe Fieber, scheußliches Fieber, oder vielmehr eine fiebrige Mattigkeit, die meine Seele ebenso knechtet wie den Körper. Unaufhörlich habe ich das gräßliche Gefühl, daß mir eine Gefahr droht, daß ein Unglück auf mich zukommt oder daß der Tod mich umschleicht, ein Befinden, das wahrscheinlich durch die Ansteckung einer noch unbekannten Krankheit hervorgerufen wird, die in meinem Fleisch und Blut keimt.

18. Mai. – Da ich nicht mehr schlafen konnte, habe ich den Arzt konsultiert. Er stellte erhöhten Puls, vergrößerte Pupillen, gereizte Nerven fest, aber sonst kein beunruhigendes Symptom. Ich soll Duschen nehmen und Brompotassium trinken.

25. Mai. – Keine Besserung! Mein Zustand ist wirklich absonderlich. Sobald es auf den Abend geht, befällt mich eine unverständliche Rastlosigkeit, so als halte die Nacht für mich eine schreckliche Bedrohung bereit. Ich speise ohne Ruhe, danach bemühe ich mich zu lesen, erfasse aber die Worte nicht, kaum daß ich die Buchstaben unterscheide. Dann wandere ich unter dem Druck einer dunklen, unbesieglichen Angst auf und ab durch den Salon, der Angst vorm Schlafen, der Angst vor dem Bett.

Gegen zehn Uhr gehe ich nach meinem Zimmer hinauf. Kaum drinnen, schließe ich doppelt ab und schiebe die Riegel vor; ich habe Angst … wovor? … Bis heute kannte ich keine Furcht … jetzt öffne ich alle Schränke, sehe unters Bett; ich horche … horche … worauf? … Kann denn simples Unwohlsein, vielleicht eine Störung des Kreislaufs, die Reizung eines Nervenstrangs, ein bißchen Verstopfung, eine minimale Abweichung von dem so unvollkommenen, so anfälligen Funktionieren unserer Lebensmaschine, aus dem fröhlichsten Mann einen Melancholiker und aus dem mutigsten einen Feigling machen? Ich lege mich zu Bett und erwarte den Schlaf wie einen Henker, ich erwarte ihn mit Grauen, mein Herz klopft, meine Beine fliegen; mein ganzer Körper zittert in der Hitze der Laken bis zu dem Augenblick, da ich auf einen Schlag in die Ruhe stürze, so als stürzte man in einen Abgrund voll stehendem Wasser, um zu ertrinken. Ich fühle nicht, wie früher, das Herannahen dieses heimtückischen Schlafs, der sich neben mir versteckt, mich belauert, der mich gleich beim Schopf packen, mir die Augen schließen, mich auslöschen wird.

Ich schlafe – lange – zwei oder drei Stunden – dann kommt ein Traum – nein – ein Alp. Ich spüre genau, daß ich liege und schlafe … ich spüre und weiß es … und ich spüre zugleich, daß jemand sich mir nähert, mich betrachtet, mich betastet, auf mein Bett steigt, sich auf meine Brust kniet, die Hände um meinen Hals legt und zudrückt … mit aller Kraft zudrückt, um mich zu erdrosseln.

Ich wehre mich, von der furchtbaren Ohnmacht gefesselt, die uns im Traum lähmt; ich will schreien – ich kann nicht; ich will mich bewegen – ich kann nicht; unter schrecklichen Anstrengungen keuchend, versuche ich, mich zu drehen, das Wesen abzuwerfen, das mich erdrückt und würgt – ich kann nicht!

Plötzlich erwache ich, voller Schrecken, in Schweiß gebadet. Ich zünde eine Kerze an. Ich bin allein.

Nach dieser Krise, die sich Nacht für Nacht wiederholt, schlafe ich endlich ruhig bis zum Morgen.

2. Juni. – Mein Zustand hat sich verschlimmert. Was habe ich nur? Das Brom ändert nichts; keine Duschen helfen. So kraftlos ich mich fühle, letztens unternahm ich einen Gang in den Wald von Roumare, um mich müde zu laufen. Zuerst meinte ich, die frische, so leichte, milde Luft mit ihren Düften von Gräsern und Laub würde mir neues Blut in die Adern, neue Energie ins Herz gießen. Ich schlug einen breiten Jagdweg ein, dann bog ich in eine schmale Allee, Richtung La Bouille, zwischen mir und dem Himmel das dichte grüne, eher schwarze Dach, das die beiden Reihen gewaltig hoher Bäume über mich breiteten.

Mit einemmal überlief mich ein Schauer, kein Kälteschauer, sondern ein Schauer der Angst.

Beunruhigt, im Wald allein zu sein, töricht und grundlos durch die tiefe Einsamkeit geängstigt, beschleunigte ich meine Schritte. Plötzlich glaubte ich, jemand verfolge mich, sei mir, zum Berühren nah, auf den Fersen.

Brüsk drehte ich mich um. Ich war allein. Hinter mir lag nur die lange, gerade Allee, hoch, leer, furchtbar leer; zur anderen Seite erstreckte sie sich ebenso, erschreckend gleich.

Ich schloß die Augen. Warum? Und drehte mich auf einem Absatz ganz schnell wie ein Kreisel. Ums Haar wäre ich gefallen; ich öffnete die Augen; die Bäume tanzten, der Boden schwamm; ich mußte mich setzen. Und dann, ach! wußte ich nicht mehr, von wo ich gekommen war. Verrücktes Gefühl! Verrückt! Völlig verrückt! Ich wußte nichts mehr. Ich wählte die Seite rechter Hand und fand den Jagdweg wieder, der mich in die Mitte des Waldes geführt hatte.

3. Juni. – Die Nacht war grauenvoll. Ich will für ein paar Wochen fort. Eine kleine Reise wird mich sicherlich wiederherstellen.

2. Juli. – Ich bin zurück. Ich bin geheilt. Und mein Ausflug war wunderschön. Ich war auf dem Mont Saint-Michel, den ich noch nicht kannte.

Was für ein Anblick, wenn man, wie ich, gegen Tagesende, in Avranches eintrifft! Die Stadt liegt auf einem Hügel, und ich wurde in den öffentlichen Park an der Stadtgrenze geführt. Vor Staunen stieß ich einen Schrei aus. Vor mir erstreckte sich, zwischen zwei weit entfernten Küsten, die sich im Nebel verloren, eine unermeßliche Bucht bis an den Horizont; und mitten in dieser riesigen gelben Bucht, unter einem Himmel aus Gold und Helle, mitten aus dem Sand erhob sich ein wundersamer Berg, spitz und finster. Die Sonne war eben untergegangen, und in den noch flammenden Horizont zeichnete sich die Silhouette des phantastischen Felsens mit dem phantastischen Bauwerk auf seinem Gipfel.

Im Frührot ging ich darauf zu. Das Meer war, wie am Abend, zurückgewichen, und vor mir sah ich, je näher ich kam, die wunderbare Abtei emporsteigen. Nach mehreren Stunden Marsch erreichte ich den gewaltigen Felsblock, der die kleine Stadt mit der großen Kirche trägt. Nachdem ich die enge, steile Gasse erstiegen hatte, betrat ich die herrlichste gotische Wohnung, die Gott auf Erden errichtet worden ist, so groß wie eine Stadt, voller niedriger Säle, auf denen die Gewölbe lasten, und hoher Galerien, die sich auf zarte Säulen stützen. Ich betrat ein gigantisches Kleinod aus Granit, fein wie Spitzenwerk, bedeckt mit Türmen, schlanken Glockentürmchen, wo Wendeltreppen hinanführen, und alle recken in den blauen Tag, in die schwarze Nacht ihre bizarren Häupter, die mit Dämonen, Teufeln, Fabeltieren und Riesenblumen gespickt sind, eins mit dem anderen durch zierliche, skulptierte Brücken verbunden.

Auf dem höchsten Punkt angelangt, sagte ich zu dem Mönch, der mich begleitete: »Pater, wie wohl muß Ihnen hier sein!«

»Wir haben viel Wind«, antwortete er; und zuschauend, wie das

Meer wiederkehrte, über die Dünen lief und sie mit einem stählernen Panzer überzog, plauderten wir.

Der Mönch erzählte mir Geschichten, all die alten Geschichten des Ortes, Sagen, lauter Sagen.

Eine davon machte mich betroffen. Die Leute dort, die vom Berg, behaupten, man höre es bei Nacht in den Dünen reden, auch höre man zwei Ziegen meckern, eine mit kräftiger und eine mit schwacher Stimme. Ungläubige meinen, es seien die Schreie der Seevögel, die bald wie Meckern, bald wie menschliche Klagen tönten; aber verspätete Fischer schwören, sie hätten auf der Sandebene, um die kleine, so weltentlegene Stadt, zwischen zwei Fluten einen alten Hirten ziehen sehen, dessen Kopf immer unter seinem Mantel verborgen steckt und dem ein Ziegenbock mit einem Mannsgesicht und eine Ziege mit einem Frauengesicht nachfolgen, beide mit langen weißen Haaren und unaufhörlich redend, denn sie streiten sich in einer unbekannten Sprache, dann hören sie plötzlich zu schreien auf und meckern aus aller Kraft.

»Glauben Sie das?« fragte ich den Mönch.

»Ich weiß nicht«, murmelte er.

Ich sagte: »Wenn es auf der Welt noch andere Wesen gäbe, würden wir sie nicht längst kennen? Würden Sie sie nicht gesehen haben, Sie? Und hätte nicht auch ich sie gesehen?«

»Sehen wir denn den hunderttausendsten Teil dessen, was existiert?« gab er zur Antwort. »Nehmen Sie den Wind, die größte Naturkraft; er wirft Menschen um, stürzt Bauwerke, entwurzelt Bäume, treibt das Meer zu Gebirgen von Wasser empor, reißt Steilufer ein, schleudert Schiffe gegen Klippen, er tötet, er pfeift, er heult, er brüllt – aber haben Sie ihn je gesehen, und könnten Sie ihn sehen? Gleichwohl gibt es ihn.«

Die schlichte Überlegung machte mich stumm. Der Mann war ein Weiser, vielleicht auch ein Narr. Ich hätte es nicht entscheiden mögen; aber ich schwieg. Was er sagte, hatte ich oft gedacht.

3. Juli. – Ich habe schlecht geschlafen; unstreitig wirkt hier ein fieberträchtiger Einfluß, denn mein Kutscher leidet wie ich. Als ich gestern nach Hause kam, fiel mir seine ungewöhnliche Blässe auf.

»Was haben Sie, Jean?« fragte ich.

»Ich kann nicht mehr schlafen, Monsieur, meine Nächte fressen meine Tage. Das geht schon, seit Monsieur verreist ist, als ob ich verhext wäre.«

Meine anderen Bedienten sind wohlauf, aber ich habe Angst vor einem Rückfall.

4. Juli. – Ich habe wirklich einen Rückfall. Meine vorigen Alpträume sind wieder da. Heute nacht fühlte ich, wie jemand über mir hockte, seinen Mund auf meinen legte und mir das Leben von den Lippen trank. Ja, er trank es aus meinem Leib wie ein Blutegel. Dann erhob er sich, vollgestopft, und ich erwachte derart gequält, zerschlagen, ausgeleert, daß ich mich nicht rühren konnte. Wenn das so weitergeht, muß ich wieder verreisen.

5. Juli. – Habe ich den Verstand verloren? Was heute nacht passiert ist, was ich gesehen habe, ist so seltsam, daß mir der Kopf schwindelt, wenn ich daran denke!

Wie jetzt allabendlich, hatte ich meine Zimmertür abgeschlossen; dann trank ich, weil ich Durst hatte, ein halbes Glas Wasser und bemerkte durch Zufall, daß die Karaffe bis zum Kristallpfropfen voll war.

Ich legte mich nieder und fiel in meinen furchtbaren Schlaf, aus dem ich nach ungefähr zwei Stunden durch etwas noch Gräßlicheres gerissen wurde.

Man stelle sich vor, ein Mensch wird im Schlaf gemordet, und er erwacht mit einem Messer in der Lunge, und er röchelt, blutüberströmt, und er kann nicht mehr atmen und ist dem Tod nah, und er begreift nichts – so ging es mir.

Nachdem ich endlich zu mir gekommen war, hatte ich wieder Durst; ich entzündete eine Kerze und ging zu dem Tisch, wo die Karaffe stand. Ich hob sie über mein Glas; nichts floß heraus. – Sie war leer! Sie war vollständig leer! Zuerst war ich einfach nur baff; dann befiel mich plötzlich eine so schreckliche Erregung, daß ich mich setzen mußte, besser gesagt, ich fiel auf einen Stuhl! Aber sofort fuhr ich hoch und blickte mich um! Dann setzte ich mich erneut, vor Staunen und Angst fassungslos, vor die durchsichtige Flasche! Ich betrachtete sie starren Auges, in dem Versuch, hinter das Rätsel zu kommen. Meine Hände zitterten. Man hatte das Wasser also ausgetrunken? Aber wer? Ich? Ich vielleicht? Nur ich konnte es gewesen sein. Also war ich somnambul, ich führte, ohne es zu wissen, jenes geheimnisvolle Doppelleben, das zweifeln läßt, ob es in uns zwei Wesen gibt, oder ob ein fremdes, unerkenntliches und unsichtbares Wesen zu den Zeiten, wenn unsere Seele ruht, unseren Körper erobert und belebt, so daß er jenem anderen gehorcht wie uns selbst, mehr als uns selbst.

Ach, wer begreift meine bodenlose Angst? Wer begreift die Erregung eines Menschen gesunden Geistes, vollwach und bei klarem Verstand, der mit Grauen durch das Glas einer Karaffe blickt und sieht, daß, während er schlief, das Wasser daraus verschwunden ist! Ich blieb so sitzen, bis es Tag wurde, und wagte mich nicht mehr ins Bett.

6. Juli. – Ich werde verrückt. Heute nacht ist meine Karaffe wieder leer getrunken worden – oder vielmehr, ich habe sie leer getrunken!

Aber war ich das wirklich? Bin ich das gewesen? Oder wer? Wer? Oh, mein Gott! Werde ich wahnsinnig? Wer rettet mich?

10. Juli. – Ich habe erstaunliche Experimente gemacht.

Kein Zweifel, ich bin verrückt! Trotzdem!

Am 6. Juli stellte ich vor dem Schlafengehen Wein, Milch, Wasser, Brot und Erdbeeren auf meinen Tisch.

Man hat – ich habe – das ganze Wasser und ein wenig Milch getrunken. Man hat weder den Wein noch das Brot noch die Erdbeeren angerührt.

Am 7. Juli wiederholte ich dasselbe Experiment, mit demselben Ergebnis.

Am 8. Juli ließ ich Wasser und Milch weg. Nichts wurde angerührt.

Am 9. Juli schließlich stellte ich nur Wasser und Milch auf den Tisch, umwickelte die Flaschen sorgfältig mit weißen Musselintüchern und verschnürte die Pfropfen. Dann rieb ich mir Lippen, Bart und Hände mit Graphit ein und ging zu Bett.

Der unbesiegliche Schlaf ergriff mich, bald folgte ihm ein grausiges Erwachen. Ich hatte mich nicht von der Stelle gerührt; sogar die Laken trugen keine Flecken. Ich stürzte zu dem Tisch. Die Tücher, in denen die Flaschen steckten, waren unbeschmutzt. Angstbebend löste ich die Verschnürungen. Das ganze Wasser war ausgetrunken! Die ganze Milch war ausgetrunken! Mein Gott …

Ich fahre umgehend nach Paris.

12. Juli. – Paris. Ich hatte in den letzten Tagen wohl den Kopf verloren. Ich muß das Spielzeug meiner entnervten Einbildung geworden sein, sofern ich nicht tatsächlich somnambul bin oder Einflüssen erliege, die, obwohl festgestellt, bis heute unerklärlich sind und die man Suggestionen nennt. Jedenfalls grenzte meine Verstörtheit an Wahnsinn, aber vierundzwanzig Stunden Paris haben genügt, mir das Gleichgewicht wiederzugeben.

Gestern abend, nach Besorgungen und Besuchen, die meine Seele erfrischten und neu belebten, war ich im Théâtre-Français. Es wurde ein Stück von Alexandre Dumas dem Jüngeren gespielt;

und dieser rege, kraftvolle Geist hat mich vollends geheilt. Ja, die Einsamkeit ist arbeitenden Intelligenzen gefährlich. Wir brauchen Menschen um uns, die denken und sprechen. Wenn wir lange allein sind, bevölkern wir die Leere mit Gespenstern.

Sehr vergnügt kehrte ich über die Boulevards zurück zum Hotel. Im Bad der Menge dachte ich nicht ohne Ironie an meine Schrecken, meine Mutmaßungen der vergangenen Woche, als ich glaubte, ja, tatsächlich glaubte, daß ein unsichtbares Wesen mit mir unter demselben Dach wohne. Wie schwach ist unser Kopf, wie schnell erschrocken und verwirrt, sobald wir auf irgend etwas Unbegreifliches stoßen!

Anstatt einfach zu schlußfolgern: »Ich verstehe nicht, weil ich die Ursache nicht kenne«, glauben wir gleich an unheimliche und übernatürliche Mächte.

14. Juli. – Fest der Republik. Ich bin durch die Straßen gebummelt. Die Knallfrösche und Fahnen belustigten mich wie ein Kind. Dabei ist es reichlich dumm, auf Beschluß der Regierung an einem bestimmten Tag lustig zu sein. Das Volk ist eine stumpfsinnige Herde, bald geduldig bis zur Blödheit, bald wildwütend empört. Man sagt: »Amüsiere dich.« Es amüsiert sich. Man sagt: »Schlag dich mit dem Nachbarn.« Es schlägt sich. Man sagt: »Stimm für den Kaiser.« Es stimmt für den Kaiser. Dann sagt man ihm: »Wähle die Republik.« Und es wählt die Republik.

Diejenigen, die es lenken, sind genauso dumm; aber sie gehorchen nicht Menschen, sondern Prinzipien, die gar nicht anders als nichtig, unfruchtbar und falsch sein können, einfach weil es Prinzipien sind, das heißt Vorstellungen, die für ewig gültig und unabänderlich gelten in einer Welt, wo nichts sicher ist, wo das Licht, wo die Töne Illusion sind.

16. Juli. – Gestern habe ich etwas erlebt, was mich sehr beunruhigt.

Ich dinierte bei meiner Cousine, Madame Sablé, deren Ehemann das 76. Jägerbataillon in Limoges befehligt. Zu Gast waren außerdem zwei junge Frauen; die eine hat einen Arzt geheiratet, den Doktor Parent, der sich viel mit den Nervenleiden und außergewöhnlichen Krankheitserscheinungen beschäftigt, die augenblicklich Gegenstand von Experimenten mittels Hypnose und Suggestion sind.

Er erzählte uns viel über die höchst erstaunlichen Ergebnisse englischer Wissenschaftler und auch der Ärzteschule von Nancy.

Was er vorbrachte, erschien mir so haarsträubend, daß ich meinen völligen Unglauben ausdrückte.

Darauf bekräftigte er: »Wir sind an dem Punkt, eines der wichtigsten Geheimnisse der Natur zu entdecken, will sagen, eines ihrer wichtigsten Geheimnisse auf dieser Erde; denn zweifellos hat sie deren andere auf dem Planeten. Seit der Mensch denkt, seit er seine Gedanken sagen und schreiben kann, fühlt er sich einem Mysterium gegenüber, das seine groben, unvollkommenen Sinne nicht durchdringen können, und versucht, die Ohnmacht der Organe durch seine Intelligenz wettzumachen. Als diese Intelligenz noch in rudimentärem Zustand war, nahm die Faszination durch das Unsichtbare schlichtweg erschreckende Formen an. Daraus sind der Volksglauben an Überirdisches, die Sagen von umgehenden Geistern, von Feen, Gnomen, Gespenstern und, wie ich meine, sogar die Sage von Gott entsprungen, denn unsere Vorstellungen von einem tätigen Schöpfer, gleich welcher Religion sie entstammen, sind wohl die mittelmäßigsten, dümmsten und unerträglichsten Hervorbringungen des geängstigten Hirns der Geschöpfe. Nichts ist so treffend wie das Wort von Voltaire: ›Gott schuf den Menschen nach seinem Bilde, aber der Mensch hat es ihm weidlich heimgezahlt.‹

Seit über einem Jahrhundert nun scheint man etwas Neuem auf der Spur zu sein. Mesmer und einige andere haben uns einen unerwarteten Weg aufgetan, und wir sind, vornehmlich in den letzten vier, fünf Jahren, zu wahrhaftig überraschenden Ergebnissen gelangt.«

Meine Cousine lächelte auch sehr ungläubig. Doktor Parent fragte sie: »Soll ich versuchen, Sie einzuschläfern, Madame?«

»Ja, gern.«

Sie setzte sich in einen Sessel, und er richtete seinen Blick fest und bannend auf sie. Auf einmal wurde mir beklommen zumute, mein Herz klopfte, mir war die Kehle zugeschnürt. Ich sah, wie Madame Sablé die Augen herabsanken, wie ihr Mund sich zusammenzog, ihre Brust schwerer atmete.

Nach zehn Minuten schlief sie.

»Setzen Sie sich dahinter«, sagte der Arzt zu mir.

Und ich setzte mich hinter sie. Er schob ihr eine Visitenkarte in die Hände und sagte: »Das ist ein Spiegel; was sehen Sie darin?«

»Ich sehe meinen Cousin«, antwortete sie.

»Was macht er?«

»Er zwirbelt seinen Schnurrbart.«

»Und jetzt?«

»Er zieht eine Photographie aus der Tasche.«

»Wessen Photographie?«

»Seine eigene.«

So war es! Und diese Photographie war mir erst am selben Abend ins Hotel geliefert worden.

»Wie zeigt ihn das Bildnis?«

»Er steht und hält seinen Hut in der Hand.«

Sie sah also auf dieser Karte, auf diesem weißen Stück Karton, als blicke sie in einen Spiegel.

Erschrocken riefen die jungen Frauen: »Genug! Genug! Genug!«

Aber der Doktor befahl: »Sie werden morgen früh um acht Uhr aufstehen; dann besuchen Sie Ihren Cousin im Hotel und bitten, daß er Ihnen fünftausend Francs leiht, die Ihr Mann von Ihnen verlangt und die er bei seiner nächsten Reise von Ihnen einfordern wird.«

Dann weckte er sie.

Auf der Rückkehr ins Hotel dachte ich über die merkwürdige Séance nach, und mir kamen Zweifel, nicht etwa an der unbedingten, über jeden Verdacht erhabenen Aufrichtigkeit meiner Cousine, die ich von Kind auf wie eine Schwester kannte, sondern an einem möglichen Täuschungsmanöver des Doktors. Hatte er nicht doch einen Spiegel in der Hand versteckt, den er der schlafenden jungen Frau gleichzeitig mit seiner Visitenkarte zeigte? Berufsmäßige Taschenspieler bringen ganz andere Sachen fertig.

Mit solchen Gedanken ging ich schlafen.

Andernmorgens nun, gegen halb neun, wurde ich von meinem Kammerdiener geweckt: »Madame Sablé wünscht Sie umgehend zu sprechen, Monsieur.«

Hastig kleidete ich mich an und empfing sie.

Sehr verwirrt, mit niedergeschlagenen Augen, nahm sie Platz und sagte, ohne ihren Schleier zu heben:

»Mein lieber Cousin, ich muß Sie um einen großen Gefallen bitten.«

»Um was geht es?«

»Es ist mir sehr peinlich, Ihnen damit zu kommen, aber ich muß. Ich brauche dringend, brauche unbedingt fünftausend Francs.«

»Wie denn, Sie?«

»Ja, ich, oder vielmehr mein Mann, der mich beauftragt hat, das Geld zu beschaffen.«

Ich war dermaßen verblüfft, daß ich beim Antworten stotterte. Ich fragte mich, ob sie und Doktor Parent sich nicht doch gemeinsam über mich lustig machten, ob dies nicht einfach eine vorbereitete und sehr gut gespielte Farce war.

Aber als ich sie aufmerksam betrachtete, zerstreuten sich meine Zweifel. Sie zitterte vor Qual, so litt sie unter diesem Bittgang, und ich begriff, daß ihr das Weinen in der Kehle saß.

Ich wußte, sie war sehr reich, und sagte:

»Wie denn! Ihr Mann wäre um fünftausend Francs verlegen? Denken Sie nach! Sind Sie sicher, daß er Sie beauftragt hat, mich darum zu bitten?«

Sie zögerte einige Sekunden, so als koste es sie große Anstrengung, ihr Gedächtnis zu durchforschen, dann antwortete sie:

»Ja … ja … ich bin sicher.«

»Hat er Ihnen geschrieben?«

Wieder zögerte sie, überlegte. Ich erriet, wie ihr Gehirn sich abmühte. Sie wußte es nicht. Sie wußte nur, daß sie die fünftausend Francs für ihren Mann von mir ausleihen sollte. Folglich wagte sie zu lügen.

»Ja, er hat mir geschrieben.«

»Und wann? Gestern haben Sie nichts davon erwähnt.«

»Ich erhielt den Brief heute morgen.«

»Können Sie ihn mir zeigen?«

»Nein … nein … nein … er enthielt vertrauliche Dinge … zu persönliche … ich habe … habe ihn verbrannt.«

»Dann macht Ihr Gatte Schulden?«

Abermals zögerte sie und murmelte dann:

»Ich weiß nicht.«

Nun erklärte ich:

»Aber ich verfüge im Moment nicht über fünftausend Francs, meine liebe Cousine.«

Sie schrie auf wie vor Schmerz.

»O, bitte, bitte, dann treiben Sie sie auf …«

Sie erregte sich, rang wie flehend die Hände. Ihre Stimme veränderte sich; sie weinte, stammelte, gestachelt und beherrscht von dem unausweichlichen Befehl, den sie empfangen hatte.

»O, bitte … wenn Sie wüßten, wie ich leide … ich brauche das Geld heute.«

Ich hatte Mitleid mit ihr.

»Sie sollen es bald haben, ich schwöre es.«

»O, danke, danke!« rief sie. »Wie gut Sie sind.«

Ich fragte: »Wissen Sie noch, was gestern abend bei Ihnen geschah?«

»Ja.«

»Erinnern Sie sich, daß Doktor Parent Sie eingeschläfert hat?«

»Ja.«

»Nun, er war es, der Ihnen befohlen hat, heute morgen fünftausend Francs von mir auszuleihen, und jetzt gehorchen Sie dieser Suggestion.«

Sie überlegte einige Sekunden und antwortete:

»Aber mein Mann will sie doch haben.«

Eine Stunde bemühte ich mich, sie zu überzeugen, aber vergeblich.

Als sie fort war, eilte ich zu dem Doktor. Er wollte eben aus dem Haus; lächelnd hörte er mir zu. Dann fragte er:

»Glauben Sie nun?«

»Ja, ich muß wohl.«

»Gehen wir zu Ihrer Verwandten.«

Sie lag erschöpft, schon im Einschlummern, auf einer Chaiselongue. Der Arzt maß ihren Puls, blickte sie eine Zeitlang an, die eine Hand über ihre Augen erhoben, die ihr unter der unwiderstehlichen Wirkung der magnetischen Kraft allmählich zufielen.

Als sie schlief, sagte er:

»Ihr Mann braucht die fünftausend Francs nicht mehr. Sie vergessen also, daß Sie Ihren Cousin darum gebeten haben, und wenn er davon redet, verstehen Sie es nicht.«

Dann weckte er sie auf. Ich zog ein Portefeuille aus der Tasche.

»Hier bringe ich Ihnen, worum Sie mich heute morgen baten, liebe Cousine.«

Sie war dermaßen verwundert, daß ich nicht zu insistieren wagte. Indessen versuchte ich, ihr Gedächtnis aufzufrischen, aber sie leugnete energisch, glaubte, ich mache mich über sie lustig, und wurde fast böse.

Nun bin ich zurück; ich konnte noch gar nicht frühstücken, so hat mich dies Experiment durcheinandergebracht.

19. Juli. – Viele Leute, denen ich dies Abenteuer erzähle, verspotten mich. Ich weiß nicht mehr, was ich davon halten soll. Weise, wer sagt: Vielleicht?

21. Juli. – Gestern abend habe ich in Bougival diniert und war dann auf dem Ball der Ruderer. Wahrhaftig, alles hängt von den Orten und vom Milieu ab. Auf der Insel der Grenouillère an Übernatürliches zu glauben wäre der Gipfel der Narrheit … aber auf dem Mont Saint-Michel? … oder in Indien? Wir erliegen in erschreckendem Maß dem Einfluß unserer Umgebung. Nächste Woche fahre ich heim.

30. Juli. – Seit gestern bin ich wieder zu Hause. Alles läuft gut.

2. August. – Nichts Neues; es ist herrliches Wetter. Ich verbringe meine Zeit damit, der Seine beim Fließen zuzuschauen.

4. August. – Streit zwischen meinen Bedienten. Sie behaupten, einer von ihnen zerbreche nachts Gläser in den Schränken. Der Kammerdiener beschuldigt die Köchin, die Köchin die Wäschebesorgerin, und die wiederum die beiden anderen. Wer ist es wirklich? Ein Schlauberger, wer es sagen könnte.

6. August. – Diesmal bin ich nicht verrückt. Ich habe gesehen … ich habe gesehen, ja! … Zweifel sind ausgeschlossen … ich habe gesehen! … Noch sitzt mir die Kälte in den Fingerspitzen … wieder habe ich Angst bis ins Mark … ich habe gesehen! …

Heute, um zwei Uhr, bei vollem Sonnenlicht, ging ich durch meine Rosenbeete ... auf dem Weg, wo die Herbstrosen zu blühen anfangen.

Ich blieb stehen, um einen Strauch »Géant des Batailles« zu betrachten, der drei wundervolle Blüten trug, und sah dicht vor mir, sah ganz deutlich, wie der Stiel der einen Rose sich beugte, als knicke ihn eine unsichtbare Hand, und wie er, von dieser Hand gepflückt, abbrach! Dann beschrieb die Rose eine Kurve – wie ein Arm es getan hätte, um die Blüte zu einem Mund zu führen – und verharrte ganz allein, regungslos in der klaren Luft, ein entsetzlicher roter Fleck, drei Schritte vor meinen Augen.

Bestürzt sprang ich, sie zu ergreifen! Ich hatte nichts in der Hand; sie war verschwunden. Mich erfaßte wütender Zorn gegen mich selbst; denn es ist keinem vernünftigen, ernsthaften Menschen statthaft, derartige Halluzinationen zu haben.

Aber war das eine Halluzination? Ich wandte mich um, suchte den Stiel und fand ihn sofort, frisch gebrochen, an dem Strauch, zwischen den beiden anderen Rosen.

Völlig erschüttert ging ich ins Haus, denn jetzt bin ich sicher, so sicher, wie Tag und Nacht aufeinanderfolgen, daß in meiner Nähe ein unsichtbares Wesen existiert, das sich von Milch und Wasser nährt, das Dinge berühren, an sich nehmen und vom Platz bewegen kann, das folglich materieller Natur ist, wenngleich unseren Sinnen nicht wahrnehmbar, und das mit mir unter demselben Dach lebt ...

7. August. – Ich habe ruhig geschlafen. Er hat die Karaffe leer getrunken, aber meinen Schlaf nicht gestört.

Ich frage mich, ob ich wahnsinnig bin. Als ich vorhin in der hellen Sonne längs dem Strom ging, kamen mir Zweifel an meinem Verstand, keine vagen Mutmaßungen etwa, wie sie mich bisher anwandelten, sondern präzise, eindeutige Zweifel. Ich habe Wahnsinnige gesehen; ich kenne einige, die durchaus intelligent, luzide, rechtsehend in allen Lebensdingen blieben, außer in einem Punkt. Sie sprachen über alles mit Klarheit, gewandt, mit Tiefe; aber sobald ihr Denken an das Riff ihres Wahnsinns rührte, zerriß es in Stücke, zerflog und versank in den jagenden Wellen, Nebeln und Stürmen des furchtbaren, wilden Ozeans, den man »Geisteskrankheit« nennt.

Ich würde mich für wahnsinnig halten, für unbedingt wahnsinnig, gewiß, wenn ich meinen Zustand nicht vollkommen kennte, wenn ich ihn nicht durchschauen und mit vollkommener Luzidität analysieren könnte. Ich leide also nur an Sinnestäuschungen, bei vollem Verstand. In meinem Gehirn muß es eine unbekannte Trübung geben, eine der Trübungen, die die Mediziner heutzutage festzustellen und zu untersuchen bemüht sind; und diese Trübung hat in meinem Geist, in der Ordnung und Logik meiner Vorstellungen einen tiefen Riß bewirkt. Gleichartige Erscheinungen finden im Traum statt, der uns durch die unwahrscheinlichsten Phantasmagorien führt, ohne daß es uns verwundert, weil der Prüfapparat, weil der Kontrollsinn schläft, während die Einbildungskraft wacht und arbeitet. Kann es nicht sein, daß eine der verschwindend kleinen Tasten des Hirnklaviers bei mir gelähmt ist? In der Folge von Unfällen verlieren Menschen das Gedächtnis für Eigennamen oder Verben oder Zahlen, oder einfach für Daten. Die Lokalisierungen sämtlicher Gehirnparzellen sind heute nachgewiesen. Was wäre daran Erstaunliches, daß meine Fähigkeit, die Irrealität gewisser Halluzinationen zu kontrollieren, bei mir derzeit außer Funktion ist!

All das dachte ich, während ich längs dem Wasser ging. Die Sonne breitete Glanz über den Strom, verschönte das Land, erfüllte meinen Blick mit Liebe zum Leben, Liebe zu den Schwalben, deren Flinkheit mir eine Augenweide ist, zu den Gräsern am Ufer, deren Rauschen meine Ohren beglückt.

Nach und nach aber durchdrang mich ein unerklärliches Mißbehagen. Mir schien, daß eine Kraft, eine dunkle Kraft mich übermanne, mich anhalte, mich hindere weiterzugehen, mich zurückrufe. Ich verspürte dasselbe schmerzliche Bedürfnis umzukehren, das einen bedrückt, wenn man einen geliebten Kranken zu Haus allein gelassen hat und einen die Ahnung ankommt, daß sein Leiden sich verschlimmere.

Wider Willen also kehrte ich um, gewiß, daß ich daheim eine schlechte Nachricht, einen Brief oder eine Depesche vorfinden würde. Aber es gab nichts, und ich war darüber mehr erstaunt und beunruhigt, als hätte ich neuerlich irgendeine phantastische Vision gehabt.

8. August. – Der Abend gestern war furchtbar. Er macht sich nicht mehr bemerkbar, aber ich spüre ihn um mich, wie er mich belauert, mich ansieht, mich durchdringt, mich beherrscht; unheimlicher noch, da er sich so verborgen hält, als wenn er durch übernatürliche Erscheinungen Zeichen seiner andauernden, unsichtbaren Gegenwart gäbe.

Immerhin habe ich gut geschlafen.

9. August. – Nichts, aber ich habe Angst.

10. August. – Nichts; aber was wird morgen sein?

11. August. – Wieder nichts; ich halte es nicht mehr aus mit dieser Furcht, diesen Gedanken, die mir fest in der Seele sitzen; ich verreise wieder.

12. August. 10 Uhr abends. – Den ganzen Tag wollte ich fort; ich konnte nicht. Ich wollte den so leichten, so einfachen Schritt in die Freiheit tun – aus dem Haus gehen – meinen Wagen besteigen und nach Rouen fahren – ich konnte nicht. Warum?

13. August. – Wenn man von bestimmten Krankheiten erfaßt ist, scheinen alle Triebfedern des physischen Wesens zerbrochen, alle Energien ausgelöscht, alle Muskeln entspannt, die Knochen weich wie das Fleisch und das Fleisch flüssig wie Wasser. Das gleiche empfinde ich auf seltsame und bestürzende Weise in meinem seelischen Wesen. Ich habe keine Kraft, keinen Mut mehr, keine Macht mehr über mich, nicht einmal mehr die Macht, meinen Willen in Gang zu setzen. Ich kann nicht mehr wollen; aber jemand will für mich; und ich gehorche.

14. August. – Ich bin verloren! Ein anderer besitzt meine Seele und regiert sie! Ein anderer befiehlt all meine Handlungen, all meine Bewegungen, all meine Gedanken. In meinem Innern bin ich nichts mehr, nichts als ein sklavischer, durch alles, was ich tue, erschreckter Zuschauer meiner selbst. Ich möchte ausgehen. Ich kann nicht. Er will es nicht; und ich bleibe angstbebend in dem Sessel sitzen, wo er mich festhält. Ich möchte aufstehen, mich erheben, um mich Herr meiner selbst zu wähnen. Ich kann nicht! Ich bin an meinen Sitz gebannt; und mein Sitz haftet am Fußboden so fest, daß keine Kraft uns aufzuheben vermöchte.

Dann plötzlich muß ich hinten in meinen Garten gehen, Erdbeeren pflücken und essen. Ich muß, ich muß!

Und ich gehe. Ich pflücke Erdbeeren und esse sie! O, mein Gott! Mein Gott! Mein Gott! Gibt es einen Gott? Wenn es ihn gibt, erlöse mich, rette mich! Hilf mir! Erbarme dich! Habe Mitleid! Übe Gnade! Rette mich! O, wie ich leide! Welche Qual! Welches Grauen!

15. August. – So, genau so war meine arme Cousine besessen, gezwungen, als sie kam, mich um fünftausend Francs anzugehen. Sie war einem fremden Willen unterworfen, der wie eine zweite Seele in ihr stak, wie eine parasitäre, gebieterische zweite Seele. Geht die Welt ihrem Ende zu?

Aber wer ist der Unsichtbare, der mich beherrscht? Dieser unerkennbare Schleicher einer überirdischen Rasse?

Also gibt es die Unsichtbaren! Nur, wieso haben sie sich seit dem Weltenanfang noch nie auf so unmißverständliche Weise kundgetan wie mir? Nie habe ich etwas gelesen, was dem Geschehen in meinem Hause gleicht. O, könnte ich es verlassen, könnte ich fortgehen, fliehen und nie mehr zurückkehren. Ich wäre gerettet, aber ich kann nicht.

16. August. – Für zwei Stunden konnte ich heute entwischen, wie ein Gefangener, der seine Kerkertür zufällig offen findet. Ich spürte, daß ich gänzlich frei und er weit war. Schnell befahl ich anzuspannen und fuhr nach Rouen. Ach, was für eine Freude, einem Mann, der gehorcht, sagen zu können: »Fahren Sie nach Rouen!«

Ich ließ mich vor der Bibliothek absetzen und bat mir die große Abhandlung von Doktor Hermann Herestauss über die unbekannten Bewohner der antiken und modernen Welt aus.

Als ich danach wieder in mein Coupé stieg, wollte ich sagen: »Zum Bahnhof«; statt dessen schrie ich – ich sagte es nicht, sondern schrie mit so lauter Stimme, daß die Passanten sich umdrehten: »Nach Hause« und fiel, von tödlicher Angst gepackt, in meine Wagenpolster. Er hatte mich gefunden und zurückgeholt.

17. August. – Ach, was für eine Nacht! Was für eine Nacht! Und trotzdem, scheint mir, sollte ich mich freuen. Ich habe bis ein Uhr morgens gelesen! Hermann Herestauss, Doktor der Philosophie und Theogonie, beschreibt die Geschichte und das Auftreten aller unsichtbaren Wesen, die seit der Antike bis zur Gegenwart den Menschen umgeben oder im Traum ihm erscheinen. Er beschreibt ihre Ursprünge, ihre Domäne, ihre Macht. Aber keines davon gleicht demjenigen, das mich heimsucht. Es ist, als habe der Mensch, seit er denken kann, ein neues Wesen geahnt und gefürchtet, stärker als er, seinen Nach-

folger auf dieser Welt; als habe er, weil er ihn nahe fühlte, aber die Natur dieses seines Meisters nicht zu erkennen vermochte, in seinem Schrecken das ganze phantastische Volk der okkulten Wesen erschaffen, seiner Angst entsprungene, undeutliche Phantome.

Da ich nun bis ein Uhr morgens gelesen hatte, setzte ich mich ans offene Fenster, um mir Stirn und Kopf in der stillen Frische der Nacht zu kühlen.

Mir war wohl, es war milde. Wie hätte ich früher eine solche Nacht geliebt!

Kein Mondschein. Nur Sterne glitzerten zitternd am schwarzen Himmel. Wer bewohnt diese Welten? Was für Formen, was für Lebewesen, was für Tiere und Pflanzen gibt es dort? Was wissen die Denkenden dieser fernen Welten mehr als wir? Was können sie mehr als wir? Was sehen sie, das wir nicht kennen? Wird einer von ihnen nicht früher oder später den Raum durcheilen und auf der Erde erscheinen, um sie zu erobern, wie einst die Normannen übers Meer fuhren und sich schwächere Völker unterwarfen?

Wie sind wir schwach, wehrlos, unwissend und so klein auf diesem Klümpchen Schmutz, das in einem Wassertropfen schwimmt und kreist.

Unter solchen Gedanken duselte ich im kühlen Nachtwind ein.

Nachdem ich ungefähr vierzig Minuten geschlummert hatte, öffnete ich die Augen, ohne daß ich die geringste Bewegung machte, denn mich hatte irgendeine dunkle, sonderbare Empfindung geweckt. Zuerst sah ich nichts, dann plötzlich schien mir, eine Seite des Buches, das offen auf meinem Tisch lag, hätte sich von allein umgeblättert. Kein Luftzug war aber durch das Fenster eingedrungen. Überrascht, wartete ich. Nach etwa vier Minuten sah ich, ja, sah ich mit eigenen Augen, wie wieder eine Seite sich hob und auf die vorige legte, als hätte ein Finger sie gewendet. Mein Lehnstuhl war leer, schien leer; aber ich begriff, daß er da an meinem Platz saß und las. Mit einem wütenden Sprung, dem

Sprung eines empörten Tiers, das sich auf seinen Dompteur stürzen will, durchquerte ich das Zimmer, um ihn zu packen, ihn zu umklammern, ihn zu töten! ... Aber der Lehnstuhl, noch ehe ich ihn erreicht hatte, fiel um, als sei jemand vor mir geflüchtet ... der Tisch wankte, die Lampe kippte und erlosch, und das Fenster schloß sich, als wäre ein ertappter Übeltäter, beide Flügel mit den Händen fassend, hinaus ins Dunkel gesprungen.

Er war also geflohen; er hatte Angst gehabt, Angst vor mir, er!

Ist es so ... ist es so ... dann werde ich ihn morgen ... oder übermorgen ... oder irgendeines Tages in meinen Fäusten halten und am Boden zerschmettern! Fallen nicht auch Hunde manchmal ihren Herrn an und töten ihn?

18. August. – Ich habe die ganze Nacht gegrübelt. O, ja, ich werde ihm gehorchen, all seine Befehle befolgen, alles ausführen, was er will, mich demütig, unterwürfig, feige zeigen. Er ist der Stärkere. Aber meine Stunde wird kommen ...

19. August. – Jetzt weiß ich ... weiß alles! Soeben las ich in der ›Revue du Monde scientifique‹: »Eine recht sonderbare Nachricht erreicht uns aus Rio de Janeiro. In der Provinz São Paulo wütet derzeit ein Wahn, eine Wahnepidemie, vergleichbar den ansteckenden Tollheiten, von denen die Völker Europas im Mittelalter befallen wurden. Die verstörten Einwohner verlassen ihre Häuser, ihre Dörfer, ihre Acker; sie behaupten, wie menschliches Vieh von Wesen verfolgt, besessen, beherrscht zu sein, die unsichtbar, wenngleich spürbar sind, eine Art Vampire, die sich während des Schlafs von ihrem Leben nähren und im übrigen Wasser und Milch trinken, sonst aber, wie es scheint, kein anderes Nahrungsmittel anrühren.

Professor Don Pedro Henriquez ist, von mehreren gelehrten Ärzten begleitet, nach der Provinz São Paulo gereist, um die Ursachen und Erscheinungsweisen dieses verwunderlichen Wahns an Ort und Stelle zu studieren und dem Kaiser Maßnahmen vorzuschlagen, die ihn am besten geeignet dünken, die außer sich geratene Bevölkerung zur Vernunft zu rufen.«

Ah, ich sehe ihn noch vor mir, den schönen brasilianischen Dreimaster, der am 8. Mai an meinen Fenstern vorüber die Seine aufwärts fuhr! Ich fand ihn so strahlend, so weiß, so fröhlich! Aber auf ihm war das Wesen, es kam von dort her, wo seine Rasse geboren ist! Und es hat mich erblickt! Es hat mein ebenso weißes Haus gesehen und ist von dem Schiff ans Ufer gesprungen. O, mein Gott!

Jetzt weiß ich, jetzt verstehe ich. Die Herrschaft des Menschen hat ihr Ende erreicht.

ER ist gekommen, den einst die naiven Völker fürchteten, den die besorgten Priester exorzisierten, den die Hexer in dunklen Nächten beschworen, ohne daß er erschien, und dem das Ahnen der zeitweiligen Herren der Welt all die gruseligen oder anmutigen Gestalten der Gnome, Geister, Genien, Feen und Irrwische verlieh. Nach den groben Vorstellungen der primitiven Furcht haben scharfsichtigere Männer ihn deutlicher vorausgefühlt. Mesmer hatte ihn erraten, und die Medizin hat bereits seit zehn Jahren präzise die Natur seiner Macht entdeckt, noch bevor er selbst sie ausübte. Sie haben mit der Waffe dieses neuen Meisters gespielt, mit der Herrschaft eines geheimnisvollen Willens über die Sklave gewordene menschliche Seele. Sie haben es Magnetismus, Hypnose, Suggestion … was weiß ich genannt. Ich sah, wie sie, harmlosen Kindern gleich, mit dieser furchtbaren Macht ihren Spaß trieben! Unglück über uns! Unglück über den Menschen! Er ist gekommen, der … der … wie nennt er sich … der … er ruft mir, scheint es, seinen Namen zu, aber ich verstehe ihn nicht… der … ja … er ruft seinen Namen … Ich höre … ich kann nicht … wiederhole … der … Horla … Ich habe verstanden … der Horla … er … der Horla … ist gekommen! …

Ach, der Geier hat die Taube gefressen; der Wolf hat das Lamm gefressen; der Löwe hat den Büffel mit den spitzen Hörnern verschlungen; der Mensch hat den Löwen mit dem Pfeil, dem Schwert, dem Schießpulver getötet; aber der Horla wird aus dem Menschen das gleiche machen wie wir aus dem Pferd und dem Rind: sein Eigentum, seinen Diener und seine Nahrung, und das allein kraft seines Willens. Unglück über uns!

Indes empört sich das Tier zuweilen und tötet den, der es bezwungen hat ... das will auch ich ... ich werde es können ... nur muß ich ihn erkennen, ihn fassen, ihn sehen! Die Gelehrten sagen, das Tierauge sei anders als das unsere eingerichtet und sehe anders ... Mein Auge sieht den Neukömmling nicht, der mich unterdrückt.

Warum? O, jetzt erinnere ich mich der Worte des Mönchs vom Mont Saint-Michel: »Sehen wir auch nur den hunderttausendsten Teil dessen, was existiert? Nehmen Sie den Wind, die größte Naturkraft; er wirft Menschen um, stürzt Bauwerke, entwurzelt Bäume, treibt das Meer zu Gebirgen von Wasser empor, reißt Steilufer ein, schleudert große Schiffe gegen Klippen, er tötet, er pfeift, er heult, er brüllt – aber haben Sie ihn je gesehen, und könnten Sie ihn sehen? Trotzdem gibt es ihn!«

Und ich überlegte weiter: mein Auge ist so unvermögend, so unvollkommen, daß es nicht einmal die festen Körper erkennt, die durchsichtig wie Glas sind! ... Wenn eine Glasscheibe ohne Spiegelbelag mir im Weg stünde, es ließe mich dagegenrennen, so wie ein Vogel, der sich in ein Zimmer verflogen hat, mit dem Kopf gegen die Fenster schlägt. Noch tausend andere Dinge täuschen es und leiten es irre. Was Wunder, daß es einen neuen Körper nicht wahrzunehmen vermag, durch den das Licht hindurchgeht.

Ein neues Wesen, warum nicht? Kommen mußte es einmal. Weshalb sollten wir die letzten bleiben! Wieso wir es nicht sehen, so wie wir alle vor uns erschaffenen Wesen sehen? Weil seine Natur vollkommener, sein Körper feiner und besser gemacht ist als der unsere, der so kümmerlich, so ungeschickt ausgedacht ist, vollgestopft mit immer müden, immer unter Zwang arbeitenden Organen wie ein überkompliziertes Triebwerk, und der wie Pflanzen und Tiere sich mühselig von Luft, Gras und Fleisch ernährt, eine animalische Maschine, zerstörbar durch Krankheiten, Verformungen, Fäulnis, kurzatmig, schlecht reguliert, einfältig und absonderlich, ingeniös mißraten, ein zugleich grobes und empfindliches Werk, der Entwurf eines Lebewesens, das intelligent und wunderbar hätte werden können.

Wir sind einige, so bedeutungslos auf dieser Welt, von der Auster bis hin zum Menschen. Warum nicht einer mehr, nachdem die Periode des aufeinanderfolgenden Hervortretens der verschiedenen Gattungen einmal abgeschlossen ist?

Warum nicht einer mehr? Warum nicht auch neue Bäume mit riesigen, leuchtenden, ganze Regionen mit ihrem Duft erfüllenden Blüten? Warum nicht andere Elemente als Feuer, Erde, Luft und Wasser? – Ihrer vier sind es, nicht mehr als vier, die Nährväter der Lebewesen! Wie armselig! Warum sind es nicht vierzig, vierhundert, viertausend! Wie schäbig, arm, erbärmlich alles ist! Geschenke des Geizes, kläglich erfunden, schwerfällig gemacht! Ach, der Elefant, das Nilpferd, welche Anmut! Das Kamel, welche Eleganz!

Aber der Schmetterling, entgegnet man mir, eine fliegende Blume! Ich könnte ihn mir groß wie hundert Welten denken, mit Flügeln, deren Form, Schönheit, Farbe und Beweglichkeit ich nicht einmal zu schildern vermöchte. Aber ich sehe ihn … er fliegt von Gestirn zu Gestirn, erquickt sie und erfüllt sie mit Wohlgeruch durch den leichten, harmonischen Schlag seiner Schwingen! … Und die Völker dort oben sehen ihn, begeistert und entzückt!

Was fällt mir nur ein? Das ist er, er, der Horla, der in mir haust und mich solche Narreteien reden läßt! Er ist in mir, er wird zu meiner Seele; ich muß ihn töten!

19. August. – Ich will ihn töten. Ich habe ihn gesehen! Gestern abend setzte ich mich an den Tisch und tat, als schriebe ich mit großer Aufmerksamkeit. Ich wußte genau, er würde kommen und mich umschleichen, ganz nah – so nahe, daß ich ihn vielleicht berühren und ergreifen könnte? Aber dann! ... dann würde ich ihn mit der Kraft des Verzweifelten, mit meinen Händen, meinen Knien, meiner Brust, meiner Stirn, meinen Zähnen beißen, zerreißen, zerquetschen, erdrosseln.

Und mit all meinen hochgespannten Sinnen lauerte ich.

Ich hatte mir zwei Lampen angezündet und die acht Kerzen vom Kaminsims, so als könnte ich ihn bei solcher Helligkeit erblicken.

Mir gegenüber mein Bett, ein altes Eichenholzbett mit Säulen; zu meiner Rechten der Kamin; zu meiner Linken die Tür, sorgfältig verschlossen, nachdem ich sie lange offengelassen hatte, um ihn hereinzulocken; hinter mir ein hoher Spiegelschrank, der mir täglich zum Rasieren und Ankleiden dient und worin ich mich jedesmal beim Vorübergehen von Kopf bis Fuß zu mustern pflege.

Ich tat also, als schriebe ich, um ihn zu täuschen, denn auch er spähte mich aus; und auf einmal spürte ich, war ich mir sicher, daß er über meine Schulter hinweg las, daß er da war, mein Ohr streifte.

Mit gestreckten Händen stand ich auf, drehte mich so rasch, daß ich fast fiel. Und? ... es war hell wie am Tag, trotzdem sah ich mich nicht im Spiegel! ... Er war leer, durch und durch rein, voller Licht! Mein Bild war nicht drin ... aber ich befand mich davor! Ich sah das große Spiegelglas klar von oben bis unten. Und sah es mit entsetzten Augen; und ich wagte keinen Schritt mehr zu tun, keine Bewegung, wiewohl ich deutlich spürte, er war da, aber er würde mir abermals entwischen, er, dessen nicht erkenntlicher Körper mein Bild verschlungen hatte.

Welch eine Angst hatte ich! Und dann, mit einemmal, gewahrte ich mich durch einen Dunst, wie durch eine Wasserschicht; und mir schien, dies Wasser gleite ganz langsam von links nach rechts, wobei mein Abbild Sekunde um Sekunde deutlicher wurde. Es war wie das Ende einer Mondfinsternis. Was mich verborgen hatte, schien keinen festen Umriß zu besitzen, vielmehr eine Art diesiger Transparenz, die sich nach und nach lichtete.

Endlich konnte ich mich vollständig sehen, genauso wie alle Tage, wenn ich mein Aussehen prüfe.

Ich habe ihn gesehen! Das Grauen haftet in mir und macht mich noch immer frösteln.

20. August. – Ihn töten, aber wie? Da ich ihn nicht fassen kann. Durch Gift? Er würde sehen, wenn ich es ins Wasser mische; und hätten denn unsere Gifte eine Wirkung auf seinen unfaßlichen Körper? Nein ... nein ... bestimmt nicht ... Aber was dann?

21. August. – Ich habe aus Rouen einen Schlosser kommen lassen und mir für mein Schlafzimmer stählerne Jalousien bestellt, wie sie in Paris manche Privathäuser aus Furcht vor Einbruch im Erdgeschoß haben. Er wird mir auch eine Stahltür machen. Soll der Mann mich für einen Angsthasen halten, ich pfeife drauf!

10. September. – Rouen, Hotel Continental. Es ist vollbracht ... es ist vollbracht ... aber ist er nun tot? Meine Seele ist durch das, was ich erlebt habe, erschüttert. Nachdem der Schlosser mir die Jalousie und die Stahltür eingebaut hatte, ließ ich gestern alles bis Mitternacht offen, obwohl es anfing kalt zu werden.

Plötzlich spürte ich, er war da, und eine Freude, eine irrwitzige Freude ergriff mich. Gemächlich stand ich auf und wanderte hin und her, lange, damit er ja nichts argwöhne; dann zog ich die Stiefel aus und schlüpfte nachlässig in meine Hausschuhe; dann schloß ich die Stahljalousie und ging ruhigen Schrittes zur Tür, die ich wie stets doppelt sicherte. Ich ging wieder zum Fenster, befestigte es durch ein Vorhängeschloß und steckte den Schlüssel in die Tasche.

Plötzlich begriff ich, daß er um mich herum wirbelte, daß nun er Angst hatte, daß er mir befahl, ihm zu öffnen. Fast hätte ich nachgegeben, aber statt dessen lehnte ich mich gegen die Tür und öffnete sie einen Spalt weit, gerade so viel, daß ich rückwärts hinauskonnte; und da ich sehr groß bin, reichte mein Kopf bis an den Rahmen. Sicher also, daß er nicht hatte entweichen können, schloß ich ihn ein, ihn allein, ganz allein. Ach, die Freude! Ich hatte ihn! Dann lief ich hinunter; im Salon, der unter meinem Schlafzimmer liegt, nahm ich beide Lampen und goß das ganze Öl auf den Teppich, über die Möbel, überall hin; dann legte ich Feuer und rettete mich, nachdem ich meine Haustür zweifach abgeschlossen hatte.

Und ich verbarg mich hinten in meinem Garten, in einem Lorbeergebüsch. Es dauerte lange, sehr lange. Alles blieb finster, stumm, nichts regte sich; es gab keinen Lufthauch, keinen Stern, nur Gebirge von Wolken, die man nicht sah, aber die mir schwer, so schwer auf der Seele lasteten.

Ich blickte nach meinem Haus und wartete. Wie lange das dauerte! Schon glaubte ich, das Feuer wäre von allein ausgegangen, oder er, ER hätte es gelöscht, da zerplatzte eins der unteren Fenster unter dem Druck der Hitze, und eine Flamme, eine große gelbrote Flamme züngelte lang, liebkosend hoch an der weißen Mauer und küßte sie bis zum Dach. Der Feuerschein lief durch die Bäume, durch Gezweige und Laub, und ein Schauder, ein Schauder der Angst. Die Vögel erwachten; ein Hund begann zu jaulen; es war, als werde es Tag! Noch zwei Fenster zerplatzten, und ich sah, das ganze Parterre meines Hauses war ein einziger Glutherd. Da, ein Schrei, ein gellender, ohrenzerreißender, grausiger Schrei – der Schrei einer Frau stieß in die Nacht, und zwei Mansarden öffneten sich: Ich hatte meine Bediensteten vergessen! Ich sah ihre entsetzten Gesichter, ihre fuchtelnden Arme! …

Außer mir vor Entsetzen, rannte ich nach dem Dorf und brüllte: »Zu Hilfe! Zu Hilfe, Feuer! Feuer!« Schon begegnete ich Leuten, die geeilt kamen, und lief mit ihnen zurück, um zu sehen!

Mein Haus war nur mehr ein schrecklicher, grandioser Scheiterhaufen, ein riesiger Scheiterhaufen, der die ganze Erde erhellte, ein Scheiterhaufen, wo Menschen verbrannten, und wo auch er, ER, ER, mein Gefangener, verbrannte, das neue Wesen, der neue Herr der Welt, der Horla!

Auf einmal stürzte das ganze Dach zwischen die Mauern herab, und ein Vulkan von Flammen schoß himmelauf. Durch alle offenen Fenster sah ich in den Feuerofen und dachte, daß er in dieser Glut verbrannt war …

Verbrannt? Kann das sein? … Sein Körper? Sein lichtdurchlässiger Körper, war er nicht unzerstörbar durch Mittel, die unsereinen töten?

Und wenn er nicht tot wäre? … vielleicht vermag einzig die Zeit etwas über das furchtbare, das unsichtbare Wesen. Wozu der durchsichtige Leib, der unfaßbare Leib, der Leib aus Geist, wenn auch er Leiden, Verwundungen, Krankheiten, vorzeitige Zerstörung zu fürchten hätte?

Vorzeitige Zerstörung? Aus ihr rührt alle menschliche Furcht! Nach dem Menschen der Horla. – Nach dem, der täglich, stündlich, der jede Minute durch alle möglichen Zufälle sterben kann, ist der gekommen, der erst zu seinem Tag, seiner Stunde, seiner Minute sterben muß, wenn er die Grenze seiner Existenz erreicht!

Nein … nein … kein Zweifel, kein Zweifel … er ist nicht tot … Aber dann … dann … muß ich mich töten!

Und da ihn die Jünger sahen auf dem Meer gehen, erschraken sie, und sprachen: Es ist ein Gespenst; und schrieen vor Furcht. Aber alsobald redete Jesus mit ihnen, und sprach:

Matthäus 14,26–27

Was seid ihr so erschrocken? Und warum kommen solche Gedanken in eure Herzen?

Lukas 24,38

Marie Luise Kaschnitz

Schiffsgeschichte

Wenigstens dem Don Miguel hätte eigentlich einiges auffallen müssen an dem Schiff, auf das er seine Schwester Viola begleitete und das, wie sich später herausstellte, nicht das richtige war. Man war spät, fast zu spät zum Hafen gekommen, die Träger hatten sich in der Zollhalle des Gepäcks bemächtigt, Quai Nr. 5, und über die Laufbrücke war, obwohl das letzte Zeichen schon gegeben wurde, Don Miguel noch mitgegangen und hatte sich darum gekümmert, daß seine Schwester eine Kabine bekam. Es hatte einige Schwierigkeiten gegeben, war aber schließlich doch in Ordnung gekommen, und Don Miguel hatte Viola, die, in Tränen aufgelöst, auf einem der Strohstühlchen der sogenannten Terrasse saß, zum Abschied geküßt. Kaum, daß er wieder auf festem Boden stand, hatte der Kran die Brücke abgehoben. Don Miguel hatte die schwerfälligen Manöver des Ablegens beobachtet und zu seiner Schwester hinaufgewinkt, die plötzlich in einer, wie ihm schien, recht übertrieben flehenden Bewegung die Arme nach ihm ausgestreckt hatte und, in dieser Stellung verharrend, immer kleiner geworden war. Am Quai entlangschlendernd, hatte er dann mit einemmal groß und funkelnd die ›Lutetia‹ gesehen, den Dampfer, den er für die Reise seiner Schwester ausgesucht hatte, und war eine Weile lang bestürzt gewesen, ja, geradezu verstört. Schließlich hatte er sich damit getröstet, daß auch der andere Dampfer nach Marseille fahren mußte, da er ja eine Kabine dorthin verlangt und auch erhalten hatte. Er hatte sich, zu Hause angelangt, mit dem Schifffahrtsbüro verbinden lassen und nach dem Namen des fremden Schiffes gefragt, dieser war aber nicht herauszubekommen gewesen, zu den regelmäßig zwischen Südamerika und Europa verkehrenden Linien gehörte der Dampfer nicht. Ein von einer Reisegesellschaft gecharterter hätte es sein können, man wollte dem Don Miguel noch Bescheid geben, er erfuhr aber nichts. Natürlich konnte er, da er den Namen des Schiffes nicht wußte, auch nicht telegrafieren, er mußte abwarten, bis seine Schwester ihm einen Brief schrieb, der aber frühestens in Teneriffa von Bord gehen konnte. Die von ihm errechnete Zeitspanne verging jedoch, ohne daß er die erwartete Nachricht bekam. Nach dieser Zeit benachrichtigte Don Miguel die Polizei.

Von Don Miguels genauen und leider völlig ergebnislos verlaufenden Nachforschungen soll hier die Rede nicht sein, nur von seinen allnächtlichen Bemühungen, sich das Schiff vorzustellen, auf dem er Viola zurückgelassen hatte. Soviel er sich erinnerte, war es ein sehr altmodisches Schiff gewesen, und er begriff mit einemmal nicht mehr, wie er es mit der erst vor kurzem in Dienst gestellten ›Lutetia‹ hatte verwechseln können. Die Salons, die er, auf der Suche nach dem Kommissar, durcheilt hatte, waren im Stil des zweiten Kaiserreichs möbliert gewesen, und statt der funkelnden Bars, die man auf den modernen Schiffen findet, hatte es auf dem die Terrasse genannten Teil des hinteren Verdecks nur ein kleines Holzbuffet, ein paar Gruppen von Strohstühlchen und ein paar staubige Topfpflanzen gegeben. Auf einem Podest hatte, in Hemdsärmeln übrigens, eine Kapelle gesessen und geübt, und zwar, soviel Don Miguel sich erinnern konnte, einen altmodischen Wiener Walzer, der ›Rosen aus dem Süden‹ hieß. Die Uniform des Kommissars hingegen war nach der letzten Mode geschnitten gewesen, wie überhaupt dieser Kommissar etwas Flottes, Elegantes gehabt und zudem noch, sich vorstellend, einen adligen Namen gemurmelt hatte. Wir nehmen keine Passagiere mehr auf, hatte er hochmütig behauptet, und erst, nachdem Don Miguel ihn zu seiner Schwester geführt und er einen Blick auf Violas weiches, ein wenig verschwommenes Gesicht geworfen hatte, hatte er ihr die Kabine zugesagt.

Weich und ein wenig verschwommen war Violas Gesicht schon immer gewesen, schon als junges Mädchen, schon als Kind. Und war sie nicht bei allen Abschieden über alle Gebühr traurig geworden, so als sollte jeder der letzte sein? Verstiegen, so hätte man sie auch nennen können, zumindest wenn man diesen Ausdruck von einem Mondsüchtigen herleitet, der in gefährlicher Bewußtlosigkeit auf den Dächern spazierengeht. Don Miguel, der zeitlebens mit beiden Beinen fest auf der Erde gestanden hatte, war sie so erschienen, und er war ihr gegenüber immer etwas ratlos gewesen, ratlos auch am Tag ihrer Abreise, der Violas 40. Geburtstag war. Da nämlich, als sie alle zusammen beim Frühstück gesessen und er, seine Frau und seine Kinder Viola schon Grüße aufgetragen hatten an den Schwager und Onkel – Du siehst ihn ja heute nacht schon –, da war Viola vor diesem raschen Wiedersehen mit ihrem Mann plötzlich zurückgeschreckt, hatte Unklares gemurmelt von Geburtstag und Sich-etwas-wünschen-Dürfen und hatte schließlich darauf bestanden, die Flugkarte zurückzugeben und mit dem Schiff zu reisen. Nicht hier sein, nicht dort sein, nirgends sein – diese ziemlich unverständlichen Worte hatte sie mehrmals wiederholt und dabei einen wirklich zum Kopfschütteln merkwürdigen Ausdruck in den Augen gehabt.

Don Miguel, der nachts jetzt oft schlaflos lag, schüttelte noch in der Erinnerung an Violas Benehmen den Kopf. Daß die Schwester, die, wie er immer geglaubt hatte, in einer glücklichen Ehe lebte, plötzlich auf die fragwürdigen Liebesabenteuer einer Seereise auszugehen im Sinne gehabt hatte, war ihm mehr als unwahrscheinlich; es wäre ihm aber immerhin noch lieber gewesen als dieses plötzliche Verlangen, für eine Weile zu verschwinden, das ihn daran erinnerte, mit welcher Leidenschaft sich Viola als Kind versteckt hatte, und auf wie gefährliche Weise, in Truhen, deren schwere Dekkel zufallen, in Sandgruben, deren Wände einstürzen konnten.

Sobald Don Miguel anfing, sich das namenlose und nicht feststellbare Schiff als ein solches Versteck vorzustellen, fing er in seinem Bett zu schwitzen an. Jedesmal sprang er am Ende solcher Überlegungen auf, lief auf die Dachterrasse und sah auf das Stückchen Atlantischen Ozean, das er da zwischen niederen Palmen und Wolkenkratzern vor sich hatte. Er hatte die geheime Hoffnung, das Schiff könne, von irgendeinem Schaden befallen, umdrehen und den Hafen wieder aufsuchen. Er würde ihn schon erkennen, den alten Kasten – aber sooft er auch bis zum Morgengrauen frierend ausspähte, es zog ein solches Schiff nicht in der Ferne vorbei. Dagegen bekam Don Miguel eines Tages von seiner Schwester doch Nachricht, und sogar einen Brief von ihrer Hand.

Dieser Brief, den der Postbote am 16. August brachte, war in ziemlich schlechtem Zustand, so als wäre er zwar nicht naß, aber doch sehr feucht und dann wieder trocken geworden. Er war zerknittert und schmutzig, und da er nicht freigemacht war, mußte Don Miguel Strafporto zahlen. Wie man sich denken kann, hinderte ihn das nicht, angesichts dieses dicken Briefes die größte Freude und Erleichterung zu empfinden. Das Schiff ist also angekommen, dachte er und war schon im Begriff, den Hörer abzunehmen und eine der Dienststellen anzurufen, die er vorher mit seinen Fragen verrückt gemacht hatte. Es drängte ihn dann aber doch, zuerst zu lesen, was seine Schwester geschrieben hatte, wie es ihr ergangen war und wo sie sich befand.

Der Brief, den Don Miguel einige Minuten später auf seiner Terrasse öffnete, war umfangreich, er bestand aus einer Menge dünner Blätter, die offensichtlich an verschiedenen Tagen beschrieben und auch datiert worden waren, doch hatte sich die Absenderin die Mühe, die Blätter zu ordnen, nicht gegeben. Der pedantische Don Miguel, der ja nun zu wissen glaubte, daß seine Schwester lebte, unterzog sich dieser Mühe gern. Er fand als erstes Datum den zweiten Tag nach Violas Abreise, als letztes den 15. Juli, das Papier war kein von der Schiffahrtsgesellschaft den Passagieren zur Verfügung gestelltes, der Brief war nicht gestempelt und ein Hafen war auch auf dem letzten der Blätter nicht genannt. Durch diese Tatsache wurde Don Miguel, der noch kein Wort gelesen hatte, in eine merkwürdige Unruhe versetzt. Er stand auf und rief seine Frau, seine Schwiegermutter und seine fünf Kinder, die sich auch gleich um ihn herumsetzten und fragten und plapperten, bis er ihnen Schweigen gebot. Es war da schon bald Abend, die großen roten Blüten der Terrassensträucher schlossen sich, ein Schwarm von kleinen gelben Papageien flog in eine Gewitterwolke hinein. Vom Strand her hörte man das Geräusch der starken Brandung, ein Geräusch, das Don Miguel seit zweiundvierzig Jahren gewöhnt war, das ihn aber heute mit Unbehagen erfüllte. Er hatte noch nicht lange gelesen, als dieses Unbehagen so groß geworden war, daß er seine Stimme zu einem Flüstern dämpfte. Später las er sogar leise, bewegte nur noch die Lippen, und die zahlreichen Mitglieder seiner Familie sahen ihn ehrfürchtig und ängstlich an.

Der Brief, oder besser gesagt das erste Blatt des Briefes, begann fröhlich: Es ist schwül, aber es geht mir gut, ich habe eine ziemlich große Kabine, ein wahres Wunder, denn was der Kommissar Dir gesagt hat, stimmt: das Schiff ist überbelegt, und, wie es scheint, von Flüchtlingen, was ich mir, da es zur Zeit bei uns weder Kriege noch Revolutionen gibt, schwer erklären kann. Auffallend ist die Zahl der Kinder, die an Bord sind und die sich auf allen Decks, ohne jede Aufsicht, bewegen. Bei Tisch sitze ich, wie übrigens die meisten Passagiere, an einem Tischchen allein. Ich habe darum noch niemanden kennengelernt. Alles ist anders als auf der ›Nettuno‹, auf der wir, Du erinnerst Dich, einmal zusammen die Reise machten. Aber ich könnte Dir noch nicht sagen, worin die Unterschiede bestehen. Ich will jeden Tag an diesem Brief ein bißchen weiter schreiben, damit Du Dir am Ende ein Bild machen kannst.

Ich muß sagen, hieß es auf dem zweiten Blatt, daß dieses Schiff, das übrigens nicht, wie Du sagtest, ›Lutetia‹ heißt, mir von Tag zu Tag besser gefällt. Eine Einteilung in Klassen, wie sie auf der ›Nettuno‹ so streng durchgeführt wurde, gibt es hier nicht. Alle Passagiere nehmen die übrigens bescheidenen Mahlzeiten gemeinsam ein. Die Filmvorführungen finden nicht in den Salons, sondern draußen, auf der sogenannten Terrasse, statt, und es ist hübsch, wie die Bewegung des Schiffes die Leinwand schwanken läßt und der Mond bald rechts, bald links von dem erleuchteten Viereck erscheint. Die Kapelle, die abends auf der Terrasse für alle Passagiere zum Tanzen aufspielt, läßt jeden Tag vor dem Mittagessen eine Stunde lang Wiener Walzer hören, wozu ebenfalls alle Passagiere sich versammeln. Getanzt wird aber um diese Tageszeit nicht. Obwohl wir schon fünf Tage unterwegs sind, ist die auf allen Schiffen übliche Einladung zum Cocktail des Kommandanten noch nicht ergangen. Der Kommandant zeigt sich nicht, und es sind nur wenige Matrosen und so gut wie gar keine Offiziere zu sehen.

Du würdest lachen, lieber Bruder, stand auf dem dritten Blatt, wenn Du wüßtest, in was für eine Gesellschaft ich geraten bin, lauter Träumer und Spinner, die auf keine Frage eine vernünftige Antwort geben. Lauter Einzelgänger zudem, bis auf ein junges Paar, schöne Menschen mit langen messinggelben Haaren, die Hand in Hand ihre Deckspaziergänge machen und nur ab und zu stehenbleiben, um sich in die Augen zu sehen. An den Spielen, die der Kommissar veranstaltet, beteiligen sich die beiden nicht, während die andern Passagiere, wenn auch nachlässig und in täglich geringerer Anzahl, Tauringe werfen oder Holzscheiben in ein mit Zahlen versehenes Feld schlittern lassen.

Das vierte Blatt handelte von dem Photographen, es gibt einen hier, wie auf allen Schiffen, aber Du glaubst nicht, was für ein Nichtskönner das ist. Er hat ein schlaues Fuchsgesicht und einen weißen Spitzbart, überall schleicht er herum und stellt in Windeseile sein Dreibein zurecht. Auf seinen Photographien, jedenfalls auf denen, die er von mir gemacht hat, ist außer einem Stück Reling und einem Stück Himmel darüber aber nichts zu sehen. Solche Bilder, Schiffshintergründe ohne Personen, sind in seinem Kasten zu Dutzenden ausgestellt. Er preist sie an: Sehen Sie nur die peruanischen Zwillinge, sehen Sie nur die schöne junge Chilenin, und ich gebe mir alle Mühe, drehe die Photographien, bis sie auf dem Kopf stehen, und hoffe, wie auf den alten Vexierbildern, in einer Taurolle, einem Rettungsring ein Händchen, ein spitzes Gesichtchen zu entdecken. Der Photograph wird endlich böse und nimmt mir die Bilder weg. Er hat darauf bestanden, daß ich meine Aufnahmen bezahle, ich will sie Dir hier beilegen, sag mir, was Du darauf siehst und ob ich vielleicht im Begriff bin, den Verstand zu verlieren.

Wie Don Miguel bereits vermutet hatte, lagen die angekündigten Photographien nicht bei. Auf dem fünften Blatt, das er, verzagt nun schon, zur Hand nahm, hatte Viola wieder allerlei Erstaunliches aufgezeichnet, wie die Tatsache, daß es auf ihrem Schiff schlechthin unmöglich war, das Datum, die Uhrzeit und die Position des Schiffes festzustellen. Alle Uhren, so schrieb sie, werden unaufhörlich zurück- oder vorgestellt, auf dem Wege zum Mittagessen mag es zwölf Uhr sein, auf dem Rückweg in die Kabine aber bereits siebzehn Uhr. Ein im Salon befindlicher Kalender zeigt einmal einen lang vergangenen, dann wieder einen noch in weiter Ferne liegenden Tag. Das Fähnchen, das auf einer Karte des Ozeans unsere jeweilige Position deutlich machen soll, befindet sich zur Zeit im nördlichen Eismeer, was wohl ein Scherz des mit dem Fähnchenstecken beauftragten Offiziers ist. Das Erstaunlichste ist die Bordzeitung, die an einem Tag von Ereignissen aus dem vergangenen Jahrhundert und am nächsten von gerade stattgehabten Empfangsfeierlichkeiten auf der Venus berichtet.

Niemand, schrieb Viola auf dem sechsten Blatte, ist neugierig, niemand wundert sich, niemand fragt. Dabei ist doch vieles zum Verwundern, zum Beispiel, daß die Funkerkabine nicht besetzt ist und man keine Telegramme aufgeben kann. Ich ging heute, in der Absicht, Euch eine Nachricht zu schicken, auf den Ponte Commando, fand aber keinen Menschen, auch kein Licht in einem der Räume, nur verschiedene große Hunde streunten dort zu meinem Schrecken frei herum. Schließlich sah ich in dem nur für die Besatzung bestimmten Teil des obersten Verdecks doch einen Lichtschimmer und hörte aus dem erleuchteten Raum auch Stimmen dringen. Die Tür ließ sich nicht öffnen, ich blieb aber stehen und horchte, sah auch durchs Schlüsselloch Uniformknöpfe und Tressen blinken. Die Stimmen wechselten sich ab, man las oder rezitierte, und nach einer Weile verstand ich auch, was, Dantes ›Göttliche Komödie‹ nämlich, und des Paradieses letzten Gesang.

Blatt Nummer sieben, sagte Don Miguel seufzend, er las hier noch laut, ja mit einer besonders kräftigen Stimme, die seine Besorgnis übertönen sollte. Ich fragte heute den Kommissar, ob wir denn den Äquator noch nicht überquert hätten, was nach der Anzahl der hier aufgezeichneten Tage längst hätte der Fall sein müssen. Der Kommissar sah mich überrascht an, antwortete aber nicht. Ich gab ihm meine Post, Ansichten des Schiffes mit Grüßen für meine Freunde und für Deine Kinder, und er steckte sie in einen großen Sack, der, wie ich annahm, in Teneriffa von Bord gehen sollte und dem ich im letzten Augenblick auch dieses kleine Tagebuch noch anzuvertrauen gedachte. Am späten Abend, als ich auf Deck spazierenging, sah ich zu meinem Entsetzen, wie ein Matrose mit eben diesem Sack an die Reling ging und seinen Inhalt ins Meer schüttete. Ich erzählte heute mehreren Leuten von dem Vorfall, der mich sehr erregte. Es schienen aber alle, die ich darauf ansprach, das Verhalten des Matrosen ganz in der Ordnung zu finden.

Zu diesem Blatt, sagte Don Miguel, gibt es noch einen Nachtrag, und schnitt damit die erstaunten und wehklagenden Zwischenrufe seiner Frau und ihrer Mutter kurzerhand ab. Ich bin später in der Nacht, las er weiter, noch einmal ins Freie gegangen und bin dadurch zum Zeugen einer nächtlichen Rettungsübung geworden. Diese Übung war nicht für die Passagiere, sondern für die Besatzung bestimmt. Es beteiligten sich an ihr aber nur eine Handvoll Matrosen, sie glich einem Angsttraum und beunruhigte mich sehr. Das große Rettungsboot nämlich, das aufs Meer heruntergelassen werden sollte, blieb stecken und war mehr als zwanzig Minuten lang nicht weiterzubewegen. Als es endlich auf dem Wasser lag, gelang es den Matrosen nicht, es vom Schiffsrumpf zu entfernen. Sie alle schienen weder des Ruderns noch des Steuerns mächtig, in ihre roten Westen gezwängt, sandten sie stumme hilfesuchende Blicke die Bordwand hinauf.

Die Schrift des achten Blattes gefiel Don Miguel nicht, sie machte seltsame Sprünge und schlich dann wieder geduckt auf den Zeilen hin. Ich habe Angst, schrieb Viola (und hier war es, daß ihr vorlesender Bruder seine Stimme zu einem Flüstern senkte). Warum spricht niemand mit mir, warum spricht überhaupt niemand mehr? Die Passagiere verschwinden in ihre Kabinen, von der Besatzung ist niemand zu sehen. Obwohl wir die Küste, zumindest die ihr vorgelagerten Inseln längst erreicht haben müßten, zeigen sich am Horizont nur schwere Gewitterwolken und niederstürzende Regenböen, zwischen denen ein kleiner, feuriger Kegel allabendlich ins Wasser sinkt. Es gibt jeden Tag weniger zu essen, so als seien die Vorräte des Schiffes bald erschöpft. Ich erinnerte mich heute an den portugiesischen Dampfer, der vor einigen Jahren, in der Hand von Rebellen, auf dem Ozean umherirrte, wobei die

Besatzung mit Maschinengewehren in Schach gehalten wurde und die Passagiere ebenfalls nichts mehr zu essen bekamen. Es sind aber hier keine wilden Männer mit Maschinengewehren zu sehen. Als ich heute abend auf die Terrasse kam, fand ich dort nur die Kinder, diese vielen offenbar allein reisenden Kinder, von denen ich Dir bereits berichtet habe. Mit schrillen Schreien, die denen der Möwen in unserem lang verlassenen Hafen ähnelten, bewegten sie sich auf der dunklen Tanzfläche, liefen wie Seiltänzer über die großmaschigen Netze, mit denen in der Nacht die Schwimmbekken bedeckt werden, und kletterten auf Strickleitern in die Rettungsboote, wo sie dann, hoch aufgerichtet, winkten und auf kleinen Pfeifen gellend pfiffen.

Hier fuhr Don Miguel zusammen, weil seine eigenen Kinder anfingen zu kichern und auf ihren Fingern zu pfeifen. Schnell und mit strenger, aber leiser Stimme begann er das nächste Blatt, ich habe mir heute ein Herz gefaßt und den Kommissar gefragt, wann wir ankommen werden. Ich habe darauf eine Antwort bekommen, aber eine, die ebenfalls in einer Frage bestand. Ankommen, wo? fragte der Kommissar, und ich muß sagen, daß mich ein Schauder überlief. Ich hatte gerade zu Mittag gegessen, einen winzigen Pudding, blaß wie Mondschein, in einer roten glitzernden Sauce, und zündete mir die letzte Zigarette an. Wie ich über die kleine Flamme meines Feuerzeugs hinweg den Kommissar verwundert anstarrte, kam er mir plötzlich bekannt vor, das heißt, er erinnerte mich an jemanden, den Du auch gekannt hast, an diesen hochmütigen französischen Jungen, der mit uns in der Schule war und der auf unserer Schulreise an den Amazonas von einem Krokodil angefallen worden ist. Zugleich aber ähnelte er mit seinen vorstehenden Zähnen selbst einem Krokodil. Ich erschrak und wandte mich ab, während der Kommissar, übrigens ganz in der Art des französischen Jungen, in die Hände klatschte, um wieder einmal ein Spiel in die Wege zu leiten. Zwei Passagiere mußten sich mit in die Luft gestreckten Beinen auf Flaschen setzen und sich dort im Gleichgewicht halten, was sie, mit todernsten und verzerrten Gesichtern, eine Weile lang auch zustande brachten. Am Ende standen sie auf und verbeugten sich voreinander, ehe der Kommissar dem einen ein seidenes Halstuch, dem andern ein winziges Modell unseres Schiffes übergab.

Und nun das zehnte Blatt, das mit den Worten »Lieber Bruder« begann. Lieber Bruder, schrieb Viola, ich versuche mir vorzustellen, was Du in meiner Lage tätest, zu den Offizieren gehen, aber sie schließen sich ein und lesen die ›Göttliche Komödie‹, Dich mit den andern Passagieren beraten, aber was ich sage, interessiert sie nicht. Wie im Halbschlaf liegen sie auf ihren Deckstühlen, vielleicht geschwächt durch die mangelhafte Ernährung, vielleicht durch Seekrankheitsmittel in eine Art von Betäubung versetzt. Da sich zu keinem der üblichen Spiele mehr jemand meldet, schiebt der Kommissar die weißen Holzpferdchen allein über die Planken und ruft mit seiner hellen Kommandostimme die Bingozahlen aus. Auch ich liege auf dem Deckstuhl, träge, unbeweglich, während vor meinen Blicken phantastische Wolkenlandschaften sich auftürmen und wieder vergehen. Und während ich in den ersten Tagen noch Vergleiche gezogen habe, da ein Mann mit einem Sack auf dem Rücken, da ein Rudel galoppierender Pferde, sehe ich jetzt nur noch Formen und Farben, eine ewige Weltschöpfung aus Licht und Finsternis und einen langsamen Übergang in die kalte, kristallene Reinheit der Nacht.

Don Miguel legte das zehnte Blatt beiseite und überflog das elfte, ja er überflog es nur, es war schon eines der letzten, und es war auf ihm ärgerlicherweise wieder die Rede von Sonnenkegeln, die ins Meer sinken, von smaragdgrünen Lichtbahnen und bestimmten, rasch heraufziehenden Sternbildern – zu Don Miguels Beunruhigung waren die letzteren immer dieselben, die der südlichen Hemisphäre, die auch die Sternbilder ihrer beider

Kindheit gewesen waren. Es kann doch nicht sein, dachte Don Miguel, daß dieses verfluchte Schiff sich die ganze Zeit nicht von der Stelle gerührt hat. Es konnte schon deswegen nicht sein, weil der Brief, der nur in Teneriffa aufgegeben worden sein konnte, bald zu Ende war. Viola in ihrem verwirrten Zustand mußte nicht recht hingesehn haben. Sie schrieb am Ende des elften Blattes noch etwas Persönliches, nämlich: Ich zähle die Bogen nicht mehr, an wen schreibe ich eigentlich, und wer bin ich, ich weiß es und weiß es auch wieder nicht. Es sind jetzt zwei Tage, daß ich mit niemandem ein Wort gesprochen habe, es ist auch niemand zu sehen als die auf den Deckstühlen liegenden verhüllten Gestalten, dicke Kokons, die vielleicht eines Tages in sich zusammensinken, da sind dann die Schmetterlinge schon ausgekrochen, schöne Falter, die noch einen Augenblick auf den Armlehnen zitternd verweilen. Ich würde dieses Auskriechen und Fortfliegen gerne mit ansehen, aber ich bin müde, es gelingt mir oft nicht, meine Lider zu heben. Nur das Paar höre ich noch an mir vorbeigehen, mit leichten gleichmäßigen Hand-in-Hand-Schritten, nur die Kinder höre ich noch auf ihren grellen Pfeifchen flöten und schreien. Ich habe keinen Hunger mehr, und soviel ich weiß, wird im Speisesaal auch nicht mehr serviert. Jedenfalls gongt es weder mittags noch abends, es werden keine Zeitungen mehr durch die Türritze geschoben, und alle Uhren stehen still.

Don Miguel, der, wie gesagt, kopfschüttelnd und ungeduldig dieses Blatt nur überflogen hatte, atmete auf, als er das nächste zu Gesicht bekam. Ich stehe wieder auf, Miguel, hieß es da, ich gehe wieder umher. Ich ertappe mich dabei, wie ich dem jungen Paar nachschleiche oder ihm zu begegnen versuche, eines Tages, meine ich, müssen die beiden vor mir stehenbleiben und mich raten lassen, wer von ihnen der Mond und wer die Sonne (oder das Eichhörnchen und die Eichel, oder der Kolibri und der Ara) ist. Wenn ich es errate, geht eines von ihnen mit mir weiter, einmal um das ganze Schiff herum. Ich spüre eine Hand in meiner, ich bin nicht mehr allein. Auch auf andere Weise versuche ich mich aus meiner Lethargie zu reißen. Zum Beispiel, indem ich mir Eure Wohnung oder meine Wohnung in Zürich, Euch, meinen Mann oder meine Freunde genau vorstelle. Eben habe ich zu diesem Zweck meine Kabine aufgesucht, schließlich führe ich in meinem Gepäck eine Menge von persönlichen Dingen, auch Photographien und Briefe mit mir. Zu meiner Überraschung standen auf meinem Korridor alle Kabinentüren offen, die Betten waren frisch überzogen, auf den offenen und leeren Schränken lagen ordentlich zusammengefaltet die roten Rettungswesten, es waren nirgends Gepäckstücke zu sehen. Auch meine Kabine war leer, im Waschraum keine Seife, keine Fläschchen, und kein Morgenrock hing an der Tür. Auf mein Läuten hin kam niemand, ich dachte, man habe meine Sachen in eine andere Kabine gebracht, und durchstreifte nicht nur die naheliegenden, sondern auch die ein Stockwerk höher und ein Stockwerk tiefer befindlichen Korridore, es bot sich mir aber überall das gleiche Bild.

Sie ist wahnsinnig geworden, murmelte Don Miguel und wischte sich den Schweiß von der Stirn. Seine Frau warf kleine Eisstücke in ein hohes Glas und schob ihm die grünliche Flüssigkeit hin. Was ist? fragte sie schüchtern, und ihre Mutter und die Kinder, Schatten nun schon auf der nachtdunklen Terrasse, wisperten ebenfalls: Was ist? und beugten sich ihm zu. Wartet noch, sagte Don Miguel heiser und griff nach dem vorletzten Bogen, auf dem gleich zu Anfang die rätselhaften Worte »Sie sehen uns nicht« standen.

Sie, das waren, wie sich herausstellte, die von Viola beobachteten, vorüberfahrenden Schiffe –, wie man weiß, gibt es auf dem Ozean bestimmte Routen, die streng eingehalten werden, und eine Begegnung auf der riesigen Wasserfläche ist so selten nicht. Die in einiger Entfernung aneinander vorbeigleitenden Dampfer grüßen sich, durch Flaggenzeichen, aber auch mit dem Nebelhorn, Viola hatte dieses dreimalige Tuten von früheren Reisen noch gut in Erinnerung. Heute, schrieb sie, ist die ›Augustus‹ in unmittelbarer Nähe vorbeigekommen. Unser Schiff hat dreimal denselben mächtigen Ton von sich gegeben, aber auf der ›Augustus‹ haben sie offenbar weder etwas gehört noch uns gesehen. Am Abend sind wir durch eine ganze Flottille von Fischdampfern hindurchgefahren, auf denen man uns, obwohl das Wetter völlig klar war, auch nicht bemerkt hat, und die wie durch ein Wunder einem Zusammenstoß entgangen sind. Ich habe mich, meiner großen Müdigkeit zum Trotz, an die Reling geschleppt und habe versucht, durch Winken und Schreien die Leute auf uns aufmerksam zu machen. Plötzlich hat mich jemand bei den Schultern gepackt, mich zurückgezogen und mir den Mund zugehalten. Zuerst habe ich geglaubt, es sei der französische Junge, der mich auf jener Reise an den Amazonas, auf der er dann umkam, einmal geküßt und mir, als ich schreien wollte, den Mund zugehalten hat. Es war aber der Kommissar. Sehen Sie denn nicht, sagte er ärgerlich, und ich beobachtete staunend, wie gerade dort, wo ich gestanden hatte, ein Stück der Bordwand abbrach und lautlos in der Tiefe verschwand.

Das vierzehnte und letzte Blatt, das Don Miguel zitternd entfaltete, enthielt so präzise Schilderungen nicht mehr. Er, Don Miguel, war da wieder angesprochen: Lieber Bruder, laß gut sein, vielleicht habe ich es so gewollt. Ich denke an unsere Kinderspiele, bestanden sie nicht in einem unaufhörlichen: Dies ist das und dies ist jenes, war nicht jeder Gegenstand in unseren Augen ein völlig anderer und hatte einen anderen geheimen Sinn? Ich habe einmal gehört, daß Menschen in der Nähe des Todes dasselbe erleben, ein Pandämonium von stellvertretenden Dingen, das mit der Vernunft nicht mehr in Ordnung zu bringen ist. Fahren und nicht ankommen, immer rund um den Horizont, keine Inseln, keine Küste, kein Hafen, kein Licht. Ich will Dir aber noch Nachricht geben, und natürlich nicht, indem ich meinen Brief in den Postsack werfe, weil die Post aus dem Postsack jede Nacht ins Meer geschüttet wird. In meinem Köfferchen, das ich schon früher immer mit auf den Liegestuhl nahm, habe ich einen kleinen Plastikbeutel, in den will ich den Brief stecken. Sobald wir wieder in die Nähe von Fischkuttern kommen, werfe ich den Beutel, den ich mit meiner Puderdose beschwere, über Bord. Du weißt, daß ich schon als Kind gut werfen und zielen konnte, besser als ein Mädchen das für gewöhnlich kann. Ich werfe, und die Männer, die mich und unser Schiff nicht sehen, fangen ihn und schütteln erstaunt den Kopf. Danach werde ich mich wieder auf meinen Liegestuhl legen und mich in meine Decke einwickeln, eine Decke von zu Hause, eine weiche indianische mit langen Fransen, blau und grün und rot. Ich werde die Augen nicht mehr aufmachen und weder die Schritte der Liebenden noch das Pfeifen der Kinder hören. Das einzige Geräusch, das ich noch vernehmen werde, wird das stoßweise und mächtige Rauschen der Bugwelle sein.

Nachdem Don Miguel diese letzten Worte gelesen hatte, fuhr er auf und wollte etwas tun, er wußte aber nicht wohin und was. Seine Frau legte ihm die Hand auf den Arm, und die Augen seiner Kinder, die ihn anstarrten, funkelten wie die Augen der Katze, die um die Stuhlbeine schlich. Viola ist nicht angekommen, sagte er traurig –, Viola kommt nicht zurück. Es war jetzt völlig dunkel, und am Horizont zeigten sich die Sterne, nach denen sich, mit Hilfe des Sextanten, die Schiffe auf ihren großen Fahrten richten. Auf dem kleinen Stückchen Strand, das man von der Terrasse aus sehen konnte, wurde, wie jeden Abend, eine in den Sand gesteckte Kerze angezündet, eine jener Kerzen, mit deren Licht man die Seelen der Ertrunkenen der Meeresjungfrau empfiehlt. Friede ihrer Seele, murmelten die Frauen und plapperten die Kinder, und alle zeichneten auf ihrer Brust das Kreuz nach, das groß und funkelnd und von vielen Milchstraßen umflossen ihnen zu Häupten stand.

Unter den Argumenten für die Wirklichkeit der Geistererscheinungen verdient auch der Ton des Unglaubens, in welchem die gelehrten Erzähler aus zweiter Hand sie vortragen, erwähnt zu werden; weil er, in der Regel, das Gepräge des Zwanges, der Affektation und Heuchelei so deutlich trägt, daß der dahinter stekkende heimliche Glaube durchschimmert.

SCHOPENHAUER, *Versuch über das Geistersehn*

Anmerkungen

Johann Wolfgang Goethe (1749–1832)

Aus: Unterhaltungen deutscher Ausgewanderten 23

Aus: Goethes Sämtliche Werke. Jubiläumsausgabe. Hrsg. von Eduard v. d. Hellen. Bd. 16. Hrsg. von Max Herrmann. Stuttgart, Berlin: J. G. Cotta 1906. S. 190–208.

Der Textabschnitt umfaßt die ersten beiden Geschichten der 1795 zuerst in Schillers *Horen* fortsetzungsweise veröffentlichten *Unterhaltungen deutscher Ausgewanderten*, mit denen Goethe die wesentlich von Boccaccio begründete Fiktionstradition des geselligen Erzählens in geschützter Runde nachhaltig wiederbelebt hat. Dem Anfang mit Gespenstergeschichten, der, wie viele meinen, den primitivsten Teil der Sammlung bildet, folgen in aufsteigender Linie Liebesgeschichte und moralische Erzählung und am Ende das vielsinnige, vielgedeutete *Märchen*, »durch das Sie an nichts und an alles erinnert werden sollen«. Wie immer primitiv sie sein mögen, sind die Anfangsgeschichten immerhin Fundament, und wie immer bescheiden in der Substanz sie sich ausnehmen, so hat Goethe sie doch von seinen Erzählern bedenkenswert kommentieren lassen – und dies intrikat genug und bis heute provokativ.

Der Geschichte von dem »klingenden Gespenst« liegt eine Begebenheit zugrunde, die von der Pariser Schauspielerin Hippolyte Clairon erzählt wurde, die sie ihrerseits 1799 in ihren Memoiren mitgeteilt hat. Die Geschichte vom »Klopfgeist« geht auf eine mündlich in Weimar verbreitete Erzählung eines Vorfalls im Haus derer von Pannwitz zurück (vgl. Erich Trunz' Kommentar in der Hamburger Goethe-Ausgabe, Bd. 14, ^{7}1968).

Die am Ende des Textabschnitts ausgesprochene Vermutung, daß der Zwillings-Schreibtisch auf dem Gut der Tante gerade zu dem Zeitpunkt verbrannt sei, als der hiesige Schreibtisch zerbarst, wird im weiteren Verlauf der *Unterhaltungen* zugleich faktisch bestätigt und von den Beteiligten kontrovers kommentiert. Friedrich meint: »Wir haben also, wenigstens was die Zeit betrifft, eine völlige Übereinstimmung. Die Baronesse lächelte, der Hofmeister behauptete, daß, wenn zwei Dinge zusammenträfen, man deswegen noch nicht auf ihren Zusammenhang schließen könne. Luisen gefiel es dagegen, diese beiden Vorfälle zu verknüpfen, besonders da sie von dem Wohlbefinden ihres Bräutigams Nachricht erhalten hatte, und man ließ der Einbildungskraft abermals vollkommen freien Lauf.« Bemerkenswert ist, daß der Dichter sich dabei einer Stellungnahme in eigener Person enthält.

Nikolai Gogol (1809–1852)

Der verhexte Platz 233

Aus: N. G.: Gesammelte Werke in fünf Bänden. Hrsg. von Johannes v. Guenther. Berlin: Aufbau Verlag 1952. Bd. 1. S. 409–422. Übers. von Johannes v. Guenther. Mit Genehmigung von Anna v. Guenther, Kochel am See.

Der verhexte Platz (Zakoldovannoje mesto) erschien zuerst in den *Abenden auf einem Weiler bei Dikanka* (1831/32), in denen der russische Schriftsteller Nikolai Wassiljewitsch Gogol auf romantische Weise aus dem Volksleben in der Ukraine erzählt. Der Text zeigt den überschäumenden Humoristen und den unbändigen Phantastiker Gogol mit seiner Lust am Grotesken, noch nicht den grandiosen Satiriker Gogol, der er dann mit dem *Revisor* (1836), mit dem *Mantel* (1842) und mit den *Toten Seelen* (1842/55) geworden ist. Der verhexte Platz ist im übrigen ein charakteristisches Beispiel für die wesentlich durch Gogol in der Literatur durchgesetzte Schreibweise des »skaz«: der dramatisch-erzählerischen Fiktion des unmittelbaren, jeweils individuell auf das Temperament des Erzählenden abgestimmten mündlichen Erzählens in all seiner Natürlichkeit der Extemporierung und Improvisation.

Knut Hamsun (1859–1952)

Ein Gespenst 145

Aus: K. H.: Die Novellen. Übers. von Mathilde Mann und Julius Sandmeier. München, Wien: Langen Müller 1968. S. 165–172. © 1957, 1968 by Langen Müller in der F. A. Herbig Verlagsbuchhandlung GmbH, München.

Der kleine Text des berühmtesten norwegischen Romanschriftstellers Knut Hamsun wurde zuerst 1898 im *Norsk Familie-Journal* veröffentlicht. In Hamsuns 1903 erschienener Novellensammlung *Krattskog (Gestrüpp)* bildete er das Mittelstück einer Folge von fünf kurzen Geschichten unter dem Titel *Kleine Erlebnisse.*

Golo Mann hat in seinen *Erinnerungen und Gedanken* (1986) zu dieser Geschichte bemerkt, sie sei die »stärkste« Gespenstergeschichte, die ihm bekannt sei: »Nicht nur weil Hamsun sehr gut erzählen konnte; was er da erzählt, ist ohne Zweifel wahr, auf einem authentischen Kindheitserlebnis beruhend. Er mag es, zumal gegen Ende, ein wenig ausgeschmückt haben. Aber der Moment, in dem der landfremde Mann, der da im Dunkeln draußen am Fenster erscheint und auf den einsamen Knaben in der Küche starrt, der Moment, in dem er anfängt zu lachen und so seine Zähne zeigt, denen einer fehlt, der Zahn eben, den der junge Knut am Nachmittag auf dem Kirchhof gefunden und mit nach Hause genommen hatte – so etwas erfindet man nicht. [...] Da Hamsun von Beruf Schriftsteller war, hat er aus dem Erlebnis eine Kunst-Erzählung gemacht.«

Wilhelm Hauff (1802–1827)

Die Geschichte von dem Gespensterschiff 171

Aus: W. H.: Sämtliche Märchen. Hrsg. von Hans-Heino Ewers. Stuttgart: Reclam 1986. S. 29–39.

Die Geschichte entstammt dem Märchen-Almanach auf das Jahr 1826 *Die Karawane* – dem ersten der drei Almanache des talentvollen und in den wenigen Jahren, die er hatte, ungemein produktiven Schriftstellers Wilhelm Hauff, der mittlerweile geradezu als »kinderliterarischer Klassiker« gilt, und von dem man gesagt hat, er gehöre zu den »großen Erzählern, die den Atem stocken machen« (Luigi Santucci).

Wie in den meisten seiner Arbeiten hat Hauff in der *Geschichte von dem Gespensterschiff* großzügig verschiedene Quellen genutzt – so zumal *Sindbads Reisen* aus *Tausendundeiner Nacht*, Johann Karl August Musäus' Märchen *Stumme Liebe*, Washington Irvings *The Stormship* (dt. 1826) und den 1824 im *Stuttgarter Morgenblatt* erschienenen Beitrag »Van Evert, oder der

Ursprung der Matrosensage vom fliegenden Holländer« (vgl. Hans-Heino Ewers' Kommentar zu: Hauff, *Sämtliche Märchen*, S. 432).

Der handlichen Theorie nach, die Hauff in seinem zweiten Märchen-Almanach zur Unterscheidung von Märchen und Geschichte skizziert hat, ist die *Geschichte von dem Gespensterschiff* eigentlich ein Märchen. Entsprechend listig ist die Ankündigung der Erzählung in der Rahmenhandlung. Achmet, wie der Held und Erzähler heißt, der älteste der hier auf der Reise zusammengekommenen Kaufleute, wird gebeten, etwas zu erzählen: »Sei es nun aus Eurem langen Leben, das wohl viele Abenteuer aufzuweisen hat, oder sei es auch ein hübsches Märchen.« Dann heißt es: »Achmet schwieg auf diese Anrede eine Zeit lang, wie wenn er bei sich im Zweifel wäre, ob er dies oder jenes sagen sollte«, und was dann folgt, liest sich vorerst wie eine Entscheidung gegen das Märchen: Achmet erklärt, er wolle »etwas aus seinem Leben« mitteilen, etwas, wie es zugleich geheimnisvoll und offenbarungsversprechend heißt, »das ich sonst ungern und nicht jedem erzähle: die Geschichte von dem Gespensterschiff.«

Die am Anfang und am Ende der Erzählung genannte Stadt »Balsora« ist das heutige Basra im Irak. Das gegen Ende des Texts erwähnte »Zante« ist der italienische Name der ionischen Insel Zakynthos, heute: Sakinthos.

Johann Peter Hebel (1760–1826)

Merkwürdige Gespenstergeschichte 137

Aus: J. P. H.: Schatzkästlein des rheinischen Hausfreundes. Kritische Gesamtausgabe. Hrsg. von Winfried Theiß. Stuttgart: Reclam 1981. S. 161–165.

Die *Merkwürdige Gespenstergeschichte* des badischen Schul- und Kirchenmannes und besten deutschen Volksschriftstellers Johann Peter Hebel erschien zuerst 1809 in dem von ihm herausgegebenen Kalender *Der Rheinländische Hausfreund* und wurde von ihm dann 1811 in sein unvergleichliches *Schatzkästlein des rheinischen Hausfreundes* übernommen. Während Hebel in seinen Gedichten gelegentlich Geisterhaftes augenzwinkernd als Glaubhaftes anheimgestellt hat (»Glaubets oder nit!« heißt es im *Geisterbesuch auf dem Feldberg*), hat er dem Gespensterwesen in seinen Geschichten jedesmal gut aufklärerisch den Garaus gemacht. In seinem Aufsatz *Geister und Gespenster* hat er bekannt: »Dem Gespensterglauben möchte ich nun freilich das Wort nicht reden. Er scheint bloß zum Schrecken und Betrügen gut zu sein.«

Vorlage für die *Merkwürdige Gespenstergeschichte* ist eine 1804 im *Schweizerboten* unter dem Titel *Das eiserne Gespenst im alten Schlosse* erschienene Erzählung (wieder abgedr. in Theiss' kritischer Gesamtausgabe des *Schatzkästleins*). Wo schon nicht die Geschichte (die in der Bearbeitung wie in der Vorlage im einstmaligen Königreich Dänemark spielt), so hat Hebel doch wenigstens die Erzählung der Geschichte anheimelnd in das ihm und seinen ursprünglichen Kalender-Lesern vertraute Markgräfler Land zwischen Freiburg im Breisgau und Basel verlegt: als Erzählung eines Fremden auf dem Fußweg von Schliengen über den Schliengener Berg, von wo aus man die Kirchglocken aus dem Dorf Hertingen hören kann, mit einem Einwohner des Dorfes Grenzach als Hörer.

Bemerkenswert ist, daß Hebel aus der Geschichte, die ja, wie es ausdrücklich heißt, dem Fremden »selber begegnet« ist, keine sogenannte Ich-Erzählung gemacht hat. Der Hausfreund bleibt dabei, den Leser selbst an die Hand zu nehmen. »Freundlich«, hat Ernst Bloch bemerkt, »ist es, von Hebel zuerst an die Hand genommen zu werden. Der Hausfreund geht mit, ist der Knabe, mit dem man als seinesgleichen sich so wohl versteht. Er ist aber auch ein Vater, führt am Sonntagmorgen durch Feld und Flur«, und »unter Freunden sitzt man danach mit ihm und liest vor.«

Heinrich Heine (1797–1856)

Aus: Die Harzreise 185

Aus: H. H.: Die Harzreise. Hrsg. von Manfred Windfuhr und Friedrich Sengle. Stuttgart: Reclam 1955. S. 35–38.

Der Textabschnitt ist eine Episode aus dem ersten Band der gleichermaßen witzig wie elegant plaudernden *Reisebilder* (1826), durch die Heinrich Heine als Schriftsteller bekannt wurde, bevor er mit dem *Buch der Lieder* (1827), der erfolgreichsten deutschen Gedichtsammlung, seinen Weltruhm als Lyriker begründete.

Mit seiner Anspielung auf den *Österreichischen Beobachter* verspottet Heine das einschlägige von 1810 bis 1832 erschienene restaurative Wiener Presseorgan. Der Held seiner Satire (der Text ist ja sichtlich mehr eine Satire als eine Gespenstergeschichte), Dr. Saul Ascher (1765–1822), war Buchhändler in Berlin, philosophischer Schriftsteller und eifriger Anhänger Kants. Mit der »entsetzlichen Geschichte« (S. 193) aus Varnhagen von Enses *Deutschen Erzählungen* (1815) ist die Geschichte *Das warnende Gespenst* gemeint.

E. T. A. Hoffmann (1776–1822)

Aus: E. T. A. H.: Werke in Einzelbänden. Bd. 3: Die Serapions-Brüder. Hrsg. von Walter Müller-Seidel und Wulf Segebrecht. München: Winkler 1963. S. 318–327.

Die Passage aus den *Serapions-Brüdern* (1819–21) wurde 1819 in der Zeitschrift *Der Freimüthige* vorabgedruckt. Sie zeigt im kleinen das Fiktionsmuster, dem die ganze Geschichtensammlung im großen folgt: Erzählung im Rahmen zwischen geselligem und diskutierendem Vor- und Nachgespräch im Freundeskreis – mit der Einschränkung allerdings, daß Cyprian (einer der Freunde, in denen Hoffmann sich selbst porträtiert hat) diesmal wirklich erzählt, während die Freunde einander sonst in den meisten Fällen ihre geschriebenen Erzählungen vorlesen.

Mit Cyprians Spukgeschichte hat Hoffmann sich sichtlich Kleist zum Vorbild genommen. Das im Nachgespräch diskutierte Urteil, »daß gerade in der Einfachheit der Geschichte ihre tiefsten Schauer liegen«, wird im letzten Band der *Serapions-Brüder* namentlich auf Kleists *Bettelweib von Locarno* übertragen: »Kleists Bettelweib von Locarno trägt für mich wenigstens das Entsetzlichste in sich, was es geben mag, und doch, wie einfach ist die Erfindung!«

Franz Hohler (geb. 1943)

Aus: F. H.: Der Rand von Ostermundigen. Erzählungen. Darmstadt, Neuwied: Luchterhand 1973. S. 41–59. © Franz Hohler. Abdruck mit freundlicher Genehmigung.

Franz Hohlers Geschichten sind die jüngsten Texte unseres Bandes. Sie stammen aus dem 1973 erschienenen zweiten Buch des vor allem als Kabarettist bekannt gewordenen Schweizer Schriftstellers, und sie stehen in einer Reihe mit gleichermaßen verhaltenen, fein ausgearbeiteten und, sei es skurrilen, sei es satirischen, allemal bedenkenswerten Geschichten. Um die Wiederbelebung des Geschichtenerzählens hat Franz Hohler sich im übrigen besonders durch seine 1981 erschienene Anthologie *111 einseitige Geschichten* verdient gemacht.

Marie Luise Kaschnitz (1901–1974)

Gespenster 9

Aus: M. L. K.: Lange Schatten. © 1993 Claassen Verlag in der Ullstein Buchverlage GmbH, Berlin.

Schiffsgeschichte 309

Aus: M. L. K.: Ferngespräche. © Insel Verlag, Frankfurt am Main 1966.

Gespenster und *Schiffsgeschichte* gehören in eine Reihe gleichartiger, Reales und Irreales poetisch miteinander verschmelzender Geschichten, mit denen sich Marie Luise Kaschnitz, die zuerst als Lyrikerin bekannt geworden ist, in der Literatur ihren Namen gemacht hat. Die *Gespenster* erschienen zuerst 1960 in ihrem zweiten Sammelband mit Kurzgeschichten *Lange Schatten*. Die *Schiffsgeschichte* (1964 im *Jahresring* vorabgedr.) beschließt ihren dritten Sammelband *Ferngespräche* (1966).

Zu den *Gespenstern* hat Marie Luise Kaschnitz 1961 im Werkstattgespräch mit Horst Bienek erklärt: »In der wirklichen Ich-Erzählung ist man am unbefangensten, auch in der fiktiven, bei der man sich stärker als in der Er-und-Sie-Erzählung mit dem sogenannten Helden oder der Heldin identifiziert. Eine fiktive Ich-Geschichte ist aber z. B. auch ›Gespenster‹, der keinerlei persönliches Erlebnis zugrunde liegt, und wo ich dem Ich nur die Rolle einer Chronistin zugeteilt habe. Eine Chronistin, eine sozusagen lebendige Zeugin, mußte aber sein, sonst wäre die phantastische Geschichte niemandem glaubhaft geworden.«

RUDYARD KIPLING (1865–1936)

Aus: Das Gespensterbuch. Hrsg. von Felix Schloemp. München: Georg Müller 1920. S. 231–242. Übers. von Gustav Meyrink.

Die Geschichte stammt aus einem der ersten drei – sämtlich 1888 zuerst erschienenen – Geschichtenbände des nachmals durch seine beiden *Dschungelbücher* (1894/95) weltberühmt gewordenen englischen Schriftstellers Rudyard Kipling: aus dem Band *The Phantom Rickshaw* (Die gespenstische Rikscha). Mit seiner rationalen Auflösung des Gespenstischen ist der Text nicht repräsentativ für Kiplings Geister- und Gespenstergeschichten sonst. Bis auf wenige Ausnahmen sind seine einschlägigen – übrigens durchweg in seiner Frühzeit entstandenen – Geschichten vielmehr vom Typus der »echten« »Ghost Story«. Um so charakteristischer ist der Text *My Own True Ghost Story* für den gewitzten Erzähl-Virtuosen und verschlagenen Geschichtenerzählspieler, der Kipling in seiner reichen Kurzgeschichten-Produktion im Umgang mit so gut wie jeglicher Art der überkommenen Erzählung gewesen ist.

HEINRICH VON KLEIST (1777–1811)

Aus: H. v. K.: Sämtliche Erzählungen. Hrsg. von Walter Müller-Seidel. Stuttgart: Reclam 1984. S. 225–228.

Das Bettelweib von Locarno ist die knappste und dramatischste der acht Erzählungen Heinrich von Kleists. Sie erschien zuerst 1810 in seinen *Berliner Abendblättern* und wurde von ihm dann 1811 in den zweiten Teil seiner *Erzählungen* übernommen.

Nach der Familienchronik derer von Pfuel liegt der Erzählung ein Erlebnis zugrunde, das Friedrich von Pfuel, dem Bruder von Kleists Freund Ernst von Pfuel, in Gielsdorf bei seinem Onkel passiert war und das er bei einem Aufenthalt in Berlin Kleist erzählt hatte.

Gewürdigt wurde die Erzählung schon früh wegen ihrer Schlichtheit und wegen des Verstörenden gerade in der Schlichtheit. Wilhelm Grimm prägte die Formel, sie gebe sich »wie ein rätselhaftes Faktum, das man dahingestellt sein läßt«. Andrerseits aber hinterließ sie von Beginn an auch Unbehagen. Als »weder Gespenstergeschichte, Märchen noch Novelle« hat Ludwig Tieck sie ästhetisch kritisiert. Treffend, wenngleich seinerseits im Rahmen negativer Bewertung, hat Fontane die Herausforderung markiert, die nach wie vor von dem Text ausgeht: die Irritation, daß da einerseits »eine Art Nemesis« den »Gespenstergeschichten-Charakter« »etwas aufhebe«, und daß doch andrerseits »auch nicht recht« von einer »moralischen Erzählung« die Rede sein könne, »da das begangene Unrecht [...] viel zu klein ist«. Emil Staiger hat in seiner eindrucksvollen Stilanalyse die Lösung des Problems in dem hier alles beherrschenden, wesentlich zum Tragischen drängenden dramatischen Stil gesehen: während der Epiker mit seiner Parataxe nach und nach Früheres vergessen und vergessen machen könne, halte der Dramatiker »die Dinge in dem weitgespannten Rahmen seines hypotaktischen ›Satzgefüges‹ zusammen. [...] Und weniger, daß ein Gespenst erscheint, als daß sich ein leichtes Vergehen im Geisterraum unverrückbar erhält und immerzu das Leben verstört, dem mit der Trauer doch auch der Segen der Vergänglichkeit beschieden sein sollte, dies läßt den Marchese verzweifeln und irre werden am Wesen und Sinn der Welt.«

Nikolai Lesskow (1831–1895)

Aus: N. L.: Gesammelte Werke. Hrsg. und übers. von Johannes v. Guenther. Bd. 2. München: Biederstein 1964. S. 607–634.

Der sprichwörtlich nonkonformistische russische Schriftsteller Nikolai Semjonowitsch Lesskow hat sich weniger durch das eine oder andere »Hauptwerk« in die Literatur eingeschrieben, als vielmehr durch sein im letzten Drittel des 19. Jahrhunderts stetig sich bereicherndes – Chronik, Legende und Schwank umfassendes – Erzählwerk aus einzelnen, geduldig ausgearbeiteten und abgerundeten Stücken, die alle zusammen Bilder aus dem russischen Leben vermitteln und allemal in der anima humana, naturaliter christiana gründen.

Ausführliches Erzählen von einem, der dann seinerseits ausführlich von etwas erzählt, was er selbst erfahren hat, ist das Muster, nach dem er im *Wei-*

ßen Adler (1880) wie in vielen seiner Geschichten vorgegangen ist: Erzählung weitererzählend, Erfahrung einfach weitergebend – nicht voreilig erklärend. »Es ist nämlich schon die halbe Kunst des Erzählens«, hat Walter Benjamin bemerkt, »eine Geschichte, indem man sie wiedergibt, von Erklärungen freizuhalten. Darin ist Lesskow Meister (man denke an Stücke wie *Der Betrug, Der weiße Adler*). Das Außerordentliche, das Wunderbare wird mit der größten Genauigkeit erzählt, der psychologische Zusammenhang des Geschehens aber wird dem Leser nicht aufgedrängt.«

Innerhalb unseres Bandes ist Lesskows Geschichte zugleich diejenige, deren Anspielungshorizont am weitesten zurückreicht: über die Brücke Shakespeares (Hamlet, Macbeth) bis hin zu der biblischen Ur-Gespenstergeschichte: der von der Hexe von Endor beschworenen Erscheinung des Gespensts Samuels vor Saul (1. Sam. 28).

Guy de Maupassant (1850–1893)

Der Horla 275

Aus: G. de M.: Sämtliche Novellen. Hrsg. und aus dem Franz. übers. von Christel Gersch. 6 Bände. Berlin und Weimar: Aufbau-Verlag 1982 ff. Bd. 6: Novellen 1887–1891. © Aufbau-Verlag Berlin und Weimar, 1990.

Le Horla ist die berühmteste Geistergeschichte des französischen Meisternovellisten Guy de Maupassant. 1886 entstanden, bildete sie 1887 das Titelstück seiner fünften Novellensammlung. Zu der eindringlichen Tagebuchfiktion, die den Wirklichkeitscharakter des Geisterhaften ebenso wie die Glaubwürdigkeit des Helden in der Schwebe läßt, hat Maupassant sich erst entschlossen, nachdem er die Geschichte ursprünglich in Form eines mündlichen Berichts des (auch hier namenlos bleibenden) Helden vor einer Kommission aus Ärzten und Naturwissenschaftlern niedergeschrieben hatte. Die erste Fassung ist nicht nur gesprächiger, sondern insgesamt auch massiver: sie behauptet den vernünftig argumentierenden Helden als einen, der keineswegs wahnsinnig ist, und läßt ihn dabei überdies von seiten seines Arztes Unterstützung finden. Das Mysteriöse der zweiten Fassung ist dementsprechend deutlich als Resultat einer Zurücknahme des Phantastischen der ersten Fassung zu erkennen.

André Maurois (1885–1967)

Aus: A. M.: Jahrmarkt in Neuilly. Hrsg. von Nino Erne. Übers. von Christoph von Schwerin. München: Nymphenburger Verlagshandlung 1957. S. 72–75. © 1957 by nymphenburger in der F. A. Herbig Verlagsbuchhandlung GmbH, München.

Der kleine Text des durch seine historischen Studien und Biographien gleichermaßen wie durch seine Romane und Erzählungen bekannten französischen Schriftstellers und Mitglieds der Académie Française André Maurois stammt aus Sammlungen von Kurzgeschichten, die zuerst 1946 *(Toujours l'inattendu arrive)* und 1951 *(Le diner sous les marronniers)* veröffentlicht wurden und von denen einige 1957 erstmals auf deutsch erschienen. In dem Bändchen *Jahrmarkt in Neuilly* ist die Geschichte *Das Haus (La maison)* die einzige, die ins Gespenstische hineinspielt. Aber genau besehen, tut sie nicht einmal dies. Die Parapsychologie kennt genug derartige Fälle – und nicht erst die Parapsychologie: Schon in Schopenhauers »Versuch über das Geistersehn und was damit zusammenhängt« heißt es in bezug auf einen in Augustinus' *De civitate Dei* bemerkten Fall in einer Formel, die sich wie eine Inhaltsangabe von Maurois' Geschichte liest: »Hier erscheint nämlich was der Eine träumt dem Anderen im Wachen als Vision, die er für Wirklichkeit hält.«

Edgar Allan Poe (1809–1849)

Aus: E. A. P.: Unheimliche Geschichten. Übers. von Werner Beyer, Günther Greffrath, Günther Steinig, Gisela Tronjeck, Helmut und Christel Wiemken. Mit einem Nachwort von Karl-Heinz Wirzberger. Leipzig: Dieterich'sche Verlagsbuchhandlung 1966. (Sammlung Dieterich Band 305.) S. 193–205 (Deutsch von Günther Greffrath und Gisela Tronjeck). © 1966, 1992 Sammlung Dieterich Verlagsgesellschaft mbH, Berlin.

The Black Cat ist eine der berühmtesten Geschichten des amerikanischen Schriftstellers Edgar Allan Poe. Sie erschien zuerst 1843 in der *United States Saturday Post* und wurde von ihm dann 1845 in seinen dritten Erzählband *(Tales)* aufgenommen. Innerhalb von Poes Kurzgeschichtenwerk, mit dem er diese Gattung allererst begründet hat, nimmt die Geschichte eine Art Zwischenstellung ein: sie schillert zwischen dem Typ der poetisch-visionären, vollends phantastischen Geschichte, wie ihn etwa *The Masque of the Red Death* vertritt, und dem Typ der – bei aller Ausgefallenheit der Erfindung – im Handfest-Realen angesiedelten Geschichte, wie er etwa in *The Murders in the Rue Morgue* realisiert ist.

Theodor Storm (1817–1888)

Aus: T. S.: Sämtliche Werke in zwei Bänden. Nach dem Text der ersten Gesamtausgabe 1868–89. Mit einem Nachw. von Johannes Klein. Bd. 2. München: Winkler 1951. S. 811–835.

Die unter dem Titel *Am Kamin* zusammengestellten Anekdoten gehören zu den weniger bekannten Arbeiten Theodor Storms. Der Text wurde zuerst 1862 in der Berliner Illustrierten *Viktoria* veröffentlicht. Obwohl Storm ihn zunächst nicht in die Ausgabe seiner gesammelten Werke aufnahm, schätzte er ihn doch als »eine kleine, wirklich hübsche Arbeit«: »eine Reihe trefflicher und sehr sorgfältig in meiner Art erzählter Geschichten (besser als Goethe die seinigen in den Gesprächen deutscher Auswanderer erzählt)«. Der »Rahmen, der das Ganze umgibt«, spiegele zudem »in heiterster Weise« »unser derzeitiges Zusammenleben« ab.

Gegenüber Gespenstischem, das in seinem Werk von früh an bis zu seiner späten Meisternovelle *Der Schimmelreiter* eine bedeutsame Rolle spielt, verhielt sich Storm, wie er an Gottfried Keller schrieb, bei aller Skepsis im einzelnen, doch »im allgemeinen sehr anheimstellend«. Bündig hat er gegenüber Erich Schmidt zu seiner Erzählkunst insgesamt bemerkt: »Zwischen Rühren und Erschüttern steht bei mir wesentlich ein Drittes, nämlich, den Leser in einer herben Nachdenklichkeit über die Dinge des Lebens zurückzulassen.«

Als Meister im Vorlesen von Gedichten und Erzählen von Spukgeschichten hat Fontane ihn in seinen Erinnerungen geschildert: »Denselben Abend erzählte er auch Spukgeschichten, was er ganz vorzüglich verstand, weil es immer klang, als würde das, was er vortrug, aus der Ferne von einer leisen Violine begleitet. Die Geschichten an und für sich waren meist unbedeutend und unfertig, und wenn wir ihm das sagten, so wurde sein Gesicht nur noch spitzer, und mit schlauem Lächeln erwiderte er: Ja, das ist das Wahre; daran können Sie die Echtheit erkennen; solche Geschichte muß immer ganz wenig sein und unbefriedigt lassen; aus dem Unbefriedigten ergibt sich zuletzt die höchste künstlerische Befriedigung.« Er hatte uns nämlich gerade von einem unbewohnten Spukhause erzählt, drin die Nachbarsleute nachts ein Tanzen gehört und durch das Schlüsselloch geguckt hatten. Und da hätten sie vier Paar zierliche Füße gesehen mit Schnürstiefelchen und nur gerade die Knöchel darüber, und die vier Paar Füße hätten getanzt und mit den Hacken zusammengeschlagen. Einige Damen lachten, aber er sah sie so an, daß sie zuletzt doch in einen Grusel kamen.«

Oscar Wilde (1854–1900)

Das Gespenst von Canterville 191

Aus: O. W.: Sämtliche Märchen und Erzählungen. Übers. von Alice Seiffert. Mit einem Nachwort von Günter Walch. Leipzig: Dieterich'sche Verlagsbuchhandlung 1954. (Sammlung Dieterich Band 221.) S. 247–291.

Die amüsante Geschichte *The Canterville Ghost* des englischen Dramatikers, Erzählers und Meisters der Konversation Oscar Wilde entstand 1887 und wurde in Buchform zuerst 1891 in dem Band *Lord Arthur Savile's Crime and Other Stories* veröffentlicht.

George Bernard Shaw hat von Oscar Wilde gesagt, er sei für ihn »der einzig wahre Schauspielautor«: »Er spielt mit allem: mit Geist, mit Philosophie, mit Drama, mit Schauspielern und Publikum, mit dem ganzen Theater.« Was Wunder, daß er ironisch plaudernd auch mit dem Gespensterwesen, mit Gespensterglauben und mit Gespensterverachtung gespielt hat – und dabei zugleich mit England und Amerika, mit der alten und der neuen Welt und mit Idealismus und Materialismus.

Benutzt die Gegenwart mit Glück!
Und wenn nun eure Kinder dichten,
Bewahre sie ein gut Geschick
Vor Ritter-, Räuber- und Gespenstergeschichten.

GOETHE, *Zahme Xenien*

Nachwort

Kleine Logik der Gespenstergeschichte

I

»Gespenstergeschichte« ist heutzutage auf dem literarischen Markt ein Begriff, der sich fast beliebig gegen eine ganze Reihe anderer Begriffe austauschen läßt. Gleichermaßen wie »Gespenstergeschichten« heißen einschlägige Anthologien im Titel oder Untertitel immer wieder mit gleichem Recht »Spukgeschichten« oder »Geistergeschichten«, »Gruselgeschichten« oder »Unheimliche Geschichten«, »Schauergeschichten« oder – obwohl damit schon in ein anderes Fach übergewechselt ist –»Horrorgeschichten« oder auch – obwohl damit ein ganz weites Feld betreten ist – »Phantastische Geschichten«. Alle diese Namen sind gleichsam Vornamen von Geschwistern, die jeweils beanspruchen, die ganze Familie zu bezeichnen.

Sicherlich ist das von Fall zu Fall in Ordnung. Es macht ja beispielsweise nichts aus, ob eine Geschichte, die es – wie etwa Wilhelm Hauffs *Geschichte von dem Gespensterschiff* – phantastischerweise mit schaudererregenden Gespenstern zu tun hat, nun »phantastische« oder »unheimliche« oder »Gespenstergeschichte« oder alles auf einmal heißt. Man muß es hier offenbar nicht so genau nehmen.

Sicherlich aber versteht es sich auch, daß, wiederum beispielsweise, Geschichten, die es mit Gespenstern zu tun haben, nicht notwendig unheimliche Geschichten sein müssen, und daß umgekehrt Geschichten, die unheimlich sind, nicht notwendig mit Gespenstern zu tun haben müssen. Oscar Wildes humoristische Geschichte vom *Gespenst von Canterville* ist nicht unheimlich, und Guy de Maupassants unheimliche Geschichte vom *Horla* gilt nicht eigentlich einem Gespenst. Insofern muß man es hier doch wohl etwas genauer nehmen.

Genau genug scheint es zu sein, wenn man – um einer Definition der Gespenstergeschichte willen – fürs erste die Gespenster beim Wort nimmt und darunter im engeren Sinn vorderhand nichts anderes versteht als das Skandalon flackernd wiedererscheinender Toter in der handfest-realen Welt: »Nachklänge dagewesener Erscheinungen«, wie Schopenhauer es formuliert hat. Eine Definition ist dann, sollte man meinen, leicht gesagt:

Gespenstergeschichte im engeren Sinn ist offenbar nichts weiter als eine Geschichte, die es mit Gespenstern zu tun hat.

2

Dennoch, so leicht sich das sagt, so ist es doch schon haarig. Was macht man, wenn man an dieser Definition festhält, beispielsweise mit solchen Geschichten, die eine gute Lesezeit von Gespenstern handeln und die überdies von ihren Verfassern oft eigens als Gespenstergeschichten bezeichnet werden, in denen sich aber – wie etwa in Johann Peter Hebels *Merkwürdiger Gespenstergeschichte* oder in Rudyard Kiplings *Selbsterlebter wahrer Geistergeschichte* – plötzlich herausstellt, daß es gar keine richtigen Gespenster waren, vor denen man sich da möglicherweise gegrault hat? Soll man solche Geschichten logischerweise ausklammern? Keine Gespenster, also keine Gespenstergeschichte!? Oder soll man sie großzügig miteinbeziehen? Obwohl keine Gespenster, so doch Gespenstergeschichte!? Das wäre zwar unlogisch, aber doch nicht ganz ohne Grund, da solche Geschichten ja wenigstens eine Zeitlang dasselbe Lesegefühl vermitteln wie die »richtigen« Gespenstergeschichten. Ich meine, wir sollten großzügig sein und sie miteinbeziehen, dafür aber vielleicht, um nicht geradewegs gegen die Logik zu verstoßen, etwas vorsichtiger definieren:

Gespenstergeschichte im engeren Sinn ist eine Geschichte, die es mit dem Motiv des Gespensts zu tun hat.

3

Halten wir es mit dieser Definition, dann können wir – nun wieder ganz logisch – nach dem Kriterium der Auflösung oder Nicht-Auflösung des Gespensterwesens im Text nicht nur zwei, sondern gleich drei grundlegende Arten der Gespenstergeschichte unterscheiden: die »unechte«, die »phantastische« und die »mysteriöse«.

Die »unechte« Gespenstergeschichte, wie wir sie nennen wollen, ist wahrlich an erster Stelle zu nennen. Sie ist gut aufklärerisch. Sie entlarvt die Gespenster, mit denen sie augenzwinkernd aufgewartet hat, in der Manier des sogenannten »explained supernatural«, wie es der englische Schauerroman im 18. Jahrhundert kultiviert hat. Sie erweist sie am Ende als das Nichts, das sie sind, als Schein. Maschinerie steckte dahinter, oder Intrige, Täuschung, Traum, Wahn oder Einbildung.

Wenn sich die unechte Gespenstergeschichte ganz ernst nimmt, kann man von ihr sagen, daß sie geradewegs gegen den Gespensterglauben angeht. Entsprechend ist sie, wie Klaus Kanzog es im *Reallexikon der deutschen Literaturgeschichte* formuliert hat, eine »Antiform«. So oder so ist sie, wie man hinzufügen muß, »realistisch«. »Realistisch« meine ich, im gewöhnlichen Sinn des Worts: Sie spielt, auch wenn da vorübergehend anderes vorgetäuscht wird, aufs Ganze gesehen, in dieser Welt. Genauer gesagt, die gedichtete Welt, in der sie spielt, ist ganz aus dem Stoff, aus dem diese Welt ist: die handfest-reale Erfahrungswelt. Treuherzig heißt es am Ende von Johann Peter Hebels Geschichte *Das wohlbezahlte Gespenst*, nachdem einer ein falsches Gespenst abgeprügelt hat: »[...] solche Leute, wie unser handfester Ehrenmann, das sind allein die rechten Geisterbanner, und es wäre zu wünschen, daß jeder andere Betrüger und Gaukelhans ebenso sein Recht und seinen Meister finden möchte.«

Im geraden Gegensatz zur »unechten«, »realistischen« Gespenstergeschichte steht die zweite Spielart: die »phantastische« Gespenstergeschichte. Dabei versteht sich »phantastisch« wiederum im ganz gewöhnlichen Sinn des Worts (auch wenn wir uns damit den Unmut der mittlerweile hochdifferenzierten neueren Phantastik-Forschung zuziehen sollten). Die phantastische Gespenstergeschichte spielt nicht in dieser Welt, sondern in einer Phantasiewelt. Auch hier wieder genauer gesagt: Die gedichtete Welt, in der sie spielt, ist nicht ausschließlich aus dem Stoff, aus dem die handfest-reale Welt ist, sondern sie enthält mit gleicher Selbstverständlichkeit auch solche Bestandteile, die nicht von dieser Welt sind. Ihre Verfasser machen, mit anderen Worten, von der Freiheit der Poesie Gebrauch, in der Fiktion wirkliche Gespenster auftreten zu lassen. Ganz so, wie es seit alters im Märchen der Fall ist. »Es war einmal ... es war einmal ein Gespenst ...« heißt ja nichts anderes als: »Es war natürlich nicht wirklich so, aber stellen wir uns das einmal in der Phantasie vor ...«

Wilhelm Hauffs *Geschichte von dem Gespensterschiff* ist ein Beispiel für die phantastische Gespenstergeschichte. Allerdings kein von vornherein offensichtliches. Hauff erzählt nicht (synthetisch) vom Anfang der in Betracht gezogenen Ereignisse her: Es war einmal ein Seemann, der ... und dann ... und dann widerfuhr es ihm, daß er weder leben noch sterben konnte und mit seinem Gespensterschiff wie der Fliegende Holländer herumgespenstern mußte … Hauff läßt vielmehr (analytisch) einen anderen erzählen, einen, der eines Tags auf ein Schiff gerät, das sich zu seinem Entsetzen als ein Gespensterschiff erweist. Im Vordergrund steht die Erfahrungsgeschichte des Erzählenden, im Hintergrund steht die erfahrene Geschichte des gespenstischen Seemanns. Die Erfahrungsgeschichte erscheint vorerst als realistisch, die erfahrene Geschichte erweist sich als phantastisch, und damit ist die ganze Geschichte eine phantastische Gespenstergeschichte.

In Hauffs eigener Terminologie heißt das, was wir hier »realistisch« nennen, »Erzählungen, die man im gemeinen Leben Geschichten nennt«, und das, was wir hier »phantastisch« nennen, ganz einfach »Märchen«.

»Wenn ich euch sage, ich will euch ein Märchen erzählen«, so ist in seinem *Märchen-Almanach* auf das Jahr 1827 zu lesen, »so werdet ihr zum voraus darauf rechnen, daß es eine Begebenheit ist, die von dem gewöhnlichen Gang des Lebens abschweift und sich in einem Gebiet bewegt, das nicht mehr durchaus irdischer Natur ist. Oder, um deutlicher zu sein, ihr werdet bei dem Märchen auf die Erscheinung anderer Wesen als allein sterblicher Menschen rechnen können; es greifen in das Schicksal der Person, von welcher das Märchen handelt, fremde Mächte, wie Feen und Zauberer, Genien und Geisterfürsten ein; die ganze Erzählung nimmt eine außergewöhnliche, wunderbare Gestalt an. […] ganz anders ist es aber mit den Erzählungen, die man gemeinhin Geschichten nennt. Diese bleiben ganz ordentlich auf der Erde, tragen sich im gewöhnlichen Leben zu, und wunderbar ist an ihnen meistens nur die Verkettung der Schicksale eines Menschen, der nicht durch Zauber, Verwünschung oder Feenspuk, wie im Märchen, sondern durch sich selbst oder die sonderbare Fügung der Umstände reich oder arm, glücklich oder unglücklich wird.«

Phantastische Gespenstergeschichten wären nun allerdings einfach nur Märchen und ganz ohne den Reiz der Gespenstergeschichte, wenn sie ihre Gespenster von vornherein mit Selbstverständlichkeit auftreten ließen und wenn sie von vornherein zu erkennen gäben, daß ihr Stoff nicht (ganz) von dieser Welt ist. Sie lassen es deshalb gern, wie es ja auch in Hauffs listigerweise als »Geschichte« bezeichnetem »Märchen« von dem Gespensterschiff der Fall ist, erst einmal handfest-real angehen und entlarven sich später erst als phantastisch. Um so effektvoller geraten sie, wenn sie dies erst ganz am Ende und mit einem Überraschungscoup tun – wie es etwa in Marie Luise Kaschnitz' *Gespenstern* der Fall ist. Die Schlußpointe hält hier gleichsam dazu an, sich nach beendeter Lektüre in einer Art Krebsganglektüre den wahrhaften Gespenstercharakter des bis auf den Schluß realistisch Erzählten und damit zugleich den phantastischen Charakter der ganzen Erzählung zu vergegenwärtigen.

Die Verfasser phantastischer Gespenstergeschichten verwenden in solchen Fällen im Prinzip den gleichen Trick wie die Verfasser unechter. Wie die einen zuerst Gespensterwesen vorspiegeln und es dann als Schein entlarven, so spiegeln die andern zuerst Wirklichkeitsfiktion vor und entlarven sie dann als Schein. Austreibung – sozusagen – der Gespenster dort, Wiederbelebung der Gespenster hier. Allerdings nur sozusagen. Man muß aufpassen, den Schematismus in der Gegenüberstellung nicht zu weit zu treiben – etwa in der Richtung: Antiform dort, Anti-Antiform hier: als entspräche da jedesmal einem brav aufklärerischen Plädoyer gegen den Gespensterglauben ein intrikat antiaufklärerisches Plädoyer dafür.

Nein, nicht die Gespenstergeschichte, die sich überraschend als phantastisch erweist, ist die intrikateste Spielart der Gespenstergeschichte im engeren Sinn, sondern die dritte, die »mysteriöse«. Sie läßt offen, ob sie in dieser Welt spielt oder in einer anderen, ob sie realistische oder phantastische Fiktion ist, und sie stellt damit anheim, daß in dieser Welt möglicherweise eine andere Welt steckt. Sie fragt, und sie antwortet nicht – und gerät damit selber zu einer Art Gespensterding. Das mindeste zu sagen, ist sie ambivalent, zweideutig, schillernd, rätselhaft, geheimnisvoll. Für ihren Namen benutze ich deshalb das zweideutige Wort »mysteriös« – im Unterschied zu dem, wie ich meine, immer noch eindeutigen Wort »phantastisch«, das einige Theoretiker der Phantastik-Forschung (zumal Tzvetan Todorov) für diese Spielart von Gespenster- und anderen Geschichten verwenden.

Wo auch die Verfasser mysteriöser Gespenstergeschichten mit Tricks arbeiten, halten sie ihre Geschichten für den allerlängsten Teil am allerrealistischsten, lassen die plausibelsten Erfahrungen sprechen und alle möglichen natürlichen Erklärungen erwägen und bedienen sich dabei alles dessen doch nur zum Vorwand. M. R. James hat den Trick geradezu als Rezept formuliert: Es komme darauf an, die »Ausgangstür zu einer natürlichen Erklärung« zwar offen zu halten, aber doch nur so knapp, »daß man von ihr keinen Gebrauch machen kann«.

In unserer Sammlung ist keine besonders trickreiche mysteriöse Gespenstergeschichte enthalten. Immerhin aber kann man ihren Typus an Knut Hamsuns Geschichte *Ein Gespenst* studieren. Das fragliche Wort steht hier nur im Titel. Der Text selbst erlaubt es, die damit bezeichnete Gestalt als Einbildung des Helden zu lesen; er zwingt nicht dazu, sie geradezu als Gespenst aufzufassen, aber er stellt es anheim.

Wenn wir die drei Spielarten in unsere Definition eintragen wollen, dann müssen wir jetzt sagen:

Gespenstergeschichte im engeren Sinn ist eine Geschichte, die es mit dem Motiv des Gespensts im Spannungsfeld des Unechten, des Phantastischen und des Mysteriösen zu tun hat.

4

Mit dem Begriff »Gespenstergeschichte im engeren Sinn« haben wir soweit immer auch den Begriff »Gespenst« im engeren Sinn verstanden. Wir haben an veritable Gespenster gedacht: Erscheinungen Gestorbener in dieser Welt. Sicherlich haben wir dabei hauptsächlich an menschliche Wesen gedacht, aber wir hätten, ohne damit den Kreis des engeren Sinns zu überschreiten, auch an Tiere denken können: Tiergespenster in dieser Welt. (Poe spielt damit in seinem *Schwarzen Kater.*) So oder so haben wir mit einem bei allem diffusen Charakter doch vergleichsweise handfesten Motiv gerechnet, und insofern ist selbst die intrikateste Spielart der Gespenstergeschichte im engeren Sinn noch nicht richtig intrikat.

Richtig intrikat sind von Fall zu Fall erst Gespenstergeschichten im weiteren Sinn: Geschichten, die in eben dem Spannungsfeld angesiedelt sind, das die Spielarten der unechten, der phantastischen und der mysteriösen Gespenstergeschichte miteinander bilden, die dabei aber ohne das handfeste Motiv des veritablen Gespensts auskommen und sich statt dessen solcher Motive bedienen, von denen lediglich zu sagen ist, daß sie es mit etwas zu tun haben, das wir als gespenstisch oder gespensterhaft bezeichnen.

Das Allerlei von Motiven, mit denen hier zu rechnen ist, ist schlechterdings unübersehbar. Schon deshalb, weil sich prinzipiell jeder beliebige Gegenstand allein durch Verkürzung der Perspektive in den Zustand des Gespenstischen versetzen läßt. »Alles Unbegreifliche«, so lautet eine – speziell auf das mysteriös Gespenstische gemünzte – Formel in Ludwig Tiecks Aufsatz über *Shakespeares Behandlung des Wunderbaren* aus dem Jahr 1793, »– alles, wo wir eine Wirkung ohne eine Ursache wahrnehmen, ist es vorzüglich, was uns mit Schrecken und Grauen erfüllt: – ein Schatten, von dem wir keinen Körper sehen, eine Hand, die aus der Mauer tritt und unverständliche Charaktere an die Wand schreibt, ein unbekanntes Wesen, das plötzlich vor mir steht, und ebenso plötzlich wieder verschwindet. Die Seele erstarrt bei diesen fremdartigen Erscheinungen, die allen ihren bisherigen Erfahrungen widersprechen; die Phantasie durchläuft in einer wunderbaren

Schnelligkeit tausend und tausend Gegenstände, um endlich die Ursache der unbegreiflichen Wirkung herauszubringen, sie findet keine befriedigende, und kehrt noch ermüdeter zum Gegenstande des Schreckens selbst zurück. Auf diese Art entsteht der Schauder, und jenes heimliche Grausen, das uns im Macbeth und Hamlet befällt: ein Schauder, den ich einen Schwindel der Seele nennen möchte, so wie der körperliche Schwindel durch eine schnelle Betrachtung von vielen Gegenständen entstehen kann, indem das Auge auf keinem verweilt und ausruht.«

Es versteht sich, daß hier, bei der Gespenstergeschichte im weiteren Sinn, alle die anfangs genannten Namen aus der Textfamilie, zu der die Gespenstergeschichte gehört, wieder in Betracht und von Fall zu Fall zu besserem Recht kommen. »Spukgeschichte« beispielsweise im engeren Sinn, wenn es um Geschichten geht, die es, ohne dafür gleich Gespenster zu bemühen, mit rätselhaften optischen oder akustischen Erscheinungen zu tun haben, die sich (klassischerweise) physikalisch nicht gehören – Wirkungen ohne (erfindliche) Ursache. Oder »Gruselgeschichte« oder »Unheimliche Geschichte«, wenn man den Akzent auf den vom Autor beabsichtigten Leseeffekt legt. Oder »Geistergeschichte« im engeren Sinn, wenn die gespenstische Gestalt bei aller Unbestimmtheit doch immerhin soweit bestimmt ist, daß man sie von einem Wiedergänger unterscheiden kann. Aber auch »Teufelsgeschichten« oder »Hexengeschichten« spielen von Fall zu Fall hier in die Gespenstergeschichte hinein – wie überhaupt alles, was sich an Dunklem aus (fragwürdiger) Erfahrung oder aus Glauben und Aberglauben angesammelt hat.

Jeder, der auflisten will, was hier alles in Frage kommt, beginnt wohl gut systematisch, verwirrt sich dann aber meist oder wiederholt sich oder läßt die Reihe früher oder später in ein »und so weiter« auslaufen und behilft sich endlich mit einem »Man-versteht-mich-schon«-Abstraktum. So schon Christoph Martin Wieland, wenn er seine Abhandlung *Über den Hang der Menschen, an Magie und Geistererscheinungen zu glauben* aus dem Jahr 1781 mit der Reihe beginnt: »Gespenster, Elementargeister, Mittelwesen zwischen Engeln und Menschen, Feuer- und Luftgeister, Kobolde, Bergmännchen und Wassernixen, Schutzgeister oder Plagegeister einzelner Menschen«, und dann abstrahiert: »mit einem Worte: alle Arten von angeblichen Erscheinungen und wunderbaren Einwirkungen unsichtbarer Wesen ...« Ganz kurz macht es das Grimmsche Wörterbuch: »Gespenstergeschichte [...] *erzählung von gespenstern, ihrer erscheinung u. s. w.*«

Wenn wir es nicht so kurz machen und an unserem »Man-versteht-mich-schon«-Abstraktum, dem Begriff »Gespenstergeschichte«, festhalten wollen, dann lautet unsere Definition jetzt:

Gespenstergeschichte ist eine Geschichte, die es mit dem Motiv des Gespensts oder mit einem Motiv aus dem Bereich der gespenstischen Phänomene im Spannungsfeld des Unechten, des Phantastischen und des Mysteriösen zu tun hat.

(»Phänomen« sagt man im Deutschen, wenn man sich nicht richtig festlegen will.)

Abzugrenzen von der Gespenstergeschichte wäre nach dieser Definition allenfalls die Horrorgeschichte. Genauer gesagt, diejenige Horrorgeschichte, die ganz im Irdischen verbleibt und deren Atmosphäre des Schreckens nicht mit Übersinnlichem vermischt ist. Doch wäre das nur eine akademische Abgrenzung. Jedenfalls kann sie auf dem literarischen Markt nicht verhindern, daß sich auch die handfest-irdische Horrorgeschichte in Anthologien von Fall zu Fall in unsere vielnamige Textfamilie einschleicht und sich geschwisterlich mit ihr assimiliert. Und dies nicht zuletzt aus dem gut anthologistischen Grund, weil – wie wir ja nach wie vor annehmen wollen – alle einschlägigen Texte jeweils in unechter, phantastischer und mysteriöser Spielart vorkommen, und weil das Lesevergnügen nur davon profitieren kann, daß jede Spielart prinzipiell bis zum Schluß der Lektüre mit dem einen oder anderen ihrer Konkurrenten verwechselbar ist.

5

Die Textfamilie, zu der die Gespenstergeschichte gehört, gibt es als Großfamilie von altersher. Als Kleinfamilie literarischer Art gibt es sie erst seit etwa zweihundert Jahren: seit der Aufklärung. Dabei ist es eine Art doppelter Geschwisterlichkeit, in der sie in diesem Zeitraum existiert. Geschwisterlich nebeneinander stehen nicht nur die einschlägigen Gattungsnamen, sondern prinzipiell alle hier einschlägigen Texte. Seien sie nun im 18., im 19. oder im 20. Jahrhundert geschrieben, und mögen sie literaturgeschichtlich jeweils der einen oder anderen Epoche oder Mode seit der Aufklärung zuzurechnen sein: jedesmal verhalten sie sich zueinander weniger wie Großeltern, Eltern, Kinder und Enkel, als vielmehr wie Brüder und Schwestern. Sie existieren in der aufgeklärten Welt, sie korrespondieren mit der aufgeklärten Welt und zugleich miteinander über die aufgeklärte Welt, und sie sind durch die Aufklärung von ihren Vorahnen getrennt: von den volkstümlichen und sagenhaften vormaligen Gespenster-Erzählereien, die im Volks- und Aberglauben wurzeln. Als reflektierte, durch die Aufklärung hindurchgegangene literarische Texte setzen sie sich vom Gespensterglauben ab.

So sagt man, so glaubt man zu wissen. Doch ist dazu zweierlei gleichermaßen zynisch anzumerken. Zum einen ist es offenbar mit der Glaubensseligkeit auch volkstümlicher Gespenster-Erzählereien nicht so weit her – so daß etwa die Sagenforschung vorsichtigerweise allenfalls von »Halb-Glauben« spricht. Zum andern ist es offenbar auch mit der Aufklärung nicht ganz so weit her – jedenfalls nicht dermaßen, daß man von ihr sagen könnte, sie hätte die abergläubischen Gespenster-Erzählereien gänzlich zum Schweigen gebracht.

Halten wir uns noch einmal lediglich an die Gespenster im engeren Sinn, die Wiedergänger, und hören dazu die Stimmen erklärtester Aufklärer selbst.

Zuerst Lessing, 1767 im 11. Stück seiner *Hamburgischen Dramaturgie:* »Wir glauben keine Gespenster mehr? Wer sagt das? Oder vielmehr, was heißt das? Heißt es so viel: wir sind endlich in unsern Einsichten so weit gekommen, daß wir die Unmöglichkeit davon erweisen können? Gewisse unumstößliche Wahrheiten, die mit dem Glauben an Gespenster im Widerspruche stehen, sind so allgemein bekannt worden, sind auch dem gemeinsten Manne immer und beständig so gegenwärtig, daß ihm Alles, was damit streitet, notwendig lächerlich und abgeschmackt vorkommen muß? Das kann es nicht heißen. Wir glauben jetzt keine Gespenster, kann also nur so viel heißen: in dieser Sache, über die sich fast ebenso viel dafür als darwider sagen läßt, die nicht entschieden ist und nicht entschieden werden kann, hat die gegenwärtig herrschende Art zu denken den Gründen darwider das Übergewicht gegeben; einige Wenige haben diese Art zu denken, und Viele wollen sie zu haben scheinen; Diese machen das Geschrei und geben den Ton; der größte Haufe schweigt und verhält sich gleichgiltig, und denkt bald so, bald anders, hört beim hellen Tage mit Vergnügen über die Gespenster spotten und bei dunkler Nacht mit Grausen davon erzählen.«

Oder Wieland, 1781 in der schon genannten Schrift: »Der Erzähler einer Geistergeschichte, die er als vorgeblicher Augen- oder Ohrenzeuge in ganzem Ernste für wahr gibt, kann sich heutiges Tages darauf verlassen, daß er die meisten Personen von Erziehung und Kenntnissen, sogar diejenigen, die hierin bloße Prätendenten sind, ungläubig finden werde. Wie glaubwürdig auch der Gewährsmann in unsern Augen sein mag, die Erzählung selbst ist es niemals; denn es ist einem seiner Vernunft mächtigen Menschen ebenso natürlich, eine solche Geschichte nicht zu glauben, als zu glauben, daß die Sonne morgen wieder aufgehen werde. Dieser Glaube und jener Unglaube beruhen auf einerlei Grunde. Lassen wir aber einen Philosophen auftreten und in einem ausdrücklich dazu geschriebenen Buche mit scharfsinnigen und scheinbaren Gründen aller Art beweisen, daß alle für historisch wahr ausgegebene Gespenster- und Geistergeschichten auf gar keinem glaubwürdigen Zeugnisse beruhen, und daß die Erscheinungen, welche man ohne Einwirkung solcher Wesen, die zu keinem der bekannten Naturreiche gehören, nicht erklären zu können glaubt, sich aus bekannten natürlichen Ursachen sehr wohl erklären lassen: augenblicklich wird etwas, das (wenn ich nicht irre) nicht bloß Widersprechungsgeist ist, in uns rege, welches uns drängt, die verfolgten Phantomen in unsern Schutz zu nehmen.«

Oder Kant, 1766 in den *Träumen eines Geistersehers:* »Man kann sich daher darauf verlassen: daß niemals eine Akademie der Wissenschaften diese Materie zur Preisfrage machen werde; nicht als wenn die Glieder derselben gänzlich von aller Ergebenheit in die gedachte Meinung frei wären, sondern weil die Regel der Klugheit den Fragen, welche der Vorwitz und die eitle Wißbegierde ohne Unterschied aufwirft, mit Recht Schranken setzt. Und so werden die Erzählungen von dieser Art wohl jederzeit nur heimliche Gläubige haben, öffentlich aber durch die herrschende Mode des Unglaubens verworfen werden.«

Oder noch einmal Wieland, am Ende der Schrift: »Ich glaube also, es werde wenigstens auf die Allermeisten passen, wenn ich sage: Wir sind bei der allgemeinen Aufklärung unsrer Zeit zu viel Philosophen, um Geistererscheinungen zu glauben; und wir sind mit aller unsrer Aufklärung nicht Philosophen genug, um sie nicht zu glauben. Zwischen diesem Glauben und Nichtglauben hin und her schwankend, werden wir größtenteils immer so räsonieren oder scherzen, als ob wir sie nicht glaubten, und, sobald uns ein neues Geistergeschichtchen erzählt wird, so andächtig zuhören –

auch bei Gelegenheit uns ebenso herzhaft – vor Geistern fürchten, als ob wir sie glaubten.«

Lichtenberg hatte danach über den richtig Aufgeklärten gut spotten – im Aphorismus (aus den achtziger Jahren): »Er glaubte nicht allein keine Gespenster, sondern er fürchtete sich nicht einmal davor.«

Wenn es denn selbst unter Aufklärern um Glauben und Nichtglauben schon angesichts der eigentlichen Gespenster derart heikel bestellt ist, wie dann erst angesichts der bloß »gespenstischen Phänomene«? Und wie erst angesichts der Tatsache, daß diese ja zum guten Teil nicht aus der Schatzkammer des Aberglaubens stammen, sondern immer wieder auch aus je (und jäh) punktueller Erfahrung? Zweifellos ist mancher Spuk, der in Gespenstergeschichten verhandelt wird, mittlerweile mit Hilfe der Parapsychologie – wenn nicht erklärbar, so doch einigermaßen domestizierbar: nämlich einzuschließen in die Reihe dokumentierter und klassifizierbarer parapsychologischer Fall-Beispiele.

So oder so aber bleibt da Widerspruch. Widerspruch zwischen (geheimem) Glauben und (offizieller) Überzeugung, Widerspruch zwischen (systematisierbarem) Wissen und (punktueller, gleichsam alternativer) Erfahrung, Widerspruch zwischen (romantischer) Schwärmerei und (biederem) Philistertum. Und so oder so kann da schlechtes Gewissen zurückbleiben. Im besten Fall nach beiden Seiten hin. Schlechtes Gewissen gegenüber der Aufklärung und schlechtes Gewissen gegenüber allen denjenigen Phänomenen, die gerade durch das Licht der Aufklärung in den Schatten gestellt werden.

Guten Gewissens aufklärerisch auch gegenüber der Aufklärung hat Wieland aus dem »ziemlich waagerechten Schwanken«, in dem wir uns hier befinden, das, wie ich meine, bis heute mustergültige Fazit gezogen: »Überhaupt aber, wie weit es auch immer noch mit der Aufklärung der menschlichen Vernunft kommen mag, werden einzelne Begebenheiten, die in das Fach gehören, wovon bisher die

Rede war, immer allgemein interessant bleiben, und es auch für den denkendsten und weisesten Teil der Menschen wenigstens aus diesem Grunde bleiben, weil es ungewöhnlichere Vorfälle und, es sei nun, daß sie bei der Untersuchung als etwas Wirkliches oder als Täuschung befunden werden, immer wenigstens dieser Untersuchung würdig sind.«

Kehren wir zu unserer Definition zurück, so wäre sie jetzt etwa folgendermaßen zu nuancieren:

Die literarische Gespenstergeschichte ist eine im Bewußtsein der Aufklärung geschriebene und von Fall zu Fall mit der Aufklärung kollidierende Geschichte, die es mit dem Motiv des Gespensts oder mit einem Motiv aus dem Bereich der gespenstischen Phänomene im Spannungsfeld des Unechten, des Phantastischen und des Mysteriösen zu tun hat.

6

Unsere Definition klingt inzwischen ein wenig zu ernst. Als ob die Gespenstergeschichte immer eine höchst ernsthafte Angelegenheit wäre, und als ob es keine scherzhaften Gespenstergeschichten gäbe. Der Fehler liegt darin, daß wir bisher noch nicht ordentlich zwischen Motiv und Motivbehandlung unterschieden haben.

Ernst ist das Motiv – wer einem Gespenst begegnet, muß wohl dran glauben. Heiter, so möchten wir jetzt am liebsten fortfahren, ist die Motivbehandlung – was ja auch wenigstens insofern richtig ist, als einer, der literarisch von einem Gespenst erzählt, nicht dran glauben muß. Aber, und da steckt es, er kann dran glauben. Es kann ja sein, Horatio, daß er etwa in Form der mysteriösen Gespenstergeschichte im weiteren Sinn – durch die Heiterkeit der Kunst hindurch – das ernste Geschäft der Anheimstellung von Gespenstischem im Realen betreibt und damit dem Wissen von den »more things than are dreamt of in your philosophy« Genüge tut. Es kann dies sein – ebenso wie es für den Fall, daß er nicht dran glaubt, ja sein kann, daß er etwa im Gewand der unechten Gespenstergeschichte – unter dem Mantel der Heiterkeit der Kunst – den Dolch einer ernsten Predigt gegen den Gespensterglauben verbirgt. Und nicht genug an dem, es kann ja – Ernst hin, Heiterkeit her – schließlich auch sein, daß er das eine tut und das andere nicht läßt: halb ernst, halb heiter, halb gläubig, halb ungläubig, mit Paul Klee zu sprechen: teils – teils.

Angesichts des so verworrenen Knäuels derart verschiedener Möglichkeiten, die offenbar für die Motivbehandlung in Betracht kommen, kann man sich fragen, ob es hier überhaupt noch etwas Allgemeines zu sagen gibt. Ob es nicht vielmehr so ist, daß wir uns jetzt schon damit abfinden müssen, daß es hier, wie in allen Dingen, eben ganz auf den einzelnen Fall ankommt? Und im übrigen, was uns selbst angeht, Gretchen, ob es nicht so ist, daß wir hier überhaupt kaum noch etwas sagen können, ohne damit zugleich so etwas wie ein Bekenntnis abzulegen?

Ehe wir so weit gehen, werden wir allerdings wissen wollen, wozu genau wir uns da bekennen sollen, zu welchem Spiel. Und damit, meine ich, ergibt sich doch noch einmal eine Chance, etwas Allgemeines zu sagen: Allgemeines zur Typologie der Spiele, die in und mit Gespenstergeschichten gespielt werden und zu deren Mitspiel die Gespenstergeschichtenschreiber uns einladen. In unserer Sammlung sind es, wenn ich recht sehe, im ganzen fünf Spiele: zwei einfache, ein doppeltes verzwicktes und wieder ein einfaches.

»Einfach« soll hier nur »typologisch einfach« heißen, nicht unbedingt einfach im Hinblick auf den einzelnen Text. Denn natürlich zeigt nicht jeder Text gleich an, welches Spiel da gespielt wird, und außerdem wird natürlich in jedem Text nicht nur ein einziges Spiel gespielt, sondern – in dem Maß, wie es sich um literarische Texte handelt – zumindest ein doppeltes, oft ein vielfaches. Das zumindest doppelte Spiel, um das es generell beim literarischen Spiel geht, ist ja schon darin angelegt, daß wir hier, während wir spielen, nicht nur vergnüglicherweise vergessen, daß wir spielen, sondern daß wir vergnüglicherweise auch wissen, daß wir vergessen.

Das am leichtesten greifbare Spiel ist das »Scherz-Spiel«: scherzhafter Umgang mit dem Gespenstermotiv. Sei es nun, daß es wie bei Hebel und Kipling in Form der unechten oder wie bei Heine und Wilde in Form der phantastischen Gespenstergeschichte gespielt wird. Immer wird da mit Gespensterglauben und Gespensterfurcht nur kokettiert. Bei Hebel und Kipling kommt das scherzhafte Spiel, ohne daß wir die Koketterie gleich durchschauen, eine Weile unserer – wie es seit Richard Alewyn beinahe schon sprichwörtlich heißt – »Lust an der Angst« entgegen. »Immer dieselbe Geschichte«, heißt es bei Fontane, »wenn der Morgen anbricht, sieht man, daß es ein Handtuch war, aber in der Nacht hat man sich gegrault.« Die Geschichten von Heine und Wilde andrerseits sind, sozusagen schon bevor sie Gespenstergeschichten sind, Satiren und (halbwegs) Grotesken, so daß es auch gar nicht darauf ankommt, daß sie im kategorischen Sinn phantastisch sind. In der Reihe von Heine und Wilde mag man übrigens auch Franz Hohlers *Haustier* lesen.

Ebenfalls leicht greifbar ist das zweite Spiel, das »Märchen-Spiel«: Umgang mit Gespenstern wie im Märchen. Wenn es hier ernst ist, ist es nur märchen-ernst. Wir haben schon studiert, wie Hauff dieses Spiel zugleich als doppeltes Spiel spielt.

Beide, das »Scherz-Spiel« und das »Märchen-Spiel«, liegen soweit gleichsam nur an den Rändern der Gattung »Gespenstergeschichte«. In die Kernzone führt das Verzwickte des dritten und vierten Spiels: das – zusammengefaßt und abgekürzt formuliert – »anekdotisch-illusionistische Spiel«. Allenfalls theoretisch kann man sie voneinander trennen: das »Anekdoten-Spiel« und das »Illusions-Spiel«. Vorausgesetzt auch noch, daß man akzeptiert, woran ich allerdings festhalten möchte, daß die Anekdote genuin eine nichtliterarische Form ist. »Anekdoten-Spiel« hieße dann:

Umgang – sagen wir vorsichtigerweise, um uns nicht gleich zu kompromittieren, nicht geradewegs mit Gespenstern, sondern nur – mit gespenstischen Phänomenen im Ernst der nichtliterarischen Anekdote. »Illusions-Spiel« dagegen soll heißen: Umgang mit Gespenstern und gespenstischen Dingen im Schein-Ernst der illusionistischen Literatur.

Spielregel wäre dementsprechend beim »Anekdoten-Spiel«: Wir spielen gar nicht, wir hören uns im Ernst eine überlieferte gespenstische Geschichte an, prüfen ihre Glaubwürdigkeit, diskutieren sie und bedenken dabei – mit Goethe zu sprechen – das »problematisch Wahre«, das vielleicht in ihr steckt.

Kronzeuge für diese Spielregel oder – wiederum vorsichtiger gesagt – für die Formulierung dieser Spielregel ist Goethe selbst, wenn er den alten Hausfreund in seinen *Unterhaltungen deutscher Ausgewanderten* freimütig bemerken läßt: »Ich finde am bequemsten, daß wir dasjenige glauben, was uns angenehm ist, ohne Umstände das verwerfen, was uns unangenehm wäre, und daß wir übrigens wahr sein lassen, was wahr sein kann.«

Spielregel beim »Illusions-Spiel« wäre dagegen: Gehen wir auf das Spiel der Literatur ein, hören wir uns die nur im Schein-Ernst der Literatur vorgebrachten Geschichten von Gespenstern und gespenstischen Dingen an, prüfen wir nicht banausisch, was da wahr sein kann, sondern achten wir allenfalls darauf, ob es wahrscheinlich ist, lassen wir uns vom Wahrscheinlichen faszinieren und glauben wir für die Dauer der Lektüre, was immer da vorfällt, auch wenn wir dergleichen außerhalb der Literatur im Ernst nicht glauben.

Kronzeuge für diese Spielregel ist Lessing, wenn er in seiner *Hamburgischen Dramaturgie* literaturpsychologisch damit argumentiert, daß es angesichts eines Stücks mit Gespenstern ja nicht darauf ankomme, was wir in Wirklichkeit (im Ernst) glauben, sondern was wir im Theatererlebnis (im Schein-Ernst) nach dem Willen und nach den Kunstgriffen des dramatischen Dichters glauben: »mögen wir in gemeinem Leben glauben, was wir wollen; im Theater müssen wir glauben, was *er* will«.

Im Sinn dieser Spielregel liest sich das allgemeine Fazit von Lessings Kritik an Voltaire, der in seiner *Semiramis* das Gespenst nicht dermaßen wahrscheinlich gemacht habe wie Shakespeare den Geist im *Hamlet*, geradezu wie ein Rezept, an das sich die meisten Schreiber von Gespenstergeschichten gehalten haben. »Das Gespenst«, meint er vorerst ironisch, »das sich Dinge herausnimmt, die wider alles Herkommen, wider alle guten Sitten unter den Gespenstern sind, dünkt mich kein rechtes Gespenst zu sein«, und dann schreibt er bündig: »Alles, was die Illusion hier nicht befördert, störet die Illusion.«

Wie immer sich die beiden Spiele theoretisch unterscheiden lassen, das nichtliterarische »Anekdoten-Spiel« mit seinem Wirklichkeits-Ernst und das literarische »Illusions-Spiel« mit seinem Schein-Ernst, so ist es doch praktisch nicht zu vermeiden, daß das »Anekdoten-Spiel«, wenn es in der Literatur gespielt wird, unauflösbar mit dem »Illusions-Spiel« verschmilzt. Erst damit sind wir wirklich an dem Punkt, wo wir jeden einzelnen Fall für sich nehmen und am Ende auch uns, jeder für sich, ins Spiel bringen müssen.

Wenn wir uns nun – um nocheinmal auf die Gretchenfrage zurückzukommen – schon nicht geradewegs bekennen wollen, so wollen wir uns doch in bezug auf die hier einschlägigen Texte wenigstens fragen, wie wir es da mit der Glaubwürdigkeit halten. Wie also, was unsere Sammlung angeht, denken wir über die Glaubwürdigkeit etwa solcher gespenstischer Phänomene, wie sie von Goethe oder Kleist, von Lesskow oder Storm bis hin zu André Maurois und Franz Hohler in Form der Anekdote, unter Verwendung von Anekdoten oder in Analogie zur Anekdote und bei alledem in illusionistischem Rahmen erzählt werden, wenn wir die Lektüre hinter uns haben? Wenn wir so fragen, sind wir die richtigen Leser der richtigen Gespenstergeschichtenschreiber.

Manche sind enttäuscht, wenn sie während der Lektüre schon so gefragt haben, und wenn sich dann herausstellt, daß es überflüssig war, so zu fragen, weil der Text selbst schon eine deutliche Antwort enthält. So etwa Sigmund Freud angesichts solcher Geschichten, die realistisch einsetzen und sich am Ende als phantastisch erweisen. Der Dichter, heißt es in seinem Aufsatz über das *Unheimliche* (1919), »verrät uns dann gewissermaßen an unseren für überwunden gehaltenen Aberglauben, er betrügt uns, indem er uns die gemeine Wirklichkeit verspricht und dann doch über diese hinausgeht. Wir reagieren auf seine Fiktionen so, wie wir auf eigene Erlebnisse reagiert hätten; wenn wir den Betrug merken, ist es zu spät, der Dichter hat seine Absicht bereits erreicht, aber ich muß behaupten, er hat keine reine Wirkung erzielt. Bei uns bleibt ein Gefühl von Unbefriedigung, eine Art von Groll über die versuchte Täuschung, wie ich es besonders deutlich nach der Lektüre von Schnitzlers Erzählung *Die Weissagung* und ähnlichen mit dem Wunderbaren liebäugelnden Produktionen verspürt habe.«

Hinzufügen kann man, daß wir durch die Phase des Verrats an den Aberglauben auch dann hindurch müssen, wenn wir bei der Lektüre einer unechten Gespenstergeschichte völlig unnötigerweise die Gespensterfrage ventiliert haben. Und hinzufügen muß man dann, daß wir da um so enttäuschter sein können, wenn uns am Ende zu unserer Beschämung unser eigener Standpunkt vorgehalten wird, von dem wir gar nicht hätten abgehen müssen.

Glücklicherweise gilt dies alles aber natürlich nur für solche Gespenstergeschichten, die nichts weiter als Gespenstergeschichten sind. Nur sie fesseln uns an die Gespensterfrage und lassen uns gebannt darauf starren, ob oder ob nicht oder ob teils – teils.

In die vorliegende Sammlung habe ich in der Mehrzahl solche Geschichten aufgenommen, die zu einem guten Teil mehr sind als bloß Gespenstergeschichten und die es, wie immer sie für die Erstlektüre auf die Reize des anekdotisch-illusionistischen Spiels angelegt sind, verdienen, mehrmals und mehrfach gelesen zu werden, und die dann früher oder später ein weiteres Spiel erkennen lassen, das ihnen in der Tiefe zugrunde liegt, das rein »poetische Spiel«.

Mit dem mehrfachen Lesen haben wir vorhin bei Marie Luise Kaschnitz' *Gespenstern* schon angefangen. Krebsganglektüre nach der Erstlektüre. Nicht mehr ganz, wie wir jetzt genauer sagen können, illusionistische Krebsganglektüre nach der anfangs nur illusionistisch gedachten Erstlektüre. Noch illusionistisch ist es, wenn wir uns im Krebsgang die Fakten zusammensammeln, die uns davon überzeugen, daß in dieser Geschichte skandalöserweise tatsächlich wirkliche Gespenster auftreten. Nicht mehr ganz illusionistisch denken wir, wenn wir die Geschichte daraufhin als phantastische Geschichte bezeichnen. Nicht illusionistisch, sondern schon halbwegs poetisch denken wir, wenn wir uns nicht damit aufhalten, daß die phantastische Geschichte unserem aufgeklärten Weltbild widerspricht, sondern sie als ein virtuoses Erzählstück im Umgang mit der Gattung »Gespenstergeschichte« nehmen. Vollends nicht illusionistisch, sondern recht eigentlich poetisch beginnen wir zu denken, wenn wir uns etwa fragen, ob nicht das, was von der Geschichte am Ende als Bild zurückbleibt, jenseits allen Gespensterglaubens, ein bezwingendes Bild ist: gespenstisches Unleben von zwei jungen Menschen, die bei einem Verkehrsunfall ums Leben gekommen sind, als poetisch sinnfälliges Bild überschießender, im Leben nicht ausgeschöpfter Lebenskraft.

So die erste Geschichte unseres Bandes, die, wie alle die andern, früher oder später ihren Grund ertasten läßt: »Geistesbeschäftigung« (mit André Jolles zu reden) mit dem Tod. Doch will ich hier nicht etwa damit beginnen, die Geschichte zu interpretieren, und schon gar nicht etwa den ganzen Band Geschichte für Geschichte interpretierend durchgehen. Ich will nur den Rahmen abstecken.

Ein Blick deshalb lediglich noch auf die letzte Geschichte des Bandes, auf Marie Luise Kaschnitz' *Schiffsgeschichte*. Sie vertritt das am Ende wieder einfache literarische Spiel, das rein »poetische«: Umgang mit dem Gespenstermotiv genuin nach Art der Poesie – ohne Zumutung, ohne Haschen nach Wind, ohne Spott, ganz ernst im Sinn der Heiterkeit der Kunst. Sie setzt sich nach wenigen Strichen über allen trüben Illusionismus hinweg und ergeht sich in aller Freiheit in poetischen Bildern. Es sind Bilder vom Verdämmern, Bilder vom Sterben. So geht es zu Ende.

Unsere Definition, mit der es so schön einfach angefangen hatte, und die dann nach und nach so unschön angeschwollen ist, müßten wir nun konsequenterweise noch weiter anschwellen lassen. Aber ich denke, wir lassen die Konsequenz und sagen nicht etwa schwülstig:

Die literarische Gespenstergeschichte ist an den Rändern der Gattung ein scherzhaftes, ein märchenhaftes oder ein poetisches, in der Kernzone ein anekdotisch-illusionistisches literarisches Spiel in Form einer im Bewußtsein der Aufklärung geschriebenen und von Fall zu Fall mit der Aufklärung kollidierenden Geschichte, die es mit dem Motiv des Gespensts oder mit einem Motiv aus dem Bereich der gespenstischen Phänomene im Spannungsfeld des Unechten, des Phantastischen und des Mysteriösen zu tun hat.

Nein, sagen wir vielmehr abschließend, was in einer Definition zu sagen wäre, lieber in Form von handlichen Merksätzen:

Gespenstergeschichte ist eine Geschichte, die es – dem Motiv nach – mit Gespenstern oder Gespenstischem zu tun hat.

Es gibt drei grundlegende Arten der Gespenstergeschichte: die »unechte«, die »phantastische« und die »mysteriöse«.

Als literarische Form gibt es die Gespenstergeschichte seit der Aufklärung. Einige ihrer Varianten stehen zur Aufklärung in einem gespannten Verhältnis.

Das Motiv der Gespenstergeschichte ist ernst. Die Motivbehandlung schließt selbst den Scherz mit ein.

7

Zu dem vielen, was sonst noch definitorisch zu sagen wäre – volkskundlich, psychologisch, soziologisch, theologisch, literaturhistorisch, literaturkritisch und was immer, was ich hier, literaturlogisch fixiert, vernachlässigt habe –, gehört nicht zuletzt, daß die Gespenstergeschichte ihren Ort ganz ursprünglich im Gespräch hat. Immer wird da gleich noch eine und noch eine erzählt. »Ist nur erst eine erzählt«, heißt es bei Goethe, »so fließen die übrigen von selbst zu.«

Die vorstehende Sammlung versteht sich dementsprechend ihrerseits als Gespräch. Als Gespräch, das den Leser einbeziehen will, zwischen Texten über zweihundert Jahre hinweg.

Um anschaulich zu machen, daß das Gespräch der Texte untereinander nicht so sehr eines zwischen Großvater oder Großmutter und Enkeln oder Urenkeln ist, sondern daß es ein Geschwistergespräch ist, habe ich mir erlaubt, die Texte nicht in chronologischer Reihenfolge anzuordnen, sondern Alt und Jung zu mischen. Einem Lesebuch zu literarischer Unterhaltung, wie es dieser Band sein will, sollte diese Manier, die sich für eine wissenschaftliche Dokumentation nicht gehören würde, wohl anstehen.

Um den Gesprächscharakter zu betonen, habe ich bei der Auswahl zudem solche Geschichten vorgezogen, in denen das Gespräch, in dem sie erzählt werden, gleich miterzählt wird.

Das Gespräch ergeht sich in zwei Zügen: einmal, wie wir sie klippschulmäßig genannt haben, »Gespenstergeschichten im engeren Sinn«, einmal »Gespenstergeschichten im weiteren Sinn«.

Mag sein, daß dadurch, daß ich mich nun einmal darauf eingelassen habe, den Begriff »Gespenstergeschichte« möglichst beim Wort zu nehmen, die Gespenstergeschichten im engeren Sinn überrepräsentiert sind und die vielen Arten von Gespenstergeschichten im weiteren Sinn, die die meisten Anthologisten vorziehen, darüber zu kurz kommen. Natürlich läßt sich das kritisieren. Wenn man es kritisiert, sollte man allerdings gegen die Geschichten von veritablen Gespenstern nicht das Argument der Antiquiertheit ins Feld führen, denn die andern sind auch antiquiert. Für alle die Brüder und Schwestern, um die es hier geht, ist die passendste Familiencharge am Ende doch wohl nur die der Tante: gute alte Erzähltante Gespenstergeschichte.

Nicht aufgenommen habe ich zwei Sorten von Texten: solche, die geradewegs obskurantistisch, kultisch oder spiritistisch sind, und solche, die bloß sensationell, bloß effekthascherisch sind oder im Gräßlichen herumfingern.

Bevorzugt habe ich reflektierte, listige, ironische, nicht-naive Texte. Manchmal solche, die weniger wegen ihrer Story als vielmehr wegen ihrer Bemerkungen dazu bedenkenswert sind. Zudem, wie es sich gehört, solche von sprachlicher Eleganz. Daraus mag sich auch erklären, daß hier mehr originalsprachliche, also deutschsprachige Literatur, als Übersetzungsliteratur zusammengekommen ist.

Im übrigen habe ich mich im Namen derer, die nichts von Gespenstern halten und nichts mit Gespenstischem im Sinn haben, wohl aber gern erzählen hören oder gern geschriebene Erzählungen lesen, darum bemüht, die Formen des Erzählens – bis über das Erzählen hinaus in Richtung des Dialogs und der Aufzeichnung – in möglichster Vielfalt zu Wort kommen zu lassen. Wer also keine Gespensterfibel mag, kann dies Buch auch als eine Erzählfibel lesen.

Zu Dank verpflichtet bin ich einer ganzen Reihe von Anthologisten-Kollegen. Man lernt ja Gespenstergeschichten meistens durch Anthologien kennen. Namentlich danke ich Martin Gregor-Dellin, auf dessen *Gespenstertruhe* ich seinerzeit gestoßen bin, als ich, beschäftigt mit Problemen der Theorie des Erzählens, auf der Suche nach Material für analytisches Erzählen war. Ebenso verbunden fühle ich mich Franz Hohler. Ich bewundere seine Kunst der Anthologie, wie sie ihm zumal in seinen *111 einseitigen Geschichten* geglückt ist, und ich habe mich bemüht, ihr nachzueifern.

Im übrigen danke ich allen denen, die mir damals bei der Vorbereitung der ersten – 1989 bei Reclam erschienenen – Ausgabe dieses Buchs, das jetzt in leicht veränderter Form vorliegt, mit Rat und Tat geholfen haben. Es waren namentlich Katrin A. Kunze, Margit Lange, Frank Rainer Max, Dieter Lamping, Thomas Gahlen, Monika Ganshorn, Petra Tiedemann und Wiltrud Weber.

Rathenow, im Sommer 2006 *Dietrich Weber*